U0940364

The Troubled Man

［瑞典］亨宁·曼凯尔/著　李丹/译

江苏凤凰文艺出版社
JIANGSU PHOENIX LITERATURE AND ART PUBLISHING, LTD

图书在版编目（CIP）数据

冷间谍 /（瑞典）曼凯尔著；李丹译. —南京：江苏凤凰文艺出版社，2014

书名原文：The Troubled Man

ISBN 978-7-5399-7727-0

Ⅰ. ①冷… Ⅱ. ①曼… ②李… Ⅲ. ①长篇小说–瑞典–现代 Ⅳ. ①I532.45

中国版本图书馆CIP数据核字(2014)第215174号

江苏省版权局著作权合同登记：图字10-2011-288

书　　名　冷间谍

著　　者　[瑞典] 亨宁・曼凯尔
译　　者　李　丹
责任编辑　郝　鹏　孙金荣
特约编辑　罗雪峰
封面设计　关东野客
出版发行　凤凰出版传媒股份有限公司
　　　　　江苏凤凰文艺出版社
出版社地址　南京市中央路165号，邮编：210009
出版社网址　http://www.jswenyi.com
经　　销　凤凰出版传媒股份有限公司
印　　刷　河北鸿祥印刷有限公司
开　　本　700毫米×1000毫米　1/16
印　　张　25.5
字　　数　414千字
版　　次　2014年11月第1版　2014年11月第1次印刷
标准书号　ISBN 978-7-5399-7727-0
定　　价　42.00元

（江苏凤凰文艺版图书凡印刷、装订错误可随时向承印厂调换）

目录

PROLOGUE
楔　子　1

— PART 1 —
失踪的谜语

CHAPTER 1
黑暗山庄　6

CHAPTER 2
迷失的警枪　14

CHAPTER 3
记忆碎片　22

CHAPTER 4
秘室对话　32

CHAPTER 5
消失的哈坎　43

CHAPTER 6
书房异状　53

CHAPTER 7
潜艇咖啡馆　64

CHAPTER 8
公寓焦尸　75

CHAPTER 9
哭泣的柏林墙　83

CHAPTER 10
神秘之家　92

CONTENTS

— PART 2 —

海底暗流

CHAPTER 11
无名姐姐 100

CHAPTER 12
奇怪博物馆 110

CHAPTER 13
西格妮之书 119

CHAPTER 14
沼泽女人 130

CHAPTER 15
致命轮盘赌 141

CHAPTER 16
深海搜索 150

CHAPTER 17
不速之客 156

CHAPTER 18
“大比目鱼”号 166

CHAPTER 19
咒术失灵 174

CHAPTER 20
隐形口袋 183

CONTENTS

— PART 3 —
谍影重重

CHAPTER 21
诡异安眠药 194

CHAPTER 22
绝命叛逃 204

CHAPTER 23
通告女杀手 215

CHAPTER 24
秘密集结 224

CHAPTER 25
东方敌人 233

CHAPTER 26
临终之行 244

CHAPTER 27
深街谜影 255

CHAPTER 28
黑桃 J 265

CHAPTER 29
最后悼念 276

CHAPTER 30
孤岛追踪 284

CONTENTS

— PART 4 —

疯狂骗局

CHAPTER 31
与敌同居 294

CHAPTER 32
无处可逃 304

CHAPTER 33
怪人索尔夫 315

CHAPTER 34
恐怖幻影 326

CHAPTER 35
神秘石 336

CHAPTER 36
分身幽灵 346

CHAPTER 37
海底鼹鼠 356

CHAPTER 38
误入歧途 365

CHAPTER 39
险路同行 372

CHAPTER 40
假面真凶 380

END
尾　声 391

后　记 400

PROLOGUE 楔　子

故事源于一次突然爆发的怒火。

起因是前一晚呈交的一份报告，首相此时正在灯光暗淡的桌旁审阅。清晨的瑞典政府部门，一片静谧。

这是 1983 年斯德哥尔摩的一个早春之日，雾气潮湿，笼罩着城市和尚未萌芽的树木。

奥洛夫・帕尔梅首相看完最后一页，起身走到窗旁。海鸥在窗外盘旋飞翔。

报告是关于潜艇一事。那些潜艇，出现在 1982 年的秋天，被认为是对瑞典领海的侵犯。那一年年中，瑞典全国都在忙大选之事。自从非社会主义政党失去了一些席位，不再是议会的多数派后，议长便让奥洛夫・帕尔梅组建了新政府。新政府的第一件事就是组建调查团去彻查未曾浮出水面的潜艇事件，前国防部长斯文・安德森被任命为该调查团的团长。奥洛夫・帕尔梅刚读完他的报告，却依旧不明所以。报告的结论莫名其妙。他因此大为恼火。

值得一提的是，这已经不是帕尔梅第一次为斯文・安德森大动肝火了。他对安德森的厌恶可以追溯到 1963 年 6 月。那时，仲夏将至，一位穿着考究的

57 岁灰发老者在斯德哥尔摩市中心的国家桥遭到逮捕。一切都处理得小心谨慎，附近的人都没发现任何异常。被捕的人名叫斯蒂格·温纳斯特龙，是一名瑞典空军上校，被人揭发是苏联的间谍。

当时的首相，塔格·埃兰德，正从国外度假归来。这次难得的假日，他去了里瓦德尔索尔[1]的一个度假村。刚下飞机，埃兰德就被一大群记者团团围住。他毫无准备、一无所知。没人告诉他那个逮捕事件，他也从未听说过可疑的温纳斯特龙上校。也许在过去，国防部长在与首相进行的为数不多的某次通报会上，曾对这个名字或是种种猜忌也有过提及，但他从未将其关联到任何正式具体的事情上来。在当时所谓"冷战"的汹涌暗潮当中，总会有些疑似苏联间谍的流言蜚语。所以埃兰德的回答只能模棱两可。这位曾经数年连任像是要永久任职下去的首相——准确地说，是 23 年——张口呆立，不知该说什么好。不论是国防部长安德森，或是其他相关的人，都没告诉过他这到底是怎么回事。在他回程的最后一站，从哥本哈根到斯德哥尔摩刚好所需的一个小时之中，他本来可以获取消息，有所准备地来答复那些激动的记者。可是在卡斯特鲁机场[2]，没人来见他，没人陪他这回程的最后一段。

在随后的日子里，埃兰德差点就辞去了首相之位和社会民主党领袖之职。他以前从未对政府同僚感到如此失望。而奥洛夫·帕尔梅，早已被默认为埃兰德的指定接班人。他对他的良师益友遭人漠视并为此遭受耻辱一事同样感到愤怒。就像政府相关圈子里所流传的那样，帕尔梅像是只凶猛的猎犬那样守护着他的主人。

他永远都不会原谅斯文·安德森对塔格·埃兰德的所作所为。

后来，许多人都很惊讶帕尔梅为何还要将安德森纳入自己的政府。其实这也不难理解。帕尔梅内心可能不愿这么做，但实际上却根本不可能。安德森有着强大的势力，在政党基层有着极大的号召力。他是工人出身，不像帕尔梅那样有波罗的海贵族的直系血统、家族里有军官势力——其实，他自己就曾是预备军官，来自富裕的瑞典上层阶级。奥洛夫·帕尔梅缺少政党基层的支持，曾经还遭到过

[1] 里瓦德尔索尔（Riva del Sole）：意大利的一处海滨度假胜地。

[2] 卡斯特鲁机场（Kastrup Airport）：位于丹麦哥本哈根的国际机场。

叛离。他对社会民主党毫无疑问是忠贞不渝的，可是，尽管如此，他却是一个局外人，一个稀里糊涂地走进政党里的政治朝圣者。

现在帕尔梅怒不可遏。他转身面向耸肩缩背坐在首相办公室灰色沙发上的斯文·安德森。他满脸涨得通红，双手因大发雷霆而奇怪地抽搐着。

“根本就没证据，”他咆哮道，“只有不忠的海军军官的声称、影射、点头称是和挤眉弄眼。这次调查毫无结果。这只会让我们陷入政治的泥沼。”

一年多前，就在 1981 年 10 月 28 日的凌晨时分，一艘苏联潜艇在卡尔斯克鲁纳[1]的加斯弗加登海湾搁浅。这个海湾不仅是瑞典领海，还是一个军事禁区。这艘潜艇名为 U–137，船上的船长阿纳托利·米查伊洛维奇·古辛坚称是因为回转罗盘的未知缺陷导致了潜艇偏离航道。瑞典海军军官和当地渔民却深信，只有喝得烂醉如泥的船长才会把船开到海岛环绕的内腹而没早早停下来。

11 月 6 日，U–137 被拖曳到国际海域，消失了。但是那一次，毫无疑问的是，有艘苏联潜水艇出现在了瑞典海域。不过他们没法确认这到底是对瑞典领土主权的侵犯，还是一次技术故障，或者只是一场海上醉驾。当然了，没有哪支有名望的海军会承认他们的指挥官在执勤时喝得酩酊大醉。

所以他们的否认可以被勉强视作侵犯的证据。可是这次的证据又在哪里呢？

没人知道前国防部长安德森为自己说了些什么辩护之词，也没人知道他的调查报告里写了些什么，此次会谈没留下记录。后来，奥洛夫·帕尔梅遭到暗杀，他也没留下任何证词。

一切源自一场怒火。这是一个有关政治内幕的故事，是一次走向泥沼的旅行，真相与谎言交织，一片混沌。

[1] 卡尔斯克鲁纳（Karlskrona）：瑞典东南部城市，是其唯一的海军基地所在。

The Troubled Man

— PART 1 —

失踪的谜语

CHAPTER 1 黑暗山庄

在过 55 岁生日的那一年，库尔特·维兰德替自己实现了一个酝酿已久的人生愿望。自从 15 年前与莫娜离婚之后，他就一直想着要离开玛丽亚街的公寓，搬到乡下。这里从内到外，实在是充斥着太多令人不快的回忆。每当他疲惫不堪、情绪低落地忙到傍晚回到家里，他就会想起自己曾和家人一起住在这里。可如今却只剩下家具的无言注视，像在谴责他似的。

他不甘心自己就这样住在这里慢慢变老，老到最后生活都无法自理。虽然尚未年满 60，可他总会时不时地想起父亲孤独的晚年，也明白自己不想步他的后尘。每天早上，只消刮胡子时朝浴室里的镜子一看，他就会发现自己变得越来越像父亲。年轻的时候，他长得像母亲。可现在父亲却似乎开始取而代之了——就像是个赛跑者，先是被落得远远的，可后来却慢慢跟了上来，越来越接近那根无形的终点线。

维兰德的想法十分简单。他不想变成一个孤独终老的凄苦隐士，除了女儿，便只有偶尔想起他还活着的老同事来访。他没什么信仰，不指望漆黑冥河另一头的彼岸来世。那里什么都不会有，除了降生人世之前的那同样一片黑暗。直到过了 50 岁生日，他才对死亡有了一种模糊的恐惧，而这恐惧还转变成了束缚自身的咒语。他总是念叨着自己竟要死那么长的时间。他这一生已见过太多的死尸。他们全都面无表情，丝毫没有什么升入天堂的迹象。和其他许多警察一样，他也见识过各种离奇诡异的死亡。他是在警察局开宴会庆祝自己的 50 岁生日的。他吃着蛋糕，听着前警察局长莉莎·霍尔格森说完了空话满篇的贺词，之后，他便立刻买了本崭新的记事本，竭力回想并记录下他所遇见过的全部死人。这是一种令人毛骨悚然的经历。他也不明白自己为什么会老想着继续写下去。等写到第十桩自杀案件时，他放弃了。那是他 40 岁时碰到的一个吸毒男子，瘾君子该有的问题那人全都有。那个男人是在一幢废弃公寓的阁楼里上吊自杀的。以他这样的生活方式，就算自己不上吊，恐怕迟早也会窒息而死。他名叫韦林。病理学家曾告诉过维兰德，那男人干得很漂亮，完全是个高明的刽子手。就在那一刻，维兰德放弃了回忆那些自杀案件，却傻乎乎地回忆起了自己所见过的年轻死者。他连续不停地回忆了好几个小时，可很快他也放弃了。这同样令人恶心。他开始为自己曾经有过的念头而感到羞愧起来。他烧掉了笔记本，仿佛之前的尝试努力完全是一种变态违法行为。其实，他本是个乐天的人——而这只不过是他人性另一面的闪现罢了。

死亡是他永恒的伙伴。他曾因公杀人，不过例行调查过后，他并未因那不必要的暴力行为而受到指控。

但那被杀死的人就是他所背负的十字架。如果他少有欢颜，那也是因为他所承受的太多。

可是有一天，他做了个重大决定。那天为了和一位遭受严重劫掠的农民受害人谈话，他来到勒德吕普[1]的附近。那里离他父亲以前的住所不远。回去的路上，他看到了一个房产经纪人的招牌，上面画着一条小土路，路上有座正在售卖的房子。他心里一动，停下车，掉转车头，然后朝着上面的地址一路跑去。还没下车，他便发现这所住宅显然还需进行修葺。房子原本是个马蹄形建筑，底层有

[1] 勒德吕普（Loderup）：瑞典斯科讷省（Skane）于斯塔德市（Ystad）的一个地区。

一半由木头外包。可是现在，另一侧的房间全都没了——可能是被烧毁了。他绕着房屋走了一圈。时值初秋，他依然记得，那天有一群向南迁徙的大雁，正好从他的头顶飞过。他透过窗户，朝里细细探视了一番，很快便断定只有屋顶急需修葺。屋外风景迷人，可远眺大海，甚至还可瞅见往返于波兰和于斯塔德之间的渡船。2003 年 9 月的一个下午，他对这座僻远的房屋一见钟情。

他一路开到于斯塔德的市中心，找到了这家房产经纪人的办公室。一番问询后，他发现房屋价格很便宜，自己完全可以负担得起这座房子的按揭贷款。第二天，他又立马跑来与经纪人商议。这个年轻人说话语速奇快，像是另一个世界里的人。房子原来的户主是一对刚从斯德哥尔摩搬到斯科讷的年轻夫妻。可两人还没来得及购置家具，便各奔东西了。不过这空旷的屋里也藏不了什么骇人之物。而最重要的一点就是：他现在就可以立即搬进去住。屋顶还能支撑个一两年；他就只需重新装修几个房间，或许还得重新安装个浴室，再新买个炉灶。其实，这热水器还没用到 15 年，所有的卫生设备和电气设施也都不算陈旧。

离开之前，维兰德问了下这房子有没有其他的意向买家。那经纪人说还有一个。他一副心急火燎的样子，似乎特别想让维兰德买下那座房子，同时他还暗示维兰德最好能快点下定决心。可维兰德一点也不想贸然下手。他和一位弟弟是验房师的同事谈了谈，设法安排这位验房师第二天去检验了一下房子。除了维兰德所发现的那些问题，这专家也没挑出什么毛病。当天，维兰德就向自己的银行客户经理进行了咨询，了解到自己能通过按揭贷款购买这座房子。住在于斯塔德的这些年来，维兰德不知不觉也攒下了一大笔钱。这已足够支付首付了。

那天傍晚，他坐在餐桌旁，仔细计算着金钱数额。他觉得这事既庄严又重大。到了半夜，他下定决心：他要买下这座房子。这房子还有一个特别响亮的名号——“黑暗山庄”。他不顾夜深，连夜打电话给女儿琳达。她现在住在一个新开发区里，就位于通往马尔默的要道附近。此时她还没睡。

“你得过来一趟，”维兰德激动地说，“我有个消息要告诉你。”

“什么？大半夜的？”

“我知道你明天休息。”

几年前，他们父女俩在莫斯比海滨[1]散步时，琳达告诉他，她决定女承父业，加入警察队伍。这实在是个天大的惊喜。他立刻就欢欣鼓舞起来。从某种程度上说，她的这一举动，似乎为他多年的警察生涯赋予了一种新的含义。训练完毕后，她被分配到了于斯塔德的警署。头几个月，她和他一起住在玛丽亚街的公寓。这可不是个什么绝妙安排。他有自己固定的生活习惯，他还发现自己很难接受她如今已长大成人的事实。好在她终于找到了自己的住所，挽救了他们之间的父女关系。

她后半夜刚赶过来，他就把自己的计划都告诉了她。第二天，她陪他一起去看房子。刚一看见，她便立刻称赞起了这所房子，说再也没有别的房子能这么完美了，坐落在土路尽头，建在山坡之顶，俯瞰大海。

“爷爷没准还会因此缠上你，”她说，“不过，别害怕。他应该是那种守护天使。”

这是维兰德人生中最为快乐的时刻之一：他签完买卖合同，手里拿了一大串钥匙站在那里。11 月 1 日，他搬进新屋，重新装修了两个房间，并克制住了购买新炉灶的冲动。他离开了玛丽亚街，毫不考虑自己的做法是否正确。搬家的那天，外面正刮着东南大风。

住进去的第一天傍晚，暴雨肆虐，家里也停了电。维兰德坐在漆黑一片的新房里，听着屋椽上吱吱嘎嘎的声响。他发现天花板上有处漏雨的地方。不过，他并不后悔。这里就是他要度过余生的地方。

屋外还有一个狗窝。从小时候起，维兰德就一直梦想着要养条狗。13 岁时，他本来都放弃了这一梦想，可父母却出乎意料地送了他一只小狗作为礼物。他爱那只狗超过了世上所有一切。如今回想起来，似乎正是那只名叫萨迦的狗，教会了他什么是爱。萨迦 3 岁时被一辆卡车撞死，他深受打击、悲伤不已。这是他少年时期最为惨痛的人生经历。如今 40 多年过去，那些情绪混乱的陈年往事，已不会让维兰德心中再起波澜。但仍然觉得死亡实在是太过强大无情。

两周后，他养了条狗，是一只黑色的拉布拉多幼犬，不是纯种，不过卖狗的

[1] 莫斯比海滨（Mossby Strand）：位于马尔默市东南方向的一处海滨。

人也没说小狗有高贵血统。维兰德预先就想好了要给这狗取名尤西[1]，以纪念他心目中的英雄之一，那位世界闻名的瑞典男高音。

四年后，2007 年的 1 月 12 日，维兰德的人生又瞬间发生了改变。

当时他正要走进大厅。他跟在克里斯蒂娜·马格努森的身后，隔着几步之遥——没人瞧见的时候，他总是喜欢在后方欣赏她的身姿。这时，电话铃响了。他本想不去理会，可还是转身走了回去。电话是琳达打来的。她已经在外执勤好几天了，就连新年前夜也不得不坚守工作岗位，这段时间，于斯塔德也出奇地事多，发生了多起家庭暴力和街头暴行。

“你有空吗？”

“没什么空。马上就要去确认一桩大案的歹徒了。”

“我要见你。”

维兰德觉得她的声音有些紧张。他担忧起来。他一贯如此，总是担心她会出事。

“有什么重要的事吗？”

“没什么重要事。”

“我可以下午 1 点钟去见你。”

“在莫斯比海滨的沙滩上怎样？”

维兰德觉得她是在开玩笑。

“我是不是还得带上泳衣？”

“我是认真的。莫斯比海滨。不过，千万别带泳衣。”

“为什么我们非得在寒风刺骨的大冷天里跑到那里去？”

“我会 1 点到的。你也得去。”

没等他回话，她便挂断了电话。她到底想干什么？他站在那里，毫无头绪。他走进了配有先进电视设备的会议室里，接连两个小时坐在那里审查手中案件的闭路电视录像。这是一起恶性袭击抢劫事件，受害人是一位年迈的军火商以及他的妻子。到了中午 12 点半，他们才只审查了一半。维兰德站起身来，宣布下午 2 点后再继续看录像剩下的部分。马丁森吃惊地望着他，他算是于斯塔德和维兰德共事最久的同事了。

[1] 尤西·毕约林（Jussi Bj ö rling，1911—1960）：瑞典著名男高音。

“你的意思是我们现在要停下来吗？在有这么多事要做的时候？你可不是个会歇下来吃午餐的人啊。”

“我不是去吃午饭。我约好人了。”

他走出房间，觉得自己的语气似乎太过尖锐了点。马丁森和他，不仅是同事，也是朋友。当维兰德丢下众人，从勒德吕普的乔迁喜宴跑了出去的时候，是马丁森出面发表了一番贺词，夸赞了他的狗、他的房子还有他这个人。我们就像是两个喜欢埋头苦干的老朋友，他边想边走出了警局，虽然总好斗嘴，但却都是为了警醒对方。

他钻进已经开了四年的标致汽车，驾车离去。我在这条路上已经来回多少次了？我还要再来回多少次呢？等红灯时，他突然想起了父亲曾经跟他提到过的一位素未谋面的表亲。这位表亲是一艘渡船的船长。渡船常年往返于斯德哥尔摩群岛的几座小岛之间——都是短途，一次不过五分钟，年复一年，都是同样的路线。10 月的一个下午，这位表亲脑子一热，突然驾着满是乘客的渡船驶离航道，朝着大海径直而去。事后，他说他知道船上油箱里的柴油足以让他开到波罗的海国家[1]，除此之外他没再多说些什么。后来愤怒的乘客将他制服，海岸警卫队也赶来将船开回了航线。他一直都没解释过自己为什么要那么干。

维兰德隐约觉得自己似乎能理解他。

他沿着海岸大道一路向西行驶，天边的黑色雷云正在慢慢堆积。收音机的天气预报正提醒着傍晚可能会有降雪。刚驶过通往马斯文肖尔摩城堡[2]的支路，一辆摩托车就超过了他。那位摩托车车手朝他挥了挥手，这让维兰德又心生忧虑，想起了最为害怕的一件事来：他很怕琳达某天会出车祸。几年前，琳达骑着新买的镶着闪耀夺目钛合金的哈雷·戴维森摩托车，出现在了他的公寓门外。他完全措手不及。她刚一脱下防护头盔，他就劈头盖脸地问她是不是疯了。

“你并不明白我的所有梦想，”她咧着嘴，开心地笑道，“就像我也知道自己并不明白你的所有梦想那样。”

“我可不想要什么摩托车，这点我可以肯定。”

---

[1] 波罗的海国家（Baltic States）：指东北欧三国，立陶宛、拉脱维亚和爱沙尼亚。

[2] 马斯文肖尔摩城堡（Marsvinsholm）：距于斯塔德市 12 公里远的一座城堡。

“真是可惜了。咱们本来可以一起出去兜风的。”

他想尽了各种办法。他还承诺，只要她丢掉那辆摩托车，他就给她买辆车，并为她支付所有的燃油费用。可她拒绝了，他也知道这场仗自己输了。她继承了他那固执的性格，无论他怎样威逼利诱，都没法让她丢掉那辆摩托车。

他转弯驶进莫斯比海滨的停车场，里面空无一人、狂风劲吹。她摘下头盔，站在沙丘上，头发正随风起舞。维兰德关掉发动机，坐在车里望着自己的女儿。她一身黑色皮衣套装，脚下是一双从加利福尼亚工厂里买来的昂贵皮靴，那可花了她将近一个月的工资。从前，她还只是个坐在我膝上的小姑娘，维兰德想着，我是她心目中最厉害的英雄。可如今，她都36岁了，和我一样当了警察，有着自己的想法，乐天达观，不失微笑。我还有什么不满足的呢？

他下了车，迎风费力地走过松软的沙地，来到了她身旁。她朝他微微一笑。

“这里的事，”她说，“你还记得吗？”

“你跟我说你准备去当警察，就是在这个地方。”

“我想的是别的事。”

维兰德明白了她的暗示。

“你说的是那艘搁浅的橡胶艇吧，还有那里面的两个死人，”他说，“那都是很多年前的事了，我都记不清是什么时候了。那也可以说是一桩来自另一世界的案件。”

“跟我说说那个世界吧。”

“你让我到这来，不会就是要我说这些吧。”

“不管怎样，说来听听！”

维兰德伸手指向了海面。

“对海对面的国家，我们其实所知甚少。有时，我们会假装波罗的海国家不存在，还与近邻断绝往来，而他们也与我们断绝往来。可是自从那条橡胶艇在这靠岸之后，为了调查，我便去了拉脱维亚，去了里加[1]。我到了那隐形的铁幕[2]后

[1] 里加（Riga）：拉脱维亚共和国首都。

[2] 铁幕（Iron Curtain）：指的是1945年“二战”结束到1991年冷战结束期间，苏联集团和西欧之间设置的军事、政治和意识形态上的屏障。

面。那边的世界确实有些不一样。不坏也不好，只是不一样而已。”

“我要生孩子了，”琳达说，“我怀孕了。”

维兰德屏住呼吸，像是没听明白她的话。他盯着她皮衣下面的肚子。她也跟着哈哈大笑起来。

“现在还看不出来，才两个月。”

每当回想起琳达告诉他这个爆炸性消息时，维兰德总能清清楚楚地回忆起当时见面的每一个细节。他们迎着狂风，躬身沿着海滩散步。他问，她答。过了一个小时，他回到警察局，差点儿把自己负责调查的案件给忘到了九霄云外。

等到夜幕降临、眼见下雪时，他们才终于找出了这起武器盗窃、残忍凶杀案件的两个相关嫌疑人图像。维兰德用一句套话做了总结：关于此案调查，取得了突破性进展。

会议结束，每个人都在收集整理自己的文件，当时维兰德有种难以抑制的冲动。他想要告诉大家他刚刚获得的天大喜讯。

当然了，他什么都没说。

他不会让同事太过走近自己的私人生活，绝对不会。

CHAPTER 2 迷失的警枪

2007年8月30日，下午2点刚过，琳达在于斯塔德医院生下了一个女儿。这也是维兰德的第一个孙女。生产很顺利，也很准时——正好就在助产士预计的那一天。维兰德那时早就预备好了休假。他一整天都在搅拌一桶水泥，想要修补好大门口旁边门廊顶盖的裂缝。修补并不成功，不过这样他就不必闲着了。等到电话响起，得知自己从此升级为外公时，他突然大哭起来。这情绪来得出其不意，令他自己也手足无措了好一阵子。

打电话的不是琳达，而是孩子的父亲，金融家汉斯·冯·恩科。维兰德不想表露自己的激动情绪。他只是感谢冯·恩科告诉他这个消息，请他问候琳达，然后便挂了电话。

他带着尤西出去走了一大圈。此时的斯科讷省，依然还浸淫在夏末的炎热之中，晚间还时有阵阵雷雨。此时雷雨刚过，空气新鲜，沁人心脾。事到如今，维兰德自己也不得不承认，他一直都很好奇，为什么琳达从没说过想要孩子。如今，她都37岁了，在维兰德看来，就女人而言，这时候当妈妈其实有些晚了。琳达出生的时候，莫娜可是要年轻得多。他小心谨慎地保持距离，密切关注着琳达的个人情感生活。有时候，他觉得琳达终于找到了对的那个人。可不一会儿，他又立刻全盘推翻了自己的这个观点，她从未跟他解释过什么。虽然维兰德和琳达关系相当亲密，但他们也总会有些绝口不提的事情。其中之一就是生孩子。

那一天，在莫斯比海滨大风狂吹的海滩上，他是第一次听到有关那个想让她为之生孩子的男人的事情。对维兰德而言，这完全就是个意外事件，他甚至都不知道自己的女儿当时已经有了稳定的交往对象。

琳达是在哥本哈根一场订婚宴会上结识汉斯的。两人都是新郎新娘的朋友。汉斯是斯德哥尔摩人，只不过最近几年住在哥本哈根，就职于一家专业对冲基金公司。当时琳达觉得他很狂妄自大，还被他弄得很不开心。她还很不客气地跟他说，她不过是个警察，薪水低，也不懂什么是对冲基金。结果他俩后来在哥本哈根的大街小巷漫步许久，并且还定好了下次见面的细节。汉斯比琳达小两岁，没有孩子。从一开始，这两个人便自不待言、十分默契地决定好了要一起努力，生个孩子。

宣告怀孕喜讯两天后，琳达和她决心携手人生的男人，傍晚时一起来到维兰德的家里。汉斯·冯·恩科身材瘦高，略微秃顶，一双蓝眼睛锐利且明亮。维兰德立刻就觉得这人让他感到很不舒服。他的举手投足，总是令人心生不快，真不知道琳达到底看中他身上的哪一点。琳达告诉他，汉斯的薪水是他的三倍，此外每年大概还有 100 万瑞典克朗的红利。听到这里，维兰德便郁闷地断定肯定是那些钱吸引了她。这种想法令他很不高兴，所以再次见面时，他就直接这么问了琳达。当时他们坐在于斯塔德市中心的一家咖啡馆里，琳达气得向他扔了个面包卷，接着就愤然离去。他赶紧追了上去，向她道歉。不，这根本就和金钱无关，她解释道，这完全是全心投入的真情实爱，是一种她从未有过的体验。

维兰德下定了决心，他想要更加客观地去观察他的未来女婿。通过互联网和于斯塔德普通业务银行客户经理的帮助，他尽可能地了解了汉斯任职金融公司的相关事情。他弄明白了什么是对冲基金，也了解了许多现代金融公司基础业务的细枝末节。汉斯·冯·恩科邀请他去趟哥本哈根，还带他去逛了逛自己位于圆塔[1]的华丽办公室。后来汉斯还邀请他吃了晚餐。等维兰德回到于斯塔德，那种

[1] 圆塔（Rundetarn）：位于哥本哈根市中心的圆塔螺旋形建筑，建于 17 世纪，可俯瞰全城风光。

初次见面时因自卑而生的负面影响也都烟消云散了。他在车里给琳达打了个电话，说他越来越欣赏她选的这个男人。

“他就一个缺点，”琳达说，“头发不多。其他都挺好的。”

“等哪天我也要带他去看看我的办公室。”

“我已经带他去看过了。就在上周他到这里来游玩的时候。难道没人告诉你吗？”

不用说，大家对维兰德根本就没提过这事。当天傍晚，他坐在餐桌旁边，手拿铅笔，计算着汉斯·冯·恩科的年薪。看到最后数字的时候，他吓了一跳。他又开始隐约感到不安起来。他在警察局里这么多年，每月的工资刚好就 4 万瑞典克朗。他觉得这也算是高工资了。不过他又不是要结婚的那个人。只要琳达感到幸福就好，管她是不是因为钱呢。这根本就不关他的事。

3 月，琳达和汉斯一起搬进了这位年轻金融家在吕斯高德[1]区外买下的一幢大宅。他依然在哥本哈根工作，只不过开始两地往返。琳达则继续在于斯塔德工作。刚一安顿下来，琳达就立刻邀请维兰德下周六到他们的新家吃饭。汉斯的父母也会来，他们显然也想见见琳达的父亲。

“我已经和妈妈说了。”她说。

“她也要来？”

“不来。”

“为什么？”

琳达耸了耸肩：

“我想她是不舒服。”

“她怎么了？”

琳达疑惑地望向他良久，说道：

“酒喝多了。我想她现在喝得比以前还要厉害了。”

“我都不知道这事。”

“你不知道的多了。”

---

[1] 吕斯高德（Rydsgard）：是斯科讷省斯屈吕普市（Skurup）的一个地区。

维兰德接受了与汉斯·冯·恩科父母见面的邀请。汉斯的父亲，哈坎·冯·恩科，以前曾是一位瑞典海军中校，曾经指挥过潜艇和水面反潜舰队。虽然不大确定，可琳达记得，他好像是可以下令指挥军队何时向敌方开火。汉斯的母亲名叫路易斯，曾是语文教师。汉斯是家中独子。

“我可不习惯跟贵族交往。”听琳达说完之后，维兰德严肃地说。

“他们就和其他人一样。我想你们之间会有许多话题可聊的。”

“比如说？”

“总会有的。别那么消极嘛。”

“我不是消极！我只是想……”

“我们6点吃饭。别迟到了。别把尤西带来。它只会惹人讨厌。”

“尤西是只很听话的狗。他们多大了，汉斯的父母？”

“哈坎很快就75了，路易斯要小他一两岁。还有，尤西从来就不听从你的指挥——这你也清楚，因为你压根儿就没把它训练好。谢天谢地，你对我还算上心。”

没等维兰德开口，她就离开了房间。每次都是她最后说了算。有那么一两次，他真想发火，可他做不出来，也就只好回头看他的文件去了。

星期六，他从于斯塔德出发去见汉斯·冯·恩科的父母，可这时的斯科讷却不合时宜地下起了毛毛细雨。那一天，他一大早就坐在了办公室里，一遍又一遍地查看着这起军火商死亡和左轮手枪被盗案件调查资料的关键部分。他也不知自己到底看了多少遍。他们觉得歹徒已被确认，可证据却依然没有找到。我要找的不是一把钥匙，他心想。我所寻觅的，是远处叮当作响的钥匙串上的一处细微声响。虽然他一直没停歇，可到了下午3点，那堆积如山的文件才只看了一半。他决定先回家睡上一两个小时，然后再梳洗赴宴。琳达说过，她觉得汉斯的父母有时会比较正式一些，既然如此，她建议自己的父亲穿上他最好的西服。

“我只有一套葬礼上穿的，”维兰德说，“那我是不是不该系白领带？”

“你要是觉得场面不会很好，大可不必劳神过来。”

“我只是想开个玩笑。”

“一点也不好笑。你至少有三条蓝色领带。随便挑哪条戴上好了。”

当维兰德将近半夜坐上出租车返回勒德吕普时，他感到傍晚的情形比他预想的要好得多。他发现与这位退役海军中校及其妻子的聊天很轻松愉快。与陌生人相见，他总会有些警惕，总觉得别人会有一种毫不遮掩的轻蔑，把他只是看作一个警察。可在这两人的身上，他没有发现这种倾向。相反，在他看来，他们还对他的工作表现出了真诚的兴趣。此外，哈坎·冯·恩科针对瑞典警察机构组织的相关观点，以及对几起著名刑事案件调查缺点的见解看法，都令维兰德颇为赞同。反过来，他也找机会问了些问题，都是关于潜艇、瑞典海军，以及当前瑞典国防机构的精简，并得到了对方见解独到和风趣幽默的回答。路易斯·冯·恩科则不怎么爱说话。大多数时候，她都是和善地面带微笑，倾听着他人的交谈。

他叫了辆出租车，琳达也一直陪着将他送到了门口。她紧紧地挽着他的胳膊，头倚在他的肩膀上。只有对他非常满意的时候，她才会这么做。

“我表现还行吗？”维兰德说。

“比任何时候都好。只要你想，你完全可以做到。”

“做到什么？”

“规规矩矩。甚至还可以问出些跟警察工作无关的机智问题。”

“我很喜欢他们，只是对她还不是很了解。”

“路易斯？她就是那个样子。话虽不多，但比我们其他所有人都要善于倾听。”

“她看起来有点神秘。”

他们出门走到大街，站在一棵树下避雨。这蒙蒙细雨已经下了一整晚了。

“我从没见过比你还神秘的人，”琳达说，“多年以来，我总觉得你是不是隐瞒了些什么。可到后来我才明白，真正有所隐藏的，其实只有极少数人。”

“那我不在此列是不是？”

“我可不这么觉得。不是吗？”

“也许吧。不过，说不定有些人隐藏了些自己都不知道的秘密。”

出租车的顶灯划破了黑夜，是一辆公交车式样的车子。这类车型在出租车公司里如今正变得普及起来。

“我讨厌公交车。”维兰德说。

“别在那里一个劲地愤愤不平了。我明天会把你的车给开过去的。”

“十点后我就会在警察局。进去吧，看看他们对我的印象如何。明天等你汇报。”

第二天，将近上午11点时，她把他的车开了过来。

“很好。”她边说边走进了办公室里，和以往一样，门都没敲。

“‘很好’是什么意思？”

“他们很喜欢你。哈坎还挺有趣地说‘你父亲是家里不可多得的一位人才’。”

“我根本不懂那是什么意思。”

她把车钥匙放在桌上。她和汉斯约好了，要陪他的父母一起出去逛逛，她得赶时间。维兰德朝窗外瞟了一眼。云已渐渐消散了。

“你们打算结婚吗？”她正要跨出门外，他问道。

“他们很想让我们结，”她说，“你若能不跟着一起掺和唠叨，我会十分感激你的。我们俩想看看我们是不是合得来。”

“可是你们不是想要一起生孩子吗？”

“这话倒是不错。可是，能不能相互容忍走完人生完全是另一码事。”

她走出门外。维兰德听见她快速离去的脚步声，皮靴的鞋跟踩在地板上嗒嗒作响。我并不了解自己的女儿，他心想。曾经我以为我了解，不过现在算是明白了，在我眼里，她真的是越来越陌生了。

他走到窗边，注视着窗外古旧的水塔、鸽子、树木，还有云散之后的蓝天。他感到极为不安，一种悲凉之感涌了上来。或许，这其实就是他的内心情绪。他仿佛成了一个沙漏，任凭沙子默然流逝。他继续望着鸽子和树木，直到情绪消散殆尽，才又接着回到桌旁，继续兢兢业业地查看起高高堆在面前的文件。

维兰德是和琳达一家一起度过圣诞节的。他照顾着自己还未取名的孙女，一边赞叹不已，一边竭力地克制喜悦之情。琳达老说这女孩长得像他，尤其是眼睛，可不论维兰德怎么看，他也瞧不出到底有哪些相似之处。

“这姑娘得取个名字。”他说道。平安夜，他们正坐着喝红酒。

“时机未到。”琳达说。

“我们觉得某一天这个名字自己就会蹦出来。”汉斯说。

“我为什么会叫琳达？”她突然问道，“是从哪得来的灵感？”

“是我的想法，”维兰德说，“莫娜想给你取别的名字来着，叫什么我也不记得了。不过，我可是一开始就决定要叫你琳达了。你爷爷觉得你应该叫维纳斯。”

“维纳斯？”

“你也知道，他有时稀里糊涂的。难道你不喜欢这名字吗？”

“我的名字很好，”她说，“还有，你不必担心，就算我们结婚了，我也不会改姓。我永远都不会变成琳达·冯·恩科。”

“也许我该改姓维兰德，”汉斯说，“可我觉得我父母不会乐意的。”

接下来的几天，维兰德都在忙着整理过去一年积攒的文件。这是他多年前定下的惯例——辞别旧岁之前，先得为来年即将堆积起来的破烂文件腾出空间。

傍晚，武器盗窃案的宣判结果终于得以公布，维兰德决定要待在家里好好看上一部电影。他买了个卫星天线，可以接收到许多电影频道。他把警枪带回了家里，因为他想把它擦拭干净。他打靶练习的分数有些落后，而最迟2月初他就得进行测试了。他的桌子也还没清理完毕，不过目前也没什么要紧事。我得充分利用一下这点时间，他心想。今晚可以看部电影，等到明天，那可就太迟了。

他回到家里，带着尤西出去散了会儿步，不知怎的又开始心烦意乱起来。这座房子地处荒野，四周空旷，时不时地会让他产生一种被人遗弃的感觉。我就这样，搁浅在了这片褐色的田野之中。通常这种心烦意乱的感觉很快就会过去，可今晚却是迟迟未见消散。他在厨房里坐着，打开一份旧报纸，然后擦拭起了他的手枪。等他擦完，时间也才八点。他突然心头一动，换了身衣服，又开车回到了于斯塔德。这座城市总给人一种荒芜之感，尤其是在周末的晚上。营业的餐馆和酒吧总是只有两三家。维兰德停好车，走进了广场的一家餐馆。里面几乎空无一人。他在角落的一张桌子旁坐下，点了份开胃菜，还点了瓶红酒。等上菜的空当，他已接连喝了好几杯。他心中暗想，只有痛饮几杯，自己才不会胡思乱想。等到菜上桌时，他已经醉醺醺了。

“这地方怎么死气沉沉的，”维兰德说，“人都去哪里了？”

服务员耸了耸肩。

“反正都不在这里，”他说，“请用餐。”

维兰德只吃了一点，然后他拿出手机，翻找起电话簿里的号码来。他想找个人聊聊天。可找谁好呢？他放下了电话，因为他不想让人看见他醉醺醺的样子。酒已经见底了，他也喝得有些多了。可尽管如此，他还是又点了咖啡和干邑白兰地，一直喝到服务员过来告诉他店要打烊了。他跌跌撞撞地站了起来。服务员疲倦地看了他一眼。

“出租车！”维兰德叫道。

服务员拨通了酒吧墙上的电话。维兰德一摇一摆地走着。服务员替他打完了电话，然后冲他点了点头。

维兰德出门走上大街，外面寒风刺骨。他坐进了后座。等到出租车驶进自家私人车道时，他都几乎快要睡着了。他进门就脱下衣服扔在地板上，然后躺下昏睡了过去。

就在维兰德睡着之后，过了半个小时，一个男人匆匆跑进了警察局。他焦躁不安地请求要跟夜班值勤警官谈话。当值的正好就是马丁森。

这个男人说他是个服务员。然后他将一个塑料袋放在了马丁森面前的桌上。袋子里装着一把手枪，和马丁森自己的那把一模一样。

这个服务员甚至还知道那位顾客的名字，因为维兰德在市里很有名。

马丁森填完了刑事犯罪表格，然后呆坐了好久，一个劲儿地盯着左轮手枪看。

维兰德到底是怎么了，他怎么会忘了带上警枪？他干吗把它给带到餐馆里去？

马丁森查看了下时间：刚过午夜。他真该给维兰德打个电话，可他没有。

话可以等到明天再说。而且他一点也不期盼这场对话。

CHAPTER 3 记忆碎片

第二天，一到警局，维兰德就看到了前台给他的一则留言，是马丁森要找他。维兰德小声咒骂了下。他余醉未消，感觉很不好。马丁森这么急着等他上班谈话，肯定是出事了。要是能缓个一两天就好了，他心想，或者至少缓上个把小时。现在他只想回到自己办公室，关上大门，拔掉电话，脚搁在桌上好好睡上一会儿。他脱下夹克，喝光了一瓶矿泉水，然后出门去见马丁森。马丁森现在的办公室，就是维兰德曾经用过的那间。

他敲了敲门，走了进去。一看到马丁森的脸色，他就明白了事态严重。维兰德总能读懂马丁森的心思，这很重要，因为马丁森总有些阴晴不定。

维兰德坐在了来宾椅上。

“出什么事了？就写了张纸条，像是有什么重要事情发生了似的。”

马丁森吃惊地瞪着他。

“你的意思是你不知道我要跟你说些什么吗？”

“不知道。我该知道吗？”

马丁森没吭声，依然只是盯着维兰德看。维兰德感觉更糟了。

“我可不打算坐在这里瞎猜，”最后维兰德开口道，“你到底想干什么？”

“你还是不知道我为什么要找你谈话吗？”

“不知道。”

“这可更难办了。”

马丁森打开抽屉，拿出维兰德的警枪，放在了面前的桌上。

“我猜你现在知道我要跟你谈些什么了吧。”

维兰德盯着那把左轮手枪，背脊发凉，打了个寒战，立马从宿醉中醒了过来。他回想起自己昨晚擦拭了手枪——可后来又发生了什么？他在记忆中搜寻着。手枪从他的餐桌上跑到了马丁森的桌上。可它是怎么跑到那里的，这期间都发生了些什么，他一无所知。他既没解释，也没辩解。

“你昨晚去了一家餐馆，”马丁森说，“为什么你会把枪带在身上？”

维兰德疑惑地摇了摇头。他依然什么都想不起来。会不会是开车去于斯塔德时，自己把它放进了夹克口袋里？不论这事多么令人难以置信，显然他是这么做了。

“不知道，”维兰德实话实说，“我脑子里一片空白。你快告诉我吧。”

“大概午夜的时候，一个服务员过来，”马丁森说，“他很焦躁不安，因为他发现你把枪落在了你坐过的凳子上。”

模糊的记忆碎片在维兰德的脑海里翻涌。也许是在用手机的时候，他把手枪从外套里掏了出来？可他怎么可能会忘了带走呢？

“我不知道是怎么回事儿，”他说，“不过我猜我是出门的时候顺手把枪放进口袋里了。”

马丁森站起身，打开门。

“要喝咖啡吗？”

维兰德摇摇头。马丁森出门去了大厅。维兰德伸手去拿手枪，发现里面已装好了子弹。他吓得浑身是汗，一瞬间真想拿枪崩了自己。他挪了挪枪的摆放位置，好让枪口对着窗户。马丁森回来了。

“你能帮我吗？”维兰德问道。

“这次恐怕不行。那个服务员认得你。待会儿你得直接去见头儿。”

“你已经跟他说了吗？”

“我要是没说那就是失职了。”

维兰德无话可说。他们默默地坐在那里。维兰德真想找个地洞钻进去，虽然他知道根本就没这可能。

“接下来会怎么样？”终于，他问道。

“我已经先研读过规章手册里的相关条例了。当然了，先要进行一次内部调查。还有一点让人担心的是，那个服务员说不定会把信息泄露给报社。顺带说一下，你要是还不知道那人名字的话，告诉你，他叫图雷·萨格。如今，只要有些像样的信息，就可以卖出好价钱了。粗心大意、酩酊大醉的警察，可是个能让好几家报社抢着去买的新闻题材。”

“希望你跟他说了让他把嘴巴给管牢点！”

“我当然说了！我甚至还告诉他，要是他把警方调查的细节泄露半句，就立刻把他给抓起来。不过，我觉得他也看出了我的意图。”

“我该去找他谈谈吗？”

马丁森从桌上探过身来。维兰德看得出，他既疲惫又沮丧。看来这事让他很难过。

“我们一起共事有多少年了，20年，还是更久？起先都是你告诉我该怎么去做，斥责我，不过该称赞的时候你也称赞。现在，该轮到我来告诉你该怎么去做了。什么都别做。你这样只会让事情变得更糟。别去跟服务员说，也别跟任何人说。除了伦纳特。现在你得去见他了。他在等你。”

维兰德点点头，站起身来。

“我们会尽量把这事处理好的。”马丁森说。

从他语气中，维兰德听出前景不大乐观。

维兰德伸手去拿手枪，可马丁森却摇了摇头。

“枪最好还是放在这里。”他说。

维兰德出门来到走廊。克里斯蒂娜·马格努森正好捧着一杯咖啡路过。她朝他点了点头。维兰德觉得她肯定是知道了。他没像往常那样转过身去欣赏她的身姿。相反，他走进洗手间，锁上了门。水池上方是一面破裂的镜子。就像我一样，维兰德心想。他洗了把脸，擦干净，然后凝视着自己布满血丝的双眼。镜面上的裂缝将他的脸一分为二。

维兰德坐在马桶上。他不仅痛恨羞愧自己的所作所为，他还为另一件事烦恼。

以前从未有过此事。回想起来，他携带警枪的时候，可从来没有这样违反过规定。每次带枪回家时，他总会好好地把它锁在橱柜里。柜子里还放着另一支合法购买的猎枪，那是他闲暇时用来和邻居一起打野兔的。可如今，有件事却比醉酒还要让他深感不安。那是一种说不清道不明的遗忘，是一种可怕的黑暗。

终于，他起身去见警察局长。他已在洗手间里坐了20多分钟。他心想，如果马丁森之前有打电话过去，说我已经来了，弄不好他还以为我已经逃跑了。不过事情还不至于那么糟。

继两位女警察局长之后，伦纳特·马特森于去年接任了于斯塔德警察局局长的职位。他很年轻，只有40岁，在如今高级军官辈出的警察机构里，这样的晋升速度实在是快得惊人。和大多数现役警官一样，维兰德觉得这种聘任机制对于警方执行任务能力是一种不祥预兆。最糟糕的是，马特森是斯德哥尔摩人，他经常抱怨听不懂斯科讷方言。维兰德知道，和马特森谈话时，有些同事会故意加重口音，可维兰德却尽量表现得不那么恶毒。他决定各走各路，不掺合马特森做的任何事情，只要他别太干涉实际警务工作就好。马特森对他似乎也是相当敬重，所以，到目前为止，维兰德和他新上司都没有出过什么问题。

不过他知道，这一次事情是要彻底改变了。

马特森办公室的门是半掩着的。维兰德敲了敲门。听到马特森那尖锐短促的应答声后，他走了进去。

办公室很狭小，里面挤放着一张印花沙发，以及一把配套的手扶椅。维兰德坐了下来。马特森早练就一种技能，那就是尽可能地避免先开口，就算是他把别人召来谈话。传说有一位国家警察局的专员曾和马特森一起闷声不响地坐了半个小时，结果一言不发地起身离开房间，飞回了斯德哥尔摩。

维兰德遐想着要不要挑战下马特森，自己先不开口。但是这样只会让他感觉更糟糕——他得尽快消除误会。

“发生那样的事，我无可辩解，”他开口道，“我承认，这事不可饶恕，你就按照规矩给我处分好了。”

马特森似乎早就备好了问题，突然像机关枪那样一个个地扫射了过来。

“以前发生过吗？”

“把枪落在餐馆里？当然没有了！”

“你是不是有酗酒的毛病？”

听到这个问题，维兰德皱了皱眉。马特森为什么会这么想？

“我酒喝得不多，”维兰德说，“我想，年轻的时候，我在周末喝得确实有些多。可我现在不会了。”

“可是不管怎样，你上周末晚上不就出去狂饮了吗？”

“我不是出去狂饮，我只是去吃饭。”

“一瓶红酒，一杯干邑白兰地，还有咖啡？”

“你都知道我喝过些什么了，为什么还要问我？那样可算不上狂饮。在这个国家里，我想，任何一个头脑清醒的人都不会说那是狂饮。狂饮指的是大口地喝杜松子酒或是伏特加，最好是直接拿瓶子灌，就是想喝个醉，不为别的什么。”

马特森停下来想了会儿。维兰德被他刺耳的话语弄得十分恼火。他怀疑面前坐着的这个男人，是不是一点也不知道当个警察该要承担多少精神压力，不知道办案过程中会有多少可怕的经历。

“大约20年前，你酒后驾车，还因此被同事给逮捕了。他们把事情压了下去，没有声张。所以我会怀疑你是不是一直在瞒着自己酗酒的事，所以才会导致现在这个不幸的后果。”

维兰德清清楚楚地记得那时的情景。当时他在马尔默和莫娜一起用餐。他俩刚离婚，可他却还幻想着可以让她回心转意。后来他们大吵了一架，然后他就眼睁睁地看着她被餐馆外面某个不认识的男人接走了。他嫉妒万分、心烦意乱，没想到应该开个旅馆房间或是在车里睡上一会儿，而是失去理智地直接开车回家。他的同事送他回到了公寓，车也停在了那里。此后便再无后文。那晚逮捕他的同事，其中一个已经死了，另一个也已经退休了。可没想到，警局里居然还有这些流言。这可真是让他吃惊。

“那件事情我不想否认。可你自己也说了，这是20年前的事。我向你保证，我并不酗酒。不管是周三还是周四的晚上出去吃饭，那都是我的自由，不干别人的事。”

“我会照章办事的。你还有些假没休，再说现在还不用正式调查。我建议你休一周假。当然了，先会有个内部调查。目前我能说的就只有这么多了。”

维兰德站起身来，马特森依旧坐着。

“还有什么要补充的吗？”他问道。

“没有，”维兰德说，“我会照你说的办。休假，然后回家。”

“你最好还是把枪留在这里。”

“我又不是白痴，”维兰德说，“你以为我会不顾及你们的想法吗。”

维兰德回到自己办公室，拿上外套，从地下车库走出警局，开车回家。突然，他想起血液里可能还残留了些昨晚肆意妄为之后的酒精，可事情还能够再坏到哪里去呢。想到这，他便开车走了。外面正猛烈地刮着东北强风，维兰德从车里出来，哆哆嗦嗦地到了家门口。尤西在狗窝里又蹦又跳，可维兰德压根儿就没有带它去散步的意思。他脱下衣服，躺在床上睡了过去。醒来后，时间已是中午 12 点。他躺在那里，一动不动，睁着眼睛，听着狂风吹打着房屋。

他老觉得这事有些不对劲，整个人又变得烦躁起来，心中顿时一片阴霾。醒来的时候，他怎么会没察觉到手枪的事呢？就好像有人替代了他的行动，消除了他的记忆，弄得他完全茫然无知。

他起床穿好衣服，虽然依然感觉不适，可他还是吃了点东西。他很想给自己倒上一杯红酒，却忍住了。正在洗盘子的时候，琳达打来了电话。

“我正准备过来，”她说，“就是想确认下你在不在家。”

还没来得及等他说话，她便挂断了电话。过了 20 分钟，她带着熟睡的孩子到了他家。琳达先是坐在了她父亲对面的棕色皮沙发上——那沙发是他们搬到于斯塔德的那年买的，然后把熟睡的婴儿放在了她身旁的椅子上。维兰德想聊聊孩子，可琳达摇了摇头：“待会儿聊，现在别说，先说重要的。”

“事情我都听说了，”她说，“可即便这样，我还是有种一无所知的感觉。”

“是马丁森打的电话？”

“是的，就在跟你谈完过后。这事让他很不开心。”

“我更不开心。”维兰德说。

“跟我说说有什么是我不知道的。”

“你要是来审问的话，那就最好给我赶紧走。”

“我只是想弄个明白。我是最不希望这事发生在你身上的。”

“没人死，”维兰德说，“也没人受伤。再说了，谁都会出个把状况。这些年我也见多了。”

然后他向她详细地叙述了事情的始末。从最先开始让他逃到屋外的那种烦闷心情，到后来不知为何把枪给带在了身上。讲完之后，她沉默良久、一言不发。

“我相信你，”终于她开口道，“你所讲的，全都可以归结为一个简单的事实，归结为你的一种生活状态。那就是你太孤单了。你突然失控，可身边却又没人可以让你冷静下来、阻止你冲出去。不过，我还是有些感到疑惑的地方。”

“疑惑什么？”

“你是不是把所有的事全都告诉我了？或者说，你是不是还有什么不想说的事？”

维兰德寻思了一会儿，想着自己该不该把那种心中似有阴霾的感觉告诉她。可他摇了摇头，什么都没说。

“你觉得接下来会怎样？”她问道，“我不记得规章手册里的内容了。”

“先会有个内部调查。之后还有什么我也不知道了。”

“有可能会开除你吗？”

“我年纪大了，估计不会。还有，这也不算严重违法。不过他们有可能会逼我提前退休。”

“这不正合你的意吗？”

当时维兰德正在慢慢地啃着苹果。听到这话，他使劲地把苹果核扔到墙上。

“你刚才不是说我是因为孤单吗，”他咆哮道，“要是被逼退休了，那我又会变成什么样？只会变得彻底地一无所有。”

维兰德的怒吼惊醒了婴儿。

“抱歉。”他说。

“你是害怕了，”她说，“我能理解。换作我，我也会那样。这没什么可抱歉的。”

琳达一直待到了傍晚。她给他做了晚饭，之后他们也没再多说些什么。外面寒风呼啸，维兰德把她送到了车前。

“你能撑得住吗？”她问。

“总会过去的。谢谢你的关心。”

第二天，维兰德接到了伦纳特·马特森打来的电话，他想立刻见他。见面后，他被介绍给了一位内部事务调查员。那人是专程从马尔默过来审问他的。

“只要你方便，我随时都行。”调查员说。这人叫霍姆格伦，年纪大概和维兰德一般大。

“现在就行，”维兰德说，“干吗要拖？”

他们走进了警局最小的会议室，然后关上了门。维兰德尽量描述清晰，不做辩解，也不淡化事情。霍姆格伦做着笔记，偶尔还会让维兰德重复一下刚才的回答，然后继续。在维兰德看来，如果他俩角色对调，他也会毫无疑问地以同样的步骤进行审问。审问花了一个多小时。霍姆格伦放下笔，看着维兰德——那种眼光，不像是在看刚刚坦白罪行的犯人，倒是像在看某个把事弄砸了的人。他似乎是在为维兰德自找的麻烦而感到遗憾。

“你没开一枪，”霍姆格伦说，“你在餐馆喝了太多酒，忘了手枪。这很严重——这点是没法回避的——不过你并没有真正犯罪。没有袭击他人，没有得人贿赂，没有骚扰他人。”

“那我不会被开除了是吗，你觉得呢？”

“不太可能。不过这事不是我说了算。”

“那你猜会……”

“我不会去猜些什么。你也只能耐心等着。”

霍姆格伦开始收拾文件，并小心地将它们放进了公文包里。突然，他停了下来。

“只要媒体不插手这事，那就会好办得多，”他说，“这类事情，一旦遮掩不了，就会没法在警察机关内部处理，那样情况就会急转直下。”

“我觉得这没问题，”维兰德说，“目前为止都还没有报道，那就意味着这事没被泄露。”

然而维兰德想错了。当天他就在家里听到了敲门声。他才刚躺下，可还是起来了。他以为敲门的是他的邻居。维兰德刚打开大门，突然闪光一亮，一位摄影师给他拍了个脸部特写。站在摄影师身旁的是一位记者，她先自我介绍，说自己名叫莉萨·哈尔宾，脸上浮现着一副立马让人看穿的虚假笑容。

“我们能谈谈吗？”她咄咄逼人地问道。

“谈什么？”维兰德惊愕道，突然感到胃痛起来。

“你觉得呢？”

“我想不出来。”

摄影师一连又拍了好几张照片。维兰德的第一反应就是想揍他一拳。当然了，他并没那么做。相反，他要求摄影师向他保证，不可以在他屋内拍摄任何照片，因为那是他的私人领域。摄影师和记者也都答应保证会尊重他的隐私。他将他们请了进来，领着他们坐在了厨房的餐桌旁。他给他们端来咖啡，还拿来了海绵蛋糕——那是好几天前爱好烘焙的邻居送过来的多余部分。

“你们是哪家报社的？”他斟好了咖啡，“我忘记问了。”

“是应该我们先说的。”莉萨·哈尔宾的妆化得很浓。她穿着件遮掩过胖身材的宽松长罩衫，大约30岁，看起来有点像琳达——不过他女儿可绝对不会化这么浓的妆。

“我为好几家报社工作，”哈尔宾说，“要是有什么好故事，我就会把它卖给出价最高的那家。”

“你现在觉得我就是个好故事，对吗？”

“按照十分满分来算的话，你充其量只能算四分。也就这样。”

“要是我在餐馆开枪射杀了那个服务员，那会是多少？”

“那就绝对是十分了。必须得上头版头条。”

“你是怎么知道这事的？”

摄影师蠢蠢欲动地想要拍照，可他遵守了诺言。莉萨·哈尔宾依然带着虚假的微笑。

“你应该知道我是不会回答你的这个问题的。”

“我猜是那个服务员给你打的报告。”

“其实不是。关于这点，我可不会再多说些什么了。”

如今回想起来，维兰德觉得肯定是他的某个同事透露了这些细节。谁都有这可能，也许是马尔默来的那个调查员，甚至都有可能是伦纳特·马特森。他们得了多少钱？他当警察的这些年来，泄密一直都屡见不鲜，可没想到现在竟也轮到了他。他从未接触过记者，他也从未听说过他局里的哪个同事和记者有来往。可是，他又知道些什么呢？根本就是一无所知。

晚些时候，他给琳达打了个电话，提醒她注意第二天报纸上的内容。

“你对他们是据实相告的吗？”

“反正不至于让人说我是在撒谎。”

“那就没事儿。他们就是想听谎言。那样他们可以拿来炒作一番，不过我觉得这事不会引起什么波澜。”

当天晚上，维兰德睡得很不踏实。第二天，他等着人们纷纷致电，可结果却只来了两个电话。一个是克里斯蒂娜·马格努森打来的，她愤愤不平地谴责了报纸上的夸张报道。紧接着的一个是伦纳特·马特森打来的。

“你居然告诉了报社，这可真是太糟了。”他失望地说道。

维兰德顿时怒了起来。

“要是记者和摄影师跑到你家门口，你会怎么做？人家都知道事情发生的所有细节了，你是准备闭门不理，还是撒个弥天大谎？”

“我还以为是你跟他们联系的。”马丁森讪讪地说道。

“我可没那么蠢。”

维兰德砰的一声挂断了电话。他拔掉电话线，然后用手机给琳达打了个电话，告诉她如果要找他，就拨他的手机号。

“跟我们一起去吧。”她说。

“去哪里？”

她吃了一惊。

“我没跟你说么？我们要去斯德哥尔摩。是哈坎的 75 岁大寿。跟我们一起去吧！”

“不去，”他说，“我要待在这里。没那个心情去赴宴。我已经受够了那晚餐馆的事。”

“我们后天出发。你考虑一下吧。”

晚上睡觉的时候，维兰德依然确信自己哪儿也不想去。可到了第二天早上，他又改变主意了。尤西可以让邻居照顾。出去避一避，这也许倒是个不错的想法。

第二天，他飞往了斯德哥尔摩。琳达一家人则是开车前往。他住进了中央火车站街对面的旅馆。翻阅晚报时，他发现自己的手枪事件给挪到了内页。那天的重大新闻是一桩胆大妄为的银行抢劫案，发生在哥德堡[1]，抢劫的是四个戴着 ABBA[2] 面具的强盗。虽不情愿，可他还是向强盗们表达了自己由衷的谢意。

那天晚上，他在旅馆的床上睡得特香。

---

[1] 哥德堡（Gothenburg）：位于瑞典西南部的港口城市。

[2] ABBA：瑞典著名流行乐队组合，1972 年成立，1982 年解散。

CHAPTER 4 秘室对话

哈坎·冯·恩科的寿宴是在斯德哥尔摩市郊的高档住宅区迪尔索摩的一处宴会场所里包场进行的。维兰德从没去过那里。琳达向他担保，穿套休闲装就可以了——冯·恩科不喜欢晚礼服和燕尾装，尽管他非常喜爱自己漫长海军生涯中所穿过的各色制服。只要维兰德乐意，他可是连警察制服都可以穿来，不过他还是带来了自己最好的西装。在这种场合，穿警察制服显然还是有些不合适。

就在维兰德坐着快车从阿兰达机场驶进中央火车站时，他不禁自问道，自己到底是怎么想的，怎么会答应来斯德哥尔摩的呢。也许应该去别的地方。过去他偶尔会去丹麦的斯卡恩[1]旅游几天，他喜欢在那里的海滩上漫步，参观美术馆，或是懒洋洋地待在过去 30 年来一直客宿的那家宾馆房间里。正是多年前在斯卡恩的静养，让他萌生了辞去警察职务的念头。可是此时他却在斯德哥尔摩，准备去参加别人的生日宴会。

维兰德到达迪尔索摩时，哈坎·冯·恩科亲自出来迎接。对于维兰德的到来，

[1] 斯卡恩（Skagen）：丹麦最北部的城镇。

他似乎感到由衷地欣喜，还将他安排到了座席的上首。紧挨在他旁边坐着的是琳达，另外还有一位海军少将的遗孀。这位遗孀名叫霍克，年逾 80 岁，戴着助听器，每次酒一喝完她就想立刻斟满。大家还没享用完汤肴，她就开始说起了荤段子。维兰德觉得她很有趣，特别是后来，他还发现她的六个孩子当中有一个是兰德[1]的法医专家——维兰德在几次案件中见过他，对他印象很好。许多人都起身致了贺词，全都是些简短的祝福。军队的纪律就是好，维兰德心想。宴会主持人是指挥官托比亚森，他说了一大堆诙谐幽默的话，让维兰德感到特别有趣。那位少将的遗孀因助听器出了故障，所以安静了好一阵子，维兰德便得空寻思起自己的 75 岁生日不知会是个什么样。如果他要举办宴会，会有谁来参加呢？琳达告诉他，包场办宴会是哈坎·冯·恩科自己的主意。要是维兰德没理解错的话，他的妻子路易斯当时可是吓了一跳。通常而言，她的丈夫是毫不在意自己的生日的，可他却突然改变主意，大肆操办了起来。

会场相邻的房间有咖啡供应，还有舒适松软的座椅。用餐完毕后，维兰德到温室去溜达。饭店四周都是开阔的庭院——这处房产以前曾是瑞典头号富商的宅邸。

突然，他吓了一跳，不知何时，哈坎·冯·恩科从他身旁冒了出来，手里还拿了样稀罕物——一个老式烟斗和一盒烟草。维兰德认得这个烟草牌子：汉密尔顿。十八九岁的时候，他曾经有段时间特爱抽烟斗，用的就是这个牌子的烟草。

“已经冬天了，”冯·恩科说，“天气预报说不久会有一场暴风雪。”

冯·恩科停顿了一会儿，望着黑沉沉的天空。

“当你登上潜艇，沉入海底极深之处，气候天气也就完全无关紧要了。那里一切都是静悄悄的，就像是在海洋的地下室里。在波罗的海，如果风不太大的话，能潜到 25 米就算是深的了。在北海会更加困难些。记得有一次，离开苏格兰的时候正遇上暴风雨，潜艇在 30 米的水深里一直保持 15 度的倾斜。真的是很不舒服。”

他点燃烟斗，目光犀利地看着维兰德。

“这在警察听来是不是有些太过诗意了？”

[1] 兰德（Lund）：瑞典斯科讷省的一个城市。

“不，对我而言，潜艇是一个完全不同的世界。容我补充一句，是一个可怕的世界。”

这位指挥官猛地吸起了烟斗。

“老实说，”他说，“这个宴会，你我都觉得无聊得要命。大家都知道，这是我安排的。我这么做是因为很多朋友都想让我办一个。不过现在我们可以去旁边那个小房间里躲躲。我妻子迟早会跑来找我，不过在那之前，我们可以安静地聊聊。”

“可你是今天秀场的主角。”维兰德说。

“一部好戏，”冯·恩科说，“不一定需要靠主角一直待在舞台上增强紧张氛围。如果某些情节的重要部分能在舞台一侧进行演出，那效果只会更好。”

他沉默了下来。有些突然，这可太突然了，维兰德心想。冯·恩科正盯着维兰德的身后看。维兰德转过身。他先是看到了花园，然后是花园旁边的一条小路。那小路一直延伸到连接迪尔索摩和斯德哥尔摩两地的高速公路。维兰德瞥见花园篱笆的另一边有个男人正站在路灯柱下。他身旁停着一辆车子，没熄引擎，烟雾依旧冒着，渐渐消散在上空昏黄的灯光之中。维兰德看得出，冯·恩科似乎有些忧虑。

“先去拿些咖啡吧，然后我们再单独聊聊。”他说。

离开温室之前，维兰德又转身瞧了下，车不见了，路灯柱旁的男人也不见了。也许那只是某个冯·恩科忘了邀请的人，维兰德心想。反正不可能是来找我——不可能是记者要来找我谈餐馆落枪的事。

拿好咖啡后，冯·恩科将维兰德领到了一间镶着棕色木板、放着舒适皮椅的小房间里。维兰德注意到这个房间里没有窗户。冯·恩科一直都在望着他。

“这个房间弄得像仓库一样是有原因的，”他说，“20世纪30年代，一个拥有许多家夜总会的人在这所宅子里住了好几年。他的夜总会大都是非法的。每天晚上，他那些配备了武器的随从会开车兜上一圈把所有店面的营业额收上来，然后带回到这里。那个时候，这房间里装着一个大保险箱。他的会计就坐在这里，合计金额，登记账目，然后把钱储藏在保险箱里。后来这人因非法交易被捕，那保险箱也就因此被砸开了。我要是没记错的话，这人名叫戈兰森。他被判了长期监禁，不过他受不了那个罪，最后在兰霍尔曼监狱的牢房里上吊自杀了。”

他沉默了下来，喝了口咖啡，还抽了口早已熄灭的烟斗。此刻，在这个只能隐约听见外面赴宴宾客嘈杂声的封闭小房间里，维兰德意识到，冯·恩科好像在惧怕某事。这种神情他一生中见过许多次：那种因某事而惊恐的样子，不论此事是真实的还是想象的。他肯定自己没有看错。

谈话又尴尬地进行了起来，冯·恩科回忆起了自己当海军军官的那段岁月。

“1980 年的秋天，”他说，“那都是很久以前的事了，隔了有一代人了吧，28 年了。那时候你在做什么？”

“我在于斯塔德当警察。琳达还很小。我决定搬到那里，因为那离我父亲更近些。而且我觉得那里的环境更适合琳达的成长。或者，这至少算是我离开马尔默的一个原因吧。不过后来就完全是另一回事儿了。”

冯·恩科似乎没有听维兰德在说些什么。他又自顾自地说了起来：

“那年秋天，我在东海岸海军基地工作。大概是两年前，我刚调过来接管一艘我军最好的潜艇，是‘海蛇’级潜艇。我们官兵都简单地称之为蛇。当时我在海军基地的位置是暂时的。我想回到海上，可上面却想要我加入瑞典海军防御部队行动指挥处。九月的时候，华约组织的国家正沿着东德海岸进行演习。我还记得他们称之为‘波罗的海航旅’。这也没什么大不了的。我们秋季军演的时候，他们通常也会同时进行军演。可是那次却极不寻常，有大量船只参与军演，而且还要演习登陆和潜艇应急上浮。我们不费吹灰之力就查明了那次军演的细节内容。我们还从国家防御通信中心那里得到消息，说是苏联舰艇和他们列宁格勒附近的总部在频繁地进行无线通信，但这一切似乎都只是例行公事。我们监视着他们的一举一动，在航海日志里记录下了所有可能重要的事件。然后到了星期四——也就是 9 月 18 号，我永远都不会忘记那个日子。我们从埃阿斯[1] HMS 号舰队拖船的执勤军官那里接到电话，说刚刚在瑞典领海水域发现了一艘外国潜艇。当时我正在军事基地的地图室里寻找一幅更为精准的东德海岸航海图。一名军人紧张激动地闯了进来。他完全说不清楚是怎么回事儿，所以我就回到了控制中心，和埃阿斯号的值勤军官通了话。他说，当时他正在用望远镜侦测海面，突然就在

[1] 埃阿斯（Ajax）：希腊神话英雄人物。

300码远处发现了潜艇的天线。15秒后，那艘潜艇浮出水面。这个军官倒也有些见识，他推测出那艘潜艇很可能是以潜望镜深度航行，只是看到了拖船才又潜了下去。事件发生时，埃阿斯号正在胡弗德斯卡尔[1]的南边，而潜艇则是朝着西南方向航行，这也就是说，潜艇是沿着瑞典水域分界线而航行的，确切地说，是在瑞典国境线内航行。很快我就弄清了是否有瑞典潜艇在这片海域里执勤：根本就没有。我又通过无线电和埃阿斯号取得了联系，询问那位执勤军官是否能描述下他看到的指挥塔或是天线的样子。从他的描述当中，我立刻知道了那是北约组织称之为'威士忌'的一种潜艇。那种潜艇，当时只有苏联人和波兰人在用。发现此事之后，我不禁心跳加速起来，相信你也能理解当时的那种情形。于是这又带来了两个问题。"

冯·恩科停了下来，像是期待着维兰德去问出那两个问题。门外传来阵阵大笑，可很快又安静了下来。

"我猜你是想知道那艘潜艇是不是不小心驶入瑞典海域的，"维兰德说，"就像在卡尔斯克鲁纳搁浅的那艘苏联潜艇所声称的那样。"

"这个问题根本就没必要问。再也没有哪种海军船舰会像潜艇那样对航道如此地小心翼翼了。这都是众所周知的事。埃阿斯号碰到的那艘潜艇根本就是预定好了要在那里航行的。问题是，这到底是谁做的主？为什么会在那里进行勘察活动，而且还浮出了水面？显然它也不希望被人发现。可能是船员疏忽大意了。不过当然也有其他可能。"

"难道那艘潜艇想要被人发现？"

冯·恩科点点头，又试着去点燃他那个不易点着的烟斗。

"在那种情况下，"他说，"只是碰到拖船真是再好不过了。那种船舰根本就没有装配攻击发射器。船员也没受过应对此类情况的训练。当时是我在基地负责，所以我就联系了最高指挥官。他也赞同我应当马上派去一辆直升机，追踪潜艇。通过声呐定位，飞机探测到了一个貌似潜水艇的移动物体。我下达了人生中头一次的非演习训练开火指令。直升机投射了一颗深水炸弹，警示潜艇。然后潜艇就消失了，完全没了踪迹。"

[1] 胡弗德斯卡尔（Huvudskar）：瑞典的一处群岛及岛上灯塔名。

"它怎么会就这么简单地消失了呢？"

"潜艇有多种隐身方法。可以潜到海沟中，紧贴崖壁，以此来迷惑任何想要通过回声探测仪来搜寻它们的东西。我们派出了好几架直升机，可再也没找到什么踪迹。"

"有没有可能是被摧毁了呢？"

"规矩可不能乱来。根据国际公约，必须先发射一颗深水炸弹，进行警示。之后才可以继续发射，以此迫使潜艇浮出水面，确认身份。"

"那后来怎么样了呢？"

"其实也没怎样。只是进行了一番调查，他们都认为我做得对。也许这只不过是几年后的那次事件的序曲。几年后，瑞典的水域布满了外国潜艇，而且还都在斯德哥尔摩群岛地带。我觉得，经此一事，我们可以得出个重大结论，那就是苏联对我国的航海道路一直是兴趣不减。这都是老早以前的事了，那时候，谁都不会料到会有柏林墙倒塌和苏联解体。那是一段容易被人遗忘的历史。而冷战其实也并未结束。那次事件过后，瑞典海军军费大涨。此外也没别的什么了。"

冯·恩科喝完了剩下的咖啡。维兰德正要起身，可主人又开始讲了起来。

"我还没说完。两年后，我们又出状况了。那时，我已经被提升到了瑞典海军国防部门的最高层。我们的总部设在贝尔加[1]，那里有个全天候24小时战斗指挥部。10月1日，我们接到了一个做梦也想不到的警报。迹象表明，有艘潜艇，也可能是好几艘，正在哈什弗加登[2]航道上航行。那里离我们的穆斯克[3]基地非常近。这次可不是简单的瑞典海域入侵事件了，这次的外国潜艇完全进入了军事禁区。想必你也记得当时乱糟糟的情形吧。"

"报纸上铺天盖地全是这事，电视记者也到处涉水攀岩收集信息。"

"我不知道你会打个什么样的比方。那些潜艇和我们的最高机密军事设施当时靠得如此之近，我觉得这简直就像是皇宫的中心庭院里停了辆外国直升飞机。"

"当时我刚好接到调任于斯塔德的通知。"

---

[1] 贝尔加（Berga）：位于斯德哥尔摩波罗的海南面的海军基地。

[2] 哈什弗加登（Harsfjarden）：位于斯德哥尔摩的一处海湾。

[3] 穆斯克（Musko）：位于斯德哥尔摩南部的一座岛。

突然，门打开了。冯·恩科吓了一跳。维兰德看到他右手正朝着上衣口袋摸去，但后来又放了下来。开门的是个正在寻找洗手间的半醉女人。她退了回去，又只剩他俩在那待着。

"在那个十月里，"门一关上，冯·恩科又接着说道，"有时你会觉得整个瑞典海岸都处在不明外国潜艇的包围之下。那么多的记者都围聚在贝尔加，我真庆幸我不是那个负责与他们对话的人。我们不得不将一些营房改造成新闻发布室。我也一直在忙个不停，想方设法地去搜寻那些潜艇。如果我们都没法让一艘潜艇浮出水面，那我们就会失去人们的信任。然后，终于有天晚上，我们在哈什弗加登航道围困了一艘潜艇。这事绝对没错，指挥部也对此确信无疑。当时我是下达开火指令的负责人。在那紧张的几小时之中，我屡次向最高指挥官和新任国防部长进行了汇报。不知你是否记得，那人名叫安德森，是博伦厄[1]人。"

"我隐隐约约记得大家都叫他'红色博厄'。"

"没错。可他根本就胜任不了那个职位。他肯定觉得这些潜艇纯粹就是场灾难。他回到了自己达拉纳的老家，然后安德斯·桑伯格接替了国防部长一职。他是帕尔梅的亲信。我的很多同事都不信任他，不过我和他接触过几次，感觉还不错。他不大插手管事，只是问些问题。只要你能答上来，他就会很满意。不过有一次他叫我的时候，我明显地感觉到，帕尔梅也在他的房间里，就在他身边。我不知道是否真有其事，不过那感觉真的很强烈。"

"好吧，那后来呢？"

冯·恩科的脸抽搐了一下，像是对维兰德的插嘴感到恼火。但他继续说时又没了那种表情。

"那艘潜艇被我们团团围住，没我们的准许根本就动弹不得。我向最高指挥官做了汇报，说我们即将发射深水炸弹迫使潜艇浮出水面。只需要一个小时的行动准备，我们就可以向世界宣布这艘入侵瑞典领海潜艇的身份了。半个小时过去了。墙上挂钟的指针似乎走得异常缓慢。我一直都在和围困潜艇的直升机和水面舰艇保持联系。45分钟过去了。然后突然就出状况了。"

冯·恩科突然打住，起身离开了房间。维兰德怀疑他是不是感觉不适。可过

[1] 博伦厄（Borlange）：瑞典中部达拉纳省（Dalarna）的一个城市。

了一会儿，他又回来了，还拿来了两杯干邑。

“冬天夜晚有些冷，”他说，“最好喝点东西取取暖。好像也没人想找我们，咱们还可以在这屋里接着聊聊。”

维兰德等着听故事的后续。虽然这故事并不算特别引人入胜，只是些有关潜艇的陈年旧事，但他还是宁愿和冯·恩科待在一起，免得去和外面的陌生人交谈。

“然后就出状况了，”冯·恩科重复道，“还有 4 分钟就可下达攻击指令了，这时，电话响了——是瑞典国防指挥部的专线电话。据我所知，这可是为数不多的能防窃听的安全专线，里面还安装了自动扰频器。我接到了一个永生永世都不会料到的指令。你能猜得到吗？”

维兰德摇了摇头，双手握着玻璃杯，想要将杯中的白兰地暖热。

“上面居然命令我们停止深水炸弹攻击。我自然是大脑发蒙，希望能有个解释。可他们什么解释都没给——至少当时没有。只是明确地指示绝不允许投射深水炸弹。当然了，除了服从，我别无他选。当时还剩 2 分钟就得向直升机下达指令了。所有在贝尔加的人都不明白到底出了什么事。10 分钟后，我们又收到了另一个指令。可以说，这个指令更是让人费解。上级领导似乎已经丧失了理智，居然命令我们撤退！”

维兰德越来越感兴趣了。

“也就是说要让你们放走那潜艇啰？”

“当然了，没人真会那样说。至少不会那么直截了当。上面命令我们要将注意力转向哈什弗加登航道的另一处地方，就在旦泽海峡的南部的边缘地带。说是有架直升机搜索到了另一艘潜艇。可我们已经团团围住了这艘潜艇，马上就可迫使其浮出水面，凭什么那艘要比现在这艘重要呢？我和同事们完全是茫然不知。我请求面见最高指挥官，可他很忙，不愿有人打扰。但奇怪的是，刚才那项军事行动明明就是他批准的。我甚至还想着要去见国防部长或是他的私人秘书，可所有人似乎都消失了，就算拨通电话也都回复说是接到了指示不许多言。最高指挥官和国防部长被人指示不许多言？被谁？政府不可能那样做，当然了，总理也不可能。那几个小时里，我坐立难安、痛苦不堪。我不明白那些指令。终止行动违背我的经验和直觉。我差点儿就要违抗命令了。要是违抗了，我的军人生涯也就完了。可我还留有一丝丝的理智。于是我们调动所有的直升机和两艘水面舰艇去了旦泽海峡。我请求上面许可，希望至少能留下一架直升机在潜艇隐藏地方的上空盘旋监控，可是没有得到批准。我们必须离开那片区域，马上离开。我们照做了。结果也就可想而知。”

“什么结果？”

“不用说，我们根本就没在旦泽海峡的附近找到潜艇。我们寻找着，一直找到天亮。直升机用光了几千升的燃料。”

“你们之前困住的那艘潜艇怎样了？”

“消失了。不见踪影。”

维兰德思索着刚才所听到的话语。很久很久以前，他曾经在舍夫德[1]的坦克兵团服过兵役。那是他人生当中一段不愉快的回忆。应召入伍时，他本来是想加入海军，却被分配到了西约特兰省。对他而言，遵守军纪倒没什么困难，可他发现，上面下达的指令很多都令他感到难以理解。军队的秩序似乎也总是混乱一团，虽然他们本该把自己想象成是随时处在与敌军的生死对峙之中的。

冯·恩科喝光了杯中的干邑。

“我开始不停地到处询问到底是怎么回事。但其实我不该那么做。很快，我意识到这绝不是件寻常之事。和我关系亲密的一些同事，甚至也开始反对起我的好奇心来。可我只想知道，为什么会有那两道有违常理的指令。我很确信，就差那么一点点，仅仅一步之遥，我们就可以让潜艇浮出水面、确认身份。只差2分钟，就那么点时间。起初，对这种情形感到不安的人并不只有我一个人，此外还有另一名指挥官阿罗森纽斯，以及另一名来自瑞典国防指挥部的分析员，他们也都是那天高层指挥组的成员。可是几周过后，他们都对我敬而远之起来。他们不想和我扯上关系，因为我老是捣蛋搅事问个不停。可后来我也放弃了。”

冯·恩科把杯子放在桌上，朝维兰德靠过身来。

“当然了，我没忘记这事，我还在不断努力地想去弄明白到底是怎么回事。我不仅想着那天的事，我还一遍又一遍地回想着那些年来发生的所有事情。现在，我终于开始有些明白事情的真实面目了。”

“你的意思是，你知道了不被允许迫使潜艇浮出水面的原因了吗？”

[1] 舍夫德（Skovde）：瑞典西南地区西约特兰省（Vastergotland）中部的一个城市。

他慢慢地点了点头，又去点燃烟斗，可依旧一言不发。维兰德很想知道这个故事是不是就这样没了结尾。

“当然了，我很好奇。你是怎么理解的？”

冯·恩科拒绝地摆了摆手。

“要说这个还为时尚早。我还没完全理清楚，所以目前我也没什么可多说的。我们也得走了，回到人群当中去吧。”

他们起身离开房间。维兰德又走回暖房，恰好又碰到刚才打断了他们聊天的那个女人。突然，他回想起她冒失闯入房内时冯·恩科的右手动作——起先非常迅猛，然后慢慢放下，最后收回身旁。

尽管似乎有点让人难以置信，可维兰德只能想到一种解释。那就是冯·恩科带了把枪。可真有这种可能吗？他边想着边望向窗外不见人迹的花园。一位退休海军指挥官会在自己75岁寿宴上带着把手枪？

维兰德觉得这完全不可能。他打消了这种想法，觉得自己肯定是在胡思乱想。一个疑惑只会引来又一个疑惑。他起初觉得冯·恩科心有恐惧，现在又幻想着他带起枪来。维兰德怀疑自己的直觉是不是开始衰退了，就像他变得越来越健忘一样。

琳达走进了暖房。

“我还以为你已经走了。”

“还没。不过马上就走。”

“我敢肯定，看到你来哈坎和路易斯都很高兴。”

“他刚才一直都在跟我说潜艇的事。”

琳达扬了扬眉。

“真的吗？这可真叫我吃惊。”

“为什么？”

“我好多次想让他跟我说说潜艇的事，可他总是拒绝，说他不想说，似乎还有些不高兴。”

汉斯叫了一声琳达，她离开了。维兰德琢磨着刚才她说的那番话。为什么冯·恩科要跟他讲自己的那个故事呢？

维兰德回到斯科讷后，他琢磨着那天晚上的事。此外，还有另一件事情也在困扰着他。对维兰德而言，冯·恩科的话似乎有许多不明不白甚至是难解的地方。一想到他的那种讲述方式，维兰德总是觉得有些地方不大对劲。冯·恩科是得知了他儿子女朋友的父亲要来参加宴席，才决定了要跟他说说那事的吗，还是在看到了篱笆墙外路灯柱下的男人之后，才瞬间决定要说出那些事来？那个男人又是谁呢？

CHAPTER 5 消失的哈坎

3个月后——准确地说是4月11日——出事了，维兰德因此又回想起了一月的那个晚上。

一切都毫无征兆，所有人都觉得这事有些出乎意料。哈坎·冯·恩科消失了。就在斯德哥尔摩东马尔姆[1]区自己的家中，消失得无影无踪。每天早晨，冯·恩科都会出去走上一大圈，风雨无阻。那天，斯德哥尔摩全城都在下着绵绵细雨。他像往常一样，早早起床，过了6点，开始吃早餐。7点，他敲了敲卧室房门，叫醒妻子，和往常一样告诉她他要出去散步。他通常会出去走上两个小时，除非天气很冷，那样他就会缩减到一个小时。因为他过去烟抽得很厉害，所以肺部一直都没完全得到恢复。他总是走同样的路线。从格列弗街的家中出发，朝着瓦哈尔大道走，然后转弯，朝着小简森林公园走去，再顺着公园里错综复杂的小路走回瓦哈尔大道，然后向南沿着斯图尔街一直走到卡尔大道再向左拐，最后回到家里。他走得很快，每次都会拿着根从他父亲那里继承下来的各式手杖。他总是大

[1] 东马尔姆（Ostermalm）：斯德哥尔摩的一个东部地区，属于富人区。

汗淋漓地回到家里，接着再泡个热水澡。

那天早晨，一切都和往常一样，除了一件事：哈坎·冯·恩科再没回到家里。路易斯非常熟悉他的线路——过去她有时会和他一起散步，可后来没法跟上他的步伐，因此也就没再跟他一起去。见他还没回来，她也开始担忧起来。他身体很好，这点毋庸置疑。可不管怎样，他也是个老人，什么事都有可能发生在他的身上。是心脏病发作，还是血管破裂了呢？她跑出去找他，因为她发现他没带手机，尽管他们之间有过约定，说要一直把手机带在身上。可如今手机却放在了他的桌上。她顺着他的线路一路找，直到上午 11 点才回到家里。一路上她一直都在担心会不会突然看见他倒毙在路旁。可她根本就没看见他的影子。他就这么消失了。她给他偶尔会去拜访一下的两三位朋友打了电话，可他们都没见着他。于是她确定是有事发生了。大约中午，她给哥本哈根办公室里的汉斯打了电话。尽管她十分焦急，想向警方报告哈坎失踪一事，可汉斯劝她冷静下来。路易斯不情愿地答应了，接着又等了好几个小时。

不过汉斯却立马给琳达打了个电话，然后维兰德就从她那里听说了这一切事情。当时他正在想方设法地让尤西坐着不动好给它擦爪子——他刚从一位在斯图鲁普 [1] 认识的警犬训练员那里学会了几招。可尤西怎么也学不会养成这个新习惯，他正要放弃时，电话响了。琳达跟他说了路易斯的担忧，并向他咨询意见。

“你自己就是警察，”维兰德说，“你也知道是怎么个程序。再等等看。大多数人最后都会回来的。”

“可他这是这么多年来第一次这样不合常理。我理解路易斯为什么会这么担忧。她不是那种歇斯底里的人。”

“等晚上再说吧，”维兰德说，“他会回来的。你放心。”

维兰德非常确信哈坎·冯·恩科肯定会出现，会有一个完美而又合乎逻辑的理由来解释他的失踪。他一点儿也不担心，反倒有些好奇他会有个什么样的理由。可是哈坎·冯·恩科没有回来，当晚没回，第二天晚上也没回。4 月 13 日晚上，路易斯将她丈夫的失踪一事报告给了警局。然后她坐在警车里，沿着小简森林公

[1] 斯图鲁普（Sturup）：位于马尔默的机场。

园里狭窄蜿蜒的道路到处搜寻，却一无所获。第二天，她的儿子从哥本哈根赶了回来。这时维兰德才意识到，肯定是有什么严重的事情发生了。

那时候，维兰德还没有回去工作。内部调查一拖再拖。更糟糕的是，二月初时，他还在自家门外结冰的路上狠狠地摔了一跤，把左手腕给摔断了。他是被狗链给绊倒的，因为尤西依然没有长进，不懂得要停止拉扯或是在正确的一侧行走。他给手腕打上石膏，请了病假。有段时间，他的脾气特别暴躁，还时不时地冲着自己、尤西和琳达发火。结果，只要没必要，琳达就尽量避着不去见他。她觉得他变得越来越像他的父亲了——乖戾、易怒、急躁。虽然很不情愿，但他承认她说得没错。他不想变成他父亲那样的人，其他的事情他都还能忍，可这个不行。他不想变成一个尖酸刻薄的老头，不自觉地重复着自己的绘画，重复着自己的观点，觉得这个世界变得越来越让人难以理解。这段时间，他像笼子里的狗熊一样，绕着自己的屋子一圈又一圈地大步疾走，他无法忽视这么一个事实，那就是自己已年过六旬，正不可挽回地向着老年迈进。他也许还能活上个十年二十年，可也不会再有别的什么体验了，除了变老还是变老。青春已成为了遥远的记忆，如今中年也已渐渐远去。他站在舞台的侧翼，等待着上台的信号，准备开演即将尘埃落定的第三幕和最后一幕，正面角色受到万人瞩目，而反面角色则永久消逝。他竭力反抗着，不愿去扮演悲剧角色。他宁可笑着离开舞台。

最让他担忧的是健忘这事。一般开车去锡姆里斯港或于斯塔德购物的时候，他都会先列好清单。可等他一走进店里，却立马发现自己忘了把清单带上，又或者是，其实他根本就没列过清单。他根本就想不起来。一天，他格外地担忧自己的记忆力，于是就和一位在马尔默打广告说擅长“老年问题”的医生预约了门诊。这位名叫玛格蕾塔·本特森的医生在马尔默市中心的一所老房子里接待了他。以维兰德那略带偏见的眼光来看，她实在是太年轻了，根本不可能懂得老年人的疾苦。他很想转身离开，可又克制住了。他坐在皮沙发上，开始和她谈起自己每况愈下的记性来。

“我是不是得了老年痴呆症？”问诊快结束时维兰德问道。

玛格蕾塔·本特森笑了笑，并不曲意奉迎，却很坦率友善。

“没有，”她说，“我认为没有。但是，当然了，谁也没法预知会有什么东西藏在下一个街角。”

下一个街角，维兰德一边想着，一边在刺骨的冷风里朝车子走去。走到跟前的时候，他看到有张停车罚单塞在了挡风玻璃的雨刷下面。他看也没看罚款数额就将单子扔进了车内，然后开车回了家。

家门口停了辆他不认识的轿车。维兰德从车里出来，看见马丁森正站在狗窝旁边隔着栅栏抚摸着尤西。

“我正要走呢，”马丁森说，“我在你门上留了个纸条。”

“你是被派来传口信的吗？”

“根本不是——我就是想来看看你现在过得怎么样。”

他们一起进了屋。马丁森看了看维兰德藏书日益见多的图书室。然后他们一起坐在餐桌旁边，喝起了咖啡。维兰德只字未提自己去马尔默和医生见面的事。马丁森冲着他那打了石膏的手点了点头。

“下周就可以拆掉了，”维兰德说，“现在都有些什么传言？”

“有关你的手吗？”

“有关我餐馆落枪的事。”

“伦纳特·马特森是位异常沉默寡言的人。我不知道事情的进展。不过你要相信我们是支持你的。”

“那可未必。你当然是支持我的。可这秘密总会有人泄露的。警局里有好多人都不喜欢我。”

马丁森耸了耸肩。

“这就是生活。谁也没办法。喜欢我的又有几个呢？”

他们天南地北地聊了起来。突然，维兰德意识到，他刚到于斯塔德警局时的那些同事，如今就只剩下马丁森一个了。

马丁森坐在桌旁，似乎有些沮丧。维兰德怀疑他是不是生病了。

“不，我没生病，”马丁森说，“不过我不得不承认，一切都完了，我的警察生涯，结束了。”

“你也把枪落在餐馆里了吗？”

“恐怕我再也没法拿起枪了。”

令维兰德惊讶的是，马丁森居然哭了起来。他坐在那里，像个无助的孩子，双手握着咖啡杯，泪珠从脸颊上滚落下来。维兰德有些不知所措。这些年来，他也注意到了马丁森偶尔会有些忧郁，可他从没像今天这样崩溃过。他只好等着他平复心情。响起的电话也都被他给挂断了。

马丁森收拾好心情，擦干了脸。

“瞧瞧我这样子！”他说，“真是抱歉。”

“抱歉什么？在我看来，能够当着别人的面哭，这是一种勇气。遗憾的是，我没这种勇气。”

马丁森解释说自己感到很迷茫。他发现自己越来越怀疑自己警察身份的价值了。他并不是对自己的工作不满意，他只是为警察在当今瑞典所起的作用感到担忧。公众期待与警察实际作为之间的鸿沟似乎一直越拉越大。如今他已到了极限，夜不能寐，每晚都干等着第二天的到来，这样下去只会越来越折磨人。

“今年夏天我就会辞职走人，”他说，“我联系了马尔默的一家公司。他们为小企业和私人提供安保咨询，给我留了个职位。顺便说一句，给的薪水可比我现在挣的要多得多。”

维兰德回想起许多年前，有一次马丁森下定决心想要辞职。那时，维兰德想方设法地劝他要克服困难坚持下去。那至少是15年前的事了，他看得出，这一次，是劝不住他的同事了。他自己现在的处境又不是很好，能否当警察也是前途未卜。

“我想我明白你的意思，”他说，“我觉得你做得对。趁着年轻还有力气，赶快换条路走走。”

“再过几年我就50岁了，”马丁森说，“你还说我年轻？”

“我都60岁了，”维兰德说，“等到我这岁数，你才是真正踏上了迈向老年的不归路。”

马丁森又待了好一会儿，谈了谈他要在马尔默做的工作。维兰德意识到，他是想向他表明，不管怎样，这世上还有值得他期待的东西，他并没失去所有的热情。

维兰德陪着他朝车走去。

“你没从马特森那里听到些什么吗？”马丁森试探地问道。

“有四种可能性，”维兰德告诉他，“例如，‘官方严斥’，他们不可能对我那样做。因为那样就会成为整个警局的笑柄。难道要一个60岁的警察像个调皮的学童那样，坐在警察专员面前，被训斥着得改过自新？”

“如果他们真考虑这么做，那他们肯定是疯了！”

“也有可能是个正式警告，”维兰德接着说，“或是处以罚款。实在万不得已就炒我鱿鱼。我猜测我会被罚款。”

到了车前，他们握了握手。马丁森消失在了雪雾之中。维兰德转身进了屋，翻着日历，发现距离他将警枪落下的那个夜晚，已整整过去一个月了。

石膏拆掉后，他依然还在休病假。4 月 10 日，于斯塔德医院的整形外科专家发现维兰德手上的骨头并没按照预想的那样愈合。一瞬间，维兰德又变得恐慌起来，他以为自己的手腕又得被拧断一次，可医生向他保证，他们可以采取一些其他措施。重要的是，维兰德不可以用手干活，所以他没能回去工作。

离开医院之后，维兰德依然待在城里。有一出现代美国剧作家的戏剧要在于斯塔德剧院上演，维兰德正好从琳达那里弄了张票。她得了重感冒，自己去不了。10 多岁的时候，她曾有过当演员的念头，可很快就打消了。如今她很庆幸自己及早地意识到了自己没有舞台天赋。

戏剧开演 10 分钟后，维兰德看起了手表。他觉得这部戏很无聊。一群资质平平的演员在房间里四处游荡，在不同的地方背诵着台词——凳子上，桌子旁，窗户旁边。这部戏讲的是个正在崩溃的家庭，起因是家庭的内部压力、没有解决的冲突、谎言以及梦想受挫，他对这完全不感兴趣。终于到了第一次中场休息，维兰德抓起外套离开了剧院。他一直期待着这场演出，现在却感到十分沮丧。是他不对吗，还是这戏真的就像他所感受的那样无聊？

他先前把车停在了火车站。他越过铁轨，沿着人们常走的路向着车站大楼的后方走去。突然，他感到腰背部遭到猛力一击，跌倒在地上。两个十八九岁的年轻人站在他的上方。其中一个穿着兜帽运动衫，另一个则穿着皮夹克。穿兜帽衫的还带着一把刀。这时维兰德看清楚那是一把菜刀。穿皮夹克的对着他的脸就是一拳头。他上嘴唇破裂，血也流了出来。紧接着又是一拳，这次打在了额头。这男孩很壮，打得很猛，一副很恼火的样子。他们拉着维兰德的衣服，威胁他交出钱包和手机。为了保护自己，维兰德举起了胳膊。整个过程，他一直都在盯着那把刀看。渐渐地他发现，这两个孩子其实比他还要害怕，他根本就没必要担心那只颤抖着拿着武器的手。维兰德鼓足劲，朝着拿刀的孩子猛地踢了一脚。他没踢中，却找到机会一把抓住拿刀的手猛地一拧。刀飞落在了地上。这时，他感到脖子后方又受到猛地一击，然后他倒在了地上。这一击力道很猛，他没能站起身来。他竭力用膝盖支起身子，地面潮湿的寒风从裤腿里飕飕穿过。他等着挨刀子，可没什么动静。他抬头一看，两个孩子不见了。他摸了摸后脑勺，感觉黏糊糊的。他慢慢地站了起来，感觉随时都有晕倒的可能，于是紧紧抓住铁道周围的栅栏。他深呼一口气，小心翼翼地朝着自己车子的方向走去。他的脖子后面正在流血，不过回家之后再处理也不迟，现在似乎还没有脑震荡的迹象。

他坐在车里，没转动点火钥匙。这简直是从一个世界到了另一个世界，他心想。之前是坐在剧院里，却完全没法融入剧情。没想到离开之后，自己却进入了另一个常从外面旁观的世界。然后现在待在这里，受了伤，性命堪忧。

他想起了那把刀。他在马尔默当警察、事业才刚刚开始起步的时候，曾经在皮尔旦公园里被一个横冲直撞的疯子给捅了一刀。如果那刀子再偏上一英寸，就会直接命中心脏。如果那样，他就没法在于斯塔德生活或是看着琳达长大成人了。那他就是出师未捷身先死了。

他记起了那时经常想着的一句话：有生必有死。

车里很冷。他开动引擎，打开暖风。他在脑海里一遍又一遍地回忆着刚才的袭击事件。虽然他依旧感到震惊，可心中的怒火渐渐燃烧了起来。

有人敲了下车窗，他吓了一跳，还以为那两个年轻人又转了回来。可是朝着车窗里探望的却是一位头戴贝雷帽的白发老妪。他把车门打开了一点。

“你难道不知道，这里禁止像你这样长时间开着引擎却不开车走吗？”她说，“我一直都在外面遛狗，看准了时间，知道你在这里开着引擎待了多长时间。”

维兰德没作声，只是点了点头，把车开走了。那天晚上，他躺在床上无法入睡。他最后一次看表时，上面显示的是凌晨5点。4月11日，哈坎·冯·恩科失踪了。维兰德没有将自己受袭的事情报案。他谁都没告诉，包括琳达。

冯·恩科失踪两天后，维兰德的未来女婿打来了电话，请他去趟斯德哥尔摩。他还在休病假，因而也就答应了。维兰德明白，这其实是路易斯在寻求帮助。他事先声明，自己不会掺和案件调查，他那些斯德哥尔摩的同行正在处理这个案件。若是哪个警察喜欢干涉其他部门的案件或是插手一些与他不相干的事情，那他肯定就混不下去了。

在出发往斯德哥尔摩的前一天晚上，他去见了见琳达。早春的夜晚，天黑得晚了，气候也变得舒服怡人起来。和往常一样，汉斯没在家里，他总是工作得很晚，忙着那些被维兰德挖苦为“金融投机”的事。这也是他和他未来女婿之间头一件也是唯一一件起过争执的事情。汉斯抗议说，他和他同事做的事情远远不止那么简单。可当维兰德问起他们是在做什么时，他给出的答案却让人觉得，就是投机买卖外汇、股票、金融衍生品和对冲基金（维兰德承认自己确实不懂这东西）。琳达出来做了调解，解释说她父亲对难解的事情没什么概念，对现代金融的新生事物也心怀恐惧。本来维兰德听了这话会心烦上好一阵，可他注意到了话中温和的语调，于是就甩开双手，对她的评判表示接受。

现在，他坐在他女儿及其男友同居的屋子里。还没取好名字的婴儿正躺在琳达脚边的垫子上。维兰德仔细观察着她，突然想到自己的女儿再也不可能坐在自己的膝上了。他恐怕还是头一次这么想。当自己的孩子有了孩子，有些事就真的再也追不回来了。

“你觉得哈坎会出什么事？”维兰德问道，“你有什么看法，作为一名警察，以及作为汉斯的女友？”

琳达答得很快——她肯定早就想过了这些问题。

“我觉得肯定是发生了严重的事情。说不定他已经死了。哈坎不是那种会凭空消失的人。他不会字条都不留一张就自个儿跑去自杀。不过我得提醒你一句，他绝对不可能自杀，绝对不可能。但这又是另一码事。就算他做了什么错事，他也绝不会为了逃避惩罚而偷偷溜走。我相信他绝不会是自己想要凭空消失的。”

“那你是怎么想的？”

“这还要我说吗？你肯定能明白我的意思。”

“是的，我懂，可我还想听听你是怎么想的。”

维兰德再次注意到她回答得十分谨慎。她是在谈自家的亲属，可她也是个精明年轻的警察，有着自己独到的观点。

“如果案件受害人不是出于自我意志，那就会有两种可能。一种是遭遇事故，比如从薄冰跌入水里，或是被车撞了等等。另一种就是碰到了蓄意预谋的暴力袭击，被人绑架或是被人杀了。遭遇事故这点已经说不通了，因为一直没人报告他在医院，所以这种可能性就排除了。那剩下的就只有另一种可能了。”

维兰德举手打断了她。

“先来做个假设吧，”他说，“你和我都清楚，有种事的发生概率其实比想象的还要大。尤其是牵涉上了年纪的男人。”

“你的意思是他可能跟别的女人跑了？”

“是的，差不多是这么回事。”

她坚定地摇了摇头。

“我和汉斯聊过这些。他很肯定自己家里没有什么不可告人的丑事。自从他们结婚以来，哈坎对路易斯一直都很忠诚。”

维兰德又打断了她的话。

“那路易斯呢？她也很忠贞吗？”

他看得出，琳达根本就没想过这个问题。她还是没能掌握所有的审讯妙诀。

“我不相信她会背叛他。她不是那种人。”

“话可不能那么说。你绝不可以说某人‘不是那种人’。这样只会显得你思考不周。”

“那我换种说法吧，我觉得她不会有什么私情。不过，当然了，这事我也不能确定。你去问她好了！”

“我才不会去问呢！在现在这种状况下，那样做是很失礼的。”

维兰德又想到了另一个问题，不过开口之前，他犹豫了一会儿。

“这几天，你和汉斯肯定一直都在讨论这事吧。他不可能总是黏着电脑吧，就没说过些什么吗？得知哈坎失踪时，他有没有感到吃惊呢？”

“你觉得他不该吃惊吗？”

“我不知道。可之前在斯德哥尔摩的时候，我感觉到哈坎好像在为某事担忧似的。”

“你怎么不早点说？”

“因为我讨厌这种想法，总觉得这只是自己的胡思乱想。”

“你的直觉一向都很准的。”

“谢谢夸奖。可我现在已经没这自信了——出了那么些事。”

琳达没有吭声。维兰德打量着她的面庞。怀孕后，她长胖了一些，脸也圆润了不少。从她眼中，他看得出她很疲惫。他又想到了莫娜，想到了她的怒气冲冲的脸。过去琳达晚上哭醒的时候，他都不愿动手去帮她一把。不知现在琳达是怎么想的，他心想。一旦有了孩子，每根神经似乎都绷得紧紧的。弄不好随时还会断上个一两根。

“我想你是对的，”终于她开口道，“现在回想起来，我还能记起一些他看似担忧的情景，只不过当时没这么想而已。他老是会回头看。”

“什么意思？”

“就是字面上的意思。他总会不停地转过头来。之前我也没想太多。”

“你还能记起点别的什么吗？”

“他总是会小心地确认门有没有锁好。而且还要确保某些灯24小时一直亮着。”

“为什么？”

“不知道。不过他书房桌上的台灯总是亮着的，还有大门前厅的灯。”

这位海军老军官，维兰德心想，难不成是想让灯塔照亮夜晚的航道。

这时，婴儿醒了，维兰德抱着她，一直到她哭声停止。

在去往斯德哥尔摩的火车上，维兰德一直还在想着那些不灭的明灯。他得去调查调查这事。说不定会有什么不为人知的理由，说不定这个理由正好与哈坎·冯·恩科的失踪有所关联。然而目前他并无头绪。但是不论怎样，他希望总会有个说得过去的理由。

CHAPTER 6 书房异状

20 世纪 70 年代末，维兰德曾和莫娜一起出去旅行，去的就是斯德哥尔摩。维兰德回想起他们当时住的似乎是苏达区的海洋宾馆，于是他打了电话过去，定了两个晚上的住宿。他下了火车，不知是该乘地铁还是坐出租车去宾馆的好。最后他扛起重重的旅行包，走了过去。如今天气依然寒冷，但好在阳光明媚，天边也没有雨云堆积。

他穿过老城区，想起了和莫娜一起的那次旅行。这都是她的主意。当时她突然发现自己居然还从未去过首都，于是就想着借此弥补一下这个遗憾。他们一共待了四天。莫娜那时刚回学校，所以并无收入，也无带薪假期。他们请一位同学照看了琳达几天——等到秋天，她就开始上三年级了。如果他没记错，那时是八月初，天气暖和，时有雷雨，闷热的天气里，他们常常会去公园散步，享受里面茂密的林荫。那都是 30 年前的事了，他边走边想，快到斯鲁森区 [1] 时，他开始上坡向宾馆走去。30 年了，一代人的时光。如今我又回来了。可这次，我却独自一人。

[1] 斯鲁森（Slussen）：斯德哥尔摩南侧的一个地区，挨着北边的老城区。

他走进大厅，发现里面完全变了样。这里真是他曾经住过的宾馆吗？他调整了下不安的心绪，把过去的回忆全都抛到了脑后，然后坐着电梯去了二楼的房间。他把床罩掀下，躺了下来。这是一次令人疲倦的旅行——他周围坐着一群吵闹的孩子，更糟糕的是，开到阿尔维斯塔镇车站时，还上来了一群醉醺醺的年轻人。他闭上眼睛，想睡上一会儿。不一会儿，他醒了过来，看了看表，发现自己最多才眯了10分钟。他站起身，走到窗前。哈坎·冯·恩科到底出了什么事？他试着一块块地拼接起这个谜团的拼图，琳达说的那些，还有他自己的亲身经历。如果把这些综合起来，会得出个什么结论呢？他一点头绪都没有。

他和路易斯约好了晚上7点去她家里。他还是决定走着去。路过皇宫时，他停了下来。他和莫娜曾经一起来过这里。他记得很清楚，当时他们就停在他现在站着的地方，因为两人都觉得脚走痛了。记忆中的场景鲜活如初，他耳畔仿佛回响着两人的话语。他总是会偶尔被悲伤笼罩，回忆自己瓦解的婚姻。此时便是如此。他望着下面洄漩的水面，思量着自己是怎样变得总爱回忆过去，回忆那些事到如今才意识到的错过的美好。

路易斯·冯·恩科泡了壶茶。她很憔悴，显然是睡眠不足，不过尽管如此，她还是显得相当镇静。客厅的墙上装饰着色调哑暗的冯·恩科家族画像以及各种战争场景的油画。她看到他正在看那些画。

“哈坎是家族里的第一位海军军官。他的父亲、祖父还有曾祖父都是陆军军官。他还有位叔叔是奥斯卡国王的内务大臣——我记不清是奥斯卡一世还是二世了。那边角落里还放着一把剑，是卡尔十四世对他另一位亲戚的奖赏。哈坎总是说，那人的工作就是向国王进献年轻淑女。”

她一时没了话说。维兰德听到壁炉架上挂钟的嘀嗒声，以及远处街上车辆的喧嚣声。

“你觉得他出了什么事？”

“我不知道。我真的不知道。”

“他失踪的那天，有什么不对劲的地方吗？与往常相比，他的行为举止有什么不同之处吗？”

“没什么不同。一切都和往常一样。虽然哈坎不是一个墨守成规的人，但他也有自己的日常安排。”

“那前几天呢？一周之前呢？”

“他得了场感冒。然后当天早上就没去散步。就这些了。”

“那他有没有收到什么邮件？有没有人打电话找他？有没有人来拜访他？”

“他和他最好的朋友斯滕·诺兰德聊过一两回。”

“那个人在迪尔索摩的寿宴上出现过吗？”

“没有，当时他去了别的地方。哈坎和斯滕是在同一艘潜艇上工作时认识的——当时哈坎是艇长，斯滕是总工程师。大概是20世纪60年代末的时候。”

“他是怎么看待哈坎的失踪的呢？”

“和其他人一样，斯滕也很着急。他也不知是什么缘故。他说如果你来了，他想跟你谈谈。”

她坐在维兰德对面的沙发上。突然，夕阳照在她的脸上，她赶紧挪到了阴暗的地方。维兰德觉得她是那种喜欢用朴实无华来掩饰自己美貌的女人。像是看破了他心思似的，她犹豫地冲他笑了笑。维兰德拿出记事本，记下了诺兰德的电话号码。他还注意到，她将他的电话和手机号码都熟记于心。

他们聊了一个小时，除了之前知道的那些，维兰德并无所获。然后，她带他去了她丈夫的书房。维兰德仔细端详着桌上的台灯。

“这就是那盏他整夜开着的台灯？”

“谁告诉你的？”

“琳达提起过。这盏灯，还有其他的灯。”

她一边拉上厚厚的窗帘，一边解释了起来。维兰德闻到房间里有一丝微弱的烟草气息。

“他很害怕黑暗。”她说，从灰暗厚重的窗帘上掸下一些灰尘，“他觉得这事很丢脸。这毛病大概在潜艇上工作时就有了，不过真正害怕是在很久之后才开始的，就在他不再出海很久之后。我还保证过，不会把这事告诉别人。”

“可你儿子不是也知道吗？然后他还告诉了琳达……”

“可能哈坎在我不知情的时候曾跟汉斯提过。”

远处响起了电话铃声。

“请随便看。”她说着从高大的双扇门中走了出去。

维兰德像看克里斯蒂娜·马格努森那样目送着她离去。然后他坐在书桌的椅子上。椅子由赤褐色木材做成，搭配绿色皮质坐垫与背靠。他慢慢地环视着这个房间，拧开台灯，台灯开关已积上了一层灰。维兰德隔着光亮的红木桌面，伸手拿起记事簿。这是他入行跟里德伯见习时就养成的习惯。不论去哪个案发现场，只要有桌子，里德伯做的第一件事就是这个。通常，记事簿里都不会藏有什么秘密。可他解释说，这在某种程度上也暗含了另一种神秘的潜台词，就算是空白之处也可能会有重要线索。

桌上还放着几支钢笔和铅笔，一个放大镜，一只天鹅形状的陶瓷花瓶，一块小石头，一满盒图钉，此外就没别的东西了。他坐在椅上慢慢旋转，审视着整个房间。四面墙上都挂着镶框照片——有潜艇和其他海军舰艇的照片；有汉斯毕业考试通过，戴着每个瑞典人都会戴的白帽子的照片；有婚礼上身着军礼服的哈坎和路易斯，一起从仪仗队佩剑所形成的拱门下走过的照片；还有一些老人的照片，几乎都穿着制服。墙上还挂了一幅画。维兰德走上前去，仔细端详起来。这是一幅描绘特拉法加海战的浪漫主义画作，濒死的纳尔逊靠在一门大炮上，周围一圈全是跪着的水手，他们都在痛哭之中。看到这幅画，他觉得很惊讶。因为在这所格调高雅的宅子里，这完全就是一幅庸俗之作。为什么哈坎会把它挂出来呢？维兰德小心翼翼地挪动了下这幅画。他查看了一下画的背面，可背面没写什么。他本来想要全面搜查一下这个房间，可现在有些晚了，维兰德心想。已经快 8 点半了，搜查房间会花费好几个小时。明早再开始搜查估计会更好些。书房旁边有两间相邻的客厅，他退回到其中一间。路易斯从厨房里走了出来。维兰德似乎隐约嗅到了一股酒的味道，不过他并不确定。他们约好了时间，他会在明天早上 9 点再过来一趟。维兰德在前厅穿上外套，准备离开，突然，他心中一动。

“你看起来很疲惫，”他说，“最近睡眠充足吗？”

“我会时不时地偷空休息下。可我现在什么都不知道，又怎么可能睡得好呢？”

“需要我晚上留在这里陪你吗？”

“谢谢你的好意，但是不必了。我也习惯了。别忘了，我可是海员的妻子。”

他走回了宾馆，中途在一家看似便宜的意大利餐厅用了晚餐。饭菜倒也确实便宜。为了晚上能睡好觉，他吃了半片安眠药。如今想要不开酒瓶子好好睡上一觉，似乎也成了一种奢望。真是可悲啊。

和他拜访的头天那晚一样，第二天，路易斯又先给他上了杯茶。看得出她几乎没怎么合眼。

她告诉了他一个消息，那是负责冯·恩科失踪案调查的总督察伊特伯格捎来的口信。他想让维兰德给他打个电话。她把无线电话递给他，然后起身去了厨房。维兰德可以从墙面的镜上看见她的样子。只见她站在地板中央，背对着他，一动不动。

伊特伯格满嘴的标准北方口音。

“如今我们已经展开全面调查了，”他说，“可以肯定，他绝对是出事了。我从他妻子那里听说你要全面检查他的文件。”

“你们之前没有检查过吗？”

“他妻子已经检查过了，但没什么收获。我猜她是想让你再检查一遍。”

“你们什么线索都没有吗？有没有人见过他呢？”

“只有一个不大可信的证人说在小简森林公园见过他。别的就没了。”

突然谈话停了下来，维兰德听见伊特伯格正喊着让某人滚开，然后他又拿起了听筒。

“我可真受不了，”伊特伯格接着说道，“难道现在的人都不知道进门之前该先敲门吗？”

“总有一天，国家警察局局长会要我们坐在敞开的办公室里，以此来提高工作效率，”维兰德说，“这样，我们就可以听到一个个证人的证词此起彼伏，然后出手帮忙解决其他人的案件。”

伊特伯格咯咯地笑了起来。维兰德发现自己在斯德哥尔摩警局里找到了一位很不错的同僚。

“还有一件事，”伊特伯格说，“哈坎·冯·恩科在职时曾是一位拥有高等军衔的海军军官，所以瑞典情报局也例行公事地掺和进来。我们那些安全部门的同行一直都在留神观察着，看是不是会有间谍。”

维兰德吃了一惊。

“你是说他被怀疑了吗？”

“当然不是。不过他们讨论第二年预算开支的时候总得拿出点东西来吧。”

维兰德走了几步，离厨房远了些。

“现在就你我两人说话，”他低声说道，“你觉得是出了什么事？别管那些证据——就凭个人经验，你觉得这是怎么回事？”

“情况不容乐观。他可能是在树林里遭到了埋伏或是绑架。我觉得这最有可能了。”

伊特伯格要了维兰德的手机号码，然后挂断了电话。维兰德继续喝起茶来，其实他更想喝咖啡。路易斯从厨房里走了出来，用探询的目光望着他。维兰德摇了摇头。

“毫无进展。不过他们对他失踪一事很上心。”

她依然一动不动地站在沙发旁边。

“我知道他是死了，”她突然说道，“我一直都不愿意把事情想得那么坏，可现在我不能不这么想了。”

“下结论也得需要一些证据，”维兰德谨慎地说道，“你这么说，是想到什么特殊的事情了吗？”

“我和他一起生活了 40 年，”她说，“他从来不会这样对我。不论是对我，还是对家里其他人，从来不会这样。”

她突然跑出房间。维兰德听见房门关上的响声。他等了一会儿，然后起身，轻手轻脚地来到走廊，站在外面听了一会儿。他听见她在哭。虽然他不是个感性的人，可也觉得喉头哽咽起来。他喝完剩下的茶，然后去了昨晚刚去过的冯·恩科的书房。窗帘依然是拉着的。他打开窗帘，让阳光照射进来，然后开始一个个地搜查起书桌的抽屉。里面的东西摆放有序，一切都井井有条。其中一个抽屉放着几只古旧的烟斗和烟斗洁具，还有一个看起来像是掸帚的东西。他又转去看另一边抽屉，里面的物品依然摆放有序，都是他以前的学校成绩单、证书和飞行员驾驶执照。1958 年 3 月，在斯德哥尔摩的布罗马机场，哈坎·冯·恩科通过了单引擎飞机驾驶员考试。原来他这一辈子并不完全待在海底深处，维兰德心想。他不仅学鱼游泳，还学鸟飞翔。

维兰德抽出哈坎·冯·恩科的诺拉拉丁文法学校的成绩单。他的历史和瑞典语都是高分，地理也不错。只有德语和宗教这两门科目分数一般。另一个抽屉里放着一部相机和一副耳机。维兰德拿起相机查看了一番。这是一部老旧的莱卡相机，仔细一看，里面还有胶卷，好像已经拍了 12 张，也可能是还剩 12 张没拍。

他把相机放在桌上。那副耳机也很旧。维兰德猜想这耳机在50年前可能是当时的最高科技。可冯·恩科为什么还要留着这些东西？最下面的抽屉里只放着一本漫画书，里面都是彩色图画和气泡对话框。是《最后一个莫希干人》这部小说的漫画版本。这本漫画好像经常被人翻阅，拿在手里几乎都快要散架了。他又想起了里德伯说过的话：要时刻留心不协调之处。这本1962年的图画经典作品，到底为什么会放在冯·恩科桌子下面的抽屉里？

路易斯进来了，可他没有听见。她就那么突然地出现在了门口，刚才崩溃的情绪已完全不见踪影，脸上也重新施了粉。他拿起漫画书。

“他为什么会留着这个？”

“我记得这是他父亲在某个特殊场合之下给他的。不过他从没跟我说过细节。”

她又走开了，留他一人随意翻看。维兰德打开了桌子当中与腰齐高的最后一个大抽屉。里面杂乱无章地摆放着各种东西——信件、照片、旧飞机票、医生证明，还有一些药。为什么只有这个抽屉是乱七八糟的呢？他决定先就这么打开放着，暂时不去碰里面的东西。但是他拿出了医生证明。

这个让他竭力寻查踪迹的男人注射了很多次疫苗。就在三周前，他注射了黄热病、破伤风还有黄疸疫苗。订在医生证明上的还有一份抗疟疾药物的处方单。维兰德皱了皱眉。黄热病？要跑到哪个地方才会需要注射这种疫苗？他答不出来，又把证明放回到了抽屉里。

维兰德站起身，将视线转向了书架。如果冯·恩科看过架上的这些书，那他对英国历史和20世纪海军发展史肯定很感兴趣。上面还摆着一些通史书籍，以及许多的政治回忆录。维兰德注意到，在塔格·埃兰德[1]的回忆录旁，放着的是斯蒂格·温纳斯特龙[2]的自传。令人吃惊的是，维兰德还发现冯·恩科居然对瑞典现代诗歌也有兴趣。上面有许多维兰德不认识的诗人，不过有几位他倒也略知

[1] 塔格·埃兰德（Tage Erlander，1901—1985）：瑞典政治家，曾担任瑞典首相和瑞典社会民主工人党领导人。

[2] 斯蒂格·温纳斯特龙（Stig Wennerstrom，1906—2006）：瑞典空军上校，1964年被宣判犯有叛国罪，为苏联间谍。

一二——比如索涅维[1]和特兰斯特勒默[2]。他抽出其中几本，发现都有被阅读过的迹象。还有人在特兰斯特勒默一本诗集中的空白处做了评注，比如有一处写着："好诗。"维兰德读了一遍，发现果然是首好诗。那首诗写的是针叶林的叹息。书架上貌似还有伊瓦·鲁－约翰逊[3]的著作全集，以及维尔汗·莫伯格[4]的著作全集。这个失踪男人的形象，如今在维兰德的脑海中变得越来越丰满起来。他一点儿也不觉得这位指挥官只是个想向世界炫耀自己艺术品位的虚荣自负之人。维兰德讨厌那种类型的人。

维兰德离开书架，把注意力又转到了高大的文件柜上。他一个个地打开了抽屉。里面装着文件、信件、报告、私人日记，以及贴着"我指挥过"标签的潜艇图画。除了那个书桌抽屉，一切都是井然有序。不过还有某种东西让维兰德心神不宁，虽然他也说不清那是什么。他又坐回到了书桌椅子上，凝视着打开的文件柜。房间的一处角落里放着一把棕色皮制扶椅、一张桌子和一盏带着红色灯罩的书灯。维兰德从书桌椅子上挪到了扶椅上。桌子上放着两本书，都是打开的。一本很旧，是雷切尔·卡逊的《寂静的春天》。他知道这是一本警示西方文明进步威胁地球未来的早期作品之一。另一本则是关于瑞典蝴蝶，简短的文字中穿插着彩色图片。蝴蝶和受威胁的地球，维兰德思索着。还有一个杂乱无章的抽屉。他不知该如何将这些不同的碎片拼接起来。

这时他注意到扶椅底下有本杂志的一角露了出来。他弯腰捡起。这是本有关海军舰艇的英国或美国杂志。维兰德翻阅了一遍。里面什么都有，有罗纳德·里根号航空母舰的相关文章，有还在制图阶段的潜艇草图。维兰德放下杂志，又看起了文件柜。不要用眼睛去看。里德伯曾这样警告过他，不要注意那些你真正在寻找的东西。他又查找了一遍文件柜，然后在一个抽屉里找到了一把掸帚。他喜

[1] 索涅维（Goran Sonnevi，1939—）：瑞典著名诗人及翻译家，诗歌多与时事政治相关。2005年获得了有"小诺贝尔奖"之称的瑞典学院北欧文学奖，2006年获北欧理事会文学奖。

[2] 特兰斯特勒默（Tomas Transtromer，1931—）：瑞典著名诗人、心理学家和翻译家，2011年获诺贝尔文学奖。

[3] 伊瓦·鲁－约翰逊（Ivar Lo-Johansson，1901—1990）：瑞典无产阶级文学家，1979年获北欧理事会文学奖。

[4] 维尔汗·莫伯格（Vilhelm Moberg，1898—1973）：瑞典著名作家、戏剧家、历史学家及辩论家。

欢所有东西都一尘不染，维兰德心想。任何文件上面都不许落上丁点灰尘，一切都得井井有条。他坐回到书桌椅上，再次望向了那个打开的抽屉，里面乱糟糟的，一看就显得极不和谐。他小心翼翼地查看起里面的具体内容，却没发现什么特别之处。真正让他不安的是那种杂乱无章的状态。这实在太惹人注目了，根本就不像是哈坎·冯·恩科整理物品的风格。又或者，这会不会是他有意为之的一种杂乱，会不会是一种打破常规的井然有序呢？

他站起身，伸手去摸那高得出奇的文件柜顶部。上面放着一个很难让人看到的文件夹。他拿了下来，里面有一份关于柬埔寨政治局势的报告，由罗伯特·杰克逊和伊夫林·哈里森撰写。也不知这两人是谁。维兰德惊讶地发现这是美国国防部门的一份报告，日期是 2008 年 3 月，才刚刚出炉不久。读过这份报告的人显然是深有感触，在好几个句子下方都画了线，写在空白处的批注后面还跟着笔触有力的大感叹号。报告的名称是《柬埔寨的挑战——基于波尔布特政权的遗产》。

他回到客厅。茶杯都收捡好了。路易斯正站在一扇窗旁，望着下面的街道。他清了清嗓子，她快速转过身来，像是受了惊吓一般。这让维兰德想起了她丈夫在迪尔索摩寿宴上的样子——一模一样的反应，他心想，都是一副担忧害怕的样子，像是受到了某种威胁。

其实他并不想问下面的这个问题，可一想到迪尔索摩，他就不自觉地问了出来。

“他有枪吗？”

“没有。一支都没。上班的时候，哈坎可能有一把。可是在家里不可能，他从来没把枪放在家里。”

“那你们有夏日别墅吗？”

“我们曾经商量过要买一栋，但从没下定决心去买。汉斯还小时，我们每年夏天都会去于特岛度假。最近几年，我们去的都是里维埃拉[1]，在那里租了间公寓。”

“他有没有什么别的可以放枪的地方？”

“没有。你为什么要问这个？”

---

[1] 里维埃拉（Riviera）：地中海沿岸区域。

“也许他在某处有个类似储藏室的地方。你们有阁楼吗？或是地下室？”

“我们在地下室的一个房间里放了些他童年时代的旧家具和纪念品。但我觉得那里不会有枪。”

她离开房间，然后带着一把有挂锁的钥匙回来了。维兰德把钥匙装进口袋。路易斯问他是否想再喝些茶，维兰德说不必了。他不好意思说自己其实是想喝咖啡。

他回到书房，继续查阅那份关于柬埔寨的报告。为什么这个会放在文件柜的柜顶上呢？屋里的安乐椅旁正好放着一张脚凳，维兰德把凳子搁在文件柜面前，站在上面踮起脚尖，这样就能看见柜顶的上面了。除了文件夹放过的那块地方，上面的其他地方都布满了灰尘。维兰德拿走脚凳，又站在了原地。突然，他明白吸引自己注意的到底是什么东西了。这里似乎丢失了一些文件，尤其是这个文件柜。为了确认自己的想法，他又搜查了一遍书桌抽屉和文件柜里的所有东西。他发现到处都有文件挪动过的痕迹。是哈坎自己做的吗？这很有可能。不过也有可能是路易斯。

维兰德回到客厅。路易斯正坐在一把在维兰德看来真的是旧得不行的椅子上。她正呆望着自己的双手。维兰德一走进客厅，她便站了起来，又问了一遍是否想来杯茶。这次他接受了她的好意。他等着她给他斟好茶，却发现她没给自己斟上一杯。

“我没找到什么东西，”维兰德说，“会不会有人已经彻查过他的文件了？”

她疑惑地望着他，疲惫令她显得面色黯沉、表情扭曲。

“当然了，先前我有搜过一遍。可除了我还会有谁呢？”

“我不知道，不过里面看起来像是丢失了一些文件，就好像，本来摆放整洁的所有文件中，突然有一部分变得杂乱无章起来。不过也有可能是我想错了。”

“可他失踪之后就没人去过书房。当然了，除了我。”

“我知道，之前都已经说过了，不过我还想再问你一遍。他天生就喜欢整洁吗？”

“他不喜欢乱七八糟的。”

“可他不是个墨守成规的人，我记得你好像说过这话。”

“有客人来用餐时，他总是会帮我摆好桌子，会检查看看餐具和玻璃杯子是否摆放正确。可他不会用尺子去测量摆放位置是否有偏差。不知这个答案你满意不满意？”

“十分满意。”维兰德礼貌地答道。

维兰德喝完茶，就到地下室去查看家里的储藏室。里面放着几个旧行李箱，一个摇摆木马，还有几个塑料盒。盒子里装满了玩具，不仅有汉斯用过的，还有前几代人的。靠着墙边还摆放着一些雪橇，以及一个被拆卸了的用来冲洗相机底片的设备。

维兰德小心翼翼地坐在摇摆木马上。突然他脑海中闪过一个念头，猝不及防却又冷酷无情，就像几天前歹徒向他袭击时那样。哈坎·冯·恩科死了。没有其他可能的解释了。他死了。

想到这里，他便感到沮丧心烦起来。

哈坎·冯·恩科本来是想告诉我些什么的，他心想。可不幸的是，在迪尔索摩的那个房间里，我却并没有明白他的意思。

CHAPTER 7 潜艇咖啡馆

破晓时分，维兰德被隔壁房年轻夫妇的吵架声给弄醒了。墙体很薄，可以清清楚楚地听到双方的对骂和尖刻的话语。他下了床，在洗漱包里到处翻找着耳塞。可他显然把耳塞落在了家里。他重重地敲击着墙壁，两声重响，然后又敲了一下，像是用拳头来发泄他最后的咒骂。吵骂声突然停止了——也有可能是压低了声音，只是他听不见罢了。重新入睡时，他细想了一下，自己和莫娜到首都来时，是否也曾在这宾馆里吵过架。他们俩总是喜欢时不时地为些鸡毛蒜皮的小事刨根究底——总是为些小事，从没有过真正的大事——然后大发雷霆。一吵架就没什么好脸色，他心想，总是死气沉沉的。不是痛苦，就是失望，要不就是既痛苦又失望，虽然我们都知道一切很快就会过去。可不管怎样，我们还是口舌不断，而且两个人都会愚蠢地去说些事后后悔的伤人话语。我们都习惯了肆无忌惮地口无遮拦，却从未想着要去克制自己的冲动。

他睡着了，然后做了个梦，梦到了一个人——可能是里德伯，也可能是他的父亲——站在雨里等着他来。但他迟到了，好像是因为车坏了，他知道这一迟到自己又要挨骂了。

吃过早饭，他坐在大厅里给斯滕·诺兰德打电话。维兰德先是拨了家里的号码。没人应答。然后是手机，也没人应答，不过有提示语音让他留言。他说出了自己的姓名和事宜。可他那所谓的事宜其实又算得上什么呢？寻找失踪的哈坎·冯·恩科，是斯德哥尔摩警察的工作，又不是他的。也许他可以算作临时的私家侦探——可自从奥洛夫·帕尔梅遭人暗杀之后，这个头衔都变臭了。

他的思路突然被手机铃声打断了，是斯滕·诺兰德打来的。他的声音沙哑低沉。

"我知道你是谁，"他说，"哈坎和路易斯都跟我提过你。我该到哪儿去接你？"

斯滕·诺兰德停下车时，维兰德正站在路边等着。他开着50年代中期出产的道奇汽车，车的外壳全是亮闪闪的铬合金，车轮胎上装有白色镶嵌物。毫无疑问，诺兰德年轻的时候肯定是那种男阿飞。就算现在，他也还穿着皮夹克、美式长靴、牛仔裤，以及薄薄的背心，虽然现在天气依然还很冷。冯·恩科和诺兰德这两人，到底是怎么成为好朋友的呢？维兰德不禁好奇起来。第一眼他就觉得这两人截然不同。但是以貌取人总是不靠谱的。这又让他想起了里德伯的另一句名言：外表这个东西几乎完全可以忽略掉。

"上车。"斯滕·诺兰德说。

维兰德没问要去哪里，上车后就往后靠在了真皮座椅上。他礼貌性地问了几个有关车的问题，对方也礼貌性地作了回答。然后他们就沉默地坐着。两颗羊毛材质的大骰子在后车窗上来回摆动。维兰德小时候经常看见这种类型的车子。开车的一般都是中年男子，穿着和车上铬合金配件一般闪闪发亮的套装。他们总是开车过来，一打打地买光他父亲的画作，然后从厚厚的支票簿上撕下支票付钱。他称他们为"丝绸骑士"。后来他发现，他们付的那点买画钱，根本就是对他父亲的侮辱。

那是一段伤感的记忆。不过都是过去的事了，如今也回不去了。

车上没有安全带。斯滕·诺兰德看到维兰德正在到处找。

"这是一款老爷车，"他说，"所以没有系安全带的硬性要求。"

终于，他们到了目的地，也不知是瓦穆多[1]的哪处地方——维兰德很早以前

[1] 瓦穆多（Varmdo）：斯德哥尔摩的一个自治市。

就没了距离感和方向感。诺兰德在一幢有咖啡馆的棕色建筑旁停了下来。

“这家咖啡馆的女主人曾是我和哈坎一个共同好友的妻子，”诺兰德说，“如今是个寡妇，名叫玛蒂尔德。她的丈夫，克雷斯·霍恩维格，是我和哈坎一起工作过的蛇艇上的大副。”

维兰德点点头。他想起哈坎·冯·恩科曾经跟他提起过那个级别的潜艇。

“我们都会尽量照顾她的生意。她需要钱。不过她的咖啡确实也很好喝。”

走进咖啡馆，维兰德第一眼就看到了放在大厅中央的潜望镜。诺兰德介绍了一下曾经装载过这架潜望镜的退役潜艇。维兰德觉得自己仿佛置身于一座私人潜艇博物馆。

“这已经成为一种习俗了，”诺兰德解释道，“每一位曾在瑞典海军服过役的军人，至少都会到玛蒂尔德咖啡馆朝圣一次。他们来的时候总会带些东西——如果没带，那简直就是不可思议。带来的东西有可能是偷来的瓷器，或是毛毯，甚至还有可能是控制台上的物件。当然了，最幸运的事情莫过于碰到潜艇退役。那样潜艇就会被送到废品站，很多退役军人都会跑去收集纪念品，而且每次都会有人惦记着要为玛蒂尔德找些物品，好替店里的藏品锦上添花。钱都是次要的，主要是想从废弃的潜艇上抢救出一些东西。”

一位 20 多岁的女子从厨房的摇摆门中走了出来。

“这是玛蒂尔德和克雷斯的孙女玛丽，”诺兰德说，“玛蒂尔德有时也会到店里来，不过现在她都 90 多岁了。她说她母亲活到了 101 岁，祖母活到了 103 岁。”

“说的没错,”那女孩说,“我妈妈今年 50 岁了。她说自己才只活了一半的岁数。”

她为他们端来了一份咖啡和糕点。诺兰德随手拿了片酪饼吃了起来。店里零零散散地坐了些客人，大多数都是上了年纪的人。

“这都是以前的潜艇官兵吗？”维兰德好奇地问道，然后跟着诺兰德朝着离街道最远的空房间走了过去。

“不一定，”诺兰德说，“不过我的确认得其中的一些人。”

这个房间处于咖啡馆的中心位置，墙面四周挂着古旧的制服和信号旗。维兰德觉得自己好像是在拍摄战争片的道具间里。他们在角落的一张桌子旁落座。桌旁的墙上挂着一幅黑白照片。斯滕·诺兰德指着那张照片说：

“在这里,你可以看到我们那艘海蛇号。第二排的第二个是我,第四个是哈坎。

那时候克雷斯还没和我们在一起。”

为了看得更清楚些，维兰德向前探了探身子。想要辨认出这么多张不同的面孔，还真不是件容易的事。诺兰德告诉他这张照片是在卡尔斯克鲁纳拍摄的，当时他们正要出海远航。

“我觉得那次航行感觉真的不是很好。行程预定是从卡尔斯克鲁纳出发，向克瓦尔肯[1]海峡开进，然后转往卡利克斯市[2]，最后返回原地。当时是 11 月，正是冷得要命的时候。如果我没记错的话，当时一路上都是暴风雨。潜艇一直都在颠簸，最糟糕的是——波罗的海实在是太浅了，我们根本没法潜到更深的地方。波罗的海完全就是个水池子。”

诺兰德狼吞虎咽地吃着糕点，像是完全不在乎味道似的。突然他放下刀叉。

“你知道到底是怎么回事吗？”他说。

“我知道的不比你和路易斯多。”

诺兰德猛地将咖啡杯推到了一旁。维兰德看得出，他和路易斯一样，整个人都很疲惫。又是一个睡不着觉的人，他心想。

“比起大多数人，”维兰德说，“你要更了解他些。路易斯说你和哈坎很亲密。要是那样的话，那你的看法会比大多数人的看法来得重要。”

“你这话说的跟那博格斯街上找我谈话的警察一样。”

“我不也是个警察吗！”

斯滕·诺兰德点了点头。他很紧张，也很焦急，从他僵硬的表情和紧闭的嘴唇就可以看得出来。

“他 75 岁寿宴的时候，你怎么没来？”维兰德问道。

“我有个妹妹，住在挪威的卑尔根[3]。她的丈夫突然死了，需要我去帮忙。再说了，我也不大喜欢那样的大聚会。我们有自己单独的庆祝大餐。就在一周前。”

“在哪里？”

“就在这里。喝咖啡吃曲奇饼。”

---

[1] 克瓦尔肯（Kvarken）：波的尼亚湾的一个狭窄区域，连接瑞典、芬兰两国。

[2] 卡利克斯市（Kalix）：瑞典北部的一个自治市。

[3] 卑尔根（Bergen）：位于挪威西岸。

诺兰德指着墙上挂着的一顶海军军帽。

“那是哈坎的。这是我俩庆祝的时候，他给这里带来的礼物。”

“你们当时都聊了些什么？”

“就是平时聊的那些。1982 年 10 月的那档子事。当时我在一艘哈兰级驱逐舰上任职。那舰艇当时也快要退役了，现在已经是哥德堡博物馆的展品了。”

“也就是说你并不仅仅只是潜艇上的总工程师？”

“我最先是在鱼雷快艇上工作，然后是轻巡洋舰、驱逐舰、潜艇，最后又回到了驱逐舰上。波罗的海出现那些潜艇的时候，我们都被部署到了西海岸。大概是 10 月 2 日中午，海军中校尼曼通知我们要全速向斯德哥尔摩群岛进发，说是需要我们作为后援。”

“你在那段紧张时期里有跟哈坎联系过吗？”

“他给我打过电话。”

“在家里还是在船上？”

“在驱逐舰上。那时我根本没回过家。当时所有人都不许请假。可以说是紧急戒备状态。要知道，在那个单纯美好的年代，手机还没有普及，必须得靠电话接线员来告诉我们谁有电话了。哈坎通常会在晚上打电话。他想让我待在自己的船舱里接电话。”

“为什么？”

“我猜他是不想让别人听到我们的谈话内容。”

斯滕·诺兰德回答的时候显得阴气沉沉的，好像很不情愿似的。他坐在那里，用叉子捣鼓着糕点。

“其实从 10 月 1 日到 15 日，我们每晚都会通电话。我想他本来是不应该那么做的，可我们互相信任对方。他也肩负重任压力很大。一个深水炸弹稍有偏差，就会击沉潜艇，而不是逼其浮出水面。”

这时，诺兰德已把他剩下的糕点给捣得稀巴烂了。他放下叉子，将一张餐巾纸扔在了盘子上面。

“最后那晚他给我打了三次电话。很晚，或者说是很早。他最后一次打给我的时候，天都已经开始亮了。”

“当时你还在驱逐舰上？”

“我们在哈什弗加登东南方向不到一海里的地方。那天风很大，不过还不算太糟。我们处于全面戒备状态。指挥官们当然知道是出了什么事，可其他的船员都只知道待命，却不知道是为什么。”

“你们当时真的是要准备听令去追捕潜艇吗？”

“如果真有潜艇被迫浮出水面，我们也不清楚苏联人到底会怎么做。或许他们会想办法营救？当时哥得兰岛[1]的北面正好有几艘苏联舰艇，而且还在朝着我们的方向缓慢前进。有位无线电军官说，他以前从没见过那么频繁的苏联无线电通信，就算是在波罗的海海岸举行大型军演时也没那么频繁过。他们明显是在焦躁不安。”

他们停了片刻，玛丽正好走进来询问是否还需要咖啡。两人都不想喝了。

“我们来讨论一下最重要的一件事情，”维兰德说，“听到撤离围困潜艇的命令之后，你有什么反应？”

“我简直不敢相信自己的耳朵。”

“你是怎么得知这件事的？”

“尼曼突然接到指令，说是让我们撤退，开往兰斯奥特[2]，在那儿待命。上头没有给出任何解释，尼曼也不是那种会去刨根究底的人。我正在机舱里的时候，有人喊我说有电话找我。我往上朝着自己的船舱跑去。是哈坎打来的电话。他问我旁边有没有人。”

“他经常这样吗？”

“不，并不经常。我说现在就我一个人。他一再强调事关重大，让我千万要说实话。记得当时听到这话之后，我很生气。后来我发现他并没在指挥室里打电话，他是从电话亭里打给我的。”

“你是怎么知道的呢？是他跟你说的吗？”

“我听到他塞硬币的声音。军官餐厅里面有个电话亭。不过按照规定，他是不可以随便离开指挥中心的，就算离开也不可以超过两三分钟，除非是去洗手间。他肯定是跑着去那里打电话的。”

---

[1] 哥得兰岛（Gotland）：瑞典东部岛屿，是瑞典和波罗的海最大的岛屿。

[2] 兰斯奥特（Landsort）：位于斯德哥尔摩群岛最南端。

“是他跟你说的吗？”

诺兰德疑惑地看着他。

“真不知道现在咱俩谁是警察，是你还是我？当时我听到电话里他气喘吁吁的。”

维兰德没有被激怒，只是点点头，暗示诺兰德接着往下讲。

“他很不安，可以说是既愤怒又害怕。他坚持认定这是叛国罪，还想违抗军令去把那艘该死的潜艇炸出水面，不管他们以后会说什么。后来他的钱用完了，电话断了，就像被人切断似的。”

维兰德目不转睛地望着他，等着未完的后续。

“这个词用得很重啊。叛国罪？”

“可这就是事实啊！他们可是把侵入我国领海的潜艇给放走了。”

“那是谁负的责呢？”

“高层指挥部里某个临阵退缩的人，也可能不止一人。反正他们不想迫使苏联潜艇浮出水面。”

一个人端着咖啡走进了房间。诺兰德狠狠地瞪着他看，于是他转身离开，到别的房间找空位子去了。

“我不知道是谁负的责。要问‘为什么’，倒也容易回答，可这不过是推测。你以前不知道的，最后照样还是不知道。”

“有时候，自问自答是很有必要的。尤其是做警察的。”

“那么我们可以假设，那艘潜艇上面有某个瑞典当局绝对不可以去碰的东西。”

“那会是什么呢?

“你可以拓展一下假设的范围，说不定那不是一个‘东西’，而是一个‘人’。比如说，如果潜艇上面有个瑞典军官，那该怎么办？”

“你为什么会那么想呢？”

“这不是我的想法。这是哈坎的推测。他有很多这样的推测。”

维兰德问话之前又想了一会儿。他发现自己本来应该把诺兰德说的话都给记下来的。

“后来呢？”

“什么后来？”

诺兰德变得烦躁起来。维兰德不清楚他为什么会烦躁，是因为他问的这些问题，还是出于对失踪朋友的担忧？

“哈坎告诉我说，后来他开始到处询问别人。”维兰德说。

“他想找出个所以然来。可这所有的一切几乎都是最高机密。有些文件甚至还是超级机密，那样的话，为了保密，这些文件就得锁上个70年。这是瑞典最高机密的期限。正常期限是40年。可在这次事件中，有些文件居然要保密70年。就算给我们上咖啡和糕点的小玛丽，恐怕都没法长寿到去看那些文件。”

“不过话说回来，她可是有着优良的家族基因。”维兰德说。

斯滕·诺兰德没有吭声。

“一旦下定决心要做某事，哈坎这人就会变得非常难缠。”诺兰德接着说道，“他觉得自己就跟瑞典领海一样受到了侵犯。有人不仅没有尽到职责，还严重失职。许多记者开始挖掘潜艇事件的内幕，可哈坎根本就不满足那些。他想知道真相，为了这个，他把自己的事业都给赌了上去。”

“他找谁询问了？”

诺兰德迅速而利索地回答了这个问题。

“每个人。他询问了他所能想到的每个人。不过可能没问国王，但谁知道呢。有一点可以肯定的是，他请求过面见首相。他打电话给那个内阁里的社会民主党老好人萨格·吉·彼得森，请求面见首相。彼得森说首相的日程都排满了，可哈坎没有放弃。‘那就找个预留日程，’他态度坚决，‘就是可以随时召开紧急会议的那种时段。’而他最后也确实得到了一次面见机会。就在1983年圣诞节的前几天。”

“他跟你说了面见的事吗？”

“当时我就跟他在一起。”

“就在他去面见帕尔梅的时候吗？”

“这么说吧，面见那天，我是他的司机，只是在外面的车里等着他。我看着身穿军礼服和黑色大衣的哈坎走进大门，然后消失在仅次于皇宫的尊贵宅邸之中。面见大概持续了半个小时。他刚进去10分钟，就有一个交警敲着车窗，告诉我这里是落客处，不可以停车。我摇下车窗，告诉他我正在等着一位和首相商谈要事的人物，不想挪地方。然后他就没管我了。后来哈坎出来了，满额头都是汗珠。”

他们沉默了一会儿。

“我们到了这家咖啡馆，”斯滕·诺兰德说，“正好坐的这张桌子。下车的时候，天空开始飘雪。那一年，我们在斯德哥尔摩过了一个白色圣诞节。雪一直下到新年前夜。然后就下雨了。”

玛丽又拿着咖啡壶转了过来。这次两人都重新添上了咖啡。斯滕·诺兰德遵照瑞典传统，先往嘴里放了块方糖，然后呷了口咖啡，这时维兰德注意到他装了假牙。这一发现让他不舒服了好一阵子。或许是因为这提醒了他往后得更加频繁地去拜访牙医了。

根据斯滕·诺兰德所说，哈坎·冯·恩科详细地讲述了他去面见奥洛夫·帕尔梅的过程。他受到了欢迎。帕尔梅问了几个有关他军旅生涯的问题，然后嘲讽了下自己做预备军官时的样子。帕尔梅仔细听完了哈坎·冯·恩科的陈述。他说得一点儿都不含糊。讲到和自己东家瑞典国防军的关系时，冯·恩科可算是打破了所有的常规惯例。为了能按自己的主张面见首相，他毁掉了与最高指挥官和下属军官之间的所有关系。事到如今，已经没有回头路了。他觉得有必要详细说明他对整件事情的看法。他说了十多分钟，最后才说到重点。他说帕尔梅一直都在听着，半张着嘴，盯着他的眼睛，从头到尾一直都在听着。冯·恩科说完自己的强烈谴责之后，帕尔梅思索了一会儿，然后开始问起了问题。他想知道，首先军方是否能够确定这艘潜艇的国籍，是否能确认它就是华约的国家派来的。诺兰德说，哈坎用另一个不同的问题回答了这个问题：他想知道还有可能会是哪国的潜艇。帕尔梅没有回答，只是拉长了脸，摇了摇头。哈坎开始谈起了叛国罪和军事政治丑闻，可帕尔梅打断了他，说这个话题得到另一个环境去讨论，不能在首相私人面见时说。他们就只说到了那里。然后秘书小心谨慎地出现在了门口，提醒帕尔梅另一场安排好的会面就要开始了。出了门后，哈坎浑身是汗，但也如释重负。他说，帕尔梅有在听他说话。他十分乐观，相信政府很快就会有所行动。首相绝对明白了哈坎口中叛国罪的意思。很快他就会去逼问国防部长和最高指挥官，让他们给出一个解释。到底是谁要取消围困计划，放走潜艇？还有最重要的是，为什么要这么做？

斯滕·诺兰德看了眼手表。

“后来怎样？”维兰德停了会儿又接着说道。

“当时是圣诞节。接连好几天都没什么动静，直到新年那天，哈坎被最高指挥官叫了过去。他受到了严厉的训斥，因为他瞒着自己的上级，私下跑去面见奥洛夫·帕尔梅。不过哈坎是个聪明人，他意识到苛责的主要目标其实是首相，他们都认为他不该同意面见一个不走正途的海军军官。”

“不过哈坎肯定还是会继续四处打探的吧？就算他被斥责，他也绝对不会放弃的。”

“那以后，他一直都在四处打探。都打探了 25 年了。”

“你是他最好的朋友。他肯定跟你提起过他所受到的威胁。”

诺兰德点点头，却什么都没说。

“现在他却失踪了。”

“他死了。有人杀死了他。”

这回答来得干脆而又坚定，说得就好像哈坎真的死了似的。

“你怎么这么肯定呢？”

“不然还会有什么其他的可能？”

“是谁杀了他？为什么要杀他呢？”

“我不知道。可能是他知道了不该知道的凶险事情。”

“潜艇入侵瑞典海域的事件都已经过去 25 年了。这么多年了，还能有什么凶险的事呢？再说了，苏联都解体了，柏林墙也倒塌了，东德呢，这些全都是过去的事了。如今还有什么妖魔鬼怪会突然出现？”

“我们都以为一切全都结束了，终于全都落幕了。却不知道有的人可能只是退到了舞台两侧，换了套戏服。虽然演出的剧目可能不一样了，却依然还在同样的舞台上上演着。”

斯滕·诺兰德站起身来。

“改天再聊吧。我妻子现在要我回去了。”

他开车把维兰德送回了宾馆。道别之际，维兰德又想起了另一个问题。

“还有没有什么别的和哈坎亲近的人？”

“没有什么人是和哈坎亲近的。或许，路易斯是例外。老海员们通常都很内向。他们都喜欢自己闷着。其实我和他也不是真的很亲近。我觉得你可以说我们是貌似亲近，那样可能会准确些。”

维兰德觉得诺兰德似乎正在犹豫着什么。他会不会说出来呢?

“史蒂文·阿特金斯,”诺兰德说,“一位美国潜艇艇长。比哈坎要小一岁。我想他明年就该 75 岁了。”

维兰德拿出记事本,写下了这个名字。

“你有他的地址吗?”

“他住在加利福尼亚,离圣地亚哥不远。以前驻扎过格罗顿的一个大型海军基地。”

维兰德很纳闷,为什么路易斯没有提到史蒂文·阿特金斯。不过他没有拿这个问题去烦扰诺兰德——他似乎很着急,正在不耐烦地加速。

维兰德目送着这辆闪亮的轿车离开,直到它在斜坡上消失不见。

他回到自己的房里,回想着刚才所听到的那些话。可他依然没有哈坎·冯·恩科的任何线索。维兰德依然没有找到解决问题的眉目,一切还在原地踏步。

CHAPTER 8 公寓焦尸

第二天早上，琳达打来了电话，问他斯德哥尔摩这边的进展怎样。他没有绕弯子，直接告诉她，路易斯似乎觉得哈坎已不在人世了。

“汉斯不会相信的，”她说，“他觉得他的父亲肯定没死。”

“不过他心里很可能想的和路易斯一样糟。”

“为什么这么说？”

“情况看起来不容乐观。”

维兰德问她有没有和于斯塔德的人联系过。他知道她和克里斯蒂娜·马格努森有时会有私下往来。

“内部调查组已经回到马尔默了，”她说，“也就是说，他们可能很快就会对你的案子进行判决。”

“我可能要被炒鱿鱼了。”维兰德说。

她几近愤慨地回答道：

“你把枪带到了餐馆里，这事确实是蠢得让人难以置信，可要是为这个而炒你鱿鱼，那好几百个瑞典警察恐怕也得卷铺盖走人了。比这更严重的违纪事件多了去了。”

“可我只能做最坏的打算。”维兰德垂头丧气地说。

“等你不再那么自艾自怜了，咱们再接着聊吧。”说着她挂断了电话。

当然了，维兰德觉得她说的也对。他可能会受到警告，或是处以罚款。他拿起电话，想要再打过去，可又忍住了，他觉得他们极有可能会大吵一架。他穿好衣服，吃完早餐，然后给伊特伯格打了个电话。他们约好了上午 9 点钟见面。维兰德问他有没有什么新线索，结果依然是毫无进展。

“我们收到一条消息，说是有人在南泰利耶[1]见到过他，”伊特伯格说，“天晓得他为什么要跑到那里去。可这根本就是条假消息。只不过是个穿着制服的男人。我们的朋友出门长跑时可没穿着制服。”

“反正不管怎样，就没人看见过他，这事可真是有些蹊跷，”维兰德说，“据我所知，小简森林公园里可是有不少慢跑和遛狗的人。”

“我同意，”伊特伯格说，“这一点我们也很担心。但是好像真的没人看见过他。等你 9 点过来，我们还可以再好好谈谈。我会在会客室里等你的。”

伊特伯格是个身材高大、体格强壮的人。这让维兰德想起了瑞典的一位著名摔跤选手。他扫了眼伊特伯格的耳朵，想瞅瞅上面有没有摔跤选手身上常见的菜花耳似的畸形，却没有发现丝毫职业摔跤手的迹象。伊特伯格虽然身躯庞大，却脚步轻快。他领着维兰德沿着走廊一路健步如飞，几乎是脚不沾地。终于他们来到了一间凌乱不堪的办公室，地板中央还躺着一只硕大的充气海豚。

“这是给我孙女的，”伊特伯格解释道，“她叫安娜・劳拉・康斯坦斯，这个星期五就 9 岁了，这是她的生日礼物。你有孙子孙女吗？”

“最近才刚有了第一个孙女。”

“叫什么？”

“还没取名呢。孩子的父母两人都在等着天上自动掉下一个名字。”

伊特伯格咕咕哝哝地说了几句听不清楚的话，然后一屁股坐在了自己的椅子上。他指了指窗台上的咖啡机，可维兰德摇了摇头。

[1] 南泰利耶（Sodertalje）：离斯德哥尔摩西南方向 30 公里远的一座工业城市。

“假设他已经遭受了暴力袭击，”伊特伯格说，“可也不至于失踪这么长时间。整件事情都很蹊跷。我们根本就毫无线索。公园里那么多人，可谁都没有看见他。我们也只能查到这里，要不就完全是另一回事。可这根本就说不通啊。”

“所以他会不会是偏离了路线，根本就没去那里呢？”

“又或许，还没到公园他就出了什么事。不管怎么样，没人看见这点可实在是太蹊跷了。总不可能没被人瞧见无声无息地就让人在瓦哈尔大道给杀害了吧。同样的，想要把人拖进车里，也不可能一点声响都没啊。”

“那么，不管怎样，有没有可能是他自己想要失踪呢？”

“好像也只有这个能说得通了。不过话说回来，也没什么别的证据可以证明这一推测。”

维兰德点了点头。

“你说过，情报局也很关注他的失踪事件。他们就没贡献点什么力量吗？”

伊特伯格眯着眼睛，望着维兰德，然后靠在了椅子上。

“情报局什么时候给这个国家贡献过丁点力量了？他们说，关注高等军衔军官失踪案件只是例行公事，就算这人早已退休多年。”

伊特伯格给自己倒了杯咖啡。维兰德依然摇了摇头。

“冯·恩科过 75 岁寿宴的时候，好像很担忧的样子。”他说。

维兰德认定伊特伯格是个可靠之人，于是便跟他详细地讲述了令冯·恩科感到害怕的那幕庭院事件。

“我觉得，”维兰德说，“他好像想要告诉我些什么事情。可他说的那些，又没什么好让人焦虑不安的，也算不上什么重大秘密。”

“但他却很害怕？”

“我是这么觉着的。可我记得，潜艇指挥官不是那种会为假想危险而轻易担忧的人。在海底待了那么长时间，早就锻炼出免疫力了。”

“我明白你的意思。”伊特伯格若有所思地说。

走廊里响起了一个女人的尖叫。维兰德听到她是在强烈抗议受到了“一个该死的傻子的审讯”。然后一切又恢复了平静。

“还有一件我百思不得其解的事，”维兰德说，“我搜查了他格列弗街上公寓的书房，总觉得好像有人翻查过他的文件。这种感觉很难说清楚，不过你也应该知道是怎么回事儿。你先是发现了某人整理物品有一套自己的规律，尤其是整理那些我们从小到大积攒起来的各种文件，整理‘我们人生的断瓦残垣’，就像一个老探长曾对我说过的那样。可突然这个规律被打破了，出现了一些不连贯的奇怪地方。总的说来，书房里一切都很井然有序，可有个抽屉却是乱糟糟的一团。”

“他妻子是怎么说的？”

“她说没人去过那里。”

“那样的话，就只有两个可能了。一是翻找的人是她，但是出于某种原因，她不想承认。可能她不想承认自己好奇心太重，也可能是觉得丢脸，天晓得。二是干这事的就是哈坎他自己。”

维兰德苦苦思索着伊特伯格的话。突然他脑海冒出一丝想法，他本该立即将这记录下来，可它又倏尔消逝了。他没能抓住这线灵光。

“那些特工是怎么回事？还有情报局？”维兰德好奇地问，“他们是不是握有他的什么把柄，比如某个尘封已久的猜疑如今又有了新的眉目？”

“我也问过同样的问题。可他们回答得模棱两可，根本没什么意义。也有可能是他们派来见我的那人不知道具体细节。这也不是不可能的事。虽然情报局看起来并不擅自隐瞒秘密，但我们都猜他们估计还有不少秘密需要对内保守。”

“那冯·恩科有什么把柄吗？”

伊特伯格双手一摊，一不小心碰倒了咖啡杯，咖啡全都洒了出来。他生气地将杯子扔进了垃圾桶，然后用桌子后方架子上的毛巾擦干了桌面和浸湿的文件。维兰德觉得，碰倒咖啡杯这事肯定发生过不止一次两次了。

“根本就没什么把柄。”伊特伯格擦桌子说道，“哈坎·冯·恩科是一个非常正直、值得尊敬的瑞典军人。曾经有个人跟我聊过，这人的名字我也不记得了，反正他可以随意调看海军军官的记录。哈坎·冯·恩科晋升得很快，没多久就当上了指挥官。可后来却停滞不前了。也可以说是事业稳定了下来。”

维兰德思索了一会儿。他手托着下巴，回想起斯滕·诺兰德说过，冯·恩科曾将自己的事业孤注一掷。伊特伯格正在用拆信刀清理着指甲。走廊里走过了一个吹着口哨的人。维兰德吃惊地发现，自己竟然也知道这曲子的旋律——这是一首“二战”时期的流行老歌。“我们会再相见，虽然不知何地，虽然不知何时……”他悄悄地跟着哼唱起来。

“你会在斯德哥尔摩待多久？”伊特伯格打破沉默问道。

“今天下午我就会回家。”

“那好，我这边有什么情况，我会随时通知你。”

伊特伯格一直把他送到了博格斯街的门口。维兰德朝着国王岛广场走去，拦下一辆出租车，回到了宾馆。他走进房间，将“请勿打扰”的标牌挂在了门把手上，然后躺在床上。他脑海里浮现出迪尔索摩寿宴的场景。他屏气凝神、小心翼翼地回忆着哈坎·冯·恩科的言谈举止。他审视着自己的记忆，看能不能发现什么不对劲的地方。也许是他错了。也许是他自己判断失误，根本就没有所谓的担忧害怕。一个面部表情其实可以有多种解读。比如近视的人一眯起眼睛，有时就会被误认为是粗鲁无理和态度傲慢。他竭力追查的这人，如今已经失踪6天了。维兰德知道，到了这个时候，大多数失踪的人早就该找到了。一般过了这个时间段，失踪的人要么会自己回来，要么至少是有迹可寻。可哈坎·冯·恩科却依然是杳无踪迹。

他就这么消失了，维兰德自言自语道。出门散步，然后再没回来。护照在家，身上没带钱。就连手机也没带。想到手机，维兰德停下来思索了一下。这也是个需要好好解答的谜团。当然，哈坎可能只是单纯地忘了带手机。可为什么偏偏是失踪的那天早上忘带了呢？这似乎有些不合情理，似乎进一步证实了他的失踪并非意外。

维兰德收拾行李，准备回于斯塔德。火车开动前一小时，他在车站附近的餐馆吃了午餐。在火车上，他玩着纵横字谜消磨时光。与往常一样，总会有几个他猜不出来的词让他坐在那里绞尽脑汁地苦苦猜想。回到家里，已是晚上9点。他接回尤西，重逢的喜悦差点让爱犬将他扑倒。

维兰德拨打了警局里马丁森的专线电话，可电话留言却说他一整天都要在兰德参加一个有关非法移民的研讨会。维兰德犹豫着该不该给克里斯蒂娜·马格努森打个电话，可他还是作罢了。他又玩了几个纵横字谜，给冰箱除了霜，然后带着尤西出去走了一大圈。因为不能工作，他总觉得百无聊赖，又很坐立不安。突然，电话响了，他立刻抓了起来。话筒里传出了一个轻快活泼的年轻女人的声音。她问他是否对按摩机感兴趣，并且还介绍说这东西可放在橱柜里，拿出来用时也只会占用很小的地方。维兰德砰地挂上了听筒，可立刻又为自己的无理而后悔起来，毕竟那女孩也没有得罪他。

电话又响了起来。他不知是否该去接听。犹豫了一下，他还是接了起来。电话的背景声噼里啪啦很嘈杂，像是从很远的地方打来的。终于，他听到了有人说话的声音。

那人说的是英语。

打电话的是个男人，他正在确认自己有没有打错电话："我想找库尔特，库尔特·维兰德。"

"我就是！"维兰德大声喊道，好让对方能在嘈杂的背景音中听得清楚，"你是谁？"

通话似乎又中断了。维兰德正要放下听筒，可声音又响了起来，也变得更清晰更大声了。

"是维兰德吗？"他说，"是你吗，库尔特？"

"是的，我就是。"

"我是史蒂文·阿特金斯。你知道我是谁吗？"

"是的，我知道，"维兰德大喊道，"哈坎的朋友。"

"你现在找着他了吗？"

"没有。"

"你是说'没有'吗？"

"是的，我说的是'没有'。"

"那他现在是不是已经失踪一周了？"

"是的，一周了。"

电话又噼里啪啦地响了起来。维兰德猜想阿特金斯是在用手机打电话。

"我越来越担心了，"阿特金斯喊道，"他不是那种会随便消失的人！"

"你上次和他通话是什么时候？"

"上周五。下午的时候，是瑞典时间。"

是他失踪的前一天，维兰德心想。

"是你打给他，还是他打给你的？"

"是他打给我的。他说他有结论了。"

"什么事？"

“我不知道。他没说。”

“就说了那些吗？就只一句有了结论？他肯定还说了些别的什么吧？”

“什么都没说。他打电话的时候，说话通常都很谨慎。有时还会用公共电话打。”

又是噼啪一声，电话的声音又弱了下来。维兰德屏住呼吸，不想错过这次通话。

“我想知道现在的情况进展怎样，”阿特金斯说，“我很担心。”

“他有没有说过离开之类的话？”

“他听起来要比前阵子高兴些。其实哈坎一直都很忧郁。他不喜欢变老，也很害怕自己的日子所剩无几。你有多大了，库尔特？”

“我 60 岁了。”

“那倒没什么。你有电子邮箱吗，库尔特？”

维兰德有点费力地拼出了自己的电子邮箱，并没有说自己其实根本不怎么用这个。

“我会给你发邮件的，库尔特，”阿特金斯喊道，“你为什么不过来做客呢？不过找到哈坎最要紧！”

他的声音又变得微弱起来，然后电话挂断了。维兰德在那站着，手里拿着听筒。你为什么不过来呢？他放下听筒，在餐桌旁坐下，手里拿着便笺簿和铅笔。从遥远的加利福尼亚打来电话的阿特金斯，刚才直接给他带来了新的信息。他仔细回想着和阿特金斯的对话，逐字逐句地想。失踪的前一天，哈坎·冯·恩科给加利福尼亚打了个电话，却没有打给斯滕·诺兰德或他自己的儿子。他这是故意的吗？他是用公共电话打的吗？为了打那个电话，哈坎·冯·恩科有没有出门走到斯德哥尔摩的大街上呢？这个问题没人知道答案。他不停地写着，直到详尽地写出了整段对话。然后他站起身来，走到离桌子有 6 英尺远的地方。他盯着自己的便笺簿，像是画家站在远处审视着自己的画作一般。当然了，肯定是斯滕·诺兰德把他的电话号码给了史蒂文·阿特金斯。这倒没什么好奇怪的。阿特金斯也和其他人一样担心。他是担心吗？维兰德突然觉得，阿特金斯往瑞典打这电话时，哈坎·冯·恩科似乎就在他的身边站着。不过他立刻打消了这个念头。

维兰德对这个案件感到越发疲惫起来。不论是追查这个失踪的人，还是进行各种相关推理，这全都不是他的职责。他只是在用幻象来填补自己的空虚无聊。或许，这也可以算是对他未来退休之后所要忍受的悲惨境况的一种预演？

他做好饭菜，打扫了下屋子，然后试着读了读琳达送来的一本有关瑞典警察历史的书。他看着看着，渐渐打起盹来，这时电话响了，吵醒了他。

是伊特伯格打来的电话。

“希望没有打搅到你。”他开口道。

“完全没有。我正在读书。”

“我们有了新发现，”伊特伯格说，“我觉得应该告诉你一声。”

“是尸体吗？”

“都烧成焦炭了。是几个小时前在利丁厄[1]市里烧毁的一所寄宿公寓里找到的。那里离小简森林公园不远。年龄也相符，不过目前还没有证明身份的确凿证据。我们还没跟他妻子或是任何人说。”

“跟新闻人员说了吗？”

“我们根本就不会告诉他们这个。”

那晚维兰德睡得很不好。他离开床，拿起书刚读了个开头，然后又立刻放了下来。尤西躺在火堆面前，直望着他看。有时维兰德会让它进屋睡觉。

第二天早上6点刚过，伊特伯格打来电话，说那不是哈坎·冯·恩科的尸体。他们在某根烧焦的手指上找到枚戒指，以此验明了身份。维兰德松了口气，然后回床上，一直睡到了9点。吃早餐的时候，他接到了伦纳特·马特森的电话。

“都结束了，”他说，“人事管理局决定就你手枪丢失案件扣发5天薪水。”

“就这样吗？”

“你不满意吗？”

“我真是太满意了。我想周一我就可以回来上班了吧。”

的确如此。周一一大早，维兰德再次坐在了自己的办公桌旁。

可哈坎·冯·恩科依然是杳无踪迹。

[1] 利丁厄（Lidingo）：位于斯德哥尔摩东北方向的一座小岛。

CHAPTER 9 哭泣的柏林墙

失踪的人依然失踪。维兰德又回来工作了，周围的同事得知他处罚甚轻，也都是笑脸相迎。甚至还有人建议捐款集资以弥补他的损失，不过没有人会真的那么做。维兰德怀疑那些张开双臂欢迎他的人当中，肯定有一两个心里不知有多幸灾乐祸，但他下定决心，不再去理会那些事情。他不打算去打探潜藏的伪君子，他没那工夫。更何况躺在床上绞尽脑汁地想着谁会在他背后冷嘲热讽，只会让他晚上睡得更加不踏实。

他回来工作的第一桩案件，是发生在于斯塔德和波兰两地往返渡船上的一起行凶案。这是一起相当残忍的暴力事件，现场调查也很典型：没有可靠的目击证人，每个人都在相互指责。行凶案是在一间狭小的船舱里发生的，受害者是斯屈吕普市的一名年轻女子，案发时，她正和自己的男友一起旅行。这女子也知道，自己的男友生性好妒又有酒瘾。航行期间，他们碰到了一群从马尔默来的小伙子，这群人的脑子里只有一个念头：喝个烂醉如泥。

维兰德一个人调查着这起案子，马丁森偶尔也会来帮忙。他并不需要太多的协助，毫无疑问，凶手肯定在年轻女子横渡时所遇到的那群男人当中——肯定是他们其中一人或多人将她毒打了一顿，还差点把她左耳给撕了下来。

哈坎·冯·恩科的案子依然毫无进展。维兰德几乎每天都会和伊特伯格通话，而伊特伯格依然不相信那位指挥官是自己想要逃跑。这个观点的依据主要是冯·恩科将护照留在了家里，而他也未曾使用过信用卡。不过，最主要的依据还是这个人的性格。伊特伯格坚持认定哈坎·冯·恩科不是那种会随随便便消失的人。他绝对不会抛弃自己的妻子。这么做根本就不合情理。

维兰德也经常跟路易斯通电话。一般都是她打来的电话，通常是晚上7点，那时他正好待在家里，吃着自己胡乱弄好的晚餐。维兰德听得出，她已默认自己丈夫死了。她坦言道，若是不吃安眠药，她晚上根本就睡不好觉。每个人都在等待着，维兰德边想边放下了听筒。他似乎消失得无影无踪，就像俗语说的那样，人间蒸发了，如烟雾般消散掉了。可是，他是真的死在某处、尸体已逐渐腐烂了呢，还是，此刻他正在享用着晚餐，在另一个不同的世界，换了另一个名字，坐在某个谁也不知道的人对面呢?

经验告诉他，这位前潜艇指挥官已经死了。维兰德害怕某天真相大白之后，发现他的死不过是一场寻常闹剧，像是某个歹徒认错了人什么的。不过他也并不确信。也许，说不定是冯·恩科自己想要失踪，尽管谁都不明白他为什么要这么做。

琳达是固执己见，完全不相信冯·恩科会遭人杀害。他不是那种轻易会让人杀死的人，她坚称，颇有些愤愤不平。说这话时，她正和维兰德待在常去的那家咖啡馆里，婴儿则躺在婴孩车里酣睡。可就连琳达也猜不出，他为什么想要离家出走。汉斯从不给他打电话，不过听完琳达的推论和问题之后，维兰德觉得他们两人好像只有一人在乎这些推论。不过他没问什么，也不想干涉。毕竟这是他们的生活，与其他人无关。

史蒂文·阿特金斯开始向维兰德发来一封封长长的电子邮件。他一口气写了很多很多。阿特金斯写得越长，维兰德的回复就越短。他倒也想多写点，可他的英语实在是太蹩脚，不敢冒险去写些结构太过复杂的句子。尽管如此，他还是了解到了不少信息。史蒂文·阿特金斯现在住在一个大型海军基地附近，就在洛马岬圣地亚哥的郊区附近。他有一所小房子，周围住的几乎清一色的全是退伍军人。阿特金斯还说，在邻近的住宅区里，住着“许多退役的海员，各种职位都有，几乎可以去操控起一艘甚至是几艘潜艇”。维兰德想象着，要是自己周围住的全是清一色的退休警察，那又会是怎样的情景。想到这里，他不禁打了个寒颤。

阿特金斯描述了他的生活，他的家庭，他的孩子和孙子，甚至还附上了家人的照片。维兰德让琳达帮忙打开了那些照片。全都是些阳光灿烂的照片。背景是军舰，阿特金斯则身穿制服，和家人一起冲着维兰德微笑。阿特金斯身材瘦长、头部秃顶，胳膊则绕在满面微笑、同样身材瘦长却并未秃顶的妻子的双肩上。维兰德觉得，这照片看起来就像是洗洁精或是早餐谷类食品的广告。完全是一个在电脑屏幕上冲着他挥手微笑的典型快乐的美国家庭。

维兰德在自家的日历上看到，自从哈坎·冯·恩科离开格列弗街上的公寓、不归家门以来，如今已经整整过去一个月了。维兰德刚和伊特伯格通了一次长时间的电话。这天是 5 月 11 日，斯德哥尔摩正下着瓢泼大雨。伊特伯格听起来似乎有些沮丧——也不知是为了天气还是为了案件的调查情况。当时维兰德正疑惑着该怎样确认谁是那起渡船惨案的真正凶手。也就是说，这是一场在两个疲惫不堪和脾气暴躁的警察之间进行的对话。维兰德想知道情报局是否依然对这起失踪案怀有兴趣。

“一个叫威廉的男人会时不时地到我这里来转转，”伊特伯格说，“说实话，我都不知道那是他的姓还是名。而且我也不能显得太过感兴趣。上一次他来这里的时候，我都有种想要掐死他的冲动。我问他是否能够提供点信息，好让我们的工作能有效一些。其实我也就是希望同行之间能够相互帮助，尤其在瑞典这样的民主国家里，这也算是一种相互尊重。但是，不用说，他们没什么可提供的。至少那个威廉是这么说的。你根本不知道干他们那行的人说的是不是实话。他们整个运作机制就是一种建立在谎言和圈套上的游戏。当然了，像你我这样的普通警察，偶尔也会蒙蔽下别人，但这并不算是我们职业工作的常态。”

打完电话之后，维兰德回到了摊在他桌上的那堆案件调查记录前。放在文件旁边的是一张严重受损的女子面庞的照片。他自语道：这就是我工作的理由。因为她的脸变得如此不堪入目，因为有人几乎把她打得半死不活。

那天晚上，他回到家里，发现尤西病了。它躺在狗窝里，不吃也不喝。维兰德吓得一身冷汗，立刻给一位他认识的兽医打了电话。那个兽医曾帮助他指认过一名在于斯塔德郊外牧场里袭击吃草马驹的犯人。他住在科瑟贝里亚[1]。他答应了马上过来。检查过后，他说尤西只是吃坏了肚子，很快就会好起来。那一晚，尤西睡在了火堆面前的垫子上，维兰德还几次起来查看它是否状况良好。第二天早上，尤西恢复了正常，虽然走起来依然还有些摇摇晃晃。

维兰德松了口气。他去了办公室，打开电脑，突然发现已有五天没有收到阿特金斯的邮件了。也许他是没什么话也没什么照片可以发送了。可是刚过了中午，就在维兰德犹豫着是该回家还是在城里吃饭的时候，接待处来了个电话，说有位客人找他。

“那人是谁？”维兰德问道，“他想找我干什么？”

“是个外国人，”接待员说，“看起来像是名警官。”

维兰德走到前台，立刻就认出了这个访客。他确实身着军装，但那却是美国海军的款式。他胳膊下夹着帽子，站在那里。此人正是史蒂文·阿特金斯。

“我并不想突然跑来打扰，”他说，“可我把到达哥本哈根的时间给弄错了。我打了你家里的电话，也打了你的手机，可就是没人接，所以我就跑到这里来了。”

“这可真是个惊喜，”维兰德说，“当然了，我可是热烈欢迎你的到来。要是我没记错的话，你这应该是第一次到瑞典来吧？”

“是的。我亲爱的朋友哈坎，一直都邀请我到这里来玩，可我总是没空。”

他们在城里一家维兰德觉得最好的餐馆里用了午餐。阿特金斯非常友善，对周边也是相当地感兴趣。他提问时措辞礼貌、诚意十足，倾听回答时也听得十分认真仔细。起初，维兰德很难想象阿特金斯曾经指挥过潜艇，尤其还是那种美国海军最大型号的核动力潜艇。他看起来实在是太过和蔼快活了。不过，当然了，维兰德也不清楚一名优秀的潜艇指挥官必须得具备哪些品质。

阿特金斯此番到瑞典来纯粹是出于对朋友的关心。看到阿特金斯如此担忧，维兰德很感动。一个老人对另一个老人的想念——这是一种真正亲密的友谊。

阿特金斯住的是卡斯特鲁机场的希尔顿酒店，他是租车开到于斯塔德来的。

“我必须得试试在那座长得不可思议的桥上开车到底是种什么感觉。”他哈哈大笑道。

[1] 科瑟贝里亚（Kaseberga）：位于于斯塔德东南方向的一个地区。

看到他那口雪白闪亮的牙齿，维兰德很羡慕。午餐过后，他给警局打了个电话，告诉他们当天余下来的时间他都得待在外面。然后他们开车去了维兰德的家。阿特金斯特别地喜欢狗，和尤西简直就是一见如故。他们牵着尤西在外面走了很久。他们沿着田地周围的小路慢慢散步，时不时地停下来欣赏一下海景和连绵起伏的乡村风光。阿特金斯突然转身，面向维兰德，咬住嘴唇：

"哈坎是死了吗？"

维兰德明白他的意图。只有这样突然发问，维兰德才不会藏着掖着，只好据实相告。阿特金斯想要个清楚明确的答案，仿佛是一位想要知道船只是否迷航了的潜艇指挥官。

"我们也不知道。他消失得无影无踪。"

阿特金斯盯着他望了一会儿，然后缓缓地点了点头。他们又接着散起步来，过了半个小时才回到屋里。维兰德煮了咖啡。他们坐在餐桌旁。

"你跟我说过你和哈坎的最后一通电话，"维兰德说，"为什么他说他有结论了，你却完全不知道他说的是些什么呢？"

"有时候，人们会以为别人知道他们心里在想些什么，"阿特金斯说，"或许哈坎以为我知道他话里的意思。"

"你们肯定通过很多次电话。你们有没有什么经常聊的话题？像是比较重要的一些东西。"

维兰德并没刻意想问这些问题。那些问题就这么自然而然地冒出来了，像是天意似的。

"我们年纪相当，"阿特金斯说，"都是冷战中成长起来的人。苏联发射第一颗人造卫星史普尼克号时，我才 23 岁。我记得当时我吓得要死，害怕他们会对着我们发射。哈坎告诉我，他也曾有过类似的想法，但是更简单些，没那么让人汗毛直竖。一样的苏联人，但在他的眼里，却并不是我所想象的那种可怕怪兽。在那个年代里，我们受到各种各样事物的影响。我记得，哈坎还曾为瑞典不是北约成员国而感到担忧。他把这一决断视为灾难性错误。在他看来，中立是一项错误而又危险的决定，完全是一种伪善。我们俩观点相同。不论政治家们怎么斡旋，瑞典都不可能成为完全中立的净土。当温纳斯特龙的面目揭穿之后，哈坎给我打电话——这段对话时至今日我还记得清清楚楚。那是 1963 年的 6 月。我是一艘潜艇的副指挥官，当时正要被部署到太平洋。对于温纳斯特龙的叛国罪行和替苏联人当间谍一事，他并不感到愤慨。相反，他可是欢欣雀跃！觉得瑞典人终于要醒悟过来了。苏联人已经渗透了整个瑞典国防系统，漏洞简直是随处可见。等到苏联跑来侵占国土，瑞典就会意识到，只有北约才是唯一的救星。你要是问我们通话时有没有什么常聊的话题，是的，我们总会谈论政治。包括政治家们是如何影响我国和苏联之间的均衡势力。我还真想不起来我们有哪一次对话没有涉及政治探讨。”

“如果你们的谈话总是围绕着政治，”维兰德好奇道，“那他所说的那个结论，会有可能是什么呢？过去有没有出现过让他得出结论、兴高采烈的情况？”

“就我目前的记忆而言，好像没有那种情况。不过我们认识了将近 50 年了，许多记忆都很模糊了。”

“你们是怎么相识的？”

“就像所有重大的相识那样，纯属机缘巧合。”

阿特金斯讲述他和哈坎·冯·恩科初次相识的故事时，天空开始下起雨来。比起迪尔索摩寿宴上那个在无窗房间里讲述自己故事的人，他的故事讲得可要精彩得多。不过也可能是语言的关系，维兰德心想。他总觉得用英语讲出的故事，要比自己用母语讲出的故事显得更加丰富有趣、更加意义重大。

“那都是 50 年前的事了，”阿特金斯用低沉的声音讲述道，“准确地说是 1961 年的 8 月，在一个你知道会有两名年轻海军军官出现的地方。那时，我随时任美国军队上校的父亲飞到了欧洲。他想带我去看看柏林，去见一见那个隔离在苏联区域中间的小小堡垒。记得当时我们乘坐的是泛美航空，从汉堡出发。飞机上全都军人——除了一些身着黑衣的牧师，根本就没有什么平民百姓。虽然当时局势紧张，但好在还没有成列的坦克从东开到西，像发情的野鹿那样相互对峙。可是一天傍晚，就在离弗里德里希大街[1]不远的一处地方，我和我父亲发现周围突然围了好大一群人。在我们对面的是一群东德士兵，他们正忙着搭建带刺的铁丝网，

[1] 弗里德里希大街（Friedrichstrasse）：柏林市中心重要的文化商业街，冷战期间被柏林墙上的查理检查站一分为二。

那道网后来就成了由炉渣砖和水泥修建起来的一堵墙。站在我身旁的是一个和我年纪相仿的男人。他也穿着军装。我问他从哪里来的，他说他是瑞典人。当然了，这个人就是哈坎。这就是我们的初次相遇。我们站在那里，看着柏林被一堵墙一分为二——也可以说是把一个世界进行了截肢。东德的领袖乌布利希[1]声称，这样做是‘为了保护自由，夯实社会主义国家基石，以确保其繁荣昌盛’。可是那一天，就在柏林墙开始建起的时候，我们看见一个老妇人正站在墙的另一边抽泣着。她衣衫褴褛，脸上有道大疤，好像还装着只塑料假耳，不过我俩也不是很确信。可眼前的这一幕，实在是让我们终身难忘。她朝着眼前那些修墙的士兵绝望地伸出一只手。他们不许那个可怜的妇人跨过去，可她却一直在向我们靠近。我想，就是在那一刻，我俩突然明白了自己的职责所在，那就是，让自由的世界保持自由，绝不让其他国家在自由的国土上建起监狱般的围墙。几个星期后，当苏联人重新开始进行核武器试验时，我们更加坚定了自己的信念。那时候，我已经回到了格罗顿，并在那里驻扎，而哈坎则乘火车回到了瑞典。不过我们相互交换了地址，收好放在了各自的口袋里，我们的友谊也是从那时开始的，一直延续至今。那时哈坎 28 岁，而我则刚刚过完了 27 岁生日。已经 47 年了，真是岁月悠长啊。”

“他有没有去美国拜访过你？”

“噢，是的，经常来。来了差不多有 15 次，也许更多。”

听到这个回答，维兰德吓了一跳。在他的印象当中，哈坎·冯·恩科只是偶尔去过几次美国。琳达难道不是那样说的吗？还是他记错了？

“也就是说大概每隔三年一次。”维兰德说。

“他可是个美国的狂热爱好者。”

“他通常会逗留很久吗？”

“极少情况下会少于三周。路易斯总会和他一起来。她和我妻子相处得很好。我们也总是期盼着他们的来访。”

“那你应该也认识他们在哥本哈根工作的儿子汉斯吧？”

“我已经安排好了今晚和他见面。”

[1] 瓦尔特·乌布利希（Walter Ulbricht，1893—1973）：德国和国际共产主义运动活动家，德意志民主共和国国务委员会主席。

“我猜你也知道，他现在是和我女儿住在一块儿。”

“是的，我知道。不过我会另外找个时间见她。汉斯很忙。我们打算今晚 10 点后在我宾馆见面。明天我会飞到斯德哥尔摩去见路易斯。”

雨停了下来。一架前往斯图鲁普机场降落的飞机低空飞了过去，房屋的玻璃窗都被震得哗哗直响。

“你觉得他是怎么了？”维兰德问道，“你比我要更了解他。”

“我不知道，”阿特金斯说，“虽然不想这么说，可我不是那种说话喜欢拐弯抹角的人。不过，我不相信他是自己想要离开，抛弃自己的妻子、儿子，还有现在的孙子，让他们担惊受怕、惴惴不安。我承认我也不知道是怎么回事，尽管我也想知道。”

阿特金斯喝完咖啡，站起身来。他该返回哥本哈根了。维兰德跟他解说了下前往于斯塔德和马尔默主干道的最佳路线。出发时，阿特金斯从口袋里拿出一块石头，交给了维兰德。

“这是礼物，”他说，“一位老印第安人曾跟我说起过他们部落里的一个传统，我记得他们是基奥瓦族人。如果某人有什么需要解决的问题，那他就会将一块石头——最好是一块重些的石头——放在自己的衣服里，然后带着它到处行走，一直走到他解决自己的难题。然后，他就会扔掉这块石头，更加轻松地在人生的道路上前行。把这石头放进你衣服的口袋里吧。放在那里，直到我们知道哈坎出了什么事为止。”

这只是一枚普通的花岗岩鹅卵石，维兰德心想。他向阿特金斯挥手道别，目送他开车下了山坡。他又想起格列弗街上公寓书桌上的那块石头。他回想着阿特金斯讲述的有关他与哈坎·冯·恩科的初次相遇。维兰德一点也不记得 1961 年的 8 月都发生了些什么事情。那一年，他还只有 13 岁，他所记得的，只有身上荷尔蒙引起的阵阵冲动，那些幻化为生活中的诸般梦境——有关女人的梦境，不论真实抑或虚幻。

维兰德是在 20 世纪 60 年代成长起来的一代人。但他从没有参与过任何政治运动，也从没有参加过马尔默的抗议集会，他根本就不了解越南战争到底是怎么一回事儿，也从未对几乎闻所未闻的国家的自由运动表现过丝毫兴趣。琳达经常提醒他太过孤陋寡闻。可他通常都会拒绝接受政治，认为那只是一种限制警察执法维稳能力的更高权势，仅此而已。他也会在选举的时候进行投票，但他却从来不知道该投给谁。他的父亲曾是信仰坚定的社会民主党，那也就成了他通常支持的政党。可是，他却几乎从未有过真正的信念。

与阿特金斯会面后，他感到很不安。他寻找着自己心中的那堵柏林墙，可那完全是白费力气。难道他的人生竟如此禁锢，连世界上的大事也对他没有多大影响？在他生活之中，又有哪些方面是令他心烦意乱的呢？受到虐待的孩子的照片吗？这是当然的了——但他从未被触动到去做些相关的事情。他的理由总是工作太忙。确保大街小巷的生活治安，有时也是在帮助别人，他心想。可是除此之外呢？他眺望着四周作物还未生长起来的田野，却找不到自己想要寻找的东西。

那天晚上，他整理好桌子，将琳达前年作为生日礼物送给他的拼图一股脑儿地倒在了桌上。这是一幅德加[1]的画作。他将这些碎片系统分类，然后拼出了拼图底部的左下角。

这段时间，他依然还在琢磨着哈坎·冯·恩科的事情。不过，他想得更多的却是自己的命运。

他继续找寻着心中那堵并不存在的柏林墙。

[1] 德加（Edgar Degas，1834—1971）：法国印象派画家。

CHAPTER 10 神秘之家

六月初的一个下午，维兰德开车去了于斯塔德的船坞。他在防波堤上，朝着尽头的长椅走去。这是他最为喜欢的静修之一，是一种无须神父在场的忏悔，是他想要独自面对烦扰之事时的常去之所。此时的天气依然寒冷，而且还潮湿多风，不过第一个高压脊已经开始向斯科讷省靠近了。维兰德脱掉外套，闭上眼睛，仰面望着太阳。不过很快他又睁开了眼睛。他想起了父亲某位邻居说过的话：你有一位非常爱你的父亲。他经常会问自己这话到底是不是真的。他的父亲无法忍受他去当警察的这一事实。不过，在他的人生中，要忍受的肯定还不止那些。莫娜觉得她的这位公公很可怕，每次都拒绝陪维兰德一起回去探望他。后来，只要是他开车回到勒德吕普，那坐在车里的肯定就只有他和琳达两人。他父亲总是十分友善地对待自己的孙女。他对琳达表现出的那种耐心，就连儿时维兰德和他的妹妹克里斯蒂娜都未曾真正亲身体验过。

他是一个难以捉摸的人，一个没法忍受约束的人，维兰德心想。我是不是也变得越来越像他了？

一个与他年纪相仿的人，正坐在自家小渔船的船栏上，清理着渔网。他全神贯注，干活时还哼着小曲。维兰德注视着他，突然很想与他互换下角色——将长椅换成渔网，将警局换成上了清漆的漂亮木头小船。

对他而言，他的父亲就是一个未解之谜。那对琳达而言，他会不会也是个谜呢？他的孙女又会怎样看待自己的爷爷呢？他会不会就只是个沉默寡言而又影像模糊的老警察呢？就那样独自坐在屋中，客人越来越少，与别人也越来越疏远？我就是害怕那样，维兰德心想。他完全有害怕的理由。我没有珍惜，也没能呵护好身边的友谊。

不管怎样，就算现在想要挽救，也都已经迟了。一些与他关系亲密的人如今也都已经死了。首先是里德伯，然后是他的老朋友赛马训练师斯文·瓦德。维兰德永远也不明白，为什么有些人会说出不要因为人已亡故就不再与他们联系的话来，说什么还可以在墓地里继续与他们聊天。他从来没有那样做过。那些故人的面庞，已在他脑海中变得模糊了，而他们的声音，也永远不会再在他耳畔响起。

他怏怏不乐地从长椅上站起。必须得回警局了。渡船行凶案的调查也要结束了，一名男子被判有罪，虽然维兰德确信其实是有两名男子参与行凶。如果脸被人揍得稀烂之后还能得到这样的审判，那也算是半个胜利：一人被判有罪，一人获得公道。可不管怎样，还是有个人成了漏网之鱼。

下午3点，维兰德结束了他防波堤上的远足，回到了警局。他桌上留了一张纸条，上面写着伊特伯格打过电话，说是有事要跟他说。虽然不知是谁接的电话，但这人显然也意识到了事态紧急。在维兰德的警察生涯之中，没有什么事是不紧急的。他从未收到过不紧急的消息。所以他并未急着回电，而是先去看了看伦纳特·马特森让他加以评论的国家警察局备忘录。上面说的是在地方上强制实施的警力重组事宜。这一次，他们要打算建立一个确保假日周末都能有更多警察上街执勤的新系统，不仅大城市要做到这样，就连于斯塔德这样的小城镇也得如此。维兰德通读了文件，被上面华而不实的官话弄得很烦躁。读完之后，他发现自己对上面的内容竟然是完全不理解。他写了几句无关痛痒的评论，放在信封里，准备待会儿下班后放进局长信箱。

然后他打电话给伊特伯格。电话立刻接了起来。

“你找我？”维兰德说。

“现在她也失踪了。”

“谁？”

“路易斯。路易斯·冯·恩科。她也消失不见了。”

维兰德屏住呼吸。难道自己的耳朵有毛病了？他让伊特伯格又重复了一遍刚才的话。

“路易斯·冯·恩科失踪了。”

“怎么回事？”

维兰德听见沙沙的纸张声响。伊特伯格正在翻阅他的记录文件。他想做个详细的汇报。

“最近几年，冯·恩科家里请了一名保加利亚的清洁女工。她有居住证，名字和她国家的首都一样，都叫索非亚。她每周一、三、五早上会去他家里打扫三个小时。她星期一去的时候，一切看起来都很正常。当她周一中午 12 点左右正要离开公寓时，路易斯还跟她打了声招呼，说周三再见。可等到索非亚周三上午 9 点到了公寓时，里面一个人影都没有，可除此之外，也没什么别的异常现象。路易斯也并不总是待在家，因此索非亚也没有多想。可等到今天早上再来时，她意识到事情有些不对劲。她很肯定，自从周三开始，路易斯就没回过家里。所有物品依然是她离开时的摆放样子。路易斯从来不会像这样招呼都不打就长期离家。可是家里没有留下什么信息，什么都没有，只有空荡荡的公寓。索非亚给哥本哈根的汉斯打了电话。他说和他母亲的最近一次通话是在周日——换句话说，也就是在 5 天前。于是接着他就给我打了个电话。顺便问句，你知道他是干哪行的吗？”

“钱，”维兰德说，“他专门跟钱打交道。”

“这听起来可真是份好工作。”伊特伯格若有所思地说。

然后他又继续报告起来：

“汉斯给了我索非亚的电话号码，然后我们一起搜查了公寓。这个保加利亚女人对柜子和抽屉里的所有东西都了如指掌。她还说了句我最不想听到的话。我想你应该明白我的意思。”

“我明白，”维兰德说，“就是什么都没丢失。”

“对。手提箱在，衣服在，钱包在，就连护照也在家里，依然好好地躺在索非亚所知道的那个保管它的抽屉里。”

“那她的手机呢？”

“正在厨房里充电。一看到手机，我就犯起愁来。”

维兰德思索了一番。他真是万万没料到，哈坎·冯·恩科失踪之后竟还有人会跟着失踪。

“这确实令人犯愁，”他终于开口道，“有没有什么合理的解释呢？”

“目前还没有。我给她所有的好友都打了电话，可自从她周日给一位名叫卡塔丽娜·林登的朋友打过电话，问了下她待过的一家挪威山上宾馆的相关事情之后，就再也没人见过她或是接过她的电话了。根据卡塔丽娜·林登所说，她听起来和往常没什么两样。从那以后，再也没人和她说过话。我们待会儿会和处理她丈夫失踪案件的小组商讨一下这件事情。我就是想先给你打个电话。老实说，是想听听你有什么想法。”

“我的第一个念头，就是她知道了哈坎身在何处，然后跟他在一起了。可是，当然了，如果护照和手机都还在的话，那就好像有些说不通了。”

“我也想得几乎跟你一样。还有，我也和你一样，觉得这事有些可疑。”

“还有什么其他合理的解释吗？她会不会是病倒了？会不会是晕倒在了大街上？”

“我第一时间就去查找了医院。据索菲亚所说——我们也没理由去怀疑她说的这些——路易斯总会随身带着身份证，不论是穿外套还是大衣。我们没在公寓里找着身份证，所以她出门时应该是带在了身上。如果她是出了什么事的话，那医院肯定能立刻认出她来。”

维兰德纳闷，为什么路易斯不跟他说家里有个一周来三次的清洁女工呢。汉斯也没提过这事。不过那也没什么。冯·恩科一家属于上流阶层，对他们而言，雇人料理家务是天经地义的事情。这根本就不值一提，完全是自然而然的事。

伊特伯格答应了会随时保持联系。快要结束通话时，维兰德问伊特伯格是否有联系过在斯德哥尔摩碰过面的阿特金斯。

“他有什么有用的消息吗？”伊特伯格听起来有些疑惑。

维兰德感到很奇怪，伊特伯格显然是不知道这两家人的关系亲密，或是，阿特金斯和他说的又是另一番话。

“现在加利福尼亚是几点？”伊特伯格问，“也没必要深更半夜的吵醒人家吧。”

“我们这里和美国东岸是 6 小时时差，”维兰德说，“但我不知道和加利福尼亚有多少小时的时差。我可以先查一下，然后再给他打个电话。”

“好的，”伊特伯格说，“你打电话，这账我们来付好了。”

“我办公室的电话又没被封锁，”维兰德说，“警局也不会因为电话费而损失多少钱。你没必要把事情做到那个地步。”

维兰德给查询台打了个电话，得知两地时差是 9 小时。也就是说，现在的圣地亚哥还是早晨 6 点，于是他决定先等几个小时，然后再给阿特金斯打电话。他先打电话给了琳达。她和哥本哈根的汉斯刚刚讲了一通时间很长的电话。

“快过来，”她说，“我现在正好无所事事，克拉拉正在婴孩车里睡觉。”

“克拉拉？”

听到他疑惑，琳达轻轻地笑了起来。

“我们昨晚决定的，决定给她取名为克拉拉。她现在已经是克拉拉了。”

“和我母亲的一样？你奶奶？”

“你也知道，我从没见过她。别乱想，我们选了这个，主要还是因为这个名字好听。而且和两家人的姓都很搭配。克拉拉·维兰德，还有克拉拉·冯·恩科。”

“那她现在的姓名是什么？”

“目前是叫克拉拉·维兰德。不过最后会由她自己决定。你过来吗？你可以过来喝杯咖啡，然后我们可以弄个临时的洗礼仪式。”

“你打算给她洗礼吗？真的吗？”

她没回答。维兰德也敏感地意识到不该再纠缠这个问题。

一刻钟后，他把车停在了琳达的屋外。花园里一片姹紫嫣红。维兰德想起了自己荒废的花园，他还没往里面种些什么。还在玛丽亚街住的时候，他总是会想象出一幅截然不同的场景。他手足并用地爬来爬去，呼吸着泥土的芬芳，在花床上播撒着种子。

克拉拉正在梨树树荫下的婴儿车里酣睡。维兰德贴着蚊帐凝视着她的小脸蛋。

“克拉拉可真是个好名字，”他说，“你们是怎么想到的？”

“我们是在报纸上看到的。有一个叫克拉拉的人，在厄斯特松德[1]的大火灾中表现英勇。我们差不多立刻就决定了这个名字。”

[1] 厄斯特松德（Ostersund）：瑞典中部城市。

他们在花园里漫步，谈论着所发生的那些事。路易斯的失踪让琳达和汉斯，还有其他人，都感到大为吃惊。一切都毫无征兆，根本没有什么迹象表明路易斯曾经酝酿过什么计划。

“这会不会是另一起暴力案件？”维兰德疑惑道，“如果哈坎之前也遭受过了此类袭击的话？”

“你是说，有人想要把他们两人都给除掉？”琳达说，“可理由呢？有什么动机呢？”

“这个问题很难回答。”维兰德凝视着开满火红色玫瑰的花丛说，“他们会不会是卷入了某个我们都不知道的事件当中？”

他们继续在花园里默默地散步。琳达思索着他刚才的疑惑。

“我们对别人总是了解得如此之少。”最后她说道。他们正好又走回到了屋前，她隔着蚊帐，查看了下克拉拉。

克拉拉睡得很熟，双手拽着被褥。

“其实关于那对夫妇，我所知道的不比这小姑娘多。”她说。

“你觉得路易斯和哈坎很神秘吗？”

“一点也不。完全相反！他们对我总是特别地坦白直率。”

“有些人会故意给人留下错误的印象，”维兰德沉思道，“坦白直率可能只是一种封闭他们心中秘密的隐形锁链。”

他们坐在花园里喝着咖啡。维兰德看了下手表，发现到了该给阿特金斯打电话的时间。他返回警局，在办公室里拨通了号码。电话响了四声后，阿特金斯咕哝着接了电话，听起来像是在等着接受指令似的。维兰德把情况都告诉了他。讲完之后，那边沉默了好长一阵时间，他都开始怀疑电话线路是不是被切断了。然后阿特金斯低沉地答道——

“这不可能。”他说。

“不管怎样，从周一或周二起，她就已经消失不见了。”

维兰德听得出，阿特金斯很震惊。他呼吸沉重。维兰德问他之前有没有跟她通过话。阿特金斯稍作沉默，仔细思考了一下。

“周五下午。她那边下午，我这边早上。”

“谁打的电话？”

“她打过来的。”

维兰德皱了皱眉。这不是他想要的答案。

“她打电话做什么？”

“就是想祝我妻子生日快乐。我和我妻子都感到特别惊讶。我们俩从来没把过生日的事情放在心上。”

“她打电话还有没有可能是别的原因？”

“我们感觉她好像很孤独，很想和人说说话。不过这也不难理解。”

“你仔细回想下，她有没有说些什么与失踪相关的话？”

维兰德有些不放心自己蹩脚的英语，不过阿特金斯听懂了他的话。他停了停，然后做了回答——

“没有，”他开口道，“她听起来和往常完全一样。”

“可是，这总得有个缘由吧，”维兰德说，“先是她丈夫失踪，然后是她。”

“这有些像是那首十个小印第安人的诗歌，”阿特金斯说，“他们一个个地接着消失。如今一家人已消失了一半。就剩两个孩子了。”

维兰德吓了一跳。难不成是他听错了吗？

“可是要消失也就只有一个孩子了啊，”他试探性地问道，“你应该没有算上琳达吧？”

“你可不要忘了他们的女儿。”阿特金斯说。

“女儿？汉斯有姐妹吗？”

“啊，是的。她名叫西格妮。我也不知道自己的音发得准不准。你要是想知道的话，我可以把名字拼给你。她没有跟父母住在一起。我也不知道为什么，也觉得没什么必要去对别人家的生活刨根究底。我从没见过她。不过哈坎跟我说过他有一个女儿。”

维兰德震惊得连话都说不出来。他挂了电话，站在窗边，凝视着水塔。有一个名叫西格妮的女儿。为什么从来没人提起过她呢？

当天晚上，维兰德坐在餐桌旁，重新审查了一遍哈坎·冯·恩科失踪那天以来的所有记录文件。可他到处都没找到关于这个女儿的任何线索。文件上没提到过西格妮。她就好像从未存在过似的。

— PART 2 —

海底暗流

CHAPTER 11 无名姐姐

维兰德很恼火。因此，他很罕见地决定这次要主动出击。他感到被这一家子给愚弄了，先是莫名其妙地消失了两个，如今又冒出另一个人来。他觉得自己成了那些上流阶层司空见惯的谎言的受害者。那些上流人士总是不惜一切代价地想要守住自己家庭的细节详情，不让外界知道，却不知外界可能对此根本就不感兴趣。自阿特金斯的那通电话之后，他一夜都在对哈坎·冯·恩科 75 岁寿宴之后的事件与谈话重新进行全盘整理。那晚他睡得很香，一觉睡到第二天早上 7 点。刚醒来，他就给琳达打了个电话。他想找汉斯，可汉斯 6 点左右的时候就已经去上班了。

“这个点他能工作些什么？”维兰德恼火地问，“现在银行都还没开门，也不可能有什么经纪人买卖股票。”

“那日本呢？”琳达接口道，“或是新西兰呢？亚洲那边到处都有很多的交易动态。汉斯这么早去上班也并不稀奇。可你 7 点钟打电话过来就很稀奇了。别为这事冲我发火。出什么事儿了吗？”

“我想谈谈西格妮。”维兰德说。

“她是谁？”

“你男朋友的姐妹。”

他听见她呼吸沉重起来，像是思绪万千。

“可他没有姐妹。”

“你敢肯定？”

琳达了解自己的父亲，她立刻意识到他并不是在说笑。他一大早打电话过来，不可能就只是为了开个无聊的玩笑。

克拉拉哭了起来。

“你最好过来一趟，”琳达说，“克拉拉刚醒。她早上不是很好哄。会不会是从你那里遗传过来的？”

一个小时后，维兰德将车停在了琳达家门外的砾石车道上。那时，克拉拉已经吃饱喝足、心满意足，而琳达也已起来穿好了衣服。维兰德觉得她依然有些脸色苍白，身体不是很好，也不知她是不是病了。不过他没问什么。她和他一样，不喜欢别人干涉自己的私事。

他们在餐桌旁坐下。维兰德认出了上面铺的桌布。记得从他小时候起，家里就已经有了那块桌布，先是在勒德吕普他父亲的家里，然后现在到了这里。还是小男孩的时候，他就喜欢用手指头循着上面复杂图案交错处上的红线绕来拐去。

“声明一下，”她说，“我再说一遍先前的话：汉斯没有姐妹。”

“我相信你，”维兰德说，“我敢肯定，你俩和我一样，之前都不知道有个什么姐妹。”

他跟她说了和阿特金斯的那段对话，以及突然就提到了一个叫西格妮的姐妹。他们能提到这个神秘的姐妹，想必也完全是个意外。如果话题稍有偏差，那她的存在也就依然不能为人所知。琳达专心致志地听着他的话，眉头也皱得越来越紧。

“汉斯从来没跟我说过他有个姐妹。”维兰德讲完后她说道。

维兰德指了指电话。

“给他打电话，直接问他：为什么你没告诉我你有个姐妹？”

“是姐姐还是妹妹？”

维兰德想了一会儿。阿特金斯没有提到过。尽管如此，他却很肯定她是姐姐。因为如果是在汉斯之后出生，那要瞒着他这个秘密就更加困难了。

“我不想给他打电话，”琳达说，“我要留着等他回来了再问。”

“不行，”维兰德说，“已经有两人失踪了，我们必须得去寻找。这可不是什么私事，这是破案工作。如果你不打，那我打。”

“那最好不过了。”她说。

维兰德拨打了她给的哥本哈根办公室的电话。拨通时，电话响起了一段古典音乐。琳达探过身来听着。

“这是他的专线电话，”她说，“我选的音乐。之前他用的是某首可怕的美国乡村破歌。一个名叫比利·雷·赛勒斯的人唱的。我威胁他，要是不换首歌就不给他打电话。他应该很快就会接的。”

她话还没说完，维兰德就听到了汉斯的声音。他听起来很疲惫，呼吸有些急促。维兰德很想知道亚洲股票交易市场到底出了什么事。

“我有个问题急着要问你，”他说，“顺便说一声，我现在就坐在你家餐桌旁。”

“路易斯，”汉斯说，“还是哈坎？你找到他们了吗？”

“我也希望找到了。可我要问的完全是另外一个人。你能猜猜是谁吗？”

维兰德看得出，琳达对他这种欲擒故纵的问法很恼火。他承认自己不对，然后直接切入了主题。

“是你的姐姐，”他说，“你姐姐西格妮。”

电话那头一阵沉默，过了一会儿，汉斯开口道：

“我不知道你在说什么。是在开玩笑吗？”

琳达挨着桌子探过身来，维兰德举起听筒好让她也能听清。他很肯定汉斯说的是实话。

“这不是玩笑，”他说，“说真的，你是不是一点儿也不知道自己有个叫西格妮的姐姐？”

“我没有兄弟姐妹。我可不可以跟琳达说说？”

维兰德把听筒交给了琳达。她又重复了一遍她父亲刚才跟他说的话。

“我小的时候，常常会问自己的父母，为什么我没有兄弟姐妹，”汉斯说，“他们总是跟我说，觉得一个孩子就够了。我从来没听说过西格妮这个人，也从来没见过她的相片。我一直都是个独生子。”

“这可真是令人难以置信。”琳达说。

汉斯突然大怒，冲着电话叫喊起来：

“你知道我是什么样的感受吗？”

维兰德从琳达手中接过听筒。

“我相信你，”他说，“琳达也是。可是你要理解，一旦有了这么个假设，那查明真伪就至关重要。你的父母都失踪了。如今又突然冒出了个谁也不知道的姐姐。”

“我有些搞不清楚了，”汉斯说，“我很难受。”

“不管是怎么回事，我都会查明真相的。”

维兰德又将听筒交还给琳达。他听见她正在努力安慰汉斯。不过他并不想细听这俩人的对话。这电话似乎还会打上一段时间，于是他在一张小纸片上草草写了几个字，放在她面前的餐桌上。她点点头，将窗台上的一串钥匙交给了他。离开前，他又看了眼正趴在婴儿床上熟睡的克拉拉。他伸出一根手指，轻轻地抚了抚她的面颊。她皱了皱脸，不过并没醒来。

维兰德一回到警局，外套还没来得及脱，就立刻给斯滕·诺兰德打了个电话。很快他就得到回复，确认了心中的猜测。

“啊，是的，的确还有另一个孩子，”诺兰德说，“是个女孩，生下来就是严重残疾，根本不能自理，如果我没记错的话。他们没法把她养在家里，那孩子打一出生，就得需要特别护理。他们从没说起过她，所以我想，最好还是尊重他们的意见。”

“她是不是叫西格妮？”

“是的。”

“你知道她是哪年出生的吗？”

诺兰德想了会儿，然后答道：

“她应该比她弟弟大了将近 10 岁。我猜她的残疾对他俩打击很大，所以过了好多年他们才敢再要孩子。”

“那她现在肯定有 40 多岁了，”维兰德说，“你知道她住在哪里吗？收容所或是疗养院的名字？”

“我记得哈坎有一次说过，是在玛丽弗雷德[1]的附近某处，不过我没听说过

[1] 玛丽弗雷德（Mariefred）：位于瑞典南曼省的斯特兰奈斯自治市。

机构的名字。”

维兰德急匆匆地结束了电话。最要紧的是找到西格妮，虽然这件案子根本就不关他的事。虽然他明白应当先联系伊特伯格，但是好奇心战胜了他。他在一堆杂乱无章的地址簿里翻找着，终于找到了他所要找的电话。这是一个在于斯塔德社会福利委员会工作的女人的电话号码。她是以前在警局工作过的文职秘书的女儿。几年前，维兰德在一件有关恋童癖团伙的案子中与她有过照面。她名叫莎拉·阿曼德。电话立刻接通了。他们寒暄了几句，然后维兰德切入了正题。

“我要找一家残疾人收容所，离玛丽弗雷德不远。也许那里不止一家，我需要知道地址和电话号码。”

“你能说得再详细点吗？比如说，像是先天脑瘫这一类的？”

“据我所知，应该主要是身体上的。她一生下来就需要进行看护。不过可能也会有智力缺陷。要是那样的话，对残疾人倒也是件好事，至少不会意识到自己所背负的究竟是个怎样可怕的人生。”

“谈论别人的生活时，我们必须得格外留神，”莎拉·阿曼德说，“有些人虽然严重残疾，却生活得非常幸福。不管怎样，我尽量找找看吧。”

维兰德挂了电话，出去倒了杯咖啡，然后和克里斯蒂娜·马格努森闲聊了几句。她提醒他，明晚在她家的花园里会有一场同事欢聚的夏日休闲聚会。当然了，维兰德把这事忘得一干二净，不过他说他会去参加的。他回到办公室，用大号字体写下提醒的字条，放在了电话旁边。

两个小时后，莎拉·阿曼德回了电话。她找到了两个相关地方。一个是名为阿马林堡的私人疗养院，就在玛丽弗雷德的郊外。另一个是公立疗养院，名为尼可拉斯花园，离格利普霍姆堡[1]不远。维兰德记下了地址和电话号码，正准备给第一家打电话，这时马丁森出现在了半遮半掩的门外。维兰德放下听筒，招手叫他进来。马丁森面有愁容。

“怎么了？”

“一群打牌的人捅了娄子。救护车刚把一个被刺伤的人送到了医院。我们已经派了辆车过去，不过你和我还得过去一趟。”

[1] 格利普霍姆堡（Gripsholm Castle）：位于玛丽弗雷德的一座宫殿。

维兰德抓起外套，跟着马丁森走出了房间。那天余下的时间，他们一直都在做案件调查，直到晚上才查明了牌局混乱和暴力引发的原因。等到维兰德 8 点左右回到警局，他才得空去拨打从莎拉·阿曼德那里要来的电话。他先是拨打了阿马林堡的电话。一位和善的女人接听了电话。刚一开口说到西格妮·冯·恩科，他就意识到自己犯了错。当然了，他不会得到答复。像这样护理残疾人的机构，自然不会将信息随便泄露给别人。那边的回复也正是如此。接下来他又问了几个问题，却没有得到答复，比如他问了他们养护的病人是有各个年龄段的还是只有成年人。那位和善的女人继续耐心地跟他讲解，说是规定了不可以向别人泄露任何信息。她很抱歉帮不上他的忙，尽管她很想助他一臂之力。维兰德挂掉电话，想着是不是该给伊特伯格打个电话。可他还是决定不打。没必要这么晚了打扰他。等到明天再打也不迟。

这天夜晚很舒适宜人，天气温暖、四周宁静。他坐在屋外花园用完晚餐，尤西躺在脚边，狼吞虎咽地吃着维兰德用叉子扔给它的食物。周围的油菜花田地已是一片金色的海洋。

可是汉斯的那个姐姐，依然在他脑子里挥之不去。他想弄清楚环绕在这孩子周围的那种缄默景象，想象着，若是自己和莫娜有了这么个一生下来就得需要特别看护的孩子，那他们会怎么办。一想到这些，他就不寒而栗，因为真要是这样，他肯定会无法面对。他就那样坐着，陷入了沉思，直到后来听到了电话铃声响起。尤西竖起耳朵。是琳达打来的电话。她声音压得很低，说是汉斯睡着了。

“他彻底崩溃了，”她说，“他还说，最糟糕的是，就算现在想知道些有关她的事，也都没人可以让他问了。”

“我正在想方设法地找到她，”维兰德说，“给我几天时间，我会找到她的住处的。”

“你知不知道为什么哈坎和路易斯会做这样的事情？”

“不知道。不过，对于这么一个严重残疾的孩子，想来他们也只能这么做了——假装她根本就不存在。”

然后维兰德给她描绘了一下现在油菜花海漫山遍野的美景。

“我期待着看克拉拉在那里四处奔跑的样子。”他最后说道。

“你得找个女人了。”

“怎么‘找’女人！”

“你不努力的话就找不到！孤独会把你的内心给吞噬掉。你会变成个郁郁寡欢的老头的。”

维兰德在屋外一直坐到了10点。他一直在思考琳达刚才所说的话。可不管怎样，他睡得很香，一觉醒来已是凌晨5点多了。等到6点半，他已经到了办公室里。一个想法在他脑海里渐渐酝酿出来。他查看了下自己从现在到仲夏节的日程安排，断定于斯塔德也没什么要紧的事。那个牌局案件，别人也可以替他接管。维兰德知道伦纳特·马特森是个喜欢早起的人，于是他走去敲他的门。马特森正好刚到，维兰德向他要了三天假，从明天算起。

“我知道这个假请得比较突然，”他说，“不过我有我的理由。而且仲夏节的时候，我也可以过来上班，虽然那时我本来可以休假一周。”

马特森没有反对。维兰德得到了三天假期。他回到办公室，在网上查找了阿马林堡和尼可拉斯花园的准确位置。网上关于这两所机构的信息不是很多，他无法判断是哪一家。这两所机构似乎都是专门照顾各种各样身患严重残疾的人的。

他把尤西托付给邻居，请他们帮忙照看几日。狗窝空了下来。维兰德在床上躺下，把闹钟定到凌晨3点，然后睡了几个小时。等到他上车向北出发时，已经是凌晨4点了。黎明笼罩在一片朦胧的薄雾之下，而这也预示着今天天气晴朗。中午过后，他到了玛丽弗雷德。在路边餐馆吃过午饭后，他在车里打了会儿盹，然后出发前往阿马林堡。那里曾经是一所大学，还附有一座别馆，后来改成了疗养院。维兰德在前台出示了自己的警察证，希望这能有助于他找到正确的地方。接待员不知该怎么办，于是叫来了主管。主管仔细检查了维兰德的警察证。

“西格妮·冯·恩科，”他语调友善地说道，“我只是想知道这个人。她有没有在你们这里？主要是有关她失踪父母的事。”

主管身上佩戴的徽章显示她的名字是安娜·古斯塔夫森。

她听完维兰德的话，仔细端详了他一会儿，然后问道：

“是一位海军指挥官吗？”她说，“失踪的人是他吗？”

“是的，就是他。”维兰德说道，毫不隐藏自己的惊喜。

“我在报纸上读过有关他的报道。”

“我想问的是他女儿，”维兰德说，“她在这里吗？”

安娜·古斯塔夫森摇了摇头。

“不在，”她说，“我们这里没有叫西格妮的人。也没有哪个病人是海军指挥官的女儿。我可以向你保证。”

去往第二个目的地的路上，维兰德遭遇了一场猛烈的暴风雨。雨势太大，他看不清楚挡风玻璃前面的景象，因此不得不把车停了下来。他开到路边，关掉引擎，坐在那里，就像坐在一个气泡里面，任由外面风吹雨打。他又思索起了那两个失踪之人的事情。就算哈坎·冯·恩科是第一个离家出走的人，或是犯罪案件或意外事故的受害人，那也未必表明路易斯的失踪是由他造成的。这还是维兰德跟着里德伯实习时从他那里学到的基础常识。通常而言，查到最后就会发现，事件的突然发生，其实是一系列事情的开端而不是结果。他回想起哈坎·冯·恩科书桌抽屉里那乱糟糟的一团。他脑子里像是有个指南针在不停地旋转，却不知该停在哪个方向。

说到底，一切皆有可能。他觉得就连哈坎·冯·恩科那种担忧害怕的感觉都未必是真的。维兰德的脑海中曾出现过幻象，虽然他常常表现得对幻象无动于衷。他这一生中也曾努力找寻过许多失踪人口。可这些差不多从一开始都会有些迹象，要么是个合情合理的解释，要么是个让人担忧的理由。可在哈坎和路易斯的这起案子中，他简直是一无所知。一切都不明了。他坐在车里思索着，等着暴风雨过去。他脑海里一团迷雾，而外面也是一片迷蒙。

雨终于停了下来，他开车来到了坐落在迷人湖畔的尼可拉斯花园。地图上显示那个湖泊叫枢轴湖。一排排白色木屋建在茂林高树点缀的山坡上，坡下是绵延的玉米地和牧场。维兰德从车里出来，深呼吸了一下雨后的清新空气。这里看起来就像是他以前在利姆港[1]学校读书时装饰在墙上的那些老招贴画，比如《圣经》里的场景，一些关于圣地上的牧羊人和羊群的场景，或是各种各样的瑞典乡村风光。他想着那些招贴画，突然一瞬间有了种想要回到过去的怀旧之情，不过他很快又转过神来。他知道，感怀过去只会让自己意识到年华老去，徒增苦痛，平添恐慌。

---

[1] 利姆港（Limhamn）：位于斯科讷省马尔默市南部。

他从背包里拿出望远镜，观察着那些建筑和公园似的周边。一想到自己躲在老旧的标致汽车的伪装下侦查眼前一派恬淡的夏日风景，维兰德就不禁笑了起来。他看到几处树荫之下停放了一些轮椅。他调准焦距，拿稳望远镜。轮椅上都坐着人，耷拉着脑袋。其中有个年龄很难判断的女人，把脸都垂在了胸口上。另一个轮椅上坐着个男人，远看起来很年轻。他脑袋往后仰着，像是脖子无法支撑似的。维兰德放下望远镜，对接下来的未知探查感到很不安。他回到车里，一路开到了主楼，看到上面的标识牌上写着，南曼兰省议会欢迎各方来客，上面还有这里的道路指示。维兰德走到接待处，按了铃，等着人来。他听到屋后有接收机响起，然后一个女人从毗连房间里走了出来。她大约40岁的样子。维兰德立刻被她的美貌给迷住了。她秀发乌亮，眼珠漆黑，微笑着向他问候，说起话来一口外国腔调。维兰德觉得她可能是来自阿拉伯的某个国家。他向她出示证件，然后问了个问题。他没得到直接回复。那个漂亮女人依然对他面带微笑。

“这还是第一次有警察到我们这里来，”她说，“而且还是从那么老远的地方过来！不过很抱歉，我不能告诉你任何人的名字。在我们这住的每个人都享有隐私权。”

“当然了，这我明白，”维兰德说，“只要必要，我也可以拿到搜查证，合法地搜查你们这里的每一个房间和每一个病人的所有记录文件。可我不想那么做。你只需要简单地点个头或是摇个头，那就够了。然后我会保证立马离开，再也不回来。”

她回答前思索了一会儿。维兰德依然为她的美貌而着迷。

“你问吧，”终于她开口道，“我明白你的意思。”

“这里是不是住着一位名叫西格妮·冯·恩科的人？大约40岁，一出生就身患残疾。”

她点了点头。只点了一次，不过那足够了。现在维兰德终于知道西格妮身在何处了。不过深入调查之前，他还得先跟伊特伯格打个招呼。

他竭力将视线从那女人身上挪开。他正要转身离去，突然他觉得这女人似乎还在准备回答他的下一个问题。他又望向了她。

“还有一件事，”他说，“西格妮的上一位访客是什么时候来的？”

她回答前想了一会儿。这次她没有点头摇头，而是直接回答起来。

“好几个月以前了，”她说，“4 月的某一天。如果重要的话，我可以去查查。”

“这事非常重要，”维兰德说，“你可真是帮了大忙了。”

她走进之前出来的那个房间。过了几分钟，她回来了，手里还拿着一张纸。

“4 月 10 日，”她说，“那是她最近一次的访客来访时间。从那以后就再没人来过了。她现在变得很孤单。”

维兰德想了一会儿。4 月 10 日。哈坎·冯·恩科出门散步的前一天。然后就再也没回来了。

“我猜那天访问她的就是她的父亲吧。”他缓缓说道。

她点了点头。

维兰德离开尼可拉斯花园，开车前往斯德哥尔摩。他把车停在格列弗街上的那栋房子外面，用琳达给的钥匙打开了公寓的大门。

他觉得自己应该从头开始查起。可是到底哪里算是头呢?

他在客厅中央站了很久，想要想出个所以然来。可他怎么也想不出有什么东西可以帮他理解案情。

四周一片静谧。在潜艇的海底深处，暗流涌动，神秘莫测。

CHAPTER 12 奇怪博物馆

维兰德在这所空荡荡的公寓里过了一夜。

由于天气暖和，屋里又有些闷，他便微微敞开了一些窗户，然后看着轻薄的窗帘迎风摆动。公寓下方的街道还会偶尔传出人们的叫喊声。维兰德感觉像是在听幽灵说话似的，刚刚腾空的屋子或公寓，常常会给人们留下这样的错觉。他向琳达要来公寓钥匙并不是为了省下住宿费用。凭借多年的经验，维兰德也知道，在犯罪案件调查过程中，第一印象通常最为重要，再次回访极少会有什么新的发现。不过这一次，他知道自己要找的是什么。

为了不引起邻居的怀疑，维兰德穿着袜子踮起脚尖走了起来。他检查了一遍哈坎的书房和路易斯的两个抽屉柜。他还搜查了客厅里的大书柜，以及任何一处可以让他搜寻的壁橱和搁架。到了晚上 10 点，他小心翼翼地溜出公寓到外面寻找东西吃的时候，他已基本确认了自己心中的猜想。所有关于这个残疾姑娘的东西，已被清除得一干二净。

维兰德在一家所谓的匈牙利餐馆吃了晚饭，其实里面所有的服务员和半开放式厨房里的其他员工说的都是意大利语。他坐着缓慢的电梯回到位于第三层的公寓，思索着该睡在哪里好。哈坎的书房里有张沙发，不过他最后还是选择了和路易斯一起喝过茶的客厅。他盖着格子呢毛毯，躺在了长沙发上。

大约凌晨1点钟的时候，他被一群寻欢作乐之人的喧闹声给吵醒了。他躺在黑漆漆的房间里，突然变得异常清醒起来。整个公寓里居然没有半点有关那个住在尼可拉斯花园的姑娘的东西，这实在是太荒谬了。连张照片都没找到，甚至也没有官方的瑞典公民出生证件，这一点让他感到很不舒服。他站起身，又踮着脚四处走了一遍。他带着笔形电筒，时不时地拿出来照亮一下那些黑暗的角落。他尽量不在同一处地方打开一盏以上的灯，以免街对面公寓的人怀疑，不过与此同时，他又想起了那些哈坎·冯·恩科会点上一整晚的灯。冯·恩科的家庭里面，是不是真的有条让人难以跨越的、横亘在真实和谎言之间的隐形界线？他站在厨房中央，一遍又一遍地思索着。然后，他又接着不屈不挠地继续寻找起来，像是自己时而爆发的侦探精神被激醒了似的。他下定决心，不找到西格妮的踪迹，决不罢休；这踪迹肯定就藏在屋里的某处。

凌晨4点时，他终于成功了。他在书柜上大部头的艺术书籍后方找到了一本相册。里面照片不多，不过都经过了精心裱贴。许多照片都已褪色，有的还是黑白照片。里面没有评注话语，只有照片。里面没有一张两姐弟在一起的照片，不过他也没有期待能找到那样的照片。汉斯出生的时候，西格妮早就消失了，被扫走了，被擦掉了。维兰德数了下，一共不到50张照片。大都是西格妮独自一人以各种姿势躺着的照片。不过最后却出现了一张路易斯搂着她、目光躲着镜头的照片。照片上的路易斯显然并不愿意搂着她的孩子坐在那里，看到这里，维兰德很悲伤。这张照片散发着一种特别凄凉的气息。维兰德摇了摇头，心里很难受。

他又躺在了沙发上，整个人精疲力竭、如释重负，很快就熟睡了起来。早上8点钟的时候，他突然被楼下汽车的大喇叭声惊醒。他梦到了许多马，一大群，在莫斯比海滨的沙丘上疾驰，向着海水奔去。他想要弄明白梦里的含义，却完全是白费工夫。这完全是无用功，他根本不懂释梦。他冲了个澡，喝了些咖啡，然后9点左右给伊特伯格打了个电话。他正在开会。维兰德请接待员传了个口信，然后收到了回复，说是伊特伯格可以10点半时在市政厅靠海的那边跟他见面。维兰德一直在那等着，然后伊特伯格骑着自行车来了。附近有家咖啡馆，不一会儿，他们便坐在一张桌旁，一人喝着一杯咖啡。

“你来这里做什么？”伊特伯格问，“我以为你更喜欢小城镇或是乡下。”

“没错。不过我来这有时也是没有办法。”

维兰德把西格妮的事情告诉了他。伊特伯格专心听着，没有打断。快要讲完时，维兰德提到了晚上找到的那本相册。他用塑料袋把它带了过来，摆放在桌上。伊特伯格把咖啡杯挪到一边，用纸巾擦了擦手，然后小心翼翼地翻阅起相册来。

“她现在多大了？”他问，“有 40 岁了吗？”

“是的，阿特金斯说的，如果我没听错的话。”

“这里都是她两岁前的照片，顶多三岁。”

“没错，”维兰德说，“除非还有另一本相册。可我觉得不大可能。她两岁后就被送走了。”

伊特伯格苦着个脸，小心翼翼地将相册放回了塑料袋。一艘漆成白色的游船正沿着骑士湾[1]嘎嚓嘎嚓地驶过。维兰德将座椅往阴影处挪了挪。

“我想再去一趟尼可拉斯花园，”维兰德说，“毕竟我现在也算是这个姑娘家庭里的一员了。可我先要得到你的许可。而且你也得知道我现在正在做些什么。”

“你觉得去见她会有什么好处吗？”

“我不知道。不过她父亲失踪的前一天曾去看过她。而且，从那以后，就再也没人去看过她了。”

伊特伯格想了一会儿，然后开口道：

“他消失后的那一段时间里，路易斯居然都没去看过她，这可真是异常。你对这有什么看法？”

“我没什么看法。不过我和你一样都很好奇，也许我们得一起去看看。”

“算了，还是你一个人去吧。我会打个电话，告诉他们可以准许你去看望她。”

维兰德走到码头边，望着湖面，伊特伯格则在一旁打着电话。太阳高悬在湛蓝的天空。已是盛夏了，他心想。过了一会儿，伊特伯格走过来，站在了他的身边。

“都搞定了，”他说，“不过有件事情你得知道。接我电话的那个女人说，西格妮说不了话。不是她不想说，是她根本就不会说。我也不知道自己有没有理解错误，不过她出生时就好像没有声带。还有些别的器官也没有。”

[1] 骑士湾（Riddarfjarden）：斯德哥尔摩市中心梅拉伦湖的一处水域。

维兰德扭头望向他。

“还有些别的？”

“她显然是身患严重残疾。许多必要的身体器官都没有。我必须得说，我很高兴要去那里的人不是我。特别是在今天。”

“今天有什么特别的？”

“那么好的天气，”伊特伯格说，“而且才到初夏，我可不想把心情弄糟，能避免的就尽量避免吧。”

“她说话有外国口音吗？”他们一起从码头离开时维兰德问道，“我是说，接你电话的那个尼可拉斯花园的女人。”

“是的，没错。她的声音很甜美。她说她名叫法提玛。我猜她应该是从伊拉克或伊朗来的。”

维兰德答应过后会再跟他联系。他之前把车停在了市政厅主大门的外面，所以必须得在泊车员发现之前赶紧开走。他开车出城，一个小时就到了尼可拉斯花园的门外。他走进接待处，接待他的是一位上了年纪的男人。那人自我介绍说叫阿图·卡尔伯格——下午到晚间都由他来值班。

“我们从头说起吧，”维兰德说，“请你跟我说说西格妮的相关情况。”

“她是我们这里的重症病患之一，”阿图·卡尔伯格告诉他，“她出生之后，没人会料到她居然能活得这么长。不过有些人的生存意志也确实强烈。这也是普通人所无法理解的。”

“你能说得再详细点吗？”维兰德问道，“她具体都有些什么问题？”

卡尔伯格犹豫了一会儿，像是在掂量着维兰德是否能承受得住将要听到的事情，又像是在掂量他是否值得知道事情的全部真相。维兰德没了耐心。

“我等着你说呢。”他说。

“她两只胳膊都没有。声带也有问题，也就是说，她说不了话。还有先天性脑损。脊柱也是畸形。也就是说，她的行动非常有限。”

“什么意思？具体说来听听。”

“她只能做点脖子和头部以上的运动。比如说，她会眨眼睛。”

维兰德万分惊恐，他假想着，要是琳达万一生出个这样严重残疾的孩子，不知自己会是怎样的反应。他不知自己是否能想象出这种不幸对哈坎和路易斯究竟意味着什么。维兰德不知道若是自己遇上究竟会如何应对。

“她来这里有多久了？”他问道。

“她早年曾在一所重症残疾儿童的疗养院里受到看护，”卡尔伯格说，“是在利丁厄[1]，不过现在已经关闭了。”

维兰德举了下手。

“说具体点吧，”他说，“假设我只知道这个女孩的名字。”

“恐怕我们不能再叫她女孩了，”卡尔伯格说，“她都快要 40 岁。你猜猜是哪天。”

“这我怎么知道？”

“今天就是她的生日。通常她的父亲会过来和我们一起待上整个下午。不过照目前的情况看，是不会有人来了。”

卡尔伯格似乎在为西格妮·冯·恩科无人庆贺的冷清生日而感到不安。

还有一个更重要的问题。可是维兰德决定待会儿再问，先按规矩慢慢来。他从口袋里掏出破旧的记事本。

“那么，”维兰德说，“她是 1967 年 6 月 6 日出生的，对不对？”

“是的，没错。”

“她有没有在家里和自己的父母住过一段时间呢？”

“根据我所看过的病历记录，她是直接从医院给送到了利丁厄的尼哈加疗养院。当时那家疗养院需要扩建，而周围的邻居却害怕他们的资产贬值，于是他们就去破坏这个工程。我也不知道他们到底要了什么手段，总之最后疗养院非但没有进行扩建，反倒直接关闭了。”

“那她被转送到了哪里？”

“她就像是坐旋转木马一样，从一个疗养院转到另一个疗养院，然后在哥得兰岛赫姆斯[2]郊外的一家疗养院待了一年。29 年前，她来到这里，然后一直就没离开了。”

维兰德全都记了下来。他脑海里一直在闪现着克拉拉没有手臂的恐怖样子，

[1] 利丁厄（Lidingo）：位于斯德哥尔摩东北处的一座岛屿。

[2] 赫姆斯（Hemse）：位于哥得兰岛的一个地区。

简直就是挥之不去。

“跟我说说她能做些什么吧，”维兰德说，“之前你也说过了一些，不过我想了解一下她的理解能力。她的意识究竟是发展到了一个什么样的程度？”

“我们也不知道。她只能通过一些简单的基本反应来表达自我，而且那种肢体语言，若是不熟悉她的人，恐怕根本就看不懂。我们通常都把她当作是一个活得很长久的婴儿。”

“有没有可能弄明白她心里在想些什么？”

“不可能。而且也没什么迹象显示出她能意识到自己的悲惨遭遇。她从未有过痛苦或是绝望的表情。要是事实果真如此，那还真是让人感到庆幸。”

维兰德点点头，觉得自己也能体会这种心情。不过现在他决定要问出那个最为重要的问题。

“她父亲经常来看望她，”他说，“请问通常多久一次？”

“至少一个月一次。有时还要更频繁些。待得很长——从来都不会只待几个小时。”

“那他都在做些什么呢？如果他们不能交谈的话。”

“她是不能讲话。不过他却会坐在那里跟她说话。那场景很感人。他会坐在那里，和她无话不谈，像是每天都发生了些什么事啊，自己家里面的生活啊，还有外面的大世界。他就像是对正常的一个成年人那样跟她说话，而且还丝毫不感到疲倦。”

“要是出海的话，那他该怎么办？他指挥了那么多年的潜艇和海军舰船。”

“他总是会先跟她解释好他要出去一段时间。每次听他这么跟她说话，都会让人深受感动。”

“他出海之后，还有谁来看望西格妮呢？她妈妈来看过吗？”

卡尔伯格回答得清楚明白、毫不迟疑。

“她从没来过。从 1994 年起，我就一直在尼可拉斯花园工作。这期间，她从没来看过自己的女儿。只有西格妮的父亲来看望她。”

“你是说，路易斯从未到这来看望过自己的女儿？”

“从未来过。”

“这难道不是很奇怪吗？”

卡尔伯格耸了耸肩。

“那也未必。有的人就是见不得眼前的惨状。”

维兰德将记事本放回了口袋。他也不知自己是否能看懂草草写下的那些笔记。

“我想见见她，”他说，“当然了，前提是她不会为此而心烦。”

“还有件事我忘了说，”卡尔伯格说，“她视力很差。她看见的人都是灰蒙蒙的一团。至少医生是这么说的。”

“那她是不是通过声音来辨别自己的父亲？”维兰德好奇道。

“应该是的。从她肢体语言的反应来看，好像是那么回事儿。”

维兰德站起身来，卡尔伯格却还依旧坐着。

“你确定你要见她吗？”

“是的，”维兰德说，“我很确定。”

当然了，这并不是他的真心话。他真正想看的是她的房间。

他们穿过一扇扇自动开关的玻璃门。卡尔伯格打开走廊尽头房间的那扇门。房内窗明几净，地上铺有塑料垫子。里面放着几把椅子，一个书架，还有一张床。躺在床上的就是躬身驼背的西格妮·冯·恩科。

“请让我和她单独待会儿。”维兰德要求道，“请在外面等我。”

卡尔伯格出去后，维兰德快速地环视了一下房间。为什么这位看不见东西又毫无意识的居住者的屋里会有个书架？他走到床前，望着西格妮。她有一头剪得很短的金色头发，长得还有些像她的弟弟汉斯。她睁着双眼，空洞无神地望着房间。她的呼吸并不均匀，仿佛每次呼吸都让她非常痛苦。维兰德喉头有些哽咽起来。为什么会有人非得遭这样的罪，生活得这么毫无希望，甚至都无法存有一丝幻想？他依然望着她，可她似乎没有意识到他的到来。时间停滞了下来。他觉得自己像是来到了一个奇怪的博物馆，不得不去看望一位被囚禁起来的人，一位被命运囚禁在塔里的姑娘。

他望着窗户旁边的一张椅子。那是哈坎·冯·恩科看望他女儿时常常坐着的椅子。他走到书架面前，坐了下来。书架上全都是儿童读物或图画书。西格妮·冯·恩科大脑没能完全发育成熟。她还依然是个孩子。维兰德小心翼翼地检查着书架，把书一本本地抽了出来，好查看后面有没有藏着什么东西。

终于，在一排《大象巴巴》的故事书后面，他找到了想要的东西。这一次不是相册，不过他也不指望还能找到相册。他一点儿也不清楚自己到底要找什么。不过有点可以确信的是，在格列弗街的公寓里，有些东西的确是不见了。有些文件不见了，如果不是被别人清除了，那就肯定是哈坎自己挪动了。如果是哈坎挪动了的话，那除了这里，他还能藏到哪里去呢？藏在这些故事后的是一个装有黑色硬皮封面的厚厚文件夹。整份文件被两根粗粗的橡皮筋紧紧地捆绑着。维兰德犹豫了片刻：是否现在就在这里打开来看呢？结果他拉开了外套，将文件塞进了宽敞的衣服内袋里。西格妮依然躺在那里，睁着双眼，一动不动。

维兰德打开房门。卡尔伯格正用手指戳着花盆里的泥土，那上面种了一株快要枯死的植物。

“太叫人难受了，”维兰德说，“光是看着她，我就出了一身冷汗。”

他们又回到了接待室。

“几年前，我们这里曾经来过一位年轻的艺术在校生，”卡尔伯格说，“这位艺术生的哥哥以前曾在这里住过，不过他现在已经过世了。她请求为这些病人画些素描画。她画得很好——还把她的画带来向我们证明她的画技。我很支持她的想法，可董事会的人却觉得这侵犯了病人的隐私。”

“如果有病人过世了，那会怎么样？”

“大部分的病人都有自己家人。不过也有一两个无亲无故的会给悄悄地埋掉。如果是这样的话，那我们大都会尽量出席葬礼。这里的人员流动不大。我们和病人们，就好像是新的一家人似的。”

离开疗养院后，维兰德开车前往玛丽弗雷德，顺路在一家披萨饼店用了餐。店外街边摆着几张桌子。吃完后，他就坐在街边的桌旁喝着咖啡。离他不远的一家小店门口，正有一个男人在拉着手风琴。他拉的曲子全都走调得特别厉害——很显然，他只是个乞丐，根本不是什么街头艺术家。维兰德受不了这难听的曲调，一口喝完咖啡，开车回到了斯德哥尔摩。他刚走进格列弗街公寓的大门，突然电话铃响了。那铃声回响在空荡的房间里，却没有人在答录机里留言。维兰德翻听了下之前牙医和女裁缝的留言。牙医对路易斯说的是之前的预约得取消了，他会重新再安排一个——可那是什么时候呢？维兰德记下了牙医的名字：斯科尔丁。女裁缝的话很简单，就只说了句：“您的裙子做好了。”既没留下姓名，也没说明时间。

外面突然啪啪地下起雨来。维兰德站在窗边，望着大街。他觉得自己像是一个擅闯私宅的人。但冯·恩科夫妇的失踪却对别人的生活造成了重大影响。他们是他的亲人。这也就是如今他会站在这里的原因。

一个多小时后，雨停了——这一场倾盆大雨对夏日的首都影响很大。地下室全都淹了，红绿灯也因电线短路而乱了套。不过维兰德对此却毫不在意，他满脑子都在想着哈坎·冯·恩科藏在他女儿房间里的那个文件夹。没过一会儿，他便翻起了那份文件夹里的大杂烩。里面什么都有，有俳句诗，有 1982 年秋天瑞典最高指挥官的战争日记的影印摘录，有哈坎·冯·恩科自己编造的颇为晦涩的格言警句，此外还有许多别的东西——像是剪报、相片以及一些弄脏了的水彩画。维兰德一页页地翻着这些极不寻常的日记——如果日记这词合适的话，心里越来越觉得，这就是他找到冯·恩科夫妇的最后线索了。他开始快速地翻阅起来，想要先获得个大致印象。然后，他又重头开始更加仔细地阅读起来。最后他终于看完了，伸展了一下腰身，感觉好像没有从中得到什么新的启示。

他出去吃了晚饭。刚才的暴雨已经停了。等他再回到这空荡荡的公寓里时，已是晚上 9 点了。他又重新阅读起那装着黑色封皮的文件夹，开始第三次研究起里面的内容。

他告诉自己，他要寻找的是一些别的内容，是那些藏在字里行间的无形之物。

肯定就藏在这里的某处。他十分确信。

CHAPTER 13 西格妮之书

将近凌晨 3 点的时候，维兰德从沙发上起身，走到了窗前。外面又开始下起雨来，不过只是绵绵细雨。虽然他很疲乏，但他还是在努力地回忆着迪尔索摩寿宴上的情形。正是在那个时候，哈坎跟他说了一些有关潜艇的事情。维兰德很确信，从那个时候起，这些文件就已经藏在西格妮《大象巴巴》的故事书后了。这是哈坎的秘密房间。维兰德之所以能如此确信，是因为冯·恩科在一些文件上面标注了日期。最新的一个日期就是他 75 岁寿宴的前一天。在那之后到他失踪之前的那段时间里，他看望了他女儿不止一次，却再也没写下任何东西。

不能再继续下去了，他最后一次写道。不过这也已经足够了。那是他最后写下的话语。此外还有一个显然是后来加上去的词语，是用不同的笔写的：沼泽。仅此而已，只有一个词。

这很有可能是他写下的最后一个词，维兰德心想。但他不是很确信，目前也不觉得这有什么重要。这个文件夹里还有一些这个男人写下的其他意味深长的东西。

最让人印象深刻的，是最高指挥官伦纳特·扬的战争日记影印。重要的不是日记本身，而是冯·恩科在空白处做的眉批。批注通常由红色墨水写成，有的已被划掉或是重新进行了修正，此外还有一些增补，是写在以前批注后面的新想法。有时，他还会在空白处画些火柴棍小人，像是一些拿着斧头或是拨火棍的小恶魔。他还在文件某处贴了一幅缩小版的哈什弗加登航海图，并在上面标记了不同的红点，勾画一些未知船舰的行进线路，但他后来又把这些全都给划掉了，并重新标记了一次。他还写下了深水炸弹的投放次数，以及不同水雷区域的数量和声呐目标信号的次数。当所有这些搅和在一起的东西让维兰德看得疲惫不堪、完全不知所云的时候，他就会走进厨房，冲个冷水脸，然后再接着重新开始看。

冯·恩科的字通常都写得很重，常会在纸上戳出一些洞来。这些笔记显示了这位老潜艇指挥官身上的另一种截然不同的性情，一种几近偏执的狂热，毫无半点在封闭房间里独自诉说时的冷静。

维兰德倚在窗边一动不动，听着一群年轻人在深夜回家的路上摇摇晃晃地骂着些下流话。那些大声叫骂的人，通常都是些没能勾搭成功的人，他心想，所以只好被迫独自回家。40 年前我也经常这样。

维兰德仔细地读起了战争日记的摘录，感觉每一句话都好像已被自己记得滚瓜烂熟。1980 年 9 月 24 日，星期三。最高指挥官巡视了离斯德哥尔摩不远的某空军部队，发现尽管已投入大量资金整修营地、增添军营魅力，可在招募军官时依然是困难重重。冯·恩科并未在这部分的空白处留下只言片语。直到这页的末尾，他那红色的笔记才如冲杀的刺刀一般，映入了眼帘。今天，又再次发生了外国潜艇入侵瑞典领海一事。上一周，我们已在于特岛的附近发现了一艘正航行在瑞典领域内的潜艇。潜艇有部分露出水面，所以我们可以清楚地看到并辨认出这是一艘米士忌级军舰。苏联和波兰都有这种潜艇。

突然批注变得难以辨识起来。维兰德从冯·恩科桌上拿了一面放大镜，这才终于继续看了下去。他很好奇他们看到的究竟是哪些“部分”，潜望镜，还是指挥台？这艘潜艇到底浮出水面待了多长时间？是谁看到的？潜艇的航行路线是怎样的？日记里没有这些细节，对此他感到很烦躁。冯·恩科对“米士忌级”一词进行了注解：北约和威士忌。西欧对存疑潜艇的别称。他还在这页最后几行字的下方画了红线。我们投放了闪射和深水炸弹，可潜艇并未浮出水面。据猜测，潜艇那时已离开了瑞典海域。维兰德坐着想了一会儿到底什么是闪射，可不论是他自己的阅历经验，或是眼前的这本文件，都不能够对此做出解答。空白处还有一行批注：仅凭警告射击是不可能将潜艇逼出水面的，只有对敌群射才行。为什么他们要放走那艘潜艇?

批注一直写到了9月28日。那一天，伦纳特·扬与正在南斯拉夫访问的海军首长进行了会谈。哈坎·冯·恩科对这之后的日记就显得不感兴趣了。没有批注，没有火柴棍小人，也没有惊叹号。不过到了后面一页，日记说到伦纳特·扬不是很满意海军情报处所发布的新闻稿，并要求海军首长找出责任人。到了这里就又出现了红字批注：与其这般，还不如加紧管制其他重大失误。

于特岛附近的潜艇。维兰德记得曾在迪尔索摩的寿宴里听到过这事。于是一切就此开始，他记得哈坎·冯·恩科好像说过这话，或是类似的话。他也记不清具体是怎么说的了。

另一篇战争日记的摘要就特别长了。从1982年10月5日开始，到10月15日结束。说的正是那场盛大的演出，维兰德心想。瑞典成了世界关注的中心。大家都在看着，看瑞典海军和那些直升机能否想出办法揪出那些可能存在也可能未必存在的外国潜艇。这事发生时，瑞典政府正在进行换届。最高指挥官很难将所有消息都通知给交班的两届政府。图尔比约恩·费尔丁[1]似乎总是忘了自己就快要离任了，而奥洛夫·帕尔梅却老是在大发雷霆，说自己没能收到哈什弗加登事件的所有消息。最高指挥官完全不得安生，像溜溜球一样，往来于贝尔加海军基地和两届相互抬杠的政府之间。此外，他还要回答瑞典保守党派领袖乌尔夫阿·德尔松所提出的一些冷嘲热讽的问题，比如为什么没能让入侵潜艇浮出水面。对此，哈坎·冯·恩科讥讽地评注道，这次终于有个政治家问出了他想问的问题。

维兰德开始在自己破烂的记事本上写下名字和时间。他也不清楚自己为什么会这么做。也许他只是想把这堆烦琐细节整理出一个头绪，好更明白冯·恩科那越来越讥讽刻薄的批注。

有时他觉得冯·恩科似乎想要重新改写历史。他就像是个精神病院里的疯子，耗费40年的光阴阅读着经典著作，一旦看到故事太过悲惨便意图更改结局。冯·恩科写着那些他觉得本来应该这般那般的事情，写的同时还会问这样一个问

[1] 图尔比约恩·费尔丁（Thorbjorn Falldin，1926—）：1976年至1982年任瑞典首相。

题：为什么不是这样？

维兰德早已脱下了衬衣，半裸身子坐在沙发上。最后他开始怀疑哈坎·冯·恩科是不是患有精神妄想症。不过很快他就打消了这个念头。那些空白之处和字里行间的批注虽说似乎有些愤慨，但在维兰德看来，却是思路清晰、逻辑分明的。

文中的某处还插入了几行文字，看起来像是首俳句诗。

海底暗流，
无人留意，
内中乾坤。

海底暗流，
潜艇遁隐，
不盼显形。

难道就是那样吗？一切都只是场表演吗？根本就不是真心想要查出潜艇的身份吗？不过对哈坎·冯·恩科而言，还有另一个更为重要的问题。他进入到另一场搜索之中。这次他要寻找的不是潜艇，而是人。这个问题，像反复击打的鼓声一般，在他的批注中再三出现。是谁做的决定？是谁更改的决定？到底是谁？

冯·恩科在文中的另一处评注道：为了查明真正做出这些决定的人或人们，我得先找到事情的起因。因为一切尚不明朗。言辞之间显得既不生气也不焦躁，反倒是十分冷静，也没在纸上戳出一些小洞。

读到此处，维兰德觉得哈坎·冯·恩科版本的故事描述也不再是那么的晦涩难懂。本来指令都已经下达了，指挥系统也是层层跟进——突然有人插手干涉，更改方针路线，等到大家意识过来，潜艇早已消失不见了。冯·恩科没有提到任何人的名字，不管怎样，他并未归咎于任何人。但他有时却会用 X、Y 或 Z 这些字母来指代人。他有心隐瞒这些人，维兰德心想。他把这些日记隐藏在西格妮的故事书中。然后就失踪了。如今路易斯也失踪了。

当天晚上的大部分时间，维兰德都在研究那些影印的战争日记，不过他也仔细查看了其他的材料。他回顾了哈坎·冯·恩科的一生，从其最初决心入伍成为海军军官开始看起，他看了相关的照片、纪念品、风景明信片，还有学校成绩单、军校测验成绩以及任命状。此外，他还看了他和路易斯的结婚照，以及汉斯各个年龄段的照片。终于，维兰德站起身来，望着窗外的夏夜和细雨，心想：我知道的已经够多了，却依然感到说不清道不明，依然不知道他为什么会消失数月，也不清楚为什么路易斯也跟着失踪了。不过我倒是更加清楚了哈坎·冯·恩科是个什么样的人。

一想完这些，他就躺在沙发上，盖上毯子，进入了梦乡。

第二天早上醒来，他感到微微有些头疼。时间已是早上8点，他口干舌燥，像是昨晚喝过酒似的。不过，刚一睁开眼睛，他就知道该做些什么。他顾不上喝咖啡，便立马给斯滕·诺兰德打了个电话。铃声才响第二声，斯滕·诺兰德就接了电话。

“我又回到斯德哥尔摩了，”维兰德说，“我得见见你。”

“我正要自己驾船出去绕上一小圈呢。你要是晚打个几分钟，我恐怕就接不着这电话了。你要是想见我，那就跟我一起来吧。我们可以推心置腹地好好聊聊。”

“可我身上没带什么出海装备。”

“我可以提供。你在哪里？”

“在格列弗街。”

“半小时后我来接你。”

斯滕·诺兰德穿着一身饰有瑞典海军徽章的破旧灰色衣裤，来接维兰德。他车子的后座上放着一大篮子食物以及一些热水瓶。他们先是朝着法斯塔[1]开去，然后转弯上了小路，最后到了诺兰德小船停靠的船坞。诺兰德看到了塑料袋里的黑色封面文件夹，不过他什么都没说。而维兰德也想等到上了船再说。

他们站在码头上，欣赏着面前这艘刚刚上过清漆的锃亮木船。

“这可是货真价实的彼得森[2]，”诺兰德说，“完全的货真价实。他们现在已

[1] 法斯塔（Farsta）：斯德哥尔摩南部的一个行政区。

[2] 彼得森（Pettersson）：瑞典著名游艇和帆船品牌。

经不生产这种船了。如今都是些塑料材质，这样的话，春季船要入水时就不必做太多的准备工作。不过塑料船还是没法跟木头船比，让人喜欢不起来。像这样的一艘船，闻起来就有一股木头的芳香。总之，我们还是先去看看哈什弗加登海湾吧。”

维兰德有些吃惊。出城之后，他就已经没了方向，还以为这船是停泊在某个内陆湖或是梅拉伦湖[1]上。不过，按照诺兰德在航海图上指出的方位，他终于明白了自己眼前的一片其实是于特岛和波罗的海。而在西北方向的则是迈锡根海湾、哈什弗加登海湾，以及传说中的穆斯克海军基地。

斯滕·诺兰德将一套与他身上类似的衣裤和一顶蓝色鸭舌帽递给了维兰德。

“你现在看上去也像模像样了。”维兰德穿好装备后，诺兰德说道。

船上配备的是燃气发动机。维兰德像专业人士似的开动小船。他期望驶入航道之后不会有太多风浪。

诺兰德在前方专心地注视着航线方向，还将一只手搭在精心雕刻的木制船舵上。

“以十节速度航行，”他说，“差不多就好。这样我们就可以悠闲地欣赏大海，不用急匆匆的，反正又不是急着要奔往天边。你想跟我聊什么？”

“我昨天去探望过西格妮了，”维兰德说，“在她的疗养院里。她蜷缩在床上，像个小孩似的，虽然她都已经 40 岁了。”

诺兰德举起一只手，打住了他的话。

“我不想听这些。如果哈坎或路易斯想要告诉我这些，那他们早就说了。”

“那我就不说她的事了。”

“你打电话找我就是为了这个吗？就是为了跟我说她的事？这还真是让人难以置信。”

“我找到了一样东西。我想方便的时候拿出来让你仔细看看。”

维兰德描述了一下那个文件夹，不过他并没有提到里面的细节内容。他想让诺兰德自己去观察。

“听起来似乎很不寻常的样子。”维兰德话说完后他开口道。

[1] 梅拉伦湖（Lake Malaren）：瑞典第三大湖。

“为什么？有什么让你惊讶的地方吗？”

“哈坎居然有写日记。他可不是那种喜欢写东西的人啊。我们曾经一起去英国旅游过一次，可他连一张明信片都没寄出去过，说是不知道该写什么好。他的航海日志读起来也不怎么样。”

“他甚至好像还写了些类似诗歌的东西。”

“这可真是让人难以置信。”

“你自己看看就知道了。”

“里面写的都是什么？”

“大都是有关我们要去的那个地方。”

“穆斯克？”

“哈什弗加登海湾，还有潜艇。他对 80 年代初的那些事情似乎很痴迷。”

诺兰德伸出胳膊，朝着于特岛方向指去。

“1980 年，他们就是在那里搜寻潜艇的。”他说。

“是在 9 月，”维兰德补充道，“他们推断那是某种北约称之为‘威士忌级’的潜艇。有可能是苏联人的，不过也有可能是波兰人的。”

诺兰德赞许地望了他一眼。

“你一直都在努力地做着功课，是不是？”

诺兰德把船舵交给了维兰德，然后他拿出了咖啡杯和热水瓶。维兰德按照他所指，朝着天际上的一处地方把握着航行的方向。一艘海岸警卫队的舰艇从对面驶了过来，经过时掀起了阵阵海浪。诺兰德关掉引擎，让船在海上漂荡，然后两人喝起了咖啡，吃起了三明治。

“其实忧心的不止哈坎一人，”他说，“我们许多人都很好奇这究竟是怎么一回事儿。虽然温纳斯特龙的事件已经过去好几年了，但四周还是有不少流言。”

“什么流言？”

诺兰德扬起头，想让维兰德自己说出心中早已确定了的猜测。

“是间谍吗？”

“那些一直待在哈什弗加登海湾水下航行的潜艇，总是会抢先我们一步，这似乎有些不合情理。他们的一举一动，都表现得就好像是对我们的战术和水雷区域了如指掌，仿佛能听到我们上级的所有讨论似的。于是传言就来了，说是军队内部有个比温纳斯特龙安插得还要好的间谍。你可别忘了，当时挪威就有个叫阿恩·特里霍特的间谍可是混进了挪威的政府内部，还有维利·勃兰特[1]的秘书，一直都在为东德进行间谍活动。可这些猜疑并没引发什么事情，也没人被揭秘暴露。但这并不能证明瑞典的军方高层里面没有间谍。”

维兰德想起了冯·恩科批注里的字母 X、Y 和 Z。

“你们肯定有怀疑过某些人吧？”

“有些想得太多的海军军官认为帕尔梅本身就是个间谍。我一直都觉得这完全是胡说八道。但是事实上，不论是谁，都有可能会被怀疑。而且我们还遭受到了各种攻击。”

“什么攻击？”

“财政缩减。当时所有的可支配资金都被投入到了导弹和空军上。而海军则是一缩再缩。那时候，有不少的记者都轻蔑地说我们是‘预算潜艇’。意思是，那些所谓的潜艇，其实只是海军为了争夺军备资源而编造出来的部分计谋。”

“你有怀疑过吗？”

“怀疑什么？”

“怀疑到底有没有那些潜艇？”

“从未怀疑过。那些苏联潜艇肯定是存在的。”

维兰德从塑料袋里拿出黑色文件夹。他觉得斯滕·诺兰德以前肯定没有见过这东西，那种惊讶的表情看起来也不像是装出来的。诺兰德擦干双手，将文件打开放在膝上。周围没有一丝微风，海面也无半点波澜。

诺兰德慢慢地翻阅着文件，还时不时地抬头察看一下小船漂到了哪里，然后又转过头来继续看。看完之后，他合上文件夹，递给维兰德，摇了摇头。

“我很惊讶，”他说，“不过，我也知道哈坎一直都在调查这些事情，只是不知道他居然做得这么深入细致。你是怎么称呼这东西的？日记，还是私人备忘录？”

“我觉得可以从两方面对这东西进行解读，”维兰德说，“其中一部分可以算是文件，不过也可以看成是对过去事件的不完整调查。”

[1] 维利·勃兰特（Willy Brandt，1913—1992）：1969 年至 1974 年任西德总理。

“不完整？”

他说的对，维兰德心想。为什么我会那么说？弄不好正好相反，调查很完整，而且还已经完毕了。

“也许你是对的，”维兰德说，“他肯定已经完成了调查。但他到底想干什么呢？”

“我是过了很久才发现的。他花费了大量的时间去阅读档案文件、读书报告、调查记录还有书籍。而且他还会去找每一个他能想到的人谈话。有时有人会打电话给我，问我哈坎到底有何居心。我告诉他们，我想他只是想知道事情的真相。”

“我猜，他这么做应该很不招人待见吧？他也这么跟我说过。”

“我感觉，到了最后，大家都认为他不是可靠的人。这可真是让人痛心疾首。在海军中，没有谁能比得上哈坎的忠心耿耿、尽职尽责。他肯定很伤心，虽然他从没说过什么。”

诺兰德打开舱盖，望了一眼引擎。

“这东西可真是漂亮，像是一颗跳动的心脏。”他说，然后又关上了舱盖，“我曾担任过哈兰级驱逐舰的总工程师，就是那两艘之中的‘斯马兰’号。仅仅是待在轮机舱里，就已经算得上是我这辈子中最为难忘的经历了。里面装着两台拉伐[1]涡轮机，可产生近6万的马力。舰艇重达3500吨，可航行速度最快却能达到35节。那可真是不同寻常。活着可真是美好啊。”

“我有个疑问，”维兰德说，“非常重要。你刚才查看的那些文件中，有没有什么不对劲的地方？”

“你是想问有没有什么暗藏的玄机吗？”诺兰德说，皱着眉头，“没看出来。”

“有没有什么令你吃惊的地方呢？”

“我没怎么仔细读。我几乎没法辨认那些空白处的评注。不过，我觉得里面没什么让人吃惊的地方。”

“那你能不能解释一下，他为什么要把这些东西藏起来呢？”

回答之前，诺兰德迟疑了一会儿。他凝视着远处开来的一艘帆船。

“我不明白这有什么好保密的，”他终于开口道，“他是想要对谁保密呢？”

维兰德竖起耳朵。坐在他身旁的这个男人终于说了句重要的话，可他弄不清

[1] 拉伐：指瑞典的阿法拉伐公司。公司核心技术为热交换、分离和流体处理。

楚其中的含义。他只是牢牢记住了那两句话。

诺兰德又发动了引擎，将速度提升到十节，然后朝着迈锡根海湾和哈什弗加登海湾前进。维兰德则站在他的身边。接下来的几个小时里，斯滕·诺兰德带领着他游览了穆斯克和哈什弗加登海湾。他指出深水炸弹的下沉之处，以及那些可以让潜艇穿过水雷区域却又不会引发爆炸的各种逃跑线路。整个期间，维兰德都在参照着航海图上的航行路线，留意着所有隐藏在海底深处的深坑洼地。他明白，只有训练有素的船员，才能成功地在哈什弗加登海湾的海底之下驶过。

等到诺兰德觉得看得差不多了，他便改变航道，驶向了奥诺岛和于特岛之间海峡当中的那群小岛和岩礁。远处就是广阔的大海。他娴熟地将船驶入某座礁石的水湾，然后把船停泊在一处峭壁的底部。

“没有多少人知道这个水湾，”他关掉引擎，“所以我总是把这当作自己的地方。你也好好玩会儿吧！”

维兰德跳到岸边，固定好泊绳，然后接过篮子，将其放在了一块平整的岩石上。岩礁上有一股大海的气息，石缝里长满了植被。他仿佛又变回了孩子，在一座不知名的小岛上进行着冒险旅行。

“这座岛的名字是什么？”他问。

“这不过是一处露出水面的礁石。没有名字。”

诺兰德二话不说，脱下衣服，跳入水中。维兰德望着他的脑袋一起一浮，然后消失在水面之下。他就像是一艘潜艇，维兰德心想。诺兰德演练着潜水和浮出，毫不在意这海水的冰冷水温。

诺兰德攀上礁石，从野餐篮里拿出一条红色大毛巾。

“你应该试着游个泳，”他说，“虽然水有些冷，但对你的身体有好处。”

“以后再说吧，水温怎样？”

“罗盘后面有个温度计。我要擦擦身子，吃点东西，你可以自己去测量一下。”

维兰德找到系着小橡皮球的温度计。他让橡皮球漂浮在水面上，然后又拿起来查看了一下上面的温度。

“52 华氏度，”他走回来，对着正在摆放食物的诺兰德说，“对我来说太冷了。你是不是冬天也会游泳？”

“不会。不过我也有这么想过。我们可以过个十分钟再吃饭。你可以在这小岛上四处逛逛。说不定可以找到一个某艘触礁苏联潜艇扔出的信息瓶。”

维兰德不知诺兰德是不是话里有话，不过他也没想太多。斯滕·诺兰德并不是个喜欢玩文字游戏的人。

他坐在一块平坦的大岩石上，望着视野广阔的海平面，捡起几块石头，朝着水面上扔去。他上一次玩打水漂是什么时候的事了？记得好像还是和琳达一起去石之首国家公园[1]玩的那次，当时她才十几岁，还不大乐意跟他一起旅行。就是那一次，他们一起玩了打水漂，而且她玩得比他还要好。如今她都已经差不多算是结婚了，他心想。她找到了意中人。若不是这样，他也不会站在这块礁岩上，望着大海，思索着她男友失踪的父母。

总有一天，他会教克拉拉打水漂。教她撇出扁平的石头，使之掠过水面，然后望着石头像青蛙似的一路跳跃，最后沉入水底。

他心想着该要起身离开了——斯滕·诺兰德刚才大声喊了他一声——却还是坐在原地，手里拿着最后一块石头。这是瑞典国内典型的一块灰色岩石碎片。突然他脑海里萌发出了一个想法，起初还很模糊，最后却变得愈发清晰起来。

他呆坐了好长一会儿，诺兰德不得不又喊了他一声。于是他站起身，走到野餐的地方。他的心中已经拿定了主意。

直到傍晚，斯滕·诺兰德才开车把他送回了格列弗街。看到车子离去之后，他便立刻跑上楼梯，进了公寓。

正如他所猜测的那样，那块放在哈坎·冯·恩科桌上的灰色小石头不见了。

[1] 石之首国家公园（Stenshuvud）：位于斯科讷省的一座国家森林公园。

CHAPTER 14 沼泽女人

那趟海上航行虽然令维兰德深感疲惫，但也为他启发了许多新的想法。这不仅仅指的是石头为什么会消失。听到斯滕·诺兰德说“他是想要对谁保密呢？”这句话时，他的心中顿时豁然开朗起来。哈坎·冯·恩科之所以要藏好这本书，原因只有一个：事情尚未完结。他并不是单纯地在故纸堆里四处刨东西，他也不是想把陈年往事的真相公之于众。只是20世纪80年代发生的事情，正好和现在发生的事情紧密相连。

这事肯定和某人有关。某位依然健在的人物。冯·恩科曾在文件当中的某处地方写下了好长一串的人物姓名。对维兰德来说，这些名字根本就毫无意义——只有一个例外，那就是潜艇搜捕期间曾在媒体上频繁出镜的一位瑞典海军高层将领：斯文－埃里克·哈肯森。冯·恩科在那个人的名字旁边画了一个叉、一个感叹号以及一个问号。那是什么意思呢？那些批注也不是随随便便写下来的。一切都是经过了他的深思熟虑，虽然维兰德对里面的某些暗语也只是一知半解。

他又拿起文件，再次仔细审视了这些姓名，琢磨着这些人是不是多少都参与到了抵抗入侵者的战斗之中，又或者，这些会不会就是嫌疑人的姓名呢。可若是这样的话，那他们又都涉嫌了什么呢？

他深吸了一口气。哈坎·冯·恩科是在追寻那个苏联间谍。那个人，将大量信息泄露给苏联潜艇，让他们愚弄那些追捕之人，甚至还指点了他们应当配置的武器装备。那人依然还在，依然没有暴露身份。那就是冯·恩科想要对其隐藏自己笔记的人，一个他所畏惧的人。

迪尔索摩篱笆外面的那个男人，维兰德突然心想，会不会就是某个不喜欢哈坎·冯·恩科追查间谍事件的人呢？

维兰德调好沙发旁边的落地灯，然后又仔细地查看起了那个厚厚的文件夹。每碰到有可能是暗指间谍的批注，他都会停下来好好细读。或许这也正好解释了他心中的另一个疑问，那就是好像有人将冯·恩科书房档案中的一些文件给挪走了。而挪走那些文件的人，很可能就是哈坎·冯·恩科本人。这就像是俄罗斯套娃那样。他不仅隐藏了自己的笔记，还特意用暗语写成，让外人看了不知就里。他布下了烟幕，甚至也有可能是雷区，一旦注意到有不相干的人想要靠近，他就可以随时触发机关。

终于维兰德关灯上床睡觉，可他怎么也睡不着。突然，他心血来潮，起身穿好衣服，走到了屋外。他以前感到特别孤独的时候，总是会在夜间出去散步，改善一下心境。于斯塔德的大街小巷，没有一条他不熟悉。现在他正在沿着格列弗街走着，接着左拐，朝着通往动物园岛[1]的桥上走去。这是一个温暖的夏夜，外面还有人在四处走动着，不过其中大都是些醉酒喧闹之徒。维兰德穿梭在夜色中，觉得自己像是一个鬼鬼祟祟的陌生人。他走过绿森林游乐园，一路向前，直到走到提尔斯卡美术馆门口，才开始掉头往回走。他并没有什么需要进行考虑的事情，只是因为睡不着才会在夜里到处闲逛。回到公寓之后，他便立刻酣睡起来。刚才的一番溜达总算是起了成效。

第二天，他开车回家。下午3点左右回到斯科讷，回家前先停下来顺路采购了一些必需品，然后他接回了尤西。一见到他，尤西就兴高采烈地蹦跳起来，还在他衣服上留下了不少的泥爪子印。吃过饭后，他又睡了一两个小时，之后便坐在餐桌旁，将那本文件搁在了面前。他拿出了倍数最大的放大镜。那是多年前他

[1] 动物园岛（Djurgarden）：位于斯德哥尔摩中部的岛屿，上面有历史建筑、画廊、主题公园和博物馆。

父亲送给他的礼物。当时他对草丛里四处爬动的小虫子突然产生了兴趣。这也是他收到的为数不多的礼物之一，除此之外，还有那只让他珍爱不已、名叫萨迦的狗。现在，他将文章中的批注放在一边，正在用放大镜查看着黑色文件夹里的那些照片，以此当作调剂。

其中有张照片似乎很扎眼。之前他并没有太在意，可现在看来，这张照片有些太过平民化了。他很确信，这个文件夹里，没有什么东西是偶然放进去的。哈坎·冯·恩科是一个小心谨慎而又全神贯注的猎人。

这是一张拍摄于某个海港之类地方的黑白照片。背景是一座没有窗户的房子，看着像是仓库。借助放大镜，维兰德可以辨认出照片边角的模糊之处是两辆卡车和一堆鱼篓。照片的主角是站在渔船边上的两个男人。这是一艘老式的拖网渔船。其中一个男人年龄很大，另一个则很年轻，还只是个孩子。维兰德推测这张照片大概是60年代拍摄的。他们穿着当时的流行服饰——羊毛衫和皮夹克，还有防水帽和油布长雨衣。渔船是白色的，上面还有一些刮痕。在年纪较大的那个男人两腿之间的后方，维兰德还隐约看到了那艘船的牌照。上面的最后一个字母是G，第一个字母则完全被挡住了，中间那个看着像是R或T。不过后面的数字倒是清晰可辨，就是123。维兰德坐在电脑面前，开始搜索起不同的字母组合。他想查出这艘拖捞船的所属地。很快他就发现，其实只有一种可能，字母组合只能是NRG。这艘拖捞船应该是在东海岸的北雪平[1]附近。维兰德又搜索了一会儿，找到了国家航运航海局和国家渔业部的主页。他在一张纸上写下了上面的电话号码，然后回到了餐桌旁。这时候，电话响了，是琳达打来的。她问他为什么之前一直都联系不上他。

“你就好像人间蒸发了似的，”她说，“现在家里失踪的人已经够多了。”

“你不用担心我，”维兰德说，“我大概一个多小时前回来的，本来打算明天给你打电话的。”

“不行，”她说，“必须现在就打！我想知道你都查到了些什么，汉斯更想知道。”

“他在家吗？”

“他在工作。不过今早我把他给数落了一番，因为他老不在家。我想跟他强调一下，我总有一天是要回去工作的，要是我去工作了，那他该怎么办呢？”

[1] 北雪平（Norrkoping）：瑞典东部波罗的海沿岸港口城市。

“嗯，该怎么办呢？”

“他得帮忙下家里事吧。总之，跟我说说你的事吧。”

维兰德开始描述起他拜访西格妮的事情，说起了那个缩成一团的孤独的金发可怜人，他正要说到重点，突然克拉拉哭了起来，琳达不得不挂上电话。他答应第二天会再给她打电话。

第二天早上，他到警局的头一件事就是去找马丁森，去询问他有关仲夏节的轮班执勤安排。在所有同事之中，马丁森最为熟悉这种不断变化的工作时间安排，不用几分钟他就可以回答出来。虽然仲夏节期间请假的警察很多，可维兰德并没有被排去上班，而马丁森则是已经安排好了带自己的小女儿去丹麦的瑜伽训练营。

“我都不知道那里都有什么项目，”他竭力掩饰心中的担忧，“一个 13 岁的孩子居然会这么热衷瑜伽。这是不是有些不正常？”

“总比热衷别的东西好。”

“我的另外两个孩子喜欢骑马。这倒不会让人感到那么紧张。可这个姑娘却有些不一样。”

“我们都是不一样的人。”维兰德怪怪地说了一句，然后离开了房间。

他开始拨打起昨晚找到的电话号码。之前他已查到那艘 NRG123 渔船的主人是一位名叫埃斯基尔·伦德伯格的渔夫。他就住在南部格吕特[1]群岛的博克岛上。答录机响起的时候，他留了言，说是有急事相问。

然后他打电话给琳达，接着说完了昨晚的话题。她已经把事情都告诉汉斯了。他们也会尽快去看望西格妮的。维兰德倒也不觉得意外，他只是好奇他们是否真的明白他们将会见到何种景象。他自己究竟又有什么期待呢？

“我们决定好好庆祝一下仲夏节，”她说，“虽然发生了这么多事，虽然大家都为他父母失踪的事情而苦恼，可我们想过来看你，也想让你好好高兴一下。”

“完全没问题，”维兰德说，“我很期待，这是个意外的惊喜！”

咖啡机终于开始运作了。他倒了杯咖啡，然后和一位法医聊了会儿。那位法医整晚都在沼泽地里。那里刚死了位精神不正常的女人，看起来像是自杀。等到法医黎明回到家时，突然一只青蛙从他的制服口袋里面蹦了出来，把他的

[1] 格吕特（Gryt）：位于北雪平市东南方向。

妻子逗得乐不可支。

维兰德回到办公室，在他写得满满当当的通讯录里找到了另一个号码。等他打完这个电话，他就准备把冯·恩科夫妇失踪的事情抛在一边，回归到自己的日常警务上来。之前他已经在那个人的电话答录机上留了言，现在他决定要拨打一下那个人的手机号码。这一次电话接通了。

“我是汉斯－奥洛夫。”

维兰德听出了这个略显稚气的声音正是几年前他在办案时认识的一位年轻的地质学教授。他听到背景音里正在播报着航班起飞的信息。

“我是维兰德。你是不是在机场里面？”

“是的，在卡斯特鲁机场。我刚从智利的一个地质学大会上回来，不过我好像弄丢了行李箱。”

“我需要你的帮助，”维兰德说，“想请你鉴别几块石头。”

“没问题。不过可不可以等到明天？每次长途飞行过后，我总会累得不成人形。”

维兰德记得，汉斯－奥洛夫虽然年轻，可他的孩子却不下五个。

“希望你给孩子们买的礼物没在行李箱里。”

“比那还要糟糕得多。里面装着一些我带回来的漂亮石头。”

“你的办公室地址，还是我们上次一起工作时的那个吗？今天晚些时候，我把石头给你送过去，行不行？”

“除了鉴别石头的种类，你还想让我做些什么？”

“我想知道这里面有没有来自美国的石头。”

“你能说得再详细点吗？”

“加利福尼亚州圣地亚哥附近，或是东海岸靠近波士顿那块地方。”

“我尽力吧，不过好像有些困难。你知道石头的种类究竟有多少吗？”

维兰德说他不知道，并对他丢失了行李箱再次深表同情，然后挂断电话，急忙赶去参加了一个他必须出席的会议。之前有人在他桌上放了张留言字条，说这会议非常重要。他是最后一个走进会议室的人。天气预报说今天天气炎热，所以会议室里的窗户全都敞开了。他情不自禁地想起了自己以前主持过的多次会议。那个时候，主持大局的他常常梦想着有朝一日能够卸下肩上重任。可现在到了其他人来负责案件调查的时候，他倒反而怀念起督促案件进展和发号施令的日子来。

今天主持会议的是一个名叫奥弗·森德的侦探，几年前他刚从韦克舍[1]调到于斯塔德。有人悄悄告诉维兰德，说这人纠缠不清的离婚案子和一次不如人意的案件调查，曾在当地的《斯马兰报纸》引发热议，弄得他不得不申请调离。他是哥德堡人，也从来不去掩饰自己的口音。大家都认为森德工作称职，就是有点懒。还有传言说他在于斯塔德新找了个伴，年纪小得都可以做他女儿。维兰德并不相信他们这个年纪的男人适合找年纪过小的女人。这是不会有什么好结局的，通常都只会令人心碎地再次离婚。

相较而言，像他这样的长期独居，反倒是种更好的选择。

森德开始陈述起案情，说的正是沼泽地女人的死亡案件。这可能不仅仅是一起自杀案，还可能是一起谋杀案。他们发现女人的丈夫死在了自己的家中，其居住的村子离马斯文肖尔摩城堡不远。事实上，几天前，这个男人曾去过于斯塔德的警局，说是觉得自己的妻子想要谋害他。案情因此也变得复杂起来。因为这男人看起来有些精神不正常，说话常常自相矛盾，所以接待他的警察并没有把他的话当作一回事。他们必须尽快查清事情的真相，以防媒体逮到把柄，对这男人之前求助警方却未得以受理的事实大做文章。维兰德被森德唠唠叨叨的官腔弄得很心烦。他认为这种畏惧媒体的举动完全是种懦夫的行为。如果犯了错，那就应该承认错误，承担后果。

他觉得自己应该对此进行指正。他可以冷静客观、坚定随和地指出这一点。可他什么都没说。马丁森坐在桌子的另一边望着他。他完全明白此时我的心中所想，维兰德暗想，他也和我想的一样，要么现在就提出意见，要么就别吭声。

会后他们开车去了那个死亡男人的住所。他和马丁森两人，手里拿着照片，脚上套着塑料袋，在一位法医的陪同下，从一个房间走到另一个房间。突然间，维兰德有了一种似曾相识的感觉，觉得自己以前好像曾经来过这座房子，进行过犯罪现场的“目击检查”（如果是伦纳特·马特森，那他肯定就会用这个字眼）。当然了，其实他并没来过，这不过是他以前重复过成千上百遍的事情罢了。几年前，他曾买过一本书，讲的是19世纪早期斯德哥尔摩瓦穆多岛上的一起犯罪案件。读着读着，他就慢慢陷了进去，觉得自己也进入到故事里，跟着区警长和检举人一起去调查受害人也就是那个男人和他妻子的被害经过。其实一直以来人都是差

[1] 韦克舍（Vaxjo）：位于瑞典南部的一座城市。

不多的，频频发生的犯罪案件基本上都是以前事件的重演。起因不外乎金钱或妒忌，有时则是复仇。在他之前，一代代的警察、警长和举证人都已做过了同样的现场观察。如今，他们有了高科技的手段来辅助调查取证，可断案的关键依然还是现场勘查之后的推演能力。

维兰德突然打住，收回了脱缰的思绪。他们走进了那对夫妻的卧室。地板上和床的一边都有血迹。但维兰德却被床头墙上的一幅画给吸引住了。那画的是林地上的一只雷鸟。马丁森突然出现在了他的身边。

“是你父亲的画作，对吗？”

维兰德点点头，然后又满心疑惑地摇了摇头。

“他总是让我感到惊讶。”

“嗯，至少他不用担心被人伪造赝品。”马丁森若有所思地说。

“当然不会有人去伪造了，”维兰德说，“从艺术的角度来说，他那些根本就是垃圾。”

“别那样说。”马丁森反驳道。

“我只不过是实话实说罢了，”维兰德说，“凶器在哪里？”

他们走进院子。一个支起的塑料帐篷下面放着一把旧斧子。维兰德看到，上面的血一直流到了斧柄上。

“有什么合理动机吗？他们结婚多久了？”

“他们去年刚刚庆祝了金婚纪念日。有四个已经成年的孩子，还有不少的孙子孙女。谁也不知道这到底是怎么回事。”

“跟钱有关吗？”

“根据邻居所说，他们都很节约，甚至还很吝啬。我不知道他俩存了多少钱。银行正在调查。不过可以推测他们的存款不少。”

“好像有打斗的痕迹，”思考了几分钟后，维兰德说道，“他有抵抗过。不过在找到尸体之前，我们还不能断定她受到过什么样的伤害。”

“那沼泽不大，”马丁森说，“估计今天就可以把她捞上来。”

他们开车从压抑的犯罪现场回到警局。有那么一瞬，维兰德觉得夏日的风景似乎全都变成了黑白照片。他坐在办公椅里转了一会儿，然后又开始给埃斯基尔·伦德伯格打起了电话。这一次，他妻子接的电话，她说她丈夫出海去了。维兰德听到电话背景音里有小孩子的喧闹声。他觉得埃斯基尔·伦德伯格就是照片中的那个小男孩。

“我猜他现在是捕鱼去了吧。”维兰德说。

“还能有什么别的事呢？他在海上撒了将近一海里的渔网。然后每隔一天还得把鱼送到南雪平[1]。”

“是鳗鱼吗？”

她回答的声音听起来似乎有些不悦。

“如果是捕鳗鱼的话，那他就会带上鳗鱼网，”她说道，“可这里早就没有鳗鱼了。不久之后，这里的鱼就会被捕得一条不剩。”

“他还留着那艘船吗？”

“什么船？”

“那艘大的拖捞船。牌号是 NRG123。”

维兰德察觉到她已经有些不大配合了。她好像开始起疑了。

“几年前，他想把它卖掉。可没人想买。那就是一艘破船，全都腐烂了。他把发动机卖了一百瑞典克朗。你到底想做什么？”

“我想跟他谈谈，”维兰德尽量友好地说道，“他有没有带手机？”

“海上根本就没有信号。你最好等他回来了再打电话。他大概两小时之后回来。”

“那好吧。”

趁她还未再次询问他的意图，他赶快结束了对话。他靠着椅背，脚放在桌上。现在，他既无会议，也没紧急任务。他抓起外套，离开了警局——为了保险起见，他是从地下车库走出去的，这样就不会碰到别人了。他沿着坡道走进市区，感觉自己的步伐也变得活跃起来。他还没有老到心也死了。阳光和煦，天气晴好，一切都变得美好起来。

他在广场边上的咖啡馆里用了午餐，看了会儿《于斯塔德报》和一份晚报，然后坐在广场的长凳上。还有一刻钟的闲暇时光。他很好奇哈坎和路易斯现在身在何处。他们是活还是死呢？他想起了那个间谍斯蒂格·伯格林[2]曾经引起的骚

[1] 南雪平（Soderkoping）：瑞典东部沿岸波罗的海港口城市，位于北雪平南部。

[2] 斯蒂格·伯格林（Stig Bergling，1937—）：苏联间谍，曾在瑞典情报局工作。

动，可他却找不出那个严肃的潜艇指挥官和自负的伯格林之间到底有何相似之处。

维兰德也考虑了下另一个他一直都不愿面对的重大要素。哈坎去看望他的女儿一直都很有规律，难道他真的准备就这样躲藏起来，让她一直失望下去吗？所以结论必定就是，冯·恩科肯定是死了。

当然了，还有另一种可能。维兰德思索着，望着人们在集市小摊上翻找着古旧的黑胶唱片。冯·恩科曾经有过担忧害怕的样子。有没有可能是某个他害怕的人逮捕了他？维兰德没有做推断，他只是在竭力理清脑海中的那些问题。

时间一到，他便开始给博克岛那边打电话，这时一个醉醺醺的男人坐在了长凳的另一头。终于，电话接通，里面传出了一个男人的声音。维兰德决定打开天窗说亮话。他自报家门，然后解释说自己是警察。

"我在一个文件夹里找到了一张照片。文件夹的主人是一位名叫哈坎·冯·恩科的男人。你认识他吗？"

"不认识。"

回答迅速而坚定。维兰德觉得伦德伯格是在提防他。

"那你认识他的妻子路易斯吗？"

"不认识。"

"不管怎样，你们肯定有过照面。不然他怎么会有你的照片，上面还有一个男人，我觉得是你父亲。还有那艘牌照为 NRG123 的船。那是你的船，对吗？"

"那是我父亲 20 世纪 60 年代早期在哥德堡买的一艘船。那个时期，船厂已经开始建造大型船只了，主要原料也不再用木头了。他买得很便宜。那个时候的鲱鱼也很充足。"

维兰德描述了一下照片，想知道当时的拍摄地点。

"是在法鲁登[1]，"伦德伯格说，"是当时那艘船的停泊点。赫尔加[2]，这是那船的名字，是挪威南部的一家船厂造出来的。我记得好像是在滕斯贝格[3]。"

"那照片是谁拍的呢？"

[1] 法鲁登（Fyrudden）：位于瑞典东南沿海顶端的一处沿海地区。

[2] 赫尔加（Helga）：瑞典女子名，有神圣、幸运之意思，此处为船名。

[3] 滕斯贝格（Tonsberg）：挪威南部城市。

“应该是古斯塔夫·霍姆奎斯特。他经营一家船舶木工厂，闲着的时候总是喜欢拍照。”

“你的父亲有没有可能认识哈坎·冯·恩科？”

“我父亲已经去世了。他从没跟那种人搅和在一起。”

“‘那种人’是什么意思？”

“贵族。”

“哈坎·冯·恩科也是个船员。跟你和你父亲一样。”

“我不认识他。我父亲也不认识。”

“那他怎么会有你们的照片？”

“我不知道。”

“也许我得去问问古斯塔夫·霍姆奎斯特。你有他的电话号码吗？”

“他没有电话号码。他15年前就已经去世了。他妻子也去世了。他女儿也是。他们全都去世了。”

维兰德显然是没法继续问下去了。要说埃斯基尔·伦德伯格没讲真话，那倒也没什么证据。不过，维兰德觉得好像还有什么不合理的地方，只是他说不上来罢了。

维兰德为打扰了伦德伯格而向他表示歉意，然后挂了电话，但他却依然把手机握在手里。坐在长凳另一头的醉汉已经睡着了。维兰德突然发现自己认得这个人。几年前，维兰德因系列盗窃案而逮捕了此人及其同谋。这人在监狱待了几年，然后离开了于斯塔德。显然现在是又回来了。

维兰德站起身，开始朝警局走去。他逐字逐句地回忆着刚才的那段对话。伦德伯格没有一点儿好奇的样子。他是真的就那么没兴趣吗？还是知道我会问些什么？维兰德一遍又一遍地回忆那段对话。他回到了办公室，但依然没有一个明确的结论。

马丁森突然出现在了门口，打断了他的思绪。

“我们找到那个老妇人了。”

维兰德盯着他，完全不知道马丁森在说些什么。

“谁？”

“用斧头杀了她丈夫的女人。埃维丽娜·安德森。沼泽里的女人。我还得再出去一趟。你要不要跟我一起来？”

“好的，我也去。”

维兰德竭力回想，却一无所获，他一点儿也不知道马丁森在说些什么。

他们上了马丁森的车。可维兰德仍然不知道他们要去哪里，或是为什么要去。他感到越发绝望起来。马丁森瞟了他一眼。

“你还好吧？”

“我很好。”

直到开车出了于斯塔德，他的记忆之阀才又重新开启。全都是脑子里的那团阴影，维兰德心想，弄得我这么生自己的气。如今记忆又全部重新回到了他的脑海之中。

“我刚想起一件事，”他说，“我忘了自己跟牙医约好了。”

马丁森刹住车。

“要我掉头吗？”

“不用。会有人开车送我回去的。”

维兰德还没来得及看上一眼那个刚刚从沼泽里捞上来的女人，就乘着一辆巡逻车回到了于斯塔德。他到警局，下了车，对捎他一程的司机表示感谢，然后坐上了自己的车。他有些寒心，还很焦虑。记忆中的阵阵空白令他感到害怕。

过了一会儿，他便上楼进了办公室。他打定主意，觉得该和医生好好谈谈他这脑海当中的刹那空白。他刚一坐定，手机铃音便响了。他收到了一条短信。内容简短明确：两块石头都是瑞典的。都不是美国海岸的。汉斯－奥洛夫。

维兰德一动不动地坐在椅子上。他一时无法判定这话中的含义，不过如今他能确信的就是，有些事情不合情理。

他觉得这是一种突破。不过他也不是很清楚具体会得出怎样的推论。

冯·恩科夫妇到底是离他越来越远还是越来越近，他也说不准。

CHAPTER 15 致命轮盘赌

还有几天就是仲夏节了。维兰德开车沿着海岸公路向北行驶。刚过韦斯特维克市[1]，他就差点儿撞上了一头麋鹿。他把车开到路肩，心也跳得厉害起来。他想着克拉拉，直到心境平复，这才接着上路。行驶的路上，他经过了一家咖啡馆。多年以前，他曾在那停留过一次。当时他疲惫不堪，主人便好心地让他在里屋睡了一觉。这些年来，他曾经好几次略带伤感地思念起那位待他极好的女招待。快到咖啡馆时，他放慢车速，驶进了停车位。但他没有下车。他坐在车里，犹豫不决，双手紧握着方向盘。然后他又继续上路了。

他也清楚自己不愿进去的理由。他害怕看到站在柜台后面的是另一人，害怕不得不面对这样的事实——时光流逝，就连那家咖啡馆也变得物是人非，而他也无法回到遥远的过去。

他上午 11 点到达了法鲁登的海港。下车时，他看到照片中的仓库依然还在，却已经被改造，装上了窗户。不过鱼篓都不见了，码头旁也没了那艘大拖捞船。

[1] 韦斯特维克市（Vastervik）：瑞典东南部的一个自治市。

如今海港上都停满了漂亮船只。维兰德把车停在了海岸警卫队的红色建筑外面，在船用杂货商那里交了入场费，然后朝着码头的深处走去。

他承认，这次远行完全就是一场轮盘赌游戏。他事先没有通知埃斯基尔·伦德伯格他会来。如果在斯科讷打电话，那伦德伯格肯定会拒绝他提出的见面要求。可如果他此时正好站在这个码头上呢？他坐在船用杂货店外面的长凳上，拿出手机。不浮即沉，成败在此一举。如果他是冯·恩科家里的一员，有自己家族的盾形纹章和格言，那他一定就会选这几个字：不浮即沉。那就是他一世人生的写照。他拨通号码，祈祷着一切顺利。

伦德伯格接了电话。

"我是维兰德。我们一周前通过电话。"

"你想做什么？"

他还真是掩饰得好，一点儿也不感到吃惊，维兰德心想。伦德伯格显然具有一种令人钦羡的本领，那就是总能镇定自若地面对任何突然事件以及任何突然来电，不论打电话的那个是国王、傻瓜或是于斯塔德来的警察。

"我正在法鲁登，"维兰德告诉他，然后大胆地说，"我希望你能抽空和我见个面。"

"上次不都已经说了吗？你觉得我还能跟你说些什么呢？"

凭借多年的办案经验，维兰德一瞬间有了种直觉，那就是伦德伯格的确还有话想说。

"我觉得我们应该聊聊。"他说。

"听你这话，好像是想要审讯我？"

"不是的。我只是想跟你聊聊，把找到的照片拿给你看看。"

伦德伯格思索了片刻。

"一个小时后我过来接你。"最后他说道。

维兰德坐在咖啡馆里用餐。他欣赏着海湾、岛屿还有远处的大海。他还在咖啡馆墙上玻璃罩里的航海图上进行查找，确认了博克岛就是在法鲁登的南边，这样他也就知道船会从那个方向开来，他也好留神看着。他本以为渔夫的船至少也会和斯滕·诺兰德的木制快艇差不多，可他完全想错了。伦德伯格开来的是一艘装载着舷外发动机的塑料敞舱船。船里装满了塑料桶和网状鱼篓。他把船泊在码头，然后四处张望。维兰德上前做了个自我介绍，然后摇摇晃晃笨拙地爬上船。就在他快要跌倒的时候，两人这才握上了手。

“我觉得最好还是去我家里，”伦德伯格说，“这里的陌生人太多，我不喜欢。”

还没等维兰德回应，他便驶离了码头，以惊人的速度朝着港口开去。一个坐在岸边帆船座舱里的男人，正吃惊地瞪着他俩。发动机的杂音很大，他们根本没法在船上进行对话。维兰德坐在船头，看着满是树木的岛屿和光秃秃的岩石在眼前飞速闪过。他们驶过了一处海峡，维兰德记得，在咖啡馆墙上的地图上，这里标记的是哈尔索桑德海峡。接着船又继续向南驶去。一路上岛屿繁多、栉比鳞次，只能偶尔瞥见外面的大海。伦德伯格穿着七分长裤和卷边胶套靴，还戴着一顶印有惊人标语的帽子——“我烧了自己的垃圾”。维兰德推测他 50 岁左右，也可能还要大些。那样就正好和照片中的男孩年龄吻合。

他们转弯驶进一处岸上栽着橡树和桦树的小海湾，停靠在了一座散发着焦油味的红漆船屋旁。屋里不停地有燕子飞来飞去，屋外还放着两个冒着烟的大炉子。

“你的妻子说，这里已经没有鳗鱼可捕了，”维兰德说，“情况真有那么糟糕吗？”

“比那还要糟些，”伦德伯格说，“很快这里就会一条鱼都不剩了。她没说这话吗？”

这幢两层楼的红漆房子，坐落在一个刚好可以让人瞅见的斜坡下方，离海边仅有一百码。房子前面四处散落着塑料玩具。伦德伯格的妻子安娜，像通话时那样，小心谨慎地与他握了握手。

厨房里散发着土豆煮鱼的味道，收音机则在播放着若有若无的音乐。安娜·伦德伯格把咖啡壶放在桌上，然后离开了房间。她和她丈夫年纪相当，两人的外貌看起来也长得极为相似。

一只狗突然从一个房间里跑跳着进了厨房。这可真是只漂亮的可卡犬，维兰德心想，然后抚摸了它一会儿。伦德伯格则在一旁倒着咖啡。

维兰德把照片放在桌上。伦德伯格从胸前口袋里掏出了一副眼镜。他扫了一眼照片，然后将它挪到旁边。

“应该是 1968 年或 1969 年拍的。是在秋天，如果我没记错的话。”

“我是在哈坎·冯·恩科的文件夹里找到这个的。”

伦德伯格直视着他。

"我不知道那人是谁。"

"他是瑞典海军的一名高级将领。一名指挥官。会不会是你的父亲认得他？"

"有可能。但我可不这么认为。"

"为什么？"

"他并不是很喜欢军人。"

"为什么你也会在这照片上？"

"这问题我没法回答。尽管我也想告诉你。"

维兰德决定换个策略从头开始。

"你是在这岛上出生的吗？"

"是的。我父亲也是。我是第四代人。"

"那他是什么时候去世的？"

"1994 年。驾船出海撒网捕鱼时犯了心脏病。他一直没回家，然后我就打电话给了海岸警卫队。后来是邻居拉塞·阿曼找到了他。他躺在船上，朝着博尔克斯卡岛[1]的方向漂去。不过我觉得老头儿自己也想就这么走掉。"

维兰德从这语调中听出了一丝父子关系不好的味道。

"你一直都住在这岛上吗？在你父亲还活着的时候。"

"真那样可就没法过日子了。当自己父亲的雇工可不是什么好差事，尤其他还特别喜欢全权做主，总觉得自己是对的。虽然他总是错得离谱。"

突然埃斯基尔·伦德伯格笑了起来。

"他总觉得自己是对的。这话可不光指出海捕鱼，"他说，"我记得有天晚上，我们一起在看一个电视节目，是某个智力竞赛节目。其中有个问题是：哪个国家与直布罗陀岩山接壤？他说是意大利，我说是西班牙。结果答案出来我是对的，然后他就关掉电视，上床睡觉去了。他就是那个样。"

"所以你就离开了？"

埃斯基尔·伦德伯格板起脸来。

"这很重要吗？"

"也许。"

[1] 博尔克斯卡岛（Bjorkskar）：位于瑞典东部沿海，在韦斯特维克市的北方和南雪平市的南方。

“把你的事再给我讲一遍吧，这样我也好明白。是不是有人失踪了？”

“是两个人，一个男人和他的妻子。哈坎·冯·恩科和路易斯·冯·恩科。我在那个男人也就是海军指挥官的日记本里找到了这张照片。”

“你说他们住在斯德哥尔摩，是不是？可你却在于斯塔德？这关系是怎么扯上的？”

“我女儿准备嫁给这对失踪夫妇的儿子。他们已经有了一个孩子。这对失踪夫妇是她未来的公婆。”

伦德伯格点了点头，看维兰德的眼神也显得不是那么猜忌了。

“一念完书，我就离开了这座岛，”他说，“在卡尔马[1]郊外的一家工厂找了个工作。在那待了一年。然后又回到家里跟父亲一起打鱼。可我们相处得不好。你要是不完全按照他说的去做，他就会大发雷霆。所以我又离开了。”

“又回到那家工厂去了吗？”

“不是那家。我向东走，到了哥得兰岛。在斯利特市的水泥厂工作了20年。我也是在哥得兰岛遇见了我的妻子，然后有了两个孩子。直到父亲没法继续做生意了，我们才又回到这里来。那时我母亲已经去世了，姐姐住在丹麦，所以我们是唯一能够帮得上忙的人。我们有农田、渔场，还有36座小岛和数不清的岩礁。”

“也就是说，20世纪80年代早期的时候，你没在这里？”

“夏天我会偶尔回来待上个一两周，不过基本都不在。”

“会不会在那个时候，你父亲接触到了这位海军军官？”维兰德说，“在你不知道的情况下？”

伦德伯格使劲地摇了摇头。

“那不符合他的作风。他觉得每个瑞典海军军人的人头都该悬赏一笔奖金。特别是那些指挥将领。”

“为什么？”

“他们的对抗演习实在是太过火了。过去在岛的另一边，我们曾有一个供拖捞船停泊的码头。这码头连续两年都被海军舰艇激起的排浪给毁了——石头沉箱都给冲散了。可他们却不肯付维修费。我爸写了封抗议信，可那根本就没用。而

[1] 卡尔马（Kalmar）：位于瑞典东南斯马兰地区的一座城市。

且，那些船员还经常把厨房泔水倒到岛上的井里——如果你知道淡水对岛上居民的重要性，你就不会去干那种事。此外还有些别的事情。”

伦德伯格似乎又有些犹豫起来。维兰德耐心等着，并没有催促他。

“他去世前不久时，跟我说过一件发生在20世纪80年代早期的事。”终于伦德伯格开口道，“那时他已经卧床不起了，人也显得不是那么恶狠狠了，不管怎样，他总算是接受了我要接管一切的事实。”

伦德伯格站起身，离开了房间。维兰德以为他没什么话可说了，却又看见他拿着几本旧日记走了回来。

“是1982年9月，”他说，“这是他的日记，记载着捕鱼量和天气。不过有时也会记些不寻常的事。1982年9月19日就发生了一件不寻常的事。”

他隔着桌子把日记递给了维兰德，然后指了指位置。上面字迹工整地写道：几乎毁坏。

“什么意思？”

“那是他临终时躺在卧室里跟我说的事。起初我以为他老年痴呆，犯糊涂了，可他说得非常详细，不像是幻想出来的样子。”

“能不能从头到尾跟我说说，”维兰德说，“我对1982年秋天发生的事情都特别感兴趣。”

伦德伯格把杯子移到一边，像是需要这个额外的空间来讲述他的故事。

“事情发生的时候，他正在哥得兰岛的东海岸航行捕鱼。不知怎么的，船突然停了下来。好像有个东西拖住了鱼网，船也差点儿因此翻了。他也不知道是怎么回事，不过显然是有个重东西落入了鱼网。他很小心谨慎，因为他年轻的时候常常会打捞上来一些毒气炮弹。他和船上的两个助手刚想把鱼网砍断，却发现船掉了个头，拖网又自动运作起来。他们好不容易把那东西拖上船来，却发现捞上来的是一个三英尺长的钢铁圆柱，既不是炮弹也不是水雷，看起来更像是船上引擎的某个部件。那东西很重，似乎也没在水里待多久。他们想分析出来那是个什么东西，却始终都弄不明白。回到家后，我爸接着研究这个圆柱，可他还是依然弄不清楚这个东西的用途。他把它放在一边，接着修理起了拖网。他总是很节俭，不愿意随便把东西扔掉。但是那故事接下来又有了后续。”

伦德伯格拿过日记，又往前翻了几页，翻到了9月27日。他又指着让维兰德看翻开的那页。他们正在搜寻。上面只写了这六个字。

“就在他快要忘了那个圆柱的时候，海军舰艇突然出现在了那个打捞地点。他过去常常在哥得兰岛东岸捕鱼，知道那里不是常规对抗军演的地方，而且那些船的行驶方式也很怪异。不久，他就弄明白了这是怎么回事。”

伦德伯格合上日记，望着维兰德。

“他们是在寻找丢失的东西。不过我爸根本就不打算把那个钢铁圆柱还回去。这东西把他的拖网都给弄坏了。他根本就没去理会，继续捕鱼。”

“那后来怎样了？”

“后来海军在那里部署了船只和潜水员，整个秋天都在进行搜寻工作，一直到 12 月才开走了最后一艘舰艇。据说是有艘潜艇沉在了那里。不过海军一直都没能找回那个圆柱，我爸事实上一直也不知道那是个什么东西。不过，他很高兴能为码头被毁之事报上一箭之仇。老实说，我真不相信他居然会跟海军军官套上近乎。”

他们在那坐着，一言不发。维兰德默默地思索着，他想要弄明白冯·恩科和刚才听到的故事有何关联。

“我想那东西好像还在。”伦德伯格说。

维兰德还以为自己听错了，可埃斯基尔·伦德伯格已经站起身来。

“那个圆柱子，”他说，“好像还在小棚屋里。”

他们离开屋子，那狗儿也在他们脚旁，一边蹦蹦跳跳，一边嗅着路面。安娜·伦德伯格正在将洗好的衣物晾在两株老樱桃树之间的绳子上。一阵风突然吹起，那白色的枕套随着鼓动作响。船屋的后面是一座小棚屋。棚屋建在不平整的岩石上，一副摇摇欲坠的样子。屋里天花板上就挂着一只灯泡。维兰德走进满是气味的棚屋，棚内的一面墙上挂着一副古旧的捕鳗叉。伦德伯格在棚屋的一处角落里蹲下身来，开始到处翻找起来。角落里堆满了东西，有打结的绳索、破裂的水瓢、旧软木浮标，还有破烂不堪的渔网。他拼命地扒拉着，好像和他父亲一样对海军惹出来的麻烦感到很恼火。终于，他停了下来，退到一旁指了指前面。维兰德看到了一个灰色钢铁材质的圆柱形物体，像是一个直径有 8 英寸的大雪茄盒。柱子另一头有个半开的盖子，里面露出了一团团的电线和转换继电器。

“我们可以把它拿到外面，”伦德伯格说，“如果你能帮我一把的话。”

他们把它抬到了码头。狗儿也立刻跟着跑来查看。维兰德怎么也想不出这东西的用途。他觉得这不像是引擎的部件，倒有可能是雷达设备或是鱼雷水雷发射装置的相关物件。

维兰德蹲下身来，他想找找生产序列号和生产厂商，可上面什么都没有。狗儿不停地舔着他的脸，伦德伯格呵斥了几声把它赶跑了。

“你觉得这是什么？”他问道，又站起身来。

“我不知道，”伦德伯格说，“我爸也不清楚。他不喜欢那些莫名其妙的东西。这点我倒是跟他一样。我们都喜欢直来直去。”

伦德伯格停了一会儿，然后接着说道：

“我不需要它。说不定它对你还有些用处。”

一开始维兰德没意识到伦德伯格说的就是他们脚下的那个钢铁圆柱。

“是的，我很乐意把这东西给带回去。”他说，心想也许斯滕·诺兰德可以解释一下这个圆柱子的用途。

他们把它抬到了船上，维兰德开动引擎。伦德伯格掉头向东，朝着博克岛和博尔克斯卡岛之间的海峡驶去。他们驶过一座小岛。岛上树木丛生，边上建有一座房子。

“这是以前的狩猎屋，”伦德伯格说，“过去他们出去猎杀海鸟时，就会把那屋当作根据地。要是我爸想喝会儿酒或是独自待着，有时就会去那里待上几个晚上。如果谁想从人世间消失一段时间，那还真是个绝佳的藏身场所。”

他们把船停在码头上。维兰德把车掉头对着海面，然后两人一起将钢铁圆柱搬进了后座。

“有一点我很好奇，”伦德伯格说，“你说那对夫妻都失踪了。我想他们不是一起失踪的吧，对不对？”

“是的。哈坎·冯·恩科是4月失踪的，他妻子是几个星期前不见的。”

“那可真是奇怪。居然能消失得无影无踪。他们会到哪里去呢？”

“我们也是一无所知。他们可能还活着，但也可能已经死了。”

伦德伯格摇了摇头。

“还有那张照片，也是个谜题。”维兰德说。

“这我就不知道了。”

伦德伯格是不是回答得有些太快了？维兰德不是很确定，但他的确有些怀疑，单凭直觉就觉得伦德伯格可能没说实话。难道他还有些什么不可告人的秘密吗？

“也许将来你就知道了，”维兰德说，“你根本不知道记忆这东西说不准哪天就会冒出来。”

维兰德看着他驾船后退，离开码头。两人挥手告别，然后船飞速离去，驶向了哈尔索桑德海峡。

维兰德换了条不同的回家路线。他不想再次经过那家小咖啡馆。

回到家时，他又累又饿，没有立刻去邻居那里接回尤西。他听见远方雷声隆隆作响。之前已经下过了一场大雨，他可以闻到脚下草丛有雨的气息。

他打开门，走进屋里，脱下外套，甩掉鞋子。

走到大厅时，他停了下来。他屏住呼吸，仔细聆听。屋里没人，东西也全都摆放得好好的。虽然如此，但他知道，有人在他外出的时候进到了屋里。他穿着袜子走进厨房。桌上没有字条。如果琳达来过，她会留张字条放在那里。他走进客厅，又向四周望了望。

有人来过这里。有人来过，然后又离开了。

维兰德穿上靴子，沿着屋外走了一圈。

确信没人监视之后，他才走到狗窝旁边蹲了下来。

他在里面摸了摸。藏在里面的东西依然还在。

CHAPTER 16 深海搜索

这个锡盒是他父亲遗留给他的。更确切地说，这是他在一堆废弃的油画、颜料盒和画笔中找到的。维兰德在父亲过世之后清扫了画室，他还为此不禁伤心落泪起来。其中有支旧画笔的上面印着制造商的商标，标记的生产年份是 1942 年，正是战争时期。那些在墙角上越堆越高的废弃画笔，他心想，曾是他父亲的生命。他清扫完毕，把所有东西扔进了大纸袋里，正当他快没了耐心准备要去整理垃圾箱时，突然就看见了这个锡盒。盒子是空的，还生了锈，但维兰德隐约想起了童年的事情。很久以前，父亲曾经用这盒子来存放他的旧玩具——一些手工精致、颜色漂亮的锡制士兵，都是金属拼装玩具的某个部件。

他也不知道那些玩具后来放在了哪里。他在屋子和画室的犄角旮旯里到处寻找，却一无所获。他甚至还把屋子后方的垃圾堆仔细搜了一遍，用铁锹和干草叉又挖又刨，却徒劳无功。这个锡盒是空的，维兰德便将它视为一种象征，当作是父亲遗留之物，可以放置他心仪的一些东西。他将它洗刷干净，除去了上面的斑斑锈迹，然后放在了玛丽亚街地下室的储藏间里。等他要搬新家时，他又再次发现了它。后来，就在他想着该把西格妮房里找到的那个黑色文件夹藏在哪里好时，这个盒子终于派上了用场。从某种意义上说，这个黑色文件夹是她的东西，他心想，这是西格妮的东西，而且很有可能还是她父母失踪的关键线索。

他觉得藏匿这个盒子的最佳场所，就是尤西狗窝的木地板下方。发现东西还在里面的时候，他松了口气。他决定立刻去把尤西给接回来。邻居的农场就在那片油菜花地的另一头。他不在这几天，那片油菜花都已收割完毕了。他走了过去，看到邻居正在修理拖拉机，他接回了拴在屋后扯着锁链又蹦又跳的尤西。回到家后，他把圆柱子拖进了家里，在餐桌上铺了些报纸，然后把圆柱放在上面开始研究起来。自从看到这个东西以来，他一路上都很好奇。也许这里面藏着个什么危险东西？他小心翼翼地解开所有电线，断掉各种各样的继电器、插头和开关，然后看到圆柱内侧有个像是固定装置的东西被扯了下来。上面没有序列号，也没有任何表明圆柱生产地或是持有者的标记。中途他停了下来去做晚饭，烙了一张塞满了罐头蘑菇的蛋饼，然后坐在电视机前吃了起来。他兴致勃勃地看了一场足球比赛，尽量不去想那圆柱和失踪人的事。尤西进到屋里，躺在了他面前的地板上。维兰德把剩下的蛋饼给它吃了，然后带着它出去散了会儿步。这是一个怡人的夏日傍晚。他坐在屋子西侧的一张白色木椅上，情不自禁地欣赏起了日落西沉、余晖满天的绝佳美景。

突然他醒了过来，诧异自己刚才居然睡着了。他已经将近一个小时没有理会那些事了。他口干舌燥，走进屋里，测了下血糖。血糖值是 15.2，远远高于正常水平。这让他很担忧，他知道定期注射的胰岛素剂量又得增加了。

他在餐桌旁边戳破手指测量完血糖值之后，又接着呆坐了一会儿。他万分沮丧，再一次意识到了自己的年老体衰，如今也只有听天由命了。让他心忧的还有那种失去记忆与时空感知的大脑空白。我本来是该去看望女儿、逗逗我的外孙女的，他心想，可我却坐在这里，捣鼓着这个钢铁圆柱。

他心头沮丧，于是故态萌发，给自己倒了一大杯杜松子酒，一口喝干。他就只喝这一大杯，不多喝一滴，此后也没再斟满。然后他又捣鼓起了那个圆柱，直到精疲力竭才罢手。他洗了个澡，午夜前便入了梦乡。

第二天一早，他给斯滕·诺兰德打了电话。他正在船上出海，不过说一个小时后就会回陆上，并答应到时会给他打电话。

"有什么进展吗？"他大声喊着，想要盖住所有的干扰声音。

"有，"维兰德也大声喊道，"还没找到失踪的人，但我找到了另一件东西。"

7点半的时候，马丁森打来电话，提醒维兰德上午晚些时候有个会议得参加。会议的内容是地狱天使这个臭名昭著的犯罪团伙，说是团伙里面有人恰好要在于斯塔德的郊外购置房产，为此，伦纳特·马特森特意召开了这次会议。维兰德答应了10点会到。

他不打算告诉斯滕·诺兰德找到圆柱的确切地点。自从发现有人趁他离开时进了家里，他就决定不可以再相信任何人——至少得留点心眼。当然了，闯进他屋里的那人，也可能与冯·恩科夫妇并无关系，可如果不是那样，那又会是什么呢？那天早上，他做的第一件事就是把自己的屋子里里外外彻查了一遍。就在那间还没住过客人的客房里，有扇朝东的窗户是微微开着的。他很确信，离开之前这窗户是关着的。小偷完全可以轻而易举地从那扇窗户溜进溜出、不留痕迹。可他为什么没偷东西呢？维兰德非常肯定，家里没有丢失东西。他觉得只有两种可能。这小偷要么是没找到想要找的东西，要么就是在屋里留下了什么东西。所以，维兰德不光在看有没有丢失什么东西，同时还在看有没有出现什么不该有的东西。他在椅子、床和沙发的周围爬来爬去、四处查看，还将自己的书都搜查了一遍。一个小时过后，就在诺兰德的电话打进来之前，他一无所获地结束了自己的搜索。他思量着是否该去找一下于斯塔德警方专属的刑事侦破专家纽伯格，请他来看看屋里是否藏有窃听器。但他还是决定算了——这么做只会引发更多的问题、带来更多的流言蜚语。

斯滕·诺兰德说他自己正在桑德港[1]的一家露天咖啡馆里喝着咖啡。

"我现在是一路往北走，"他说，"我的旅行线路是先北上到海讷桑德[2]，然后过海湾到芬兰海岸，最后从奥兰群岛[3]返回。好好享受下只有风浪相随的两个星期。"

[1] 桑德港（Sandhamn）：位于斯德哥尔摩群岛外围东部桑德岛上的一处住宅区。

[2] 海讷桑德（Harnosand）：位于瑞典北部西诺尔兰省的一个自治市。

[3] 奥兰群岛（Aland）：位于芬兰西南沿海，由6500个小岛组成。

“船员是不是永远都不会对大海感到厌倦？”

“永远不会。你找到什么了？”

维兰德详细描述了一下那个钢铁圆柱。之前他已用父亲那沾满了颜料的旧码尺测量了圆柱的准确长度，并用一根绳子测出了直径的数值。

“你是在哪里找到的？”维兰德说完后，诺兰德问道。

“在哈坎和路易斯的地下储藏室里，”维兰德撒谎道，“你知道这是个什么东西吗？”

“不知道，一点儿也不清楚。不过我会好好想想的。你是说，是在他们的地下室里发现的吗？”

“是的。你以前有没有见过这样的东西？”

“圆柱体具有流线型的特性，因而可以适用于多种环境。不过，像你描述的那种东西，我好像还真的没有见过。你有没有把里面的电缆拆开来看看？”

“没有。”

“你应该拆开来看看。上面通常会有些线索。”

维兰德找了把合适的小刀，小心翼翼地割开了其中一根电线的黑色绝缘外皮。里面都是些更细的电线，跟细丝差不多大小。他描述了一下自己的眼前所见。

“嗯，”诺兰德说，“这不可能是电力电缆，听起来倒更像是通信传输之类的装置。但具体有什么功用，我也说不上来，还得好好琢磨一下。”

“你要是想到了就告诉我一声。”维兰德说。

“没有产地说明这点还真是很奇怪。一般说来，钢铁制品的上面都会印有序列号和制造厂商。我很好奇这东西到底是怎么到了哈坎的地下室，也不知道他是从哪弄来的。”

维兰德看了眼手表，发现现在就得出发去警局，不然开会就要迟到了。诺兰德点评了几句正在驶进海港的一艘大型游艇，然后结束了通话。

有关摩托车帮派的会议已经开了将近两个小时。维兰德觉得很失望，因为伦纳特·马特森把会议主持得毫无效率，到现在还没得出个可行的结论。终于，维兰德实在没了耐心，他打断马特森，建议可以直接联系现在的房屋卖主来制止这次房产交易。一旦事情办妥，他们就可以研究阻止这些团伙活动的对策。马特森不愿听从他的这个建议。可维兰德却掌握了开会其他人所不知道的信息。他有一条琳达给的内部消息。那消息是她从一位斯德哥尔摩的朋友那里听来的。他再次请求发言，然后慢条斯理地讲了出来。

“此案还有另一个复杂情况，”他开口道，“有一位主要从事瑞典市民身心健康方面的著名执业医师，至少曾为地狱天使团伙分支中的 14 个人开过医生证明。这些人都因严重抑郁症而在享受着政府津贴。”

房间里传来阵阵窃笑。

“那位医生如今已经退休了，不幸的是，他搬到了我们这里来。”他继续道，“他在市区中心买了栋漂亮的小房子。当然了，他还会继续冒险为这些可怜的抑郁到无法工作的摩托车骑士开出疾病证明。现在他正在接受社会服务部门的调查，不过我们也知道，社会服务部门的那帮家伙根本就靠不住。”

维兰德站起身，在白板上写下了医生的名字。

“我们应该紧紧盯牢这人。”说完他就走出了房间。

对他而言，这场会已经开完了。

会后的那天早上，他一直都在思忖着那个圆柱。然后，他开车去了图书馆，请求管理员帮忙查找借阅有关潜艇、军舰和现代战争的所有书籍。那位图书管理员曾是琳达的同学，帮他找了一大堆相关书籍。临走时，他还借了本斯蒂格·温纳斯特龙的自传。

回家的时候，维兰德停车顺路去买了些东西。就在早上出门时，他在所有的门窗上面都贴上了小胶带。这些胶带目前都还没被弄乱。吃完炖鱼之后，他读起了在餐桌上高高堆起的那些书。他不停地读着，直到看不下去了才罢休。大概半夜时分，他上床睡觉，这时外面下起大雨来，啪啪地落在了屋顶上。很快他就入了梦乡。从小时候起，一听雨声，他就总能安心入眠。

第二天早上，维兰德浑身湿透地到了警局。因为他想走着去上班，所以就把车停在了火车站里。那天晚上测出的高血糖值，对他而言是个挑战。他觉得自己必须得进行更多更频繁的身体锻炼。结果走到一半的时候，天却下起了倾盆大雨。他走到更衣室，晾上湿透的裤子，然后从柜子里拿出另一条换上。他发现，自己比上一次穿这裤子的时候要胖了不少。他很生气，砰的一声关上了门，正好让刚刚进来的纽伯格给撞见了。他扬起眉毛，看着满心怒火的维兰德。

“心情不好？”

“裤子都湿透了。”

纽伯格点点头，然后用他那半是戏谑半是忧愁的独特风格回应道：

“我完全理解你的心情。如果是脚弄湿了的话，我们倒还都能对付。可要是把裤子弄湿了，那可就太糟了。就好像是尿了裤子似的，越到后面就越觉得冷，让人难受得不行。”

维兰德走进办公室，先打了个电话给伊特伯格，可他不在，也没说什么时候会回来。维兰德又打了他手机，依然没人回应。他出去倒了杯咖啡，正好碰见要出门透气的马丁森。两人一起走到了警局外面，在附近的长凳上坐了下来。马丁森说起了一个还在潜逃的纵火犯。

“这一次是不是要抓他了？”维兰德问。

“抓总是能抓到，”马丁森说，“问题是，我们能不能把他关住，还是又像以前那样把他放走。不过这次我们有了个可靠的证人，最后应该可以把他拿下。”

两人又进到局里，回到了各自的办公室。维兰德又待了几个小时，然后就回家了。直到最后，他还是没能联系上伊特伯格。不过，他已经把关键要点都记在了纸上，打算晚上再继续试着联系一下。伊特伯格是此案的负责人，维兰德想把自己手上的材料都移交给他，像是那个黑色封面的文件夹，以及那个钢铁圆柱。这样伊特伯格也就能得出一些合理可信的结论。这起案子，和他维兰德根本就没半点关系。他不是此案调查组的成员，他只不过是不希望自己女儿的未来公婆消失得无影无踪。现在，他必须集中精力，好好庆祝仲夏节，然后再彻底地休个假。

可是，计划不如变化快。回到家时，他发现屋外停了一辆自己不认识的车子。那是一辆锈迹斑斑的破旧福特车。维兰德没有见过这辆车，也不知道这车的主人是谁。他朝着门口走去，只见那晚他打瞌睡的白色椅子上坐了一个女人。

她面前的桌上放着一瓶开启的红酒。维兰德没瞧见杯子。

他不情愿地走上前去，打了声招呼。

CHAPTER 17 不速之客

那个女人就是他的前妻莫娜。时光飞逝，上次两人相见，已是好多年前的事了。那还是琳达从警官学院毕业时候的事。从那以后，他们就只简短地通过几次电话，仅此而已。

夜里晚些时候，莫娜睡在了他的卧室里，而他却成了自家客房里的首位客人。铺床的时候，他觉得很不自在。莫娜的情绪瞬息万变，好几次都激动得又是生气又是歇斯底里，让他感到十分难以应付。他到家的那会儿，她都已经喝醉了。她站起身，想要给他个拥抱，却差点跌倒，好在最后一刻他接住了她。看得出，这一次的再次相见让她既紧张又焦虑，她还为此画了很浓的妆。40 年前让维兰德坠入爱河的那个姑娘，可是几乎都不怎么用化妆品的：她根本就不需要。

她傍晚来访是因为受到了伤害。她受人虐待，发现只有维兰德一人可以依赖。他走进花园，坐在她的身旁，头顶上时不时地有燕子飞掠而过，他突然有了种奇怪的感觉，仿佛昨日再现、往事重演了一般。5 岁的琳达似乎随时会从某处蹦跳出来，吸引他俩的注意。可他最后只挤出了几句问候的话语，然后莫娜失声痛哭起来。他感到非常困窘。他俩上一次相处时也是这么一幅尴尬的景象。他发现，不可以把她的歇斯底里太过当真。她越来越像个演员，还扮演着一个极不适合她的角色。她没有出演悲剧的才能，喜剧多半也不行：她的歇斯底里总是有种表里不一的正常。尽管如此，她在那里哭得声泪俱下。而维兰德能想到的也只是给她一卷厕纸，让她擦干眼泪。过了一会儿，她停止哭泣，开始道歉起来，但她口齿不清，话也说不清楚。他真希望琳达此时能在这里，她自有一套应对莫娜的办法。

与此同时，他心里又涌动出了另一种情感。他羞于承认，却又为此烦躁不安。他有种想要牵手将她领进卧室的冲动。他对她的到来感到很兴奋，差点儿就激动地要去检验这种情感的真伪。不过，当然了，他什么都没做。她摇摇晃晃地走到狗窝旁边，尤西也兴奋地跟着上蹿下跳起来。维兰德跟着她，不像是个丈夫，倒更像是个保镖，随时准备扶起快要跌倒的她。很快尤西就对她失去了兴趣。她感到外面渐渐凉了起来，于是两人就走进了屋里。她在屋里转了一圈，还特意让他带她去看屋里的每一件物品，仿佛是在参观一个美术馆。她说，他把这地方装饰得如此华丽，弄得她都没法找出合适的字眼来表达自己的惊叹之情，尽管他早就该把公寓里那个他们结婚时买的沙发给扔掉。看到衣柜上面他们两人的结婚照后，她又突然大哭起来。她这次哭得实在太过虚假，让他有种想要撵她出门的冲动。不过他还是容忍了她。他泡了壶咖啡，藏好一瓶原本摆放显眼的威士忌，终于把她劝到餐桌旁边坐了下来。

就在他俩坐着喝咖啡的时候，维兰德想到，我曾爱她胜过我生命中的任何女人。就算我现在彻头彻尾地爱上了另一个女人，莫娜也永远是我生命中最重要的女人。这是一个永远不可改变的事实。新的爱情也许会取代先前的爱情，可不论如何，旧有的爱情始终存在。你活在人生的两个层面，大概是为了以防万一，若是其中一个出现缺口，也不至于会坠落得无影无踪。

喝了咖啡之后，莫娜出乎意料地变得清醒起来。这是维兰德记忆犹新的另一件事：她时常假装自己醉得厉害。

“对不起，”她说，“我简直像个傻子，突然跑来找你大闹。你是不是希望我走？”

“没有的事。我只想知道你为什么会到这里来。”

“你怎么那么冷冰冰的？我并不是总是来打搅你。”

维兰德立刻想起了往事。他和莫娜在一起的最后一年几乎是口角不断。他竭力不去理会她那没完没了的抱怨和威胁。她自然也认为他对她太过冷淡，而他也知道她没错。他俩都是这场混战的发起人和受害者，于是就只有一种极端方式可化解这场战争：离婚，各走各的路。

“跟我说说出了什么事，”他小心谨慎地说道，“你怎么会这样消沉？”

接下来，就是一席长篇累牍的痛诉、一曲没完没了的挽歌。这是莫娜版本的《耶利米哀歌》[1]和《艾尔维拉·麦迪根》[2]，维兰德心想。一年前，她遇到了一个男人，这人不像她的上一个。维兰德一直觉得之前那个玩高尔夫的退休人士是靠劫掠控股公司来获得钱财的。这个新的男人是马尔默一家合作商店的经理，年龄和她相仿，也离婚了。可没过多久，莫娜惊恐地发现，这个诚实的杂货商人居然也会呈现出心理变态的症状。他想要支配她，暗暗地威胁她，最后还对她采取了暴力手段。愚蠢的是，她居然还自我安慰，认为一切都会过去，他的醋意迟早也会消散，可是事实并非如此。如今她已经彻底和他绝交了。她现在唯一可以依靠的就是她的前夫。她觉得，他可以保护她不再受到那个杂货商的迫害。简而言之，她很害怕——这也是她会来找他的原因。

维兰德不知她的那番话里有多少是真的。莫娜并非完全可信，有时她会撒谎，但也并无恶意。不过，他觉得在现在这种情况下，他应该相信她，而且听到她被殴打，他心里自然也不好受。

讲完了故事，她突然感到恶心起来，于是立马冲向了卫生间。维兰德站在门外。他听得出来，她真的很不舒服——这并不是装出来的。然后，她躺在那张她觉得早该扔掉的沙发上面，又接着哭了起来。后来，她盖着毯子渐渐睡着了。维兰德坐在安乐椅上，继续读他从图书馆里借来的书，当然了，他没法集中精神。差不多两小时后，她突然醒了过来。当她意识到自己是在维兰德的屋子里时，她差点儿又开始大哭起来，不过维兰德告诉她要适可而止。如果她想吃东西，他可以给她做些饭菜，等她睡上一晚，第二天就可以去找琳达聊聊，相信琳达肯定会给出一些比他更好的建议。她说不饿，于是他就做了些汤羹，然后吃了几片面包充饥。当他们面对面地坐在餐桌旁时，她突然开始讲起了过去两人一起度过的美

[1]《耶利米哀歌》(Lamentations)：《旧约圣经》中犹太人哭悼耶路撒冷和圣殿被毁的哀歌，共有五组诗歌。

[2]《艾尔维拉·麦迪根》(Elvira Madigan)：19世纪中叶发生在瑞典的一个悲剧爱情故事。

好时光。维兰德不知这是不是她来拜访的真实意图，也不知她是不是又想重新开始追求他。如果是一年前或是更早之前，他心想，她这么做，保不定还真能成功。那时我还依然觉得我俩有可能复合——可是现在我意识到了，那只是个幻觉。一切都是过往云烟，况且我也实在不想重蹈覆辙。

吃完饭后，她想喝点酒，但他拒绝了。只要是在他屋里，他就绝不会让她沾一滴酒精。如果她不乐意，她可以叫辆出租车，去于斯塔德的某家宾馆住上一宿。她开始争辩了几句，但后来发现维兰德显然不是在开玩笑，于是她也没再多言。

到了午夜上床睡觉的时候，她犹犹豫豫地想要抱他。他挡开了，只是抚摸了一下她的头发，然后离开了房间。他在虚掩的卧室门外听着：起先，她没怎么睡着，可过了一会儿，她便入了梦乡。

维兰德走到屋外，把尤西放出狗窝，然后坐在了他父亲生前常坐的吊床上。这晚的夏夜很明亮，寂寂无风，芬芳弥漫。尤西在他脚边坐了下来。突然，维兰德感到心神不安起来。人生没有回头路，尽管他也曾天真地许愿，希望时光能够倒流。可这根本就不可能，哪怕是一分一秒。

最后上床睡觉的时候，为了能有个安宁之夜，他吃了半片安眠药。他只是不想再去多想些什么，不论是睡在他卧室里的那个女人，还是在花园坐着时让他痛苦万分的那些想法。

第二天早上醒来的时候，他吃惊地发现她已经离开了。按理说，他睡觉的时候，总是容易被人吵醒，可他居然没有听到她起床的声音，也不知道她已悄悄离开。餐桌上留下了一张字条："抱歉，昨晚跑到你这儿来。"只有这几个字，根本就没写出该要原谅她哪些事情。他也不记得结婚期间她留下过多少这样类似的字条。她总是在为自己的行为向他道歉，次数多得他都没法数，而他也懒得去数。

他喝完咖啡，喂饱尤西，迟疑着是否该给琳达打个电话，告诉她莫娜来访之事。不过，当前最要紧的是给伊特伯格打个电话，那件事可以稍后再说。

早晨微风习习，一股冷风正从北方吹来，这个夏天就要渐行渐远了。邻居的羊群正在围栏草场上吃着牧草，几只天鹅正向东边飞去。

维兰德给伊特伯格的办公室打了个电话。电话立刻接了起来。

"听说你一直都在找我。你找到冯·恩科夫妇了吗？"

“没。你那边进展如何？”

“没有什么值得一提的新发现。”

“完全没有？”

“没。你有什么要汇报的吗？”

维兰德本来是打算告诉伊特伯格他去博克岛拜访一事，准备说说找到的那个不寻常的圆柱。可他最后一刻改变了主意。他也不知道为什么。其实伊特伯格完全是个可信之人。

“其实也没什么。”

“那我会再跟你联系的。”

结束这通简短而又毫无意义的电话之后，维兰德开车去了警局。他这一整天必须得去参与调查一起沉闷的殴打案件。他是被叫过去当证人。所有人都在相互指责，而之前已昏迷了两个星期的受害人，也已完全忘了事情的始末。维兰德是最先到达案犯现场的警探之一，所以他就得上法庭去为当时的所见所闻做证。其实他已很难回忆起当时的细节。甚至就连他当时亲自写下的报告，如今看起来也是如此的陌生。

中午时分，琳达突然出现在了他的办公室里。

“听说你昨晚有个不速之客。”她说。

维兰德将翻开的文件推到一旁，然后望着他的女儿。如今她的脸看起来要比之前消肿了不少，说不定都已经瘦下来了好几磅。

“莫娜去过你家了，是不是？”

“她从马尔默打电话来跟我抱怨，说你对她很凶。”

维兰德大吃一惊。

“她那话是什么意思？”

“她说，虽然她当时非常难过，但你却很不情愿地让她进了屋。之后你几乎都没给她弄什么吃的，还把她锁在了卧室里面。”

“这根本就不是真的。那婊子是在撒谎。”

“别那样说我妈妈。”琳达把脸沉了下来。

“她在撒谎，不管你相不相信。我可是热心接待了她，让她进屋，替她擦干泪水，甚至还换了干净的床单，替她铺好了床。”

“至少关于新找的那个男人，她没说谎。我见过他。那人荒唐无稽，完全就是个变态。妈妈总是找错人，这还真是种奇怪的天赋。”

“谢谢你的夸赞。”

“当然了，我可不是在说你。不过那个打高尔夫的疯子，也不比她现在的这个男人好多少。”

“问题是，我又能有什么办法？”

答话前，琳达思索了一会儿。她用左手食指摸了摸自己的鼻子。这简直跟她祖父生前的动作一模一样，维兰德心想。他以前从没注意到这点，他禁不住大笑起来。她诧异地望着他。他解释了一番，然后她也跟着哈哈大笑了起来。

“我把克拉拉留在车里，”她说，“我只想过来简单地跟你说下妈妈的事情。以后我们还可以再聊。”

“你是说，你把孩子一个人扔在车里？”维兰德感到不安起来，“你怎么可以这样做呢？”

“有个朋友跟我一起来的，她正在照看克拉拉。你怎么会这样想呢？你觉得我会把孩子一个人丢下不管吗？”

走到门口时，她停了下来。

“我觉得妈妈需要我们的帮助。”她说。

“我随时都在，”维兰德说，“不过我希望她能够头脑清醒地过来，还有，她也应该提前打个电话。”

“难道你一直就很清醒吗？你去找别人的时候都会事先打个电话吗？你就从来没有过不舒服的时候吗？”

没等他回复，她便走进走廊消失不见了。维兰德正要重新开始查看他的报告，伊特伯格打来了电话。

“我会休几天假，”他说，“刚才忘了跟你说了。”

“要去哪个好玩的地方啊？”

“就在韦斯特罗斯[1]的郊外，是一个风景优美的湖畔，我会住在那里的一间旧农舍里。不过我想跟你谈谈有关冯·恩科夫妇失踪的几点看法。我们几分钟前

[1] 韦斯特罗斯（Vasteras）：瑞典中部城市，斯德哥尔摩往西100公里处，位于梅拉伦湖畔。

聊的时候，我说的有些太过简单了。”

“洗耳恭听。”

“我就这么说吧。关于他俩的失踪，我有两种假设，我的同事也很赞同这两种推理。我想看看，你是不是也是这么想的。一种可能就是他们已经事先计划好了这次失踪，但是出于某种原因，他们决定要在不同的时候消失。原因有很多种。比如说，如果他们想要改换身份，那他就得事先前往某地，为她的到来做好准备。像是《圣经》里说的那样，在路上铺满了棕榈叶和玫瑰来迎接她。当然，也可能有别的原因。另一种合理的解释就是他们遭受了某种袭击。换句话说，他俩都已经死了。他们为什么会遭到暴力袭击，这点有些不大好解释，而且如果真是这样的话，那为什么会在不同的时期受袭也难以说清。除了上面两种解释，我们也想不出其他的假设了。完全就是一抹黑啊。”

“我想，我的推论也和你一样。”

“我已经向国内首席专家咨询了关于失踪人员的多种可能情况，从某种意义上说，我们的工作其实很简单，只有一种方法可以让我们解决此案。”

“你是说，找到他们。”

“或者，至少要知道为什么找不到他们。”

“完全没什么新线索吗？”

“没有。不过，还有另一个人，我们得好好考虑一下。”

“你是说他们的儿子？”

“是的。这点我们无法回避。假设他们真的是事先预谋好了这次失踪，那就得弄清楚，他们怎么能忍心让自己的儿子这样担惊受怕。说得好听点，这根本就是不近人情。可在我们的印象当中，他们根本就不是那种残忍冷酷的人。你见过他们，你自己也很清楚这点。从我们对哈坎·冯·恩科的调查来看，他是一个受人爱戴的高级将领，既不装腔作势，也很精明能干，而且公正严明，从不喜怒无常。根据我们所听到的那些，他最不好的地方，也就是偶尔有些急躁。可我们大家不都是这样的吗？而路易斯作为一名教师，则深受学生喜爱。有些人说她寡言少语。可是，这点也算不上是什么可疑的依据——偶尔人们也会需要倾听。总之，很难想象他俩会过着双重身份的生活。我们已经咨询了欧洲刑警组织的专家，我还和巴黎的一位女警察杰曼女士通过几次话，她提供了许多合理的见解。我觉得应该从另一种完全不同的角度来看待这个事件，她也很支持我的想法。”

维兰德知道他要说些什么。

“你的意思，是汉斯到底起了什么作用？”

“完全正确。如果是有大宗的资产问题，那也可能算是一条线索。可是我们没有找到。冯·恩科家里总计有100万瑞典克朗，还有他们的公寓，大概价值700万或800万。对于普通人来说，这可能是一大笔钱。可是考虑到当前的背景，就算是不负债的话，那样的资产也只能算小康，说不上是富有。”

“你和汉斯聊过吗？”

“一周前聊过，他要和金融监管部门进行一次会面，所以就到斯德哥尔摩来了。是他主动联系我的，然后我们聊了聊。我必须承认，他看起来真的是很担忧，根本就不明白是怎么回事儿。还有，他的工资可真是不少。”

“所以目前的进展也就这样了，是不是？”

“还说不上有什么重大进展。不过我们还会继续刨根究底的，尽管这不是一件容易的事。”

伊特伯格突然放下听筒。维兰德听到他叫骂了几声。然后他又拿起了听筒。

“我两天后就休假，”伊特伯格说，“不过，如果有什么紧急情况，你可以随时联系我。”

“好的，只有要事才会打你电话。”维兰德说，然后挂了电话。

电话打完之后，维兰德走到警局门外，坐在了附近的长凳上。他仔细思索着伊特伯格刚才所说的话。

他坐了很长时间。莫娜的突然来访弄得他十分疲倦。他并不想让事情变成那样；他不希望她又提出一些新的要求，然后把他的生活弄得颠三倒四。下次她再在他家门口出现的时候，他可得把话都说清楚，而且他必须得让琳达和他站在同一战线。他还是会帮助莫娜——这没问题，可是，过去的已经过去了。一切都已不复存在。

维兰德走下坡道，来到了医院对面的热狗摊前。他盘子里落下了一块土豆泥，一只寒鸦迅速飞扑下来，把它给叼走了。

突然，他觉得自己好像忘了某样东西。他摸了摸自己的警枪。会不会是忘了别的什么东西呢？他不知道自己是怎么到了热狗摊前，是开车来的，还是从警局的坡道一路走下来的呢？

他把吃了一半的香肠和土豆泥扔进垃圾桶里，然后又四处环视了一遍，没有看到车子。他开始缓慢地沿着坡道往上走。走到一半的时候，他恢复了记忆。他浑身冒着冷汗，心也怦怦直跳。看病的事情，他可再也不能拖延了。短短的一段时期里，他已经是第三次这样了。他想知道自己的脑子究竟出了什么毛病。

回到办公室后，他立刻给先前看过病的那个医生打了电话。就诊时间定在了仲夏节过后的第二天。他放下听筒，检查了一下自己的手枪是不是已经好好地锁了起来。

接下来的时间，他一直都在为自己出庭做准备工作。直到下午6点，他合上文件的最后一页，然后把它扔到了来宾椅上。他站起身，拿上外套，这时他心里突然冒出了一个想法。他也不知为什么会想到这点。为什么冯·恩科最后一次探望西格妮的时候，不把他的秘密日记带走呢？维兰德觉得只有两种解释。他要么是打算再回来，要么是出了事无法回家。

他又坐在桌旁，查询起尼可拉斯花园的电话号码。接电话的是那个有着悦耳外国腔调的女人。

“我只是想确认一下西格妮是否一切安好。”他说。

“她生活在一个变化极少的世界里。除了一件无人可以幸免的事——那就是变老。”

“我想她父亲还没有来探望过她吧，是不是？”

“我记得他不是失踪了吗？难道他已经回来了？”

“没有。我只是好奇而已。”

“她叔叔昨天到这里来探望她了。不是我值的班，但是我在来访者登记簿上看到了。”

维兰德屏住了呼吸。

“叔叔？”

“他签的名是古斯塔夫·冯·恩科。下午来的，待了大约一个小时。”

“这事你确定吗？”

“我为什么要撒谎呢？”

“不，如你所说，你怎么会撒谎呢？如果这个叔叔再来探望西格妮，可否请你给我打个电话？”

她语气突然显得有些担忧。

“有什么不对劲的地方吗？”

“没，没什么。打扰了，谢谢。”

维兰德已经放下了听筒，可人却依旧坐着不动。他很肯定他绝对不会弄错。他曾仔仔细细地研究过冯·恩科的家谱，他很确信，西格妮根本就没有什么叔叔。

不管是谁探望了西格妮，那人的名字和身份肯定都是假的。

维兰德开车回家。先前的担忧如今又加倍浮现出来。

CHAPTER 18 “大比目鱼”号

第二天早上，维兰德发烧了，嗓子也痛。他想骗自己说这都只是他的幻觉，可后来他拿出了温度计，测出体温为 102 华氏度。他打电话给警局，请了病假，于是那天的大部分时间，他不是躺在床上，就是待在厨房里，读着从图书馆借来的那堆尚未读完的书。

到了晚上，他做了一个有关西格妮的梦。他正在尼可拉斯花园探望西格妮，突然发现蜷缩在床上的是另一个人。房间很黑，他想把灯打开，可灯却没亮。于是他拿出手机当作手电筒。在微弱的蓝色幽光之中，他发现躺在那儿的正是路易斯，变得完全就像是她女儿的翻版。他吓得急忙要从房间离开，却发现门被锁上了。

就在这时，他从梦里惊醒了。已经凌晨 4 点了，天刚蒙蒙亮。他感到喉咙还有些痛，不过身体却舒服了许多，不一会儿他又睡着了。睡醒之后，他试着阐释刚才的梦境，却百思不得其解。他只清楚一点，那就是与哈坎和路易斯失踪有关的所有事情，似乎全都是那么的神神秘秘。

维兰德从床上起来，在脖子上裹了条毛巾，然后开始在网上搜索古斯塔夫·冯·恩科。结果根本就没找到有叫这个名字的人。8点的时候，他打电话给第二天准备开始休假的伊特伯格。他正要去调查一起令人极不愉快的案件，去审讯一个掐死自己妻子和两个孩子的男人，起因很可能是他想和另一个女人一起生活。

“可他为什么要杀死自己的孩子呢？”他疑惑道，“这简直就像是一出希腊悲剧。”

维兰德对两千多年前的戏剧知之甚少。琳达曾经带他去马尔默看过一场《美狄亚》的公演。他深受触动，但也并没因此成为剧院常客。他最近看的那场演出也并未让他这类兴趣增强。

他跟伊特伯格说了头一天打电话给尼可拉斯花园的事情。

“你肯定吗？”

“是的，”维兰德说，“根本就没什么叔叔。只有一个在英国的表亲，仅此而已。”

“这可真是奇怪了。”

“我知道你要休假了。不过你可以派别人去一趟尼可拉斯花园，看能不能打听出那个人的样子。”

“我这有个很好的警官，叫丽贝卡·安德森，”他说，“她很擅长执行这类任务，虽然人很年轻。我待会儿就跟她说。”

维兰德正想结束对话，这时伊特伯格问了一句。

“你是不是和我一样？”他问，“特别希望能抽身退出这一堆让人深陷的烂泥？”

“常有的事。”

“我们到底是怎么坚持下来的？”

“我不知道，大概是某种责任感吧。我曾经有一个导师，是一位名叫里德伯的老警探。他常说这么一句话：责任感使然，仅此而已。”

大约下午2点钟的时候，丽贝卡·安德森从尼可拉斯花园打来了电话。

“我知道你想尽快得到消息，”她说，“我现在就坐在庭院的长凳上。天气很好。你手头上有铅笔吗？”

“有，我都准备好了。”

“是一个50岁左右的男人，穿着整洁的西装，打着领带，待人友善，头发微卷，蓝色的眼睛。说着一口标准的瑞典语，换句话说，就是没什么方言口音，更没有半点外国腔调。有一点可以确定的是：他以前从没来过。所以还得让人领着去她房间，不过好像也没人觉得这有什么大不了的。”

“他有没有说些什么？”

“其实也没说什么。就是人很友善而已。”

“那房间呢？”

“我让两名员工分别去查看了一下那个房间，看看他有没有动过什么东西。可他们没发现有什么变化。我觉得他们非常确信这一点。”

“可是尽管如此，他还是待了将近两个小时？”

“这种说法不准确。每个人的评估标准其实是不尽相同的。他们在填写登记簿上的来访者和来访时间的时候，显然也并没有做什么特别严格的要求。我觉得，他待了最少一个小时，最多一个半小时。”

“然后呢？”

“然后就离开了。”

“他是怎么去那里的？”

“我觉得是开车去的。不过没人看见有车。那人突然就那样来了。”

维兰德琢磨了一会儿，可他也想不出别的什么问题，于是最后他感谢了她的帮助。他望着窗外，瞥见黄色的邮车刚刚驶过。他穿着长袍和木拖鞋走出大门，来到邮箱跟前，里面只有一封盖着于斯塔德邮戳的信件。寄信的是一个名叫罗伯特·阿克布隆的人。维兰德隐约觉得这名字有些熟悉，可他想不起来何时见过此人。他坐在餐桌旁，打开信封。里面放着张照片，上面是一个男人和两个年轻女子。一看到这个男人，维兰德就立刻想起了这人是谁。一段尘封15年之久的痛苦回忆，又再次浮现了出来。在20世纪90年代初的时候，罗伯特·艾克布罗姆的妻子被人残忍地杀害了，这起事变与南非的动荡时局还有企图刺杀纳尔逊·曼德拉略有关联。他把照片翻了过来，看到了写在背面的文字：“我们安好。感谢你在我们人生最为艰难时候的全力支持。”

正是我所需要的，维兰德心想。说明不管怎样，我们的工作对许多人依旧是意义非凡。他把这张照片钉在了墙上。

第二天就是仲夏节前夜了。尽管身体依然有些不舒服，他还是决定出去购物。

他不喜欢拥挤的超市，也不喜欢购物。不过他已拿定主意，要在仲夏节的餐桌上摆满应节的美味佳肴。还好他早就明智地囤好了酒水。他写好购物清单，然后出发了。

第二天，他感觉身体好多了，体温也恢复了正常。虽然之前整晚都在下雨，但维兰德瞧了眼天边之后，觉得他们应该可以在外面花园坐着就餐。当琳达一家人下午 5 点到达的时候，一切已准备妥当。她赞赏了他的高效率，然后把他拉到了一旁。

“待会儿还有一位客人。”

“谁？”

“妈妈。”

“不行。我不想她待在这里。你也知道最后会变成个什么样子。”

“我可不想让她今晚独自一人待着。”

“那你可以带她回你的家。”

“别担心。你就想着这是做善事好了。”

“她什么时候来？”

“我让她 5 点半来。应该快要到了。”

“你得负责别让她发酒疯。”

“好吧。别忘了汉斯也很喜欢她。还有，她也有权来看望一下自己的外孙女。”

维兰德没有多说什么。不过，独自待在厨房的时候，他趁着间隙给自己灌了一大口威士忌，好让自己镇定下来。

莫娜到了，刚开始，一切都很顺利。她精心打扮了一番，心情很好。他们吃着佳肴，品着美酒，享受着天清气朗。维兰德注意到，莫娜和外孙女玩得很开心，他仿佛又看到当年她和琳达一起玩耍的情景。可惜好景不长。大概 11 点的时候，莫娜开始数落起她在过去所受到的不公正待遇。琳达想让她冷静下来，可莫娜显然已经神不知鬼不觉地喝了不少酒。说不定之前她就在手提包里藏好了一小瓶酒。起先，维兰德没说什么，只是静静地听她说话。可到了后来，他实在是忍无可忍了，他一拳捶在桌上，吼着叫她快滚。当时的琳达，其实也已有些不大清醒，她喊着让他冷静下来，说这也不是什么大不了的事。但是对维兰德而言，这可是件大事。现在经此一闹，他终于发现，自己根本就不想念莫娜，接着，这种认识就转变成了一种谴责。这些年来，他一直都没能找到另一个女人相伴身边，这全都是拜莫娜所赐。他离开饭席，牵着尤西，气冲冲地离开了。

半个小时后，他回来了，宴席已散。莫娜已经坐在车里。汉斯因为要开车，所以只喝了一杯红酒。

“变成这样实在是不好意思，”琳达说，“原本是个美好的夜晚。不过现在我总算知道了，莫娜只要喝醉了酒，就会像今天这样把事情搞砸。”

“所以还是我说的对，是不是？”

“你要是那样想的话，那就算是吧。或许她今天真的不该过来。不过我们也都知道，她现在需要帮助。直到今天，我才发现，我母亲根本就是想把自己给灌死。”

她抚摸了一下他的面庞，然后两人拥抱了一下。

“要不是因为你，我恐怕早就撑不下来了。”他说。

“克拉拉很快就能一个人到这里来陪你了。也就一年左右。时间总是过得很快。”

维兰德看着他们离开了。然后他清理好剩菜，洗好脏盘子，接着做了件每年只会做一两次的事情：他翻出一支雪茄，在花园里坐下，然后点燃了它。

外面渐渐变凉，往事也渐渐浮上心头。他想起了以前班上的同学，那些和他在利姆港一起度过学生时代的故人。如今他们都在过着怎样的生活呢？几年前曾经有过一次同学聚会，不过他没去参加。现在他感到后悔了。看过他们的人生经历之后，说不定就可以更加正确地看待自己的人生了。

他在外面一直坐到凌晨2点。其间他听到远处飘来了一阵音乐——听着像是瑞典仲夏节时人们最爱播放的《卡莱·苏文的华尔兹》[1]，不过他也不是很确定。后来他上床睡觉，一觉睡到了第二天上午。他躺在床上，翻看着从图书馆借来的那些书。突然他猛地坐了起来。他在一本书中看到一些黑白照片，全都是有关冷战时期的美国潜艇以及针对苏联所做的相关系列实验。

[1]《卡莱·苏文的华尔兹》（Calle Schewen’s Waltz）：由瑞典著名作曲家埃弗特·陶布（Evert Taube，1890—1976）于1932年创作的一首华尔兹。歌曲描绘了瑞典七月的夏夜。

他盯着那张照片，心也扑通扑通地越跳越快。毋庸置疑，照片上的东西和他从博克岛带回的圆柱简直是一模一样。维兰德跳下床来，将那圆柱从他存放旧鞋的书架后方拖了出来。

为了能准确理解那张照片所在章节里的每一句话，他还抓起了一本英瑞词典。上面这篇文章讲的是20世纪70年代早期的美国海军潜艇指挥官詹姆斯·布拉德利。他以工作勤奋而著称，总是日以继夜地待在五角大楼的办公室里，研究着各种对付苏联人的新办法。一天晚上，大楼里人都走得差不多了，只剩下保安还在走廊里巡逻，这时，他想到了一个点子。这个想法很大胆，他觉得应该立刻去面见一下尼克松总统的安全顾问亨利·基辛格。当时曾有传言，说基辛格极少会听别人讲话超过5分钟，最多不会超过20分钟。可布拉德利却讲了超过45分钟的话。当他开车返回五角大楼的时候，他很确信自己将会拿到建造心中设备所需的那笔钱。基辛格没有做出什么承诺，但布拉德利看得出他感触很深。

很快上面就批示了要让“大比目鱼”号潜艇来承担此项秘密任务。这可是美国潜艇舰队中的最大型号。看到潜艇的重量、长度、武器装备还有军官船员的数量的时候，维兰德感到惊讶不已，心想难怪这潜艇只需偶尔浮出水面进行空气补给和物资储备，这潜艇完全可以去执行需要耗时一年左右的军事任务。只要是在开阔的水域里，就可以在一个小时之内重新装满潜艇的食品舱。不过，为了完成这项新的任务，它还需要进行一些改装。里面必须开辟一间供潜水员使用的压力舱。这些潜水员将会为了执行此项任务里最为困难的部分而潜到大海深处。

就其本质而言，布拉德利的想法其实非常简单。为了能使大陆基地和堪察加半岛彼得罗巴甫洛夫斯克基地派出巡逻的载核武器潜艇随时保持联系，苏联人在鄂霍次克海安置了一根电缆。而布拉德利的计划，就是要在上面装个窃听器。

不过，这个计划还有一个棘手之处。鄂霍次克海的面积约有两万平方英里，所以怎样才可以找到那根电缆呢？解决这个问题的方法，恐怕不会像整个计划那样简单。

某一个晚上，待在五角大楼里的布拉德利，突然想起了孩提时期在密西西比河畔玩耍的夏日情景。那段孩提回忆替他解决了这个问题。原来河的两岸每隔一段距离，都会插有一个写着“禁止抛锚泊船，水下埋有电缆”的告示牌。除了符拉迪沃斯托克，苏联的东部完全就是一片荒原，所以能够埋放水下电缆的地方其实并不会太多。因为就算是在苏联，也肯定会有这样的警示牌。

“大比目鱼”号出发了。它通过海底跨越了整个太平洋。他们曾和苏联潜艇有过几次惊险的声呐接触，不过他们终于还是成功地进入了苏联领域。终于他们要准备潜进千岛群岛的某处海峡了，而这也是此项军事行动之中最为危险的时刻。庆幸的是，“大比目鱼”号安装了最为先进的水雷探测仪器和声呐通讯线路。相对而言，定位电缆则快得多。之后的问题就是该如何将窃听器安装在电缆上面而不被苏联人发觉。经过屡次尝试之后，他们终于达成目的。他们可以在潜艇里偷听到所有陆上基地和苏联潜艇指挥官之间的对话信息。布拉德利也因此获得了尼克松总统的接见与感谢，并且还因圆满完成此项行动而得到了总统的嘉奖。

维兰德走到屋外，在花园里坐了下来。外面正刮着冷风，不过他找了个靠近屋子的挡风处。他解开尤西身上的绳索，随后它便立即消失在了屋子的后方。现在他的心中只有几个简单的疑惑。这些圆柱子窃听器，怎么会有一个跑到了一户瑞典船屋后面的小棚子里呢？这和冯·恩科夫妇又有什么关联呢？这件事情真是完全超出了我之前的想象，他心想。这两个人的失踪背后肯定藏有什么隐情，可我实在是信息匮乏，没法了解清楚。我需要帮助。

他犹豫了一小会儿，然后转身进屋，给斯滕·诺兰德打了个电话。和以往几次一样，连接信号很差，不过几经努力，他们还是听懂了对方所说的话。

“你在哪里？”维兰德问。

“刚离开耶夫勒[1]，正在耶夫勒海湾。正享受着西南微风的吹拂和头顶淡淡轻云——真是美妙极了！你在哪里？”

“在家。你得过来一趟。我发现了某件东西，你得过来看看。坐飞机来吧。”

“是很重要的事情吗？”

“我觉得这事应该很重要，肯定和哈坎的失踪有些关联。”

“必须得说，我也有些好奇起来了。”

“当然了，说不定也有可能是我弄错了。要是那样的话，你可以明天就回到你的船上。我会替你付机票钱的。”

[1] 耶夫勒（Gavle）：瑞典中部海港城市。

“那就没必要了。不过你可别指望我今天傍晚之前能到。我还要过一会儿才能驶回耶夫勒。”

下午 6 点的时候，诺兰德打来了电话。他已经快到阿兰达机场了，一个小时后就会乘上从斯德哥尔摩飞往马尔默的航班。

维兰德准备出发接人。他让尤西待在了屋里——只要有人闯入，肯定立刻就会被它发现。

飞机准点着陆。诺兰德出现时，维兰德正守候在出口大厅。他俩开车回到了维兰德的住所，一起检查起了那个神秘的钢铁圆柱。

CHAPTER 19 咒术失灵

斯滕·诺兰德立刻认出了放在维兰德餐桌上的那个钢铁圆柱。他以前从没见过真正的实物，不过他曾看过许多的草图、设计图还有照片，所以能够一眼认出此物。

他丝毫没有掩饰自己的惊讶之情。维兰德也觉得没有必要再和他继续玩猫捉老鼠的游戏。如果诺兰德是哈坎·冯·恩科生前的好朋友，那他肯定也会是他死后的好朋友。当然了，前提是他真的遭遇了什么不测的话。维兰德倒好咖啡，然后将他怎么得到这个圆柱的始末全都告诉了他的客人。他毫无保留，从那张有两个男人和渔船的照片说起，一直说到他是怎样弄清楚那个从博克岛小黑棚里拖出的圆柱子究竟是个什么东西。

“不知你有何感想，”维兰德最后说道，“是不是值得你特意从耶夫勒跑来一趟？”

“当然值得了，”诺兰德说，“我也和你一样迷惑不解。这可不是假话。也许我能找到这其中的联系。”

已经过了11点钟。诺兰德谢绝了吃顿正餐的好意，说只要一杯茶和甜点就够了。维兰德在食品室里翻来覆地去找了好一会儿，最后终于翻出了一袋燕麦饼。袋里的饼干很多都被压碎了，差不多成了一堆碎渣。

“虽然我也想像现在这样接着聊下去，”诺兰德说，“但是我的医生告诫过我，不管有没有喝酒，都要及时上床睡觉。恐怕咱们得到明天再接着聊了。睡觉之前，把你发现了那张照片的书再拿给我看看。”

第二天，天气温暖无风。一只老鹰在邻近田地的边上盘旋飞翔。尤西着了迷似的坐着一动不动地望着那只老鹰。维兰德 5 点钟就起床了，他迫不及待地想要听到斯滕·诺兰德的结论。

7 点半的时候，诺兰德从客房里走了出来。他望着窗外的花园和远处的风景，显然是被眼前的美景所折服。

“大家都说斯科讷只是一处没有生气的平坦之地，”他说，“可这里的景色完全出乎我的意料，连绵起伏，就好似温柔的波涛。而远处则是真正的海洋。”

“我也这么觉得，跟你想的差不多，”维兰德说，“那种黑暗茂密的森林只会把我吓得半死。但是这种广阔的视野却能让人一览无遗、无处隐藏。确实，有时我们确实需要隐藏，可有的人实在是隐藏得太深了。”

“不知你现在想的是不是和我一样，也许，由于某些原因，我们并不知道哈坎和路易斯到底隐藏了些什么。”

“只要是寻找失踪之人，就总会碰到这种情况吧。”

早餐过后，诺兰德提议两人一起出去散步。

“每天早上我都必须出去做下运动，这是能够让我胃蠕动的唯一方式。”

尤西如同闪电般冲向了树丛。林子里有不少的水坑，总能吸引着狗儿凑上前去闻一闻。

“70 年代初期的时候，有一阵子，我们真心觉得苏联的军事就和当时呈现出来的那样强大，”诺兰德开口道，“他们的十月阅兵就是明摆着的事，或者说，至少看起来是那么回事。当时几千名军事专家全都坐在电视机前，看着装甲车辆轰隆隆地开过克里姆林宫，而大家心中都在想着的一个重大问题：不知我们看不到的背后究竟又有些什么？可以说，那时正是冷战的紧张时期。直到咒术失灵。”

他们在一条沟渠面前停下了脚步，搭在上面的临时步行桥已经坍塌了。维兰德找了一块腐烂得并不厉害的厚木板，将其架好，然后两人又继续走了下去。

"'咒术失灵'，"维兰德重复道，"过去，如果我们发现整套审讯完全是错误的时候，我的老同事里德伯就会说这句话。"

"我这里指的是，我们意识到苏联的防御力量并没有我们先前想的那样强大。那些为了探寻真相而成天通过间谍、U–2飞机甚至是电视来获取信息碎片的专家，也都开始渐渐洞悉真相，变得忧虑起来。苏联的军事从上到下都是破败不堪，在很多情况下就只是个好看的空壳子。你可不要误解了我的话，其实他们还是有核武器攻击这么一个真实而又强大的潜在威胁的。不过正如其日渐破败的整体经济建设那样，其官僚机构也都十分低效无能。政党早已不再相信自己能有什么作为，国家防御力量也跟着开始土崩瓦解。这自然也让五角大楼、北约甚至是瑞典的军中要员不禁开始深刻地思索起来。如果众人知道苏联这只北极熊其实不过是只有点好斗的小臭鼬，那将会变成什么样子？"

"大概是世界末日的威胁将会减少？"

诺兰德回答的时候似乎显得很不耐烦。

"从本质上说，军人并不会进行太多的哲理性思考。他们都是些讲究实用的人。每位精明能干的将军或司令，其实在内心深处都是非常的深谋远虑。对他们而言，世界末日并不是最重要的问题。你觉得会是什么呢？"

"国防费用？"

"对了。如果最主要的敌人已不再构成威胁，那西方世界凭什么还要继续处于战时状态？而且目前你也找不出一个等级差不多的新敌人来。中国，还有印度，在一定程度上，也算是仅次于苏联的威胁。可那个时候，中国还没有开始发展军事。他们武装部队的核心宗旨，显然还是之前的那老一套，那就是任何时候，只要有需要，就会源源不断地部署兵力。可要想继续开发并设计原本是为了与苏联进行军备竞赛的先进武器，那个理由并不算充分。所以，突然之间，这成了个大问题。想要向大家披露苏联如今已是跛足难行的事实，这在当时根本就不合适。所以就有必要确保咒术不会失灵。"

他们走上一座小山丘，瞭望远处的海景。前一年，维兰德和琳达把她在一场主题不明的拍卖会上买下的旧长木凳搬到了这里。如今他和诺兰德在这上面坐了下来。维兰德喊了下尤西，可它显然还不愿意过来。

“我们刚才聊的那些，其实都还是发生在苏联依然是个实际强敌的时候。”诺兰德继续道，“我们瑞典人深信，我们永远无法打赢他们的地方不光只有冰球。我们还认为敌人随时会从东边而来，所以我们必须时刻关注他们在波罗的海的一举一动。大约就在 20 世纪 60 年代的末期，那些流言开始四处散播起来。”

诺兰德四下里看了看，仿佛害怕有人偷听他俩的谈话似的。一台联合收割机正在通往锡姆里斯港市[1]主干道的不远处劳作着。机器的嗡嗡声时不时从远处飘荡到山丘上来。

“我们知道苏联人在列宁格勒有一个大型军事基地。在波罗的海和东德也零零散散地有些较为隐蔽的军事基地。我们瑞典并不是唯一一个在波罗的海用火力在海底岩石中打出通道的国家。甚至早在希特勒时期，德国就已经做过这种事情了，而在卐字旗被红旗取代了之后，苏联人保持了这个做法。曾有谣言说波罗的海的海底有根电缆，连接了列宁格勒和波罗的海的卫星，可以用来传输他们大部分的重要电子通讯。因为这样做会比较安全，比起冒险在无线通信时被人窃听截住信息，铺设自己的电缆总归是要强些。我们可别忘了，当时瑞典其实也是深陷其中。我们有辆侦察机就曾在 50 年代初期被他们击落，如今大家也都知道，他们当时是在监视苏联，这点现在也不会有人质疑了。”

“你说那根电缆是谣言？”

“据说那电缆是在 20 世纪 60 年代初期安装的，当时的苏联确实相信自己可以与美国抗衡，甚至是超越了他们。别忘了，当第一颗史普尼克号卫星在太空遨游时，我们不知有多激愤，大家都很惊讶，为什么发射那玩意儿的不是那群美国佬呢。所以，当时苏联能有那种想法，确实也是情有可原。那个时期，他们几乎已经赶上了西方。现在回想起来，说得讽刺点，如果他们真的想要开战的话，当时他们就应该一举进攻，像你所说的那样，引发世界末日。不管怎样，当时有个传言，说东德的安全部门出了个叛逃者，是一个胸前戴满勋章的将军，他想跑到伦敦过自己喜欢的好日子，据说就是他将电缆的事情透露给了他的英国对手。然

[1] 锡姆里斯港市（Simrishamn）：瑞典南部斯科讷省的一个自治市。

后英国人又将这消息以惊人的价格卖给了他们那些喜欢随时待命、乐意伸出援手的美国盟友。问题是，他们不能派出真正先进的美国潜艇去跨越厄勒海峡[1]，因为那样的话，苏联人会立刻发觉。所以他们不得不找个不那么惹人注意的法子——像是迷你潜艇这类的东西。不过他们也没有什么确切的信息。比如这根电缆具体埋在了哪里？他们是埋在了波罗的海的中部，还是选了个到芬兰湾的最短线路？说不定这些苏联人比想象的还要狡猾，把电缆埋在了哥得兰岛附近，这样的话谁也别想发现。不过他们依旧还在继续寻找，目的就是要在那上面安个圆柱形窃听器，就跟他们在堪察加半岛附近安放好的那个一样。"

"你说的就是现在放在我餐桌上的那个东西吗？"

"你以为就只有那一个吗？其实很有可能是好几个。"

"就算如此，那也太奇怪了。苏联这个大国已经不存在了。波罗的海也恢复了自由。以前的东德如今也都和西德合并了。那种窃听器，难道不该直接交付给某个冷战博物馆吗？"

"你也可以这么想。这个问题我也没法回答。我能做的就是帮你确认手上的那个东西。"

他们继续聊着。直到再次返回到花园，维兰德才问出了最为重要的问题。

"那哈坎和路易斯的失踪和这又有什么关系呢？"

"我不知道。在我看来，这事还真是变得越来越蹊跷了。你准备怎么处理那个圆柱？"

"跟斯德哥尔摩的刑事调查部联系。归根结底，这个案子是由他们负责。至于他们和情报局接下来会怎么做，那就跟我无关了。"

11 点时，维兰德开车送诺兰德去了斯图鲁普机场。他们在漆成黄色的航站楼外相互道别。维兰德再次提出要替诺兰德支付此次的往来费用。可斯滕·诺兰德却摇了摇头。

"我想知道到底出了什么事。千万别忘了，哈坎可是我最好的朋友。我每天都在想着他的事。当然，还有路易斯的事。"

他拿起包，走进了航站楼。维兰德回到车里，然后开回了家。

---

[1] 厄勒海峡（Oresund）：在瑞典南部同丹麦西兰岛之间。

进屋之后，他感到异常疲惫，不知自己是否又生病了。他决定先去冲个澡。

他记得的最后一件事情，就是自己费力地拉上了塑料浴帘。

他在医院病房里醒了过来。琳达正站在床尾。他的手背正连着一根静脉输液管，打着点滴。他完全不知道自己为什么会到这里来。

“怎么回事儿？”

琳达像在读警方报告书似的，将事情的始末客观如实地告诉他。他根本想不起来她说的那些，完全是在靠此填补记忆空白罢了。下午 6 点的时候，她给他打了个电话，可是没人接听。她打了好几遍也还是那样。到了晚上 10 点，她感到担忧起来，将克拉拉托付给刚好在家的汉斯，然后开车到了勒德吕普。她发现他倒在浴室里面，湿淋淋的，而且还昏迷不醒。她叫来救护车，还将他的相关病史告诉了诊治医生。没过多久，医生就诊断出维兰德是胰岛素过量导致的休克。他血糖太低，所以就失去了意识。

“我记得当时好像有些饿，”听完琳达的叙述之后，他慢慢说道，“但我却没吃什么东西。”

“你差点就死了。”琳达说。

他看见她眼中泛有泪花。要不是她察觉到事情有些不对劲，然后开车去他家里，那个赤裸地躺在陶瓷地板上的他，恐怕早就性命不保了。一想到这里，他不由得哆嗦了一下。

“你太忽视自己的身体了，爸爸，”她说，“恐怕将来你还会这样。我希望你至少再坚持个 15 年，别让克拉拉以后没了外公。那之后你想怎么过活就都随便你。”

“我不明白怎么会这样。我血糖低成那样也不是一次两次了。”

“这事你最好和医生说去。我现在说的是另一回事。你有责任要活得更长久些。”

他只是点了点头。现在每说一个字，他都感到特别吃力。他有一种奇怪的感觉，感觉自己好像精力耗尽了似的，整个人都空荡荡的。

“我现在打的是什么点滴？”他问。

“我不知道。”

“我还要在这里躺多久？”

“这我也不知道。”

她站起身来。看得出，她很疲惫，而他也隐约觉得她好像在他床边坐了很长时间。

“你现在回家去吧，”他说，“我知道该怎么办。”

“好的，”她说，“你也该知道怎么办了。经过这次事件之后。”

她俯身望着他的眼睛。

“我代克拉拉向你问候。她也觉得你能活下来真是太好了。”

维兰德一个人留在了病房里。他闭上眼睛想要睡觉。现在他最想做的，就是希望一觉醒来发现这次意外其实并不赖他。

当天晚些时候，维兰德的私人医生过来看他了。虽说今天不该他上班，但他还是到医院来看他了。他说他不该再那么随便了，也是时候该好好注意注意一下自己的血糖值了。维兰德已经在汉森医生那里看了将近 20 年的病了，他知道自己找不出理由去打动这位决然理性的内科医生。汉森医生一遍又一遍地唠叨说，在他看来，维兰德就是喜欢铤而走险，不把自己的病当回事。不过下次要是再发生这种事情，那最终的结果，恐怕就真不是他这种年轻人所该承受的了。

“我都 60 岁了，”维兰德说，“这还不算老吗？”

“对上几代人来说是老。不过现在不算。对于身体会逐渐老化这一点，我们确实是无能为力。但是如今我们完全可以多活个 15 年或 20 年。”

“那现在接下来要怎么办？”

“你得继续在医院里待到明天，好让我的同事确认你的血糖值是否已经稳定下来，这样你也不会感到难受了。然后你就可以回家，继续去过你那糜烂的生活。”

“可我的生活并不糜烂啊，我有吗？”

汉森医生比维兰德大好几岁，而且已经结了不下六次婚。在于斯塔德曾有这么一个关于他的流言，说他为了支付前妻们的费用，不得不在假期的时候跑到北极圈内的挪威医院里工作，而那种地方，通常都是实在没辙了的人才会愿意过去工作。

“也许那就是你生活所欠缺的东西。需要一点糜烂来当作生活的调剂——去当一个不守规矩的警察。”

直到汉森医生离开，他才开始真正地意识到，自己离死亡就差那么一点。那一刻，他陷入了惊慌恐惧之中。那种惊慌真是胜过了以往的任何时刻。这种恐慌和他工作上的那种恐慌不同。有一种恐慌，只有当警察的才能体味，而另一种，则是平民百姓就能体会。

他又想起了年轻时在马尔默当巡警时被刺的那件事。那时候，他气若游丝、命悬一线。如今，死神又再次扼住了他的喉咙，而这一次，则是维兰德自己亲自开了门把他迎了进来。

那天晚上，维兰德躺在病床上，做出了一系列自知以后可能不大会去遵守的决定。这些决定都是关于饮食习惯、运动锻炼、兴趣爱好，以及与孤独再次抗争的。其中最重要的，就是要充分利用他的假期，不工作，不再寻找汉斯失踪的父母。他必须轻松一下，好好休息，补充睡眠，沿着海滩多散散步，多和克拉拉一起玩耍。

他制定了一个计划。在接下来的五年里，他要走遍斯科讷省的海岸线，从西边哈兰德赛森的尽头一直走到东边布莱金厄的边界。他怀疑自己可能永远也做不到这个，但是这样想会让他好过一点。先编织好一个梦想，然后再望着它渐渐消散。

几年前，他参加了马丁森家里的一场晚宴，途中和一位退休中学教师聊了起来。这人跟他说起了他徒步前往圣地亚哥这个经典朝圣之地的旅行经历。维兰德立刻也想亲自体验一下这种朝圣之旅。他准备花个五年时间分几个环节去进行。他甚至还开始进行训练，背起了装满石头的背包。可他练过头了，左脚也因骨刺而受损。他的朝圣之旅尚未开始便已终结。如今，他的骨刺已经治好，这都多亏了往脚后跟注射的那些痛得要命的可的松。所以在斯科讷省的海岸上有计划地走上几次，应该还是可以成行的。

第二天，他出院回到了家里。他接回再度托给邻居照看的尤西，谢绝了琳达开车到勒德吕普来给他做饭的好意。他觉得必须习惯自己现在的状况，不能依赖她的帮助。既然他已经独自生活了，那他就得担负起自己的责任。

那天晚上睡觉之前，他给伊特伯格写了一封长长的电子邮件。他没有提及自己生病的事情，只是说自己感觉有些精疲力竭，必须得好好地休假，所以需要把冯·恩科夫妇的事情暂且放一放。头一次，我不得不承认，人到了这个岁数，真的是会体力下降，精力也变得有限起来。他最后写道。以前我从来没有这样过。可我已经不是40岁的我了，我必须得去接受时间永不回头的事实。我想每个人差不多都和我有过同样的幻想——就是希望能两次踏进同一条河流。

写完之后，他通读一遍，点了发送键，然后关了电脑。上床的时候，他听到了远处雷声的轰鸣。

暴风雨就要来了，不过夏日傍晚的天空却依旧很亮。

CHAPTER 20 隐形口袋

第二天维兰德醒来时，发现那场雷暴已经飘走了，屋子丝毫没有受到影响。气团锋面转向了东边。维兰德大约 8 点起的床，他感觉自己精力非常充沛。天气微凉，不过他还是把早餐拿到花园里，然后坐在白色木桌旁吃了起来。他从花丛里摘了一些玫瑰，放在了桌上，权且当作一种庆祝自己假日的方式。他刚一坐下，手机就响了起来。是琳达打来的，她想知道他现在感觉如何。

“我已经接受你的警告了，”他说，“目前一切都很好。我会确保手机随时放在身边的。”

“这正是我要跟你提的建议。”

“你们过得怎样？”

“克拉拉有点着凉。汉斯这周休假。”

“这假是他自己想要休，还是他逼不得已？”

“是因为我想要他这么做！他不敢做其他的事情。我已经下了最后通牒。”

“什么通牒？”

“要我，还是要工作。我们还没谈到克拉拉的事情。”

维兰德吃完剩下的早餐，想着琳达在很多方面像她爷爷这点还真是越来越明显了。一样的刻薄语调，还有对待周遭世界的态度都是那样的讽刺而又略带嘲笑，却又总能将愤怒恰好地潜藏在表象之下。

维兰德把腿搁在另一张椅子上，往后一靠，闭上了眼睛。终于，他的假日要开始了。

这时电话响了。

“是我，伊特伯格。有没有吵醒你？”

“你得早几个小时打过来才能把我吵醒。”

“我们找到路易斯·冯·恩科了。她死了。”

维兰德屏住呼吸，缓缓地站起身来。

“我打电话是想立马告诉你这事，”伊特伯格说，“可能还要过一个多小时，我们才会宣布这条消息，不过我们得去通知她的儿子。我记得除他以外，他们的亲人就只有英国的那个表亲了，对不对？”

“你忘了还有那个在尼可拉斯花园的女儿。得通知一下那边的员工。不过这事我可以代劳。”

“我看是你想去通知吧——不过你要是不愿意的话，我也完全能理解，我会亲自打给他们的。”

“我来打吧，”维兰德说，“先跟我说说这事的重要细节。”

“老实说，整件事情都挺荒诞的，”伊特伯格说，“昨天晚上，一个老年妇女从瓦穆多岛上的一家养老院里跑了出来。她通常会在傍晚的时候出来散步——身上戴了个类似全球定位系统的物件，好让人知道她的行踪。可不知道怎么的，她把那东西弄了下来。于是警局就组建了一个搜寻队。他们终于找到了她。她的状况倒也不算太糟。不过两名搜寻员却不见了——这事你能相信吗？由于他们的手机电池电量所剩无几，所以又得派出另一个搜寻队去寻找。他们也就这么照办了。可是回来的路上，他们碰巧找到了另一个人。”

“路易斯？”

“是的。她躺在一条森林小道的边上，离最近的公路只有几英里远。那条小道周围都是被伐光的林地，我刚从那里回来。”

“她是被谋杀的吗？”

“没有搏斗的迹象。很有可能是自杀。我们找到了一个装安眠药的空瓶子。如果这瓶子本来是满的，那之前她肯定就已经吞下了上百片药片。我们正在等待法医的检查结果。”

“她看起来是个什么样子？”

“她侧身躺着，微微蜷起，穿着半身裙、灰色上衣还有大衣。她的鞋就放在身边。还有一个手提包，里面放着各种文件和钥匙。有动物在四周嗅过的痕迹，不过尸体并未遭到啃咬。”

“没发现哈坎吗？”

“毫无踪迹。”

“可她为什么要选择那个地方？一个所有树木都被伐光了的空旷地带。”

“我不知道。她倒不像是想在田园牧歌似的环境里死去。那地方满是干枯的树枝树桩。我会把地图发给你的。要是有什么想法，你就打电话给我。”

“你的假期怎么办？”

“只有取消了，又不是第一次这样。”

几分钟后，地图发了过来。维兰德手上拿着电话，突然想到，这是一件他和其他共过事的警察都不愿意去做的事情：将死讯通知给家属。这永远不是件容易事。

不论何时，死亡总会引发一场浩劫。

他拨通号码，发现自己的手此时正在颤抖。琳达接通了电话。

“怎么又是你？我们才刚通了电话啊。一切都还好吗？”

“我很好。你一个人吗？”

“汉斯正在忙着换尿布。我没告诉你我给他下了最后通牒吗？”

“是的，你说过了。现在你仔细听好了——最好先坐下来。”

从他的话语当中，她听得出肯定是出了什么严重的事情。她知道他从不夸大其词。

“路易斯死了。几天前她自杀了。昨晚，或是今早被发现的，在瓦穆多森林里一处伐光了的林地的小道边上。”

她震惊得说不出话来。

“真的吗？”终于她问道。

“似乎没有什么可疑的地方。不过依然还没发现哈坎的踪迹。”

“这太可怕了。”

“汉斯知道了会怎样？”

“我不知道。已经完全确认了吗？”

“当然了，要不是路易斯的身份得到确认，我也不会给你打这个电话。”

“我是说她自杀的事情。她看起来不像是那种人。”

“现在快去和汉斯说吧。要是他有什么想和我说的，可以直接给我打电话。我也可以把斯德哥尔摩警方的号码给他。”

维兰德正要挂断电话，可琳达的话还没说完。

“这段时间她去哪里了？她为什么偏偏要在这时候轻生？”

“我和你一样知道的不多。只希望这场悲剧能帮助我们找到哈坎。不过这些我们可以稍后再谈。”

维兰德挂断电话，然后打电话给尼可拉斯花园。阿图·卡尔伯格正在休假，那位接待员也是，不过维兰德最后还是设法联系上了一位临时员工。她对西格妮·冯·恩科的情况一无所知，弄得他觉得自己好像是在对着一堵砖墙说话，感觉叫人很不舒服。不过，这种情形也许反倒是件好事。

维兰德刚刚说完，汉斯·冯·恩科就打来了电话。他大为震惊，几乎快要哭了出来。维兰德耐心地回答了他所有的问题，并保证，一旦有了更多的消息，他会立马告诉他。然后琳达接过了电话。

“我觉得这事还是有些不清楚。”她悄声说道。

“我们都是这么想的。”

“她是吃了什么？”

“安眠药。伊特伯格没说是哪一种。也许是氟硝西泮？是不是这么个名字？”

“她从来不吃安眠药的。”

“女人想要轻生的时候，通常都会用安眠药。”

“刚才你说的有一点让我觉得很迷惑。”

“是什么？”

“她真的把鞋脱下来了？”

“伊特伯格是这么说的。”

“你不觉得这听起来很奇怪吗？她要是倒在屋里，那我倒还好理解些。可如果是躺在外面，那她为什么要把鞋给脱了呢？”

“我不知道。”

“他有没有说过那是双什么样的鞋？”

“没有。不过我会去问的。”

“你得把所有的一切全都告诉我们。”她停顿了一会儿说道。

“我为什么要瞒着你们呢？”

“有时候你会忘了去说一些事，大概也是替人着想吧，可那根本就没必要。这事的新闻什么时候会发出去？”

“随时。你查看下图文电视——他们总是最先得到消息。”

维兰德手里拿着话筒等着。一分钟后，她回来了。

“他们已经发布了：‘路易斯·冯·恩科已被发现死亡。其丈夫依然下落不明。’”

“我们过会儿再聊。”

维兰德打开电视，看到那则新闻已被放在了显著位置。不过要是情况没什么改变或是没什么特别进展的话，路易斯·冯·恩科的死亡报道，无疑之后会慢慢地销声匿迹。

维兰德之前想好了，这天剩下的时间都要用来修整花园。他在一家手工店里买了个修剪篱笆的大剪刀，但很快他就发现，这个剪子根本就不怎么顶用。虽然他很清楚盛夏之际不可修剪树木，但他还是修整了下灌木丛，剪掉了一些干枯的果树枝。不过，修剪的过程中，他一直都在想着路易斯的事。他与她关系并不亲密。他对她实际上又有多少了解呢？难道就是一个嘴角带着微笑、倾听餐桌众人笑谈的女人吗？她教过德语，可能还教过别的语言。他一时想不起来，但又不愿进屋去查找自己的笔记。

她还生了个女儿，他心想。她还躺在产科病房的时候，就被告知自己生的孩子患有严重残疾。那个他们取名为西格妮的女儿，永远都不可能过上正常的生活。她是他们的第一个孩子。发生那样的事，对一个母亲来说，究竟会有何影响？他手里拿着那把没用的树篱剪子，到处转悠，却想不出个头绪。不过，他并不真的感到特别烦扰。因为同情死人根本就毫无意义。他能明白汉斯和琳达的心情。还有克拉拉，她永远都见不到自己的奶奶了。

尤西跛着腿走了过来，它有只前爪不小心给扎了根刺。维兰德在花园的桌子旁坐下，戴上眼镜，好不容易用把镊子将那根刺拔了出来。尤西如黑色闪电一般嗖地冲到了田地里，像是要以此来表达它的感激之情。一架滑翔机正在维兰德的屋子上空翱翔。他眯着眼，望着它一路向前。他完全不觉得自己是在休假。他的脑海总会浮现出路易斯的样子。她就那样躺在蜿蜒的小道旁边，四周是伐光的林地，身旁放着一双鞋，整洁得像在接受检阅。

他把剪刀扔进棚屋，然后躺在花园的吊床上。远处的拖拉机正在忙作，轰鸣的声响隔着大路此起彼伏地传了过来。这时，他坐起身来。这可不行。若不亲眼看到，他根本就没法休息。他必须得再去一趟斯德哥尔摩。

当天傍晚，维兰德就乘飞机到了斯德哥尔摩。他把尤西又托付给了邻居。邻居还略带讽刺地问他是不是已经开始对这只狗感到厌烦了。他在机场给琳达打了个电话。她说她一点儿也不吃惊——他果然如她所期待的那样。

“多拍些照片回来，”她说，“这事有些不大合理的地方。”

“没什么是合理的，”维兰德说，“所以我才想要去斯德哥尔摩。”

在飞机上的时候，他被后座小孩的尖叫吵得心烦意乱。整个航行，他几乎都在用手指堵着耳朵。他在离中央车站不远的地方找了家小旅馆，然后住了进去。刚进大门，外面便下起了瓢泼大雨。他在房间里望着窗外，看着人们四处逃散，寻找躲雨的地方。此情此景，怎能不让人备感孤寂？他禁不住感慨起来。下着雨，宾馆房间，我，60 岁。就算我转个身，身旁也无人相伴。他想到了莫娜，不知她最近怎样了。很可能也和他一样孤寂吧，他心想。恐怕还要更糟，因为她总想掩藏心中骚动的混乱。

雨停之后，维兰德又回到中央车站，买了份报纸。然后他打电话预定好了第二天的车子。如今时值夏季，正是租车需求的高峰，就算是价格最划算的车辆也比他先前预想的要贵得多。他在老城区里用了晚饭。他喝了点红酒，然后想起多年前的一个夏天，就在他和莫娜刚刚离婚之后，他遇到了一个女人。那女人名叫莫妮卡，是来于斯塔德探望她的朋友。他们的初次见面是在一次比较无聊的舞会上。之后两人约定好下次见面要在斯德哥尔摩共进晚餐。然而，没用完开胃菜，他便发觉这完全就是一次彻底失败的约会。他们无话可说，沉默的时间也越来越长，而且他还喝得烂醉如泥。想到这里，他喝了杯酒，算是对有关她的这段回忆的致敬，希望她已获得了自己的幸福人生。离开餐馆的时候，他已有些微醉。他在大街小巷的鹅卵石路上穿梭游荡了一会儿，然后回到了宾馆。晚上，他又梦见了马群奔向大海。第二天醒来，他翻出血糖测量仪，在手指上扎了一针：5.5。真再好不过了。这天开局不错。

到达瓦穆多市发现路易斯·冯·恩科尸体的地方时，斯德哥尔摩的上空正笼罩着厚厚的积云。当时是上午10点。到处还在拉着警戒线。地上积满了雨水，不过维兰德仍然能看到警察标注尸体位置的记号。

他站在那里一动不动，屏住呼吸，仔细聆听。第一印象总是最重要的。他慢慢地环顾四周。他们发现路易斯的地方是个浅浅的洼地，地面有一些岩石，两边各有一个矮矮的土堆。她若是想躺在这里不被别人发现，那还真是选对了地方。

然后他想到了玫瑰。这是琳达说的，是她第一次跟他说起自己未来婆婆的时候提到的。她是一个爱花的女人，总是梦想着能有一座漂亮的花园，她是一位园艺高手。琳达就是这么说的。他记得非常清楚。不过，这里可算不上是漂亮花园。难道这就是她选择此地的原因？因为死亡并不美丽，和玫瑰还有精心侍弄的花园根本就风马牛不相及？他绕着这个地方走了一圈，从不同的角度进行观察。她肯定只走了一小段路，他心想。就是从我车停的这个方向走过去的，可她又是怎么到这来的呢？公交车，出租车，还是有人开车送她？

他走到空地中间一处老旧的狩猎看台上。台阶很滑，他小心地踩了上去。地板上丢着几个烟头以及一些空啤酒罐。角落里还躺着一只死老鼠。维兰德又爬了下去，继续绕着圈走。他试着把自己想象成一个想要自杀的人。一个丑陋的偏僻之所，覆盖着灌木，一瓶安眠药。他突然停下脚来。一百片安眠药。伊特伯格好像没有提到水的事情。要是没有东西喝的话，那她怎么可能会吞下这么多的药片？他又顺着自己的脚印走了一圈，想看看有没有什么遗漏的地方。他一边观察着这个地方，一边努力地去理解路易斯，去理解那个总是乐意倾听他人话语的沉默女人。

也就是在那一刻，维兰德才真正地领悟到，自己完全是在一个一无所知的世界边缘。那是哈坎和路易斯·冯·恩科的世界，是一个他以前从未考虑过的世界。他也不知道自己刚才在林地巡视时，到底有何所见、有何所感。那不是一种伸手可触的真实，也不是某种启示。那不过就只是一种感觉，像是走近了某个自己想要理解却又深感无力的事物。

他离开了那地方，开车回到城里。他把车停在格列弗街，然后上楼进了公寓。他在各个清冷的房间里静静地兜了一圈，捡起了门旁地板上的邮件，然后挑出了需要汉斯代替支付的账单。邮件转发还没开始生效。他检查了一下信件，想看看里面有没有什么出其不意的收获，却一无所得。公寓里一直都没人开窗通风，所以显得有些沉闷窒息，而且他还感到有些头疼，很可能是昨晚喝了那劣质红酒的缘故。他小心翼翼地打开了一扇窗，望着大街。他瞥了一眼答录机，上面有显示新消息的红灯在闪。他听了上面的留言。玛尔塔·霍恩琉斯想知道路易斯·冯·恩科是否有兴趣参加今年秋季开办的读书俱乐部，参与谈论德国文学的经典作品。只有这一条。路易斯·冯·恩科再也参加不了读书俱乐部了，维兰德心想。她已经永远地合上了自己人生的最后一本书。

他在厨房里冲了些咖啡，查看了一下冰箱里有没有什么开始变质的东西，然后走进了放着她那两个大衣橱的房间。他没管那些衣服，却把所有的鞋子都拿了出来，然后搬到厨房，摆放在桌上。全部弄好之后，厨房里总共摆了22双鞋子以及两双惠灵顿长靴，最后他甚至还用上了厨房台面和滴水板。他戴上眼镜，开始一只一只系统地查看起这些鞋子来。他注意到她的脚很大，而且只买高档品牌。就连橡胶雨靴也是维兰德觉着价格不菲的意大利专制品。他也不清楚自己要找些什么，不过听到她死前把鞋脱掉的这个细节之后，他和琳达都很惊讶。她想让一切显得整洁干净，维兰德心想。可为什么呢？

他花了半个小时才检查完所有的鞋子。然后他打电话给琳达，跟她说了说自己的瓦穆多之行。

“你有多少双鞋子？”他问。

“我不知道。”

“路易斯有22双鞋，不包括警察发现的那双。这是算多，还是算少？”

“还算好吧。她很注重自己的穿着。”

“我就想知道这点。”

“还有没有什么别的要说？”

“目前没有。”

他不顾她的抗议，直接挂断电话，然后给伊特伯格打了过去。接电话的是个小孩子，维兰德吃了一惊。然后伊特伯格接了过来。

“我孙女很喜欢接听电话。今天我把她带到办公室来了。”

“我不想打扰你，不过我实在是有件觉得好奇的事情。”

“你没有打扰我。不过，你不是应该在休假吗？难道是我理解错了？”

“我是在休假。”

“你想知道什么？关于路易斯·冯·恩科的死亡，我还没什么最新消息。我们都在等病理学家的尸检报告。”

维兰德突然想起了关于水的那个疑惑。

“我主要有两个问题。第一个很简单，既然她吞下了那么多的药片，那她肯定也喝了些什么，不是吗？”

“尸体旁放着半瓶一升装的矿泉水。难道我没说过吗？”

“你应该是说过了。可能我当时没听仔细。是兰姆罗莎[1]吗？”

“不是，好像是露卡[2]。不过我也不大确定。这个重要吗？”

“一点也不。然后就是鞋子的事。”

“鞋子放在尸体的一边，非常整洁。”

“你能描述一下那鞋子的样子吗？”

“棕色，低跟，好像还是新的。”

“在森林里穿着那样的鞋子，这看起来合适吗？”

“那又不算是宴会礼鞋。”

“可鞋却是新的。”

“是的。鞋看起来很新。”

“我想我没别的问题了。”

“尸检报告一出来，我就会立刻跟你联系。不过现在已是夏天，可能还要花上一段时间。”

“你觉得她是怎样跑到瓦穆多去的？”

---

[1] 兰姆罗莎（Ramlosa）：瑞典矿泉水，皇室成员专供饮品。

[2] 露卡（Loka）：瑞典矿泉水，常见品牌。

“不清楚，”伊特伯格说，“这点我们也没弄明白。”

“我只不过是好奇而已。再次万分感谢。”

维兰德独自坐在寂静的公寓里，手里紧紧地握着电话，仿佛这是他人生当中拥有的最后一件物品。棕色鞋子，新的。不是宴会礼鞋。他陷入了沉思，然后将鞋子慢慢地搬回了衣橱里。

第二天早上，他开车回到于斯塔德。下午，他将那把有问题的树篱剪子送回了那家店铺，并详述了一遍这剪子是多么的不好用。他抱怨了一通，刚好有位经理认得他，于是他分文未付又换了把更好的剪刀。

回到家时，他看到伊特伯格打来了电话。维兰德打了过去。

“我注意到了你的话，”伊特伯格说，“然后又看了眼那双鞋。我得说，那双鞋几乎就是崭新的。”

“你不必特意为我这么做。”

“我打电话过来并不是特意为了说那双鞋，”伊特伯格说，“我在看鞋的时候，还顺便看了眼她的手提包，然后发现了个类似里衬的内层。也可以说是个隐形口袋。里面放了些很有意思的东西。”

维兰德屏住了呼吸。

“是些纸张，”伊特伯格说，“应该是文件。俄语写成的。还有一些缩微胶卷。我不知道那上面写些什么，不过这些东西足以让我去联络咱们的情报局同仁了。”

维兰德觉得有些难以消化刚才听到的内容。

“你是说她在手提包里随身带了些秘密文件吗？”

“这就不清楚了。不过，缩微胶卷确实是缩微胶卷，隐形口袋也确实是隐形口袋，还有俄语也确实是俄语。我觉得该知会你一声。这事目前最好就你知我知。等到我们弄清楚了个中原委再说。要是有什么新消息，我会再打电话告诉你的。”

电话打完后，维兰德走到屋外，坐在花园里。天气又变得暖起来，又将是个怡人的夏夜。

但是，他却感到越发地寒冷起来。

— PART 3 —

谍影重重

CHAPTER 21 诡异安眠药

维兰德根本就没打算遵守自己的承诺。他立刻决定找琳达和汉斯谈话。如果要让他在家人和瑞典安全局之间做个选择，他会毫不犹豫地选择前者。他会把自己的所听所闻，都一一告诉他们。这也是他对他们应尽的责任。

和伊特伯格通完电话，维兰德坐着思索了很久。他的第一反应是觉得不合情理。路易斯·冯·恩科是苏联间谍？就算警方在她手提包里发现了机密文件，就算那东西是在秘密夹层里被找到，他也不会相信这事。

可伊特伯格为什么要跟他说假话呢？和他有过几次照面后，维兰德对他已经完全信任。如果他不是对事情十分有把握的话，他是不会打电话来的。

维兰德知道自己该做些什么。如果想要保护琳达，就不该隐瞒事实。他必须认真对待伊特伯格所说的话。不论最终真相如何，都不能说伊特伯格说的不对；相反说不定——肯定——还会由此得出另一个结论。

他一路开车到琳达和汉斯的家。克拉拉的婴儿车正放在树荫底下，她的父母手捧着咖啡杯，肩并肩坐在花园的吊床上。

维兰德在一张花园椅子上坐下，将自己刚才听到的事情告诉了他们。得知此事之后，汉斯和琳达都眉头紧锁，显露出难以置信的表情。说的时候，维兰德还想起了斯蒂格·温纳斯特龙——就是那个在50年前将瑞典国防机密卖给苏联的上校。可是要让他把路易斯·冯·恩科和这个贪婪成性、狡猾奸诈且当了多年间谍的男人相提并论，还真办不到。

“我相信我说的都是实情，”他最后说道，“但我也相信，关于她手提袋里的文件，最后肯定会有一个合理的解释。”

琳达摇了摇头，转身看了眼她的男友，然后望着她父亲的眼睛：

“这都是真的吗？”

“我只是把我听到的话原原本本地告诉了你们。”

“你别发火。我们总要问些问题吧。”

“我没发火。但别一开始就问些没有必要的问题。”

维兰德和琳达都感觉到一场争吵正在蓄势待发，于是二人努力缓和了下气氛。汉斯似乎一点儿也没注意到有什么不对劲的地方。

维兰德转过身去，看到他神情沮丧。

“你有什么想法吗？”他小心谨慎地问道，“毕竟，你比我们任何人都要了解她。”

“完全没有。我才发现自己多了个素不相识的姐姐。如今又发生这事。我感觉我的父母变得越来越陌生了，就好像望远镜掉了个头，正在渐渐淡出我的视野。”

“那你有没有想起什么以前的事情？像是说过的话，或是来访过的人？”

“毫无头绪。我现在只觉得胃痛。”

琳达握了握汉斯的手。维兰德站起身，走到苹果树下的婴儿车旁。一只大黄蜂正在蚊帐周围嗡嗡地飞着。他小心翼翼地将它赶走，然后望着熟睡的小家伙。他想起了当初婴儿车里的琳达，想起了忧虑不已的莫娜，以及欣喜若狂初为人父的自己。

他又回到自己的椅子上。

“她睡着了。”

“莫娜说我以前总爱在晚上哭。”

“确实如此。通常都是我起床哄你。”

“莫娜可不是这样说的。”

“她从来就不在乎什么是事实。”

“克拉拉几乎没怎么吵醒过我们。”

“那你们可真是有福气。你以前经常整个晚上大喊大叫，把我们弄得苦不堪言。”

“是你常常抱着我到处转悠哄我入睡？”

“有时候我会用棉球塞住耳朵。不过的确是我常常抱着你转悠。不管莫娜说什么，那都不是真的。”

汉斯猛地将杯子搁在桌上，结果咖啡都溅到了自己的衣服上。他好像一直没在听维兰德和琳达之间的对话。

“这段时间妈妈到底去哪里了？哈坎现在又在哪里呢？”

“你现在怎么想？发生了这些翻天覆地的变化后，你最先想到些什么？”

问题都是琳达问出来的。维兰德吃惊地望着她。他正要问这些问题，却被她抢了先。

“这我没法回答。不过有种直觉告诉我，父亲还活着，这确实很奇怪。但得知母亲死了的那一瞬，我就有种强烈的感觉，觉得他还活着。”

维兰德接过话茬，又问了几个问题。

“为什么？是什么让你产生那样的感觉？”

“我不知道。”

维兰德并没真的指望受了刺激的汉斯能立马说出什么。他已经意识到，冯·恩科的家庭成员之间有着巨大的隔阂。

维兰德觉得这点本身就值得玩味。哈坎和路易斯其实又相互了解多少呢？他们俩之间会不会也藏了很多秘密，就像他们和家里其他人那样？又或者恰巧相反，他们两人的关系其实非常亲密，有没有这种可能呢？

他一时半会儿也回答不了这些问题。汉斯站起身来，走进屋去。

“他得往哥本哈根打个电话，”琳达说，“你来的时候，我们刚做了个决定。”

“什么决定？”

“他决定今天待在家里。”

“这人难道就没有一点休息时间吗？”

“目前全球的股票交易都动荡不安。汉斯很担心，所以一直都在忙着工作。”

“是和冰岛人一起吗？”

她疑惑地望着他。

“你是在跟我开玩笑吗？别忘了，你现在说的可是我孩子的父亲。”

“他带我去看他办公室的时候，周围正好坐了一群冰岛人。我不过是想起那时候的事而已，你怎么就说我开玩笑呢？”

琳达轻蔑地摆了摆手。汉斯回到了吊床这边。他们简单地谈了谈路易斯葬礼的事。维兰德也没法告诉他们尸检完了之后到底还要多久才能领回尸体。

“奇怪的是，”汉斯说，“昨天我才刚刚收到一大包哈坎75岁寿宴的照片。”

“你是想给我们看看吗？”琳达问。

“现在还不行。”

汉斯耸了耸肩。

“我把照片、宾客名单和其他相关的宴会文件都放在一起了。里面还有所有账单的副本。”

维兰德沉浸在自己的思绪当中，只是隐隐约约地听着汉斯对琳达说的话。突然他清醒过来。

“我刚才没听错吧？你提到了宾客名单？”

“那个宴会可是组织得非常井然有序的。我父亲并不是个一无是处的军官。他核对了所有来宾的名字，比如哪些人是真的出席了，哪些人是有事未能出席，还有哪些人是一反常态，既没出席也没解释缘由。”

“你怎么会有那些名单？”

“因为父母亲都不大擅长电脑。我帮他们创建了文件。本来我还得把父亲的照片评注都给写进去。也不知道他为什么想要这么做。不过这也不可能了。”

维兰德咬着嘴唇听他把话说完。然后他站起身来。

“如果可以的话，我想看看那些名单，还有那些照片。如果你有别的安排的话，我可以把照片带回家看。”

“有了这个小孩儿，我们还能有什么别的安排？”琳达大声叹道，“她马上就快醒了。我们正在享受的宁静美好也快到头了。如果现在你就把那些东西带回家，那就再好不过了。”

汉斯进到屋里，很快又走了出来，手里还拿着几个装满了文件和照片的文件夹。琳达陪维兰德走到车前。远处传来了阵阵雷声。他正要打开车门的时候，她走到了跟前。

“他们有没有可能是弄错了？会不会是被人谋杀了呢？”

“目前还没任何谋杀的证据。伊特伯格是个经验丰富的警官。如果有的话，他一定能看出来。只要有可疑的迹象，他就肯定能够发现。”

“跟我说说他们找到她的时候她究竟是怎样的。”

“她侧身躺着，脚上穿着长袜。衣服都是整整齐齐的，鞋子整洁地放在身旁。换句话说，她应该不是倒下来的，而是自己躺下来的。”

“她的鞋子怎么说呢？”

“过去这样做不是很常见吗？只是我们现在不这么想罢了。人在将死的时候，总会先脱下鞋子。”

琳达摇了摇头。

“她的穿着如何？”

维兰德努力地回忆着伊特伯格的描述：半身裙，上衣，及膝长袜。

琳达又摇了摇头。

“我从没看过她穿及膝长袜。要么是穿紧身裤，要么就不穿。”

“你肯定吗？”

“十分肯定。她去滑雪的时候通常都会穿上特制的厚袜子，但那跟这次的情况不同。”

维兰德思忖着这个疑点的重要性。琳达知道自己在说什么，这点他毫不怀疑。每当她像现在这样确信时，她几乎就没说错过。

“我也没有合理的解答。我会把你的疑惑传达给斯德哥尔摩警局的。”

他在驾驶座上坐定后，她又走到另一边，帮他关上了门。

“路易斯不是那种会自杀的女人。”琳达说。

“可她的确那样做了。”

琳达又摇了摇头，一言不发。维兰德意识到，她告诉他这些只是希望他能够再多考虑一下。他们并不需要现在就讨论这个问题。他发动引擎，开车离去。等上了大路，他才惊讶地发现自己绕开了于斯塔德。如今他正沿着海边公路朝着特雷勒堡[1]的方向开去。他觉得自己需要一些新鲜空气。他来到莫斯比海滨，有些露营者已经在那里搭了帐篷，正享受着海边的风景。他把车停在路边，然后走到海滩。这个海

[1] 特雷勒堡（Trelleborg）：瑞典斯科讷省的一座港口城市。在马尔默东南27公里。

滨其实并不特别出众，也完全谈不上漂亮，虽然如此，可他每次回到这里，都会有一种找到了人生重心的感觉。就是在这里，他经常带着小琳达一起散步；就是在这里，他努力想要跟离婚心切的莫娜和好；10年前，也是在这里，琳达跟他说了她想当警察的志向，而如今她已在警官学校任职；也是在这里，琳达告诉他她怀孕的喜讯。

维兰德沿着海滩散起步来，松动了下坐得僵直的身体。同时他还在思索着刚才琳达所说的话。但是不论我们相信与否，确实是有人会去自杀，他自言自语道。有些我根本想不到会去轻生的人，实际上就的确那么干了，而且多数情况下都事先做了精心策划。有多少人，是由我看着让人从自缢的绳索上取下；又有多少饮弹自尽的尸体残骸，是由我在事后去进行收集。而对此毫不惊讶的亲戚，根本就屈指可数。

维兰德走了很远，回到车上感到很疲惫。他坐在驾驶座上，打开了一份文件，然后随机拿出了几张照片。他只认得其中的几个人，其他的就完全没什么印象了。他把照片放回文件夹，开车回到家里。如果这些资料确实有用的话，那他就得好好查找一番，不可以这样随随便便。

到了傍晚，他拿着文件坐在餐桌旁。这堆为了庆贺75岁生日而精心安排的盛大寿宴的照片，他心想，就是我要从头开始查起的地方。他一张张地查看着这些照片。每张照片都有餐桌做背景，所以他可以从中大致判断出这些照片的拍摄时间到底是在餐前、餐后还是在用餐时。总共有104张照片，其中许多都模糊不清，没有明确的聚焦点。哈坎和路易斯出现过的照片各有64张，两人都出现过的照片则有12张。其中有两张照片是两人相互望着对方，照片里的她正在微笑。维兰德根据这些照片的大致拍摄时间，将它们一排排地分组摆放。看到照片上的哈坎全都表情严肃，他心中突然一怔。是因为他本身就是位不苟言笑的海军军官，还是因为这正好反映了他与我聊天时的忧虑呢？维兰德很疑惑。

另一方面，路易斯几乎一直都在微笑。他只找到一张例外的照片，不过那时她并没意识到有人正在给她拍照。那是唯一真实的一张照片吗？维兰德心想，还是，这仅仅只是个偶然？他接着开始看起一大堆其他宾客的照片。主要都是些和善的老人，整体看来都生活得不错。穷困潦倒的人是不会来庆祝哈坎·冯·恩科的生日的，他喃喃自语道。至少这些人看起来都是非常的幸福美满。

维兰德把照片挪到一旁，开始看起了那两份宾客名单。他数了数，一共有102位来宾。名单是按字母表排序的，许多宾客都是成双成对的已婚夫妇。

他刚要开始研究第一份名单，电话响了。是琳达打来的。

“我很好奇，”她说，“你有没有发现什么？”

“目前为止还没什么发现。路易斯总是在微笑，而哈坎却看起来很严肃。他是不是就从没笑过？”

“反正不是很常见。不过路易斯的微笑绝对是真诚的。她从来不会去伪装自己。而且我还觉得她非常善于识人。”

“我才刚开始看宾客名单。102个名字，几乎就没几个认识的人。阿尔文、阿尔姆、阿佩尔格伦、伯恩特修斯——”

“我记得他，”琳达说，“就是那个斯滕·伯恩特修斯。他是一位高级海军军官。几年前，我去哈坎和路易斯家里参加了一次不大让人愉快的晚宴。他也和他妻子一起在那做客。他的妻子是个胆小的矮小妇人，坐在那里一副羞涩的样子，不过她倒也喝了不少红酒。伯恩特修斯这人可就糟透了。”

“怎么说？”

“他很仇恨帕尔梅。”

“你没瞎说吧，你说你曾经参加过一个晚宴，然后席间居然有客人说20年前被刺杀身亡的前首相的坏话？”

“没错，我就是这意思。而且他还说了好久。斯滕·伯恩特修斯先是说帕尔梅是苏联间谍、共产党地下党、国家的叛徒，然后还有些别的什么，天晓得他后来还说了些什么。”

“路易斯和哈坎是怎么说的？”

“遗憾的是，哈坎算是赞同他的观点。路易斯没怎么说，她只是想把事情平息下来。当时的气氛不是很愉快。”

维兰德试着回忆了一下。对他而言，奥洛夫·帕尔梅不过就是体现瑞典警方无能的一个案例。他几乎都没想起来他是位政治家。是不是一个声音尖细、微笑起来也不怎么让人觉得亲近的人？他也不知道自己脑海当中的哪段记忆真实可靠。帕尔梅执政的时候，他对政治并不感兴趣。那时，他正在试图让自己的生活回到正轨，正在忙着应对自己棘手的父亲。

“帕尔梅当首相的时候，正好发生潜艇入侵瑞典领海的事件，”他说，“我猜，他们是不是在谈起那件事时才提起他的名字的呢？”

“不是，其实不是的。如果我没记错的话，他们是在谈到国防开支缩减时提起他的。据他们说，缩减就是从他执政时开始的。还说瑞典失去自我防卫能力全都是拜他一人所赐。伯恩特修斯坚持说，如果谁会以为俄罗斯会像现在这样一直平静下去，那就真是大错特错了。”

“那冯·恩科夫妇的政治观点是怎样的呢？”

“当然了，他们都特别地保守。路易斯给人的感觉就好像是她对政治完全不屑一顾，可事实却并非如此。”

“所以尽管你先前已经说过那样的话，但她其实还是有伪装面具的。”

“也许吧。要是有什么重要发现，记得告诉我们。”

维兰德走到屋外去喂尤西。它看起来毛发凌乱，很疲惫的样子。维兰德寻思着，是不是真像人们说的那样，狗和自己的主人会变得越来越像。如果真是这样，那衰老的确已向它伸出了利爪。它是不是很快就会变得年老昏聩、不能自理了呢？想到这点，他不禁哆嗦了一下，然后走进了屋子。不过，就在他在餐桌旁坐下的那一刹那，他意识到，这样做毫无意义。不论是宾客名单还是那些照片，都不可能有助于查明那两个失踪的人。整个事件肯定还藏有另一种解释。他现在这样只是在浪费时间。他根本就没找到关键，完全只是瞎摸乱撞。

维兰德把铺在餐桌上的资料全都收拾干净，放在了大厅桌上。他第二天就要把这东西还回去，然后会努力不再去想死去的路易斯和失踪的哈坎。反正他们俩很快都会去东约特兰省那个风景优美的波伦湖畔的克里斯特伯格教堂。冯·恩科家在那里有个已有百年历史的家族坟墓，路易斯也将会安葬在那里。汉斯曾跟他说，他父母曾经写过一份合立遗嘱，上面写着他们两人不希望死后火葬。维兰德坐在扶椅里，闭上眼睛。他会怎样处理自己的尸体呢？他既没家族坟墓，也没丧葬特权。他母亲是埋在马尔默的一处纪念园林里，他父亲则安葬在了于斯塔德的公墓。他不知道自己的妹妹，住在斯德哥尔摩的克里斯蒂娜，打算怎么做。

他坐在扶椅里睡着了，然后又惊醒过来，是在睡梦里被狗叫声吵醒的。他站起身来，发现衬衣全都湿透了，他肯定一直都在做梦。尤西通常是不会无缘无故乱叫的。他正要走过去，却发现两腿都麻木了。他一边抖着腿让其恢复知觉，一边继续听着屋外漆黑的夜里有没有传来什么异样的声音。尤西安静了下来，维兰德打开大门，站在门口。尤西立刻隔着狗窝的栅栏叫唤着蹦跳起来。维兰德环视了一下四周。也许只是四处觅食的狐狸，维兰德心想。他走到尤西跟前。周围没有起风，只有一股浓烈的草香，一切都很安静。他挠了挠尤西的耳后根。“你到底在叫什么？”他轻声说道，“难不成狗也会做噩梦？”他凝视着屋外的田野，到处都是黑暗，只有东方出现了一丝微弱的晨光。他看了下手表。2点差一刻。他已经睡了将近四个小时了。身上汗水浸透的衬衫让他冷得浑身发抖。他走进屋里躺在床上，却怎么也睡不着了。“库尔特·维兰德正躺在床上，思考着死亡。”他自言自语大声说道。这话没错。他确实是在思考死亡。不过他经常这么做。当他还是个年轻警察的时候，死亡就一直出现在他的生活中。每天早上，他都会在镜子里见到死亡。现在，他无法入眠，死亡已经离他越来越近。他已经60岁了，有糖尿病，还有些微微发胖。他本应该多注重健康，却没怎么把它放在心上，不怎么锻炼，酒也喝得多，总吃些不该吃的，饮食也不规律。有时他也试着约束一下自己，却从来没能坚持下去。他迟早会惊慌失措地躺在黑暗之中。已经没有什么可以回旋的余地了。如今他已别无他法。要么改变生活方式，要么过早地死去。要么努力活到至少70岁，要么安心地等待死亡随时来袭。那样的话，克拉拉就会没了外公，就像她现在原因不明地没了奶奶一样。

他睁着眼一直躺到了4点。恐惧如浪潮般阵阵袭来。等到终于睡着的时候，他的心中已经充满了悔恨之情，如今人生已过大半，再也无法挽回了。

刚过7点，他便醒了过来，不过依旧很疲惫，而且还有些头痛。这时，电话响了。一开始，他不想接这个电话。他觉得应该是琳达打来的，估计是想知道他有什么新的进展。这事她完全可以稍后再问。如果他不接的话，她就知道他还在睡觉。不过，电话响了四声后，他还是下床拿起了听筒。电话是伊特伯格打来的，听起来抑扬顿挫，充满了活力。

“我吵醒你了吗？”

“差一点儿，”维兰德说，“我总想着要好好休假，不过似乎总有些不如人意。”

“我简单说说好了。不过我猜你肯定想知道现在我手里拿着什么。是法医阿纳希特·英杜伊安发来的尸检报告。她对路易斯·冯·恩科身体里的化学物质进行了成分分析，然后发现了一件奇怪的事情。”

维兰德屏住呼吸，等着听接下来的话。他听见伊特伯格正在翻找着文件。

“毫无疑问，路易斯吃的那些药片确实是某种安眠药，”伊特伯格说，“英杜伊安医生检测出了类似的化学成分。不过，某些物质，她却没法确认。或者说，她无法描述出这些可疑的物质。当然了，她还没打算放弃。她在初步调查报告的末尾写了一行非常有意思的话，她觉得这里包含了一种类似 DDR [1] 政权时期所用过的化学物质。”

“DDR？”

“你是不是睡糊涂了？”

维兰德没有听懂。

“是东德。还记得当时那些层出不穷的体育奇迹吗？东德当时出了不少出色的游泳健将和破纪录的径赛运动员。现在我们知道，那都是因为他们服用了大量的药物。所以一切肯定都有关联——斯塔西 [2] 和运动实验室根本就是同气连枝。因此，”伊特伯格总结道，“我们的朋友阿纳希特怀疑那种化学物质很可能就与东德有关。”

“可东德早就不存在了。已经消亡 20 年了。”

“并不完全如此。不过也差不多。柏林墙是在 1989 年倒塌的。我还记得具体的日期，因为我正是在那年秋天结婚的。”

伊特伯格再没多说什么。维兰德努力地思考着。

“这听起来实在是太古怪了。”终于他开口道。

“是的，确实如此。不过我想你肯定也很感兴趣。我是不是该发送一份报告副本到你于斯塔德的警局里？”

“我还在休假。不过也可以顺路去取一下。”

“之后还会有更多的报告，”伊特伯格说，“不过现在我得和我妻子一起去森林里散步了。”

维兰德挂断电话，回想着伊特伯格刚才所说的话。他已经想到了些什么。他知道自己接下来该怎么做。

8 点一过，他就坐进车里，朝着西北方向开了过去。此次他的目的地是赫尔 [3] 近郊，一座衰败不堪的小屋子。

---

[1] DDR（Deutsche Demokratische Republik）：德意志民主共和国。

[2] 斯塔西（Stasi）：东德国家安全部。

[3] 赫尔（Hoor）：位于斯科讷省中部的一个城市。

CHAPTER 22 绝命叛逃

在去赫尔的途中，维兰德从警局前台取走了那份报告。然后他还做了件破天荒的事：开到于斯塔德北部的时候，他停下来，让一位搭便车的人上了车。搭便车的是一位三十多岁的女人，黑色的长发，单肩背着个小背包。其实他也不知道自己为什么会停下车来，也许纯粹出于好奇。他发现这些年来搭便车旅行的人已经越来越少了。便宜的长途汽车和飞机航班，让这种旅行方式几乎销声匿迹了。

当他还是个年轻的小伙子的时候，他曾在17岁那年还有接下来的一年里，两次搭便车游遍了欧洲，虽然这种危险举动当时遭到了父亲的严厉反对。两次旅行，他都是先成功到达巴黎，然后再返程回家。他依然记得下雨时在路边等待的那种绝望、背上沉重的背包，还有那些让他搭上便车却又总是无聊透顶的司机。不过也有两次特别难忘的经历。一次是在比利时的根特市，他站在倾盆大雨中等着——当时他正在回家的路上，几乎身无分文。一辆车停了下来，将他一路带到了赫尔辛堡[1]。他永远也忘不了那种只需搭乘一次就能回到瑞典的幸

[1] 赫尔辛堡（Helsingborg）：位于瑞典斯科讷省西北部的一个城市。

福感。另一次也是在比利时，是一个周六的傍晚，在去巴黎的路上，他被困在了一个偏僻的小村庄里。他刚刚在一家便宜的咖啡馆里享受完了一碗汤羹，正出门看有没有高架桥能够让他睡在下面。这时，他看到路边有一个人正站在一座战争纪念碑的前面。那人拿起一只军号，举到嘴边，吹奏起悲伤的归营号角，以此来悼念两次世界大战期间阵亡的所有士兵。那一刻，维兰德深受感动、永生难忘。

如今一大早就有一个女人站在路边，竖着拇指要搭便车，看着真让人觉得她仿佛是从 20 世纪穿越来的。他一停下车，她便立刻跑上前，钻进车里，坐在他身旁的客座上。听到他要开到赫尔，她似乎很高兴，之后她会继续向北旅行，前往斯马兰。她喷着浓烈的香水，看着很疲惫。她总是不停地把半身裙往膝盖上拉。他还觉得自己似乎看到了她裙上沾有污渍。其实，刚一停车，他就后悔了。他为什么会让一个素不相识的人坐上车来呢？他该和她聊些什么？她闭口不言，维兰德也是沉默不语。突然她背包里响起一阵铃声。她掏出手机，看了看屏幕，不过没接听。

“那东西总是扰乱生活，”维兰德说，“我是说手机。”

“不想接的话，你也可以不接。”

她说话带着一股浓重的斯科讷口音。维兰德猜她大概是来自马尔默的某个工人家庭。他想象着她的工作以及她的生活。她左手没戴戒指，而且他还注意到，她把自己的指甲都咬到快没了。维兰德觉得她不可能是护理人员或理发师，当然更不可能是女招待。她似乎有些坐立不安，一直咬着下嘴唇，好像是快要嚼起来似的。

“你在那里站了很久吗？”他问。

“大概 15 分钟。我刚从前一辆车里出来。那个司机老是骚扰我。”

她似乎有些心不在焉，好像也不愿多说。维兰德决定不再去打扰她。等到赫尔，他就可以让她下车，反正之后也不会再相见了。他开玩笑似的在心里给她取了个名字：卡罗拉，一个无名之辈。

他问她想在哪里下车。

“我很饿，”她说，“随便哪个咖啡馆附近就好。”

他把车停在路旁的一家餐馆前。她有些羞涩地笑了笑，向他道谢，然后走了进去。维兰德刚倒好车子，却突然想不起来自己接下来要干什么，他要去哪里？他大脑里一片空白。他刚在赫尔放下了一个搭便车的女人，可他为什么会在这里呢？他越来越感到恐慌。他设法让自己冷静下来，然后闭上双眼，等着一切恢复正常。

过了一分多钟，他才记起了自己要去哪里。这种突如其来的大脑空白究竟是怎么回事？是什么把他的脑子给清扫得一干二净？为什么医生不告诉他这到底是出了什么问题？

他和那位要去看望的人，已经五六年没有来往了，不过他依然记得到那里去的路线。他沿着一条贯穿几片树林的蜿蜒公路开着车，经过几处冰岛马驹的养殖场，然后下坡开到了一片洼地。那里矗立着一座摇摇欲坠的红砖房，和他记忆里上次见到的景象一模一样。唯一的变化，似乎就是敞开的大门旁那个光亮的邮箱，以及周围开辟的一块供邮车和垃圾车掉头的空地。邮箱上用红色大写字母写着“埃伯”这个名字。维兰德关掉引擎，不过却依然坐在驾驶座上。他回忆起与赫尔曼·埃伯第一次见面时的情景。那是二十多年前，1985 年或 1986 年，与警务有关。当时埃伯从东德非法逃至瑞典。他请求政治庇护，最终也得到了批准。当他出现在于斯塔德警局请求政治避难的时候，第一个接待他的人就是维兰德。维兰德依然记得当时他俩结结巴巴的英语对话，以及自己对赫尔曼·埃伯的怀疑，因为他说他是斯塔西成员，是东德的秘密警察，此刻正性命堪忧。后来别人接管了这件案子。过了一段时间，赫尔曼·埃伯获得了居住许可，然后他主动联系了维兰德。短短一段时间，他的瑞典语已变得出奇地流利，他来找维兰德是因为要感谢他。谢我什么？维兰德这样问。埃伯解释说，之前看到居然会有像维兰德那样和蔼可亲的警察来对待他这个外国人，他真不知有多么惊讶。他渐渐意识到，东德对邻邦国家心存恶意的宣传并没有让这些国家产生报复心理。他觉得必须得说出心中的谢意。于是维兰德就被选中，成了他象征性的感谢对象。因为赫尔曼·埃伯对意大利歌剧有着极大的热情，所以他们也开始时不时地在公开场合碰面。柏林墙倒塌的时候，埃伯正在维兰德玛丽亚街上的公寓里，泪眼汪汪地看着电视上这一历史事件的进展。他曾在一系列的谈话中向维兰德坦白过，自己早已不是东德政治体系的狂热信徒。他开始厌恶自己。因为他曾经窃听、迫害和骚扰过自己的同胞，而他自己却享受着特权，还在一次奢华的国宴上和埃里希·昂纳克[1]握过手。曾经他为能与这位伟大领袖握手而特别自豪。可他后来却希望自己从未做过此事。到最后，他开始怀疑自己所做的事情，渐渐确信东德这一政治体制注定会毁灭，他越来越坚定心中所想，终于决定了叛逃。他选择瑞典是因为觉得往这里逃亡成功的几率更大。他可以轻松地弄张假身份证，然后登上前往特雷勒堡的渡船。

埃伯非常害怕过去的那些是非会找上门来。虽然如今东德已经不复存在，可他以前对付过的那些人却依然在世。维兰德清楚，没有谁能够缓解埃伯的恐惧，这恐惧可能会一直存在、永不消散。随着岁月流逝，埃伯变得越来越沉默寡言、孤僻内向，他们的见面次数也越来越少，终于停止了来往。

上一次两人见面，还是因为维兰德听说他的这个朋友病了。那是一个周末的下午，他开车到赫尔去看看他到底怎样。埃伯和往常一样，但可能稍微瘦了点。他比维兰德年轻 10 岁左右，但看起来却似乎更老一些。回家路上，维兰德想了许多有关赫尔曼·埃伯的事。那一次的拜访很无趣，两人坐着望着对方，却都想不出来该说什么话。

那座红砖房的大门微微敞开着。维兰德下了车。

“是我，别怕，”他大喊道，“是你于斯塔德的老朋友。”

赫尔曼·埃伯出现在门口。他穿着一身旧运动衣。维兰德记得，那套衣服好像是他从东德逃亡时所带来的为数不多的衣服中的一套。屋外的院子里满是垃圾。突然他脑子里闪过了一个念头，不知埃伯有没有在房屋周围设下巧妙的捕人陷阱。

“原来是你啊，”他说，“你有多久没来看我了？”

“很多年了。不过你啥时候又来看过我？你知道我现在已经搬到乡下去了吗？”

埃伯摇了摇头。他的头发几乎全掉光了。那种闪烁的眼神让维兰德确信他依然还在害怕会遭人报复。

埃伯指了指院子里的一张破旧桌子和几张摇摇欲坠的椅子。维兰德知道埃伯不想让他进屋。他屋里总是一团糟，不过，过去他还是会邀请维兰德进屋去的。

[1] 埃里希·昂纳克（Erich Honecker，1912—1994）：民主德国统一社会党总书记，最后一位正式的东德领导人。

维兰德在一张看起来最为牢固的椅子上小心翼翼地坐了下来。埃伯依然靠着房门站着。维兰德心想，不知他是否还像以前那样才思敏捷。这是他最显著的特点。埃伯是一个非常聪明的人，虽然他现在的生活似乎与他的才智极不相称。以前好几次见面，他都是浑身发臭一副没洗澡的样子，把维兰德给吓了一跳。他的穿戴也很古怪，大冬天里还常常穿着夏天的衣服。不过维兰德早就发现，在他那令人迷惑和常常叫人反感的外表下，却有一颗极为聪明的头脑。他对东德奇迹破灭的条分缕析，让维兰德对之前那个一直让人无法理解的社会体系和政治制度有了深刻的理解。

每当维兰德问到一些有关斯塔西工作情况的时候，赫尔曼·埃伯常会回答得不情不愿，显出一副焦躁不安的样子。这依然是他心中一段难以摆脱的伤痛。但有时候，当维兰德表现得十分耐心时，埃伯最后还是会谈论一些相关的事情。有一天，他曾语气平淡地承认，自己曾在一个专门负责杀人的秘密部门里工作过。所以，当伊特伯格跟他说了路易斯·冯·恩科的尸检报告后，维兰德便立刻想到了他。

埃伯出现在门口的时候，手里正抱着一捆纸，两只耳朵后面各夹着一支铅笔。住在瑞典的这些年，埃伯主要靠为不同的德国报纸编写纵横字谜为生。他擅长编写那些面向顶级高手的高难度字谜。编写纵横字谜可是一项艺术创作，这可不只是简单地往黑格子尽量少的方框里填写单词。这里往往还存在着另一种维度：一个难以察觉的、或许是与历史人物相关的主题。他就是这么跟维兰德描述自己的工作的。

维兰德朝埃伯手里的纸点了点头。

“是不是又出了更多的难题啊？”

“这是我出过的最难的题目。这次的纵横字谜，全都是些与经典哲学相关的格调最为高雅的线索。”

“但是你肯定还是希望能够有人解出你的谜题吧。”

埃伯没有回答。维兰德看得出，这个坐在他对面、身着旧运动衣的人，其实是向往着编写一个无人可解的纵横字谜。维兰德忧虑地想，也不知埃伯是不是被他的恐惧给逼疯了。不过，把他逼至绝境的也很有可能是这四周环山、宛如牢狱一般的洼地生活。

他也不清楚。在维兰德看来，赫尔曼·埃伯依然是个完完全全的陌生人。

“我需要你帮个忙。”他一边说一边将尸检报告放在了桌上，接着冷静详细地描述起了事情的始末。

埃伯拿起一副脏眼镜戴上。他把报告仔细研究了好几分钟，然后突然站起身，走进屋里。维兰德坐在外面等着。过了 15 分钟，埃伯还是没有回来。维兰德猜想他是不是已经上床睡觉去了，不过也有可能是在准备晚餐，估计他把坐在院内破椅上等他的客人早就忘到九霄云外去了。他依然还在等着，不过也变得不耐烦起来。他决定再等个几分钟看看。

就在这时，埃伯又出现了。他手里拿了些发黄的文件，胳膊下还夹了本厚书。

“那都是属于另一个世界的东西，”埃伯说，“我必须得搜一下才能找到。”

“不过你好像已经找到了。”

“你可真够聪明的，居然会想到来我这里。我还真有可能是唯一能够帮得上你的人。不过，我必须得告诉你，这又让我想起很多不愉快的回忆。我可是找着找着就哭了起来。你听见了吗？”

维兰德摇了摇头。他觉得埃伯有些夸张。他脸上根本没有哭过的痕迹。

“我认得这些物质，”埃伯肯定地说，“这些东西唤醒了我沉睡的记忆，就像是唤醒了沉眠的睡美人那样，不过我倒宁愿余生不受打扰，永远沉眠下去。”

“那你知道这是什么吗？”

“我想我认得。这些成分，这个报告中提到的合成化学物质，正是我以前的工作内容。”

他忽然不说了。维兰德等着。埃伯不喜欢被人打断。曾经有一次，他在几杯威士忌下肚后告诉过维兰德，他这种习惯可能和他以前在斯塔西当高级官员时的位高权重有关。那时候，没人敢违抗他。

埃伯把那本厚书抱在怀里，像是抱着一本《圣经》似的。他似乎有些犹豫。维兰德必须谨慎行事。一只黑鸟停在旁边儿童塑料泳池边上。埃伯猛地将那本厚书往桌上一扔。黑鸟飞走了。维兰德想起埃伯对鸟类有种莫名的恐惧。

“说来听听吧，”维兰德说，“那都是些什么物质？”

“我弄这些东西都是很久以前的事了。我还以为这些东西已经从我的生活中彻底消失了。可你现在却在这样一个美好的夏日跑来，让我去想一些我不愿意记起的东西。”

“你到底想忘记什么？”

埃伯叹了口气，挠了挠自己的秃头。维兰德知道，必须得紧抓他不放，不然他有可能又跑回屋里，没完没了地编写他的字谜。

“你到底想忘记什么？”维兰德重复道。

埃伯坐在椅子里面，前后摇晃着，一言不发。维兰德已经没了耐心。

“我想知道你是否能够确认这些物质。”他单刀直入地问道。

“我过去就弄过这些东西。”

“这么回答可不行。‘弄过’？你得说得再详细些！你忘了吗，你曾经向我承诺，只要我有求于你，你就会帮我。”

“我没忘。”

埃伯摇了摇头。维兰德看得出，他感到很痛苦。

“别着急，”他说，“我需要听到你的回答、你的观点，还有你的想法。不过不必着急。只要你愿意，我可以以后再来。”

“不用，不用，你就待在这！我只是需要点时间来回忆下过去。这就好像是逼着我去挖出以前被我小心堵好的隧道。”

维兰德站起身来。

“那我去散会儿步，”他说，“去看看那些冰岛马。”

“半个小时，我只需要半小时。”

赫尔曼·埃伯擦了擦眉毛上的汗珠。维兰德走出洼地，去了最近的一个牧场。

半小时后，天刮起风来，一大片乌云在南方堆积起来。维兰德打开生锈的大门。赫尔曼·埃伯依旧坐在院里的椅子上，一动不动。桌上如今又放了另一本书，是本有着棕色封面的旧日记本。维兰德刚坐下，埃伯便讲了起来。他只要是像现在这样情绪激动，声音就会变得异常尖锐刺耳。维兰德曾好几次略带厌恶地想，不知以前赫尔曼·埃伯坚信东德是人间天堂的时候，被他审讯到底会是什么样。

“伊格尔·基洛夫，”埃伯开始说道，“人称‘鲍里斯’。那是他的化名，就是他曾经用过的别名。这个苏联人曾是克格勃[1]在莫斯科的一个秘密部门的联络员。在柏林墙建起来的几个月前，他来到了东德。虽然我跟他没有直接接触，但也见过几次。他名声在外，无人质疑：鲍里斯在工作上非常在行。他绝不容忍杂乱无章或是草率仓促的做事方式。没到两三个月，就有好几个斯塔西的高级官员被调任或是降级了。他是苏联方面的红人，是克格勃安插在东德的令人闻风丧胆的中心人物。他才到我们这里来六个月，就破坏掉了英国最厉害的间谍网。其中有三四个间谍在进行了秘密的简易审判后，被处以死刑。正常情况下，这些间谍应该被拿去交换囚禁在伦敦的苏联或东德间谍，可鲍里斯直接去找乌布利希，要求立刻处死那些英国间谍。他想杀鸡儆猴，以此警告那些外国间谍，以及对东德怀有叛逃之心的人。不到一年，鲍里斯就成了东德人人畏惧的传奇人物。他过着非常简单的生活。没人知道他是否结婚，是否有小孩，是否喝酒，甚至也不知道他玩不玩象棋。关于他，唯一可以肯定的一件事情，就是他有着能够将斯塔西和克格勃组织起来进行有效合作的超强能力。所以最后出了那事的时候，我们斯塔西的成员全都感到十分震惊。如果事情公之于众，恐怕全东德也都会为之震惊。当然了，一切都被遮掩过去了。”

“出了什么事？”

“有一天，他突然不见了。就像是有个魔术师往他头上盖了块布似的，眨眼之间，他就消失不见了！不过没有人会为此喝彩。这位大英雄将自己的灵魂出卖给了英国，当然还有美国。我也不知道他是怎么隐瞒自己处决英国间谍的那件事的。也许，他根本就不需要隐瞒。要想运作高效，那安全情报机构必须得看得开点。这等于是打了克格勃和斯塔西一记耳光。不少头领人物也都受了牵连。乌布利希被召回了莫斯科，虽然鲍里斯没被揭穿并不能算是他的过错，但他回来的时候整个人都是垂头丧气的。而斯塔西的头领马库斯·沃尔夫[2]也差点因此受到冷落。如果不是因为他当年下了一道指令，那他肯定早就没戏了，而你也就不会坐

[1] 克格勃（KGB）：苏联国家安全委员会。是1954年3月13日至1991年11月6日期间苏联的情报机构。

[2] 马库斯·沃尔夫（Markus Wolf，1923—2006）：是德意志民主共和国国家安全部（简称斯塔西）对外情报局局长。

在这里了。那道指令成了局里的头等任务。”

维兰德猜出了接下来的事情。

“必须得弄死鲍里斯？”

“没错。但是不止如此，我们还得必须把他弄得像是出于悔恨而死。他必须得是自杀，并且还得留下写着自己罪无可恕的遗书。他必须得赞美苏联和东德，必须得带着满肚子的自轻自鄙和满肚子的专制安眠药死去。”

“你们是怎么做的？”

“当时，我就在柏林附近的一个实验室里工作——有意思的是，那地方离万湖[1]不远,纳粹分子曾在那里开会讨论如何解决犹太人的问题。一天,来了个新人。”

埃伯停了下来，他指了指那个棕色封面的笔记本。

“我看你也注意到了。我得查查那个人的名字。记忆一下子就给卡住了，平时我可不会这样。你的记性现在如何？”

“还行，”维兰德含糊地说道，“接着说吧。”

埃伯暗暗记住了维兰德不愿意谈论自己记性的这点。在维兰德看来，曾在安全情报机构工作过的人，通常稍不留神或是一有差池就会脑袋落地，所以对别人口吻和潜台词的感知似乎也就特别敏锐。

“那人就是克劳斯·迪特马，”埃伯说，“他是直接从女子游泳队那里调来的，这点我很确信，虽然他从未当过她们的正式教练。不过他却是体育运动奇迹背后的核心人物之一。他是一个又瘦又小的男人，走路悄无声息，一双手长得跟女孩似的。那些误解他的人，通常都会认为他的行为举止实在是有些不像样。不过他却是一个狂热的共产党员，每晚熄灯睡觉之前，他都会向瓦尔特·乌布利希进行祷告。他就是我所在的那个小组的负责人。我们只有一个任务，那就是制造出能够杀死伊格尔·基洛夫的物质，一种看似普通却能杀人于无形的安眠药。”

埃伯站起身来，走进屋里。维兰德忍不住朝窗户里窥探起来。他猜的果然没错。房间里完全是乱糟糟的一团。每一块地方都堆满了报纸、衣服、垃圾、脏盘子，还有吃了一半的饭菜。烂摊子当中留了处空隙，依稀可辨是条通道。屋里恶臭熏天，隔着窗户都能闻到。太阳消失在云层之后，埃伯整理着运动裤又走了出

[1] 万湖（Wannsee）：位于德国柏林西南部。

来。坐好之后，他一直都在挠着下巴，像是突然觉得那里很痒似的。维兰德很清楚，他无论如何也不想和坐在面前的这个人对调身份。这一瞬间，他竟为自己的人生感恩戴德起来。

“我们大概花费了两年时间，”埃伯凝视着自己脏兮兮的指甲说道，“我们许多人都认为，斯塔西实在是投入了太多的资源去想方设法地击倒伊格尔·基洛夫。不过基洛夫事件关系到面子、荣誉。他曾向共产党党章最神圣的信条宣誓效忠，绝不会以戴罪之身死去。其实那时候，我们没花多长时间就制造出了与英国常见安眠药极其相似的化学混合物。问题是，怎样才能找到一个能够避开他周围所有安保设施的绝佳时机。其中最困难的部分，当然就是要避开他的警惕。他知道自己做了些什么，他也十分清楚猎狗们都在咆哮着想要喝他的鲜血。”

埃伯突然咳嗽起来。他气管不畅，呼哧呼哧地喘着粗气。维兰德坐在一旁等着。风越吹越大，他感到颈后有些发凉。

“每一位特工都知道，他们生活最重要的事情，就是要常常变换生活习惯。”缓好气后埃伯接着说道，“当然了，基洛夫也是这么做的。不过他却忽略了一个极小的细节。就是那点失误要了他的命。每周六下午 3 点，他都会去诺丁山的一个酒吧看足球电视直播。他总是 3 点差 10 分到，坐固定的桌子，喝着俄国茶。比赛一结束就立刻离开。当时我们有位飞天神偷，你随便说个什么建筑，他都可以潜进去。这位神偷一直都在监视着他，而且已经监视了好长一段时间。终于他想到了一个能够除掉伊格尔·基洛夫的计划。那家酒吧的两位女招待有时会找别人来临时顶替工作，而那就是可供突破的薄弱环节。这样我们就可以用自己人去顶替。处决是在 1972 年的 12 月进行的。我们派去顶替的那位女招待给他倒上了有毒的茶水。后来，我看到了报告，上面详细地写着，基洛夫所看的最后一场球赛是伯明翰队对莱切斯特城队。比赛结果是一比一平。之后他回到自己的公寓，一个多小时后便死在了自己的床上。英国安全局确认这是自杀。他们找到的遗书看起来完全就是他自己的笔迹，而且上面还有他的指纹。东德的秘密警察全都为此欢喜，伊格尔·基洛夫终于死了。”

赫尔曼·埃伯问了几个有关路易斯的死的问题。维兰德回答得尽可能详细，但也越来越没了耐心。他可不想老是坐在那里，回答埃伯的问题。埃伯似乎也察觉到了他的不耐烦。

“所以，你认为路易斯的死，是因为吞服了多年以前杀死伊格尔·基洛夫的那个物质？”

“看似如此。”

“也就是说，她是被人谋杀的？自杀完全就是个假象？”

“如果法医的报告没错的话，那就是这么回事。”

维兰德将信将疑地摇了摇头。在他看来，世上不可能会有这种事发生。

“如今会有谁去制造这种东西呢？斯塔西和东德，全都已经不存在了。而你又住在这里，在瑞典编写着纵横字谜。”

“秘密警察组织是永远不会消亡的。不过是更名改姓，他们一直都是存在的。如果有谁以为当今世界的间谍活动变少了，那只是因为他不知道而已。可别忘了，以前的专家现在不少都还依然健在。”

“以前的专家？”

听到他这样质疑的语气，埃伯差点生起气来。

“不管我们做了些什么，不论别人怎么评头论足，我们依然还是专家，知道自己当时在做什么。”

“可是，为什么这么多人里，偏偏就路易斯遭遇了这样的不幸？”

“这我就不知道了。”

维兰德觉得既疲惫又不安。他站起身，握了握赫尔曼·埃伯的手。

“我会再来的，相信我。”他以此向埃伯告别。

“我觉得，”埃伯说道，“根据你我的习惯，下次相见估计又得是在某个出乎意料的时刻了。”

维兰德走到车前，开车回家。刚开到前往于斯塔德的环形交叉路口，天就开始下起雨来。等他下车跑到屋门口的时候，外面已是大雨倾盆了。尤西在狗窝里不停地叫。维兰德坐在餐桌旁，望着雨啪啪地落在窗户的玻璃上。雨水顺着他的头发滴了下来。

他十分确信，赫尔曼·埃伯说的没错。路易斯·冯·恩科没有自杀。她是被人杀害的。

CHAPTER 23 通告女杀手

维兰德从冰箱里拿出一块肉，再加上半颗花菜，合在一起便是他的午餐。他坐在餐桌旁，打开回家路上顺手买回的报纸，想着自从长大成人以来，这种不受人打扰、边吃饭边翻报纸的乐趣不知给他带来了多大的满足。可这一次他才翻开报纸，便立刻被映入眼帘的一张印有特大标题的放大照片给震慑住了。他怀疑这会不会是自己的想象——可惜不是，这照片上的的确就是他带着上路的那位搭便车的女人。读到后面，他越发震惊起来。这女人前几天在马尔默的市中心杀害了自己的父母，就在南郊大街附近的一个住宅区里，目前正在逃亡中。警方不知道她的作案动机。但可以肯定的是，她就是凶手，她的名字根本不是什么卡罗拉，而是安娜·莉娜。有位维兰德觉得名字很熟的警官叙述道，这起谋杀案发生在那家人居住的小公寓里，是一场凶狠残暴、丧心病狂的暴力袭击。警方目前正在搜寻那个女人，并已发出了全境通告。维兰德把报纸和盘子放到一旁。他再次自问道，这有没有可能不是同一个女人。然后他伸手拿起话筒，拨打马丁森家里的电话。

“马上过来，”维兰德说，“到我家里来。”

“我正在给孙子们洗澡，”马丁森说，“能不能等会儿？”

“不行。不能等。”

刚过 30 分钟，马丁森便开车到了维兰德的家。维兰德正站在门口等着他。雨已经停了，外面看着也亮了许多。马丁森非常了解维兰德的行事作风，知道肯定是出了什么大事。尤西已经从狗窝里放了出来，正围着马丁森的腿跳来跳去。维兰德费了会儿工夫，总算让它躺了下来。

“终于看到你把它教得像模像样了。”马丁森说。

“还不够好。走吧，去厨房里坐着说。”

他们走进屋里。维兰德指着报纸上的照片说道：

“今早我载了她一程，把她送到了赫尔，”他说，“她说她要去斯马兰，不过当然了，那也不一定是真话。不过，有了报纸上的这张照片，肯定也会有人认出来她的。不过最好还是派人先去那里找找。”

马丁森直盯着维兰德看。

“我记得好像就在去年，我们才刚刚聊过，你和我是绝对不会随便让人搭便车的。”

“今早我破了个例。”

“在去赫尔的路上？”

“我那里有个朋友。”

“在赫尔？”

“难道你知道我所有的朋友都住在哪里吗？这有什么不可能的。为什么我在那里就不能有个好朋友？你在赫布里底群岛[1]那里不是也有个好朋友吗？我说的可是句句属实。”

马丁森点点头，然后从口袋里拿出了记事本。可他的笔写不出字来，于是维兰德递给了他一支好的，接着拿张纸巾盖在了盘子上，刚才好几只苍蝇落在了他的食物上面。马丁森将那女人的穿着、所说的话还有确切的时间都记了下来。他拿出手机正要拨打，维兰德拦住了他。

“你最好说这是警方接到的匿名举报。”

[1] 赫布里底群岛（Hebrides）：位于苏格兰西部和西部太西洋中的一个岛群。

“这我早就想到了。我们最好还是别说出，其实是于斯塔德的一位著名警官让这女人搭了便车，协助了她的逃跑。”

“我当时根本就不知道她是谁。”

“但是你和我都很清楚报纸会怎么写这篇报道。如果他们爆料出来，那你就会成为这个夏季最火爆的热点新闻。”

马丁森给警局打电话时，维兰德就在一旁听着。

“电话是匿名的，”马丁森最后说道，“我不知道这人是怎么弄到我家里的电话号码的，不过打电话的这人肯定头脑清醒没喝醉酒，绝对可信。”

他挂断了电话。

“谁会在午饭的时候喝醉？”维兰德讽刺地说道，“有必要那样说吗？”

“当我们抓住那女人的时候，她就会说是个不相识的人让她搭了便车。没关系的。她不会知道那人是你的。别人也不会知道。”

维兰德突然记起那位搭便车的女人还说了些别的话。

“她说，之前把她扔在我让她上车的地方的那个司机老是骚扰她。这点我忘提了。”

马丁森指着报纸上的照片说：

“她长得还不错，虽然是个杀人犯。你刚才说她穿着一件黄色短裙？”

“她确实很迷人，”维兰德说，“除了那些被啃烂了的指甲。别的我也想不出有什么大的缺点。”

马丁森朝着维兰德笑了笑。

“我们差不多都不怎么聊女人了，”他说，“以前我们聊女人可是能聊个不停的。”

维兰德要给马丁森倒杯咖啡，可他谢绝了。维兰德送他出了门，然后接着吃那没吃完的午餐。饭菜味道不错，但他没吃饱。他带着尤西出去走了一大圈，修剪了屋后的树篱，然后将门柱上挂歪了的邮箱重新固定好。这期间，他一直都在回想赫尔曼·埃伯所说的话。他本想打电话给伊特伯格，但后来决定还是等到第二天再打。他需要时间思考。自杀变成了谋杀，而且这事的确还很让人费解。他又觉得自己好像忽略了什么。不只是自己忽略了，参与此案调查的其他人好像也都忽略了。他说不上来那是什么。只是他的直觉使然，而且他也越来越不相信自己的直觉了。

到目前为止，他一直都认为哈坎是关键人物。可是如果其实是路易斯呢？我得从那个方向去想想，他心想。我必须把所有事情全都重新审视一遍，这一次，要从不同的角度。不过首先他得睡上几个小时来清醒头脑。他脱掉衣服上了床。一只蜘蛛正沿着天花板的横梁仓惶逃窜。然后，他睡着了。

8 点钟他刚吃完早饭，琳达就开车到了大门。她带着克拉拉。看到她这么一大早来，维兰德有些不悦。现在他还在休假，难得清闲，所以他希望能有个安静的早晨。

他们在花园里坐下。维兰德注意到她有些头发挑染成了蓝色。

“怎么挑染成蓝色了？”

“我觉得这样很有魅力。”

“汉斯怎么说？”

“他也觉得这样很漂亮。”

“我可不这么认为。他要是在家的话，为什么不帮忙照看下孩子？”

“他今天好像必须得去一趟办公室。”

她突然显得很担忧，脸上闪过了一丝阴霾。

“他在担心什么？”

“全球金融板块出了点问题，他有些摸不着头脑。”

“你说的那些，我也摸不着头脑。什么叫‘全球金融板块出了点问题’？不过我也不想知道太多跟我无关的事情。”

维兰德起来倒了杯水。克拉拉正在草地上开心地爬来爬去。

“莫娜怎样了？”

“她躲起来了，也不接电话。我按她家门铃她也不来开门，虽然我知道她就在家里。”

“她还在喝酒吗？”

“我不知道。我想现在我也无暇去照看另一个孩子。眼前的这个就已经让我够受的了。”

一架飞机从头顶低空呼啸而过，正朝着斯图鲁普机场逐渐降落。待噪音消散之后，维兰德跟琳达说起了他去拜访赫尔曼·埃伯的事情。他详细地重述了他俩的对话，还有之后他心中的想法。他越来越确信路易斯是遭到了谋杀，可说到为什么有人要杀她，他就完全茫然不知了。难不成这位少言寡语的退休女人和东德有什么瓜葛？和那个如今早就消亡了的国家有所牵连？

维兰德停了下来。克拉拉正围着琳达的脚爬来爬去。她缓缓地摇了摇头。

“我完全相信你刚才所说的话——可这又意味着什么呢？”

“不知道。现在我只有一个问题：路易斯·冯·恩科是谁？她到底还有哪些我所不知道的秘密。”

“又有谁是真的了解另一个人的呢？这不是你常常提醒我的吗？还说永远都不必惊讶。不管怎样，她是和东德有点关联，”琳达若有所思地说道，“难道我没跟你提起过？”

“你只是说过她对德国传统文化感兴趣，还有她教过德语。”

“我想到的是比这更早之前的事，”琳达说，“大概是50年前。还是汉斯和西格妮出生之前的事。你真的得和汉斯好好聊聊这个。”

“还是先告诉我你所知道的吧。”维兰德说。

“我知道的不多。不过路易斯的确去过东德，在20世纪60年代初期，跟着一群瑞典初露头角的游泳健将和跳水运动员。好像是某种运动交流的活动。路易斯是教练，负责训练泳坛新秀里的小姑娘。她年轻的时候显然也曾是名跳水运动员，不过我知道的也不多。那几年，她好像去过东柏林和莱比锡好几次。然后突然就不去了。汉斯说这是有原因的。”

“什么原因？”

“哈坎直接跟她明说了不可以再去东德。如果他的妻子总是这么频繁地去一个被视作敌人的国家，那他的军旅生涯也会因此产生不利影响。你也可以想象，当时瑞典的高层官员和政治家完全就把东德视作是苏联手下最为卑鄙恶心的狗腿子。”

“可你说你也不是很确信？”

“路易斯总是很听她丈夫的话。我想，60年代初期的情况也不允许这样继续下去。哈坎当时的仕途可是扶摇直上。”

“你知不知道当时她的反应？”

“不知道，一点儿也不清楚。”

躺在地上的克拉拉抓了抓自己的身体，然后开始尖声叫喊起来。维兰德受不了小孩子的尖叫，忙走到狗窝跟前去抚摸尤西。克拉拉安静下来后，他才又回到了原位。

“我以前哭时，你是怎么做的？”琳达问道。

“那时候我的耳朵要比现在能忍些。”

他们默默地坐了一会儿，望着克拉拉拨弄着从石缝里长出来的一株蒲公英。

“冯·恩科夫妇失踪的这段时间，我还真是想起了不少事情，”琳达又说道，“我搜肠刮肚，努力地去回忆他俩以前的对话细节和相互之间的举动。我还想方设法地哄骗汉斯，让他说出他所知道的还有他以为我也知道的事情。就在几天前，我觉得事情有点不对劲，他好像并没有把全部的实情都告诉我。”

“什么方面的？”

“钱。”

“什么钱？”

“大概是有一大笔我不知道的钱给藏了起来。哈坎和路易斯两人日子过得都很舒服，但他们既不显摆也不铺张。可他们要想的话，完全可以过得非常奢华。”

“这笔钱大概是多大的数额？”

“别打断我，”她厉声道，“就快说到了，不过我得按照自己的节奏来说。问题在于，汉斯并没有把有关他未来的所有全都告诉我。我很生气，我也知道自己迟早会跟他摊牌说清楚。”

“你是不是开始觉得钱变得越来越重要了？”

“不是，我只是不喜欢汉斯不跟我说实话。我们现在没必要讨论这个。”

维兰德举起双手表示歉意，也没再多问什么。突然琳达发现克拉拉正要吃那株蒲公英。她弄干净孩子的嘴巴，结果反倒让她哭了起来。维兰德咬紧牙齿，坐在原地。尤西在狗窝里来回踱步，望着眼前的一切，一副像是被抛弃了的样子。这就是我的家人，维兰德心想。我们都在这里，除了我妹妹克里斯蒂娜，还有我那酗酒的前妻。

骚乱很快就平定了下来，克拉拉又在草地上爬了起来。琳达坐在椅子上来回摇晃着。

"我可不敢保证这椅子不会垮掉。"维兰德说。

"这是爷爷的旧家具，"她说，"就算椅子垮了，我也不会有事，大不了摔在你这繁茂过度、无人照料的花坛上。"

维兰德一言不发。他感到有些生气，他很不喜欢她那种批评他做事和挑他毛病的腔调。

"今天早晨一醒来，我的脑子一直就在想着一个问题，"她说，"不管哈坎和路易斯的事情有多重要，我就是没法不去想那个问题。我真不明白，为什么自己这么多年来都没去问那个问题。既没问过你，也没问过妈妈。也许是我自己害怕听到回答。毕竟没有谁会希望自己是意外怀孕生出来的。"

维兰德立刻警惕起来。琳达很少用"妈妈"这个词来称呼莫娜。除开她生气或是讥讽的时候不说，他都不记得上次她叫他"爸爸"是什么时候的事了。

"你不必惊慌，"琳达接着说，"看得出你有些被我吓到了。我只是想知道你们是怎么认识的。我竟然都不知道我父母的初次相遇。"

"我记性不好，"维兰德说，"但也不至于那么差。我们是 1968 年认识的，有天晚上，就在一艘往返于哥本哈根和马尔默的小船上。是那种很慢的渡船，不是气垫船。"

"40 年前？"

"当时我们都很年轻。她坐在一张桌子旁。船上人很多，我问她能否坐她旁边，她说可以。这事还是留到下次跟你讲吧，现在我没那心情回忆过去。我们还是接着谈谈那笔钱吧。大概是多大的数额？"

"好几百万。可是，你就不能说说船在马尔默靠岸之后发生了什么吗？"

"之后什么都没发生。我保证，以后会告诉你。你是说他们另外存了上百万吗？他们从哪来的这笔钱？"

"存下来的。"

他皱了皱眉。这笔存款数目可不小。他从没想过能存上这么一大笔钱。

"有没有可能是逃税或是某种税务欺诈？"

"汉斯说不是。"

"可你不是说，他没有跟你敞明了说这笔钱的事吗？"

"他也没有非告诉我不可的理由。直到几个月前，怎么处理那笔存款，都是由他父母说了算。”

“他们是怎么做的？”

“让汉斯替他们做了投资。是稳健型，不是风险型投资。”

维兰德思索了一会儿。他感觉刚才听到的这些很可能极其重要。当了一辈子的警察，一次又一次的事实告诉他，钱通常是极端犯罪事件的罪魁祸首。再没有比这更常见的犯案动机了。

“谁掌管他们家里的财政事务？两个人一起，还是哈坎一个人？”

“汉斯应该知道。”

“那我们就得和他聊聊。”

“不是我们。是我。要是发现了什么，我会告诉你的。”

克拉拉打起了哈欠。琳达朝维兰德点点头。维兰德把克拉拉抱了起来，然后小心地放在了花园的吊床上。琳达冲他微微一笑。

“我试着想象了一下小时候在你怀里的样子，”琳达说，“但是好像很难想象。”

“为什么？”

“不知道。但我没什么不好的意思。”

一对天鹅在田野上方朝着他们飞来。父女俩望着它们渐行渐近，听着它们翅膀拍打的嗖嗖声。

“路易斯真有可能是被人杀害的吗？”琳达好奇道。

“当然了，调查还会继续。不过我认为，现在已经有了大量的证据表明那极有可能是真的。”

“可是，为什么呢？是谁杀的呢？她手提包里发现的那些有关俄国机密的东西，肯定都是胡说八道。”

“她手提包里的是瑞典的机密。是打算要送到俄国去的。好好听清楚我说的话。”

他以为她会生气，可她只是点了点头，承认他说的对。

“还有一个尚未解答的问题，”维兰德说，“哈坎在哪？”

“是死还是活？”

“在我看来，既然我们发现路易斯已死，那哈坎就更有可能活着。我知道，这不合逻辑，我这么想也没什么合理的解释。可能只是凭着做警察的经验。不过从当前的情况来看，种种迹象依然还不明朗。但我仍然相信他是活着的。”

“会不会是他杀害的路易斯？”

“还没有迹象表明是他干的。”

“但也没有迹象表明不是他干的，不是吗？”

维兰德点点头。他想的也正是这个。她越来越能跟上他的思路了。

一个小时后，琳达带着克拉拉开车走了。

维兰德觉得至少有一件事情是再清楚不过了的。所有事情都是由哈坎·冯·恩科所引起的。也只有他，才能让一切事情最终完结。路易斯不过是个分支事件。

但是这又意味着什么呢？他不知道。突然他想起一件事，一个不可否认的事实，那就是迪尔索摩的生日宴里，哈坎·冯·恩科曾和他一起面对面地在一个旁边的房间里待过，而且看起来相当苦恼。

一切都由此开始，维兰德心想。一切都源于这个苦恼的人。

CHAPTER 24 秘密集结

七月的晚上。

维兰德坐在那里，手握着笔。他刚在信上写下的第一行字，听起来像是 20 世纪 50 年代某部糟糕的电影。或者是像几十年前某部稍好一点的小说，就像是他童年时在家里看到的那种——那种从他出生之前便已去世的爷爷的图书室里拿出来的小说。

除此之外，这个描述倒很准确。如今已是七月，现在也正是晚上。维兰德本来都已上了床，可他却突然想起，再过几天就是他妹妹克里斯蒂娜的生日。每年，他都会送她生日贺卡，再附上一封信，这已经成了他的一种习惯。于是他从床上下来，毕竟他也觉得不是很累，正好也可以不必在床上翻来覆去。他拿好信纸钢笔，坐在了餐桌旁。钢笔是他 50 岁时琳达送的礼物。就这样开头也行——“七月的晚上”——他也不打算改了。信写得很短。他又在里面描述了一遍对克拉拉出生的欢喜心情，他觉得自己也没什么别的好写的。这些年来，他的信越写越短，不过他也已经尽了全力。在他父亲在世的最后几年里，他和克里斯蒂娜的联系最为频繁。此后，他们就再没见过面了，除了有一次他在斯德哥尔摩偶然想起她来，于是就打了个电话给她。他们完全就是陌生人，童年记忆也完全不一样。他们聊起天来不一会儿就会没了话题，然后只好不解地相互盯着对方：他俩难道真的是无话可说了吗?

维兰德封好信，又回到了床上。窗户微微开着。他听到远处传来微弱的音乐和宴会的喧闹。窗外还有风吹草地的沙沙声。离开玛丽亚街这事可真是做对了，他心想。在乡下的屋外，他可以听到以前从未听过的各种声音，闻着乡下各种更为新奇的气味。

他躺着没有入睡，只是想着晚上之前去警局的事。他本来没打算去，可家里的电脑坏了，于是他 9 点左右开车去了于斯塔德。为了避开值班的同事，他是从地下室的入口走进去的。他按了通行密码，朝着自己的办公室走去，一路上也没遇到人。在他静悄悄走过的那些办公室中，其中有一间可以听到人声。里面有个人听起来似乎已经喝得烂醉如泥了。维兰德很庆幸自己不是那个审问的警官。

休假之前，他花大力气处理了不少桌上的文件。如今办公室看起来还真是清爽宜人了许多。他把外套扔到来宾椅上，打开电脑。在等待系统启动的时候，他拿出了锁在桌子抽屉里的两份文件夹。一个标着“路易斯”,另一个则标着“哈坎”。他当时用的那支笔不大好使，所以两个名字也都写得污迹斑斑，让人看不清楚。他把第一个文件夹放在一旁，将注意力集中在第二个上。他还想起了几个小时前和琳达的那番对话。她是趁克拉拉睡觉还有汉斯出去买尿布时打来的电话。她撇开不必要的细节，直接汇报了她与汉斯之间一系列的问答。她问起了他父母的那笔钱，他母亲与东德的关联，还有他是不是还有别的事情没告诉她。起初他很生气，觉得她不信任他。后来她成功地说服了他，说她这样热心全都是因为她想知道他父母到底出了什么事。何况事情看起来越来越像是与谋杀有关。汉斯冷静下来，明白了她的动机，并尽力一一作了回答。

维兰德从后裤兜里掏出一张折好的纸，然后打开，看了一遍上面自己的笔记。

汉斯是在刚接手现在工作的时候，他父母才让他管理他们的财政事务的。当时那笔钱的数额离 200 万瑞典克朗还差那么一点点，如今已经涨到了 250 万。他们告诉他说，这笔钱包括了他们的存款以及路易斯从某位亲戚那里继承的遗产。他不知道遗产的数额，也不清楚存款有多少。那个亲戚好像名叫汉娜·埃德林，是 1976 年去世的，生前在瑞典西部有好几家女士成衣连锁店。虽然哈坎也曾抱怨叹息过，觉得社会民主党的资本增值税实在是太过无耻下流，但他们并没有什么税务问题。如今这项税收已被废除，遗憾的是，汉斯却没法告诉他又有不少瑞典克朗省下来了的好消息。

“汉斯说，关于钱，他父母有套自己的理论，”琳达说，“说是‘你不该谈钱，钱就在那里’。”

“真是那样就好了，”维兰德说，“听起来就像是上流阶层富人们所说的话。”

“他们就是上流阶层，”琳达说，“你又不是不知道。我们不需要浪费时间讨论这一点。”

汉斯通常一年会给他们做两次投资汇报，告知盈利亏损情况。偶尔哈坎也会在报纸上看到一些好的投资渠道的相关消息，然后就会打电话告诉汉斯。不过他从来不会去检查汉斯有没有照着他的意思去做。路易斯则更不在意汉斯对他们那笔钱的管理。不过去年有一次例外，她提出要求，说要从投入资本里取出 20 万瑞典克朗。汉斯很吃惊，他们通常都不会取这么大笔的金额。而且一般想要取钱的都是哈坎，用于巡航游览或是去法国里维埃拉度假几周这样的事上。汉斯问她要这钱做什么，可她没说，只是坚持让他按照她说的去做。

“最为奇怪的是，她还告诉汉斯不要把这事告诉哈坎，”琳达补充道，“我的意思是，这事肯定迟早会被他发现的啊。”

“不过她也未必是要拿这笔钱去做坏事，”维兰德提醒道，“说不定她只是想要给他个惊喜？”

“也许吧。不过汉斯还说，这是她唯一一次用威胁的语调跟他说话。”

“他的原话就用了‘威胁’这个词吗？”

“是的。”

“不觉得有点奇怪吗？用一个这么重的字眼？”

“我肯定他用词通常都是很谨慎的。”

维兰德记了下来：威胁。如果情况属实，那他就可以重新了解这个总是在微笑的女人。

“关于东德，汉斯说了些什么？”

琳达强调，说她用了不同的方法去帮助他唤醒记忆，可他就是回忆不出什么。

他只隐隐约约地记得，在他很小的时候，他母亲曾从东柏林给他带回了一些木质玩具。其他就没什么了。他记不起她出去了多久，也想不起她为什么要出国。那时候，他们家里有位名叫卡塔丽娜的管家，他和她待在一起的时间通常都要比他父母多得多。哈坎在出海，而路易斯则在斯德哥尔摩的一所文法学校里教德语——他也记不清具体是哪一所了。他们好像偶尔还会去一家母语是德语的人家吃饭做客。他模模糊糊地记得，有个穿制服的男人好像还在用餐的时候用外语唱了些祝酒歌。

“他是真的想不起别的什么事了，”琳达说，“这也就是说，要么他是真的没什么可回忆的事，要么就是路易斯用了某种办法，向他隐瞒了去东德的事。可她为什么要那样做呢？”

“是啊，为什么呢？”维兰德说，“瑞典人去东德也不违法。我们和他们也有生意往来，就像和其他国家也有生意往来一样。但是，另一方面，东德的人想要到瑞典来可就没那么容易了。修建柏林墙就是为了防止叛变。”

“这都是我出生前的事了。我还记得那墙被推倒时的情景，不过修建时候的事情我就不清楚了。”

对话到此结束。维兰德听到电话那头远远地传来了一阵开门关门的声响。他开始系统地整理起自己收集的有关哈坎·冯·恩科失踪的所有资料。在他看来，恐怕就只能得出一个结论。根据以往的经验，失踪了那么长时间，冯·恩科很可能像他妻子那样已经死了。不过不管怎样，维兰德决定，至少目前，还是应当假定他是活着的。

过了一会儿，维兰德将文件夹放在一旁，靠在椅背上。或许，当我们在迪尔索摩那个无窗房间里聊天的时候，他就已经知道自己不久就会失踪。他是不是希望当时我能听出他的言外之意呢？

维兰德又坐直了身子。事情一直停滞不前，他急不可待，希望能够有所进展。他打开浏览器，开始搜索起来。他并不是很清楚自己要找什么。他浏览着海军网站上的所有信息，一步一步地关注着哈坎·冯·恩科的事业生涯。他一直都是稳步上升，可和大多数同代人比起来还是慢了一些。大概浏览了一个小时，维兰德看到了在外国驻外武官办事处的招待会上拍摄的一张照片。照片上有许多年轻的军官，哈坎也在其中。他微笑着面对镜头，那微笑既自信又坦率。维兰德凝视着这照片，他想要从中看出端倪，想要弄清楚这个在迪尔索摩见到的苦恼的男人究竟是怎样的人。

他站起身把窗户稍微打开，然后又接着在网上搜索起来。他想尽办法、另辟蹊径，希望能找到与哈坎·冯·恩科生活有关的信息：他看了关于东德的介绍，还了解了斯滕·诺兰德和哈坎·冯·恩科都提到过的波罗的海海上军演。他花费时间最多的还是20世纪80年代早期的潜艇事件，还会时不时地记下某个名字、某个事件或是某个想法。但是他并没发现哈坎·冯·恩科的记录中有何污点。在斯德哥尔摩文法学校的网站上，他也没找到任何有关路易斯的反常之处。琳达所找的这个男人的父母，简直堪称是资产阶级正直守礼的典范。至少表面上是如此。

快到11点半时，他打起了哈欠。他差不多已经在网上把自己感兴趣的都给搜索了个遍。但是，他突然停下来凑到了屏幕面前。上面显示的是晚报上的一篇文章，日期是1987年年初。文中记者爆料了斯德哥尔摩的一个私密场所。那里经常会举办一些高级海军将领的宴会和招待会。宴会自然都是秘密举办的，只有一小部分人可以参加。这位记者联系过的军官没人愿意对此事发表看法。不过有位宴会的女招待范妮·克拉斯特龙倒是对此做了些评论。她谈到宴会上有不少关于奥洛夫·帕尔梅的不当言论和恶毒话语，还提到那些军官都很傲慢自大，最后还说她后来没在那干是因为她实在是忍受不下去了。那些聚会的常客里就有哈坎·冯·恩科。

维兰德打印出有关这文章的两页报纸。报纸上还有范妮·克拉斯特龙的照片。维兰德推测她那时大约50岁，也就是说她现在仍有可能还活着。他还写下了记者的名字，并注意到他已经是第二次见到与哈坎·冯·恩科有所关联的宴会了。他将那篇文章折好，然后放进了衣服口袋里。

偶尔也曾有过那么一些流言，说是某些特定的警察圈子里会有一些秘密结社或是宴会。然而，维兰德从没受邀参加过这种活动。他能够想起来的最为类似的活动，就是很久以前里德伯曾提议，他们可以在斯万内霍尔姆城堡的饭店里每月聚一次会，一起享受下美味佳肴，可是这事最终却没能实现。

维兰德关掉电脑，走出房间。刚在走廊里走了一半，他又折了回去，关掉了办公室的灯。和来时一样，他离开警局也是走的地下室。他从储物柜里拿出自己的脏毛巾和脏衬衣，准备带回家去洗。

他在停车场里站了站，呼吸了一下夏夜的空气。他还会活很长时间。他生存的意志依旧强烈。

他开车回家，然后睡觉。虽然他心神不宁地梦到了莫娜，可醒来时倒是神清气爽。他立刻起身下床，迫不及待地想要利用这出人意料的充沛精力。刚到 8 点，他便拿起电话，想要查找出二十年多前报道了海军军官秘密聚会的那名记者。他打电话给查号台，数次都无功而返。他沮丧地瞥了眼坏掉的电脑，然后思索着该去叨扰谁才好，是琳达，还是马丁森。他选择了后者。接电话的是他的一个孙女。维兰德跟这小姑娘还没来得及说上几句玩笑话，马丁森便接过了电话。

“刚才跟你说话的是阿斯特丽德，”他说，“已经三岁了，长着一头耀眼的红发，最喜欢扯着我那所剩不多的几根头发玩。”

“我电脑坏了。可不可以请你帮我查个信息？”

“过两三分钟我再打给你。”

几分钟后，电话响了。是马丁森打来的。维兰德把记者的名字告诉了他，托波恩·赛特沃。没多久马丁森就查到了。

“晚了三年。”马丁森说。

“你这话什么意思？”

“这个托波恩·赛特沃已经死了。好像是在某次奇异的电梯事故中出的事。他死时 54 岁，留下了一个妻子和三个孩子。你说怎么会有人就这样死在电梯里？”

“也许电梯垂直降落到了机井底部，或者是被人挤死了？”

“恐怕我是爱莫能助了。”

“还有一个人，”维兰德说，“这个人查找起来可能还要困难些。而且她很有可能也已经死了。”

“她叫什么名字？”

“范妮·克拉斯特龙。”

“又是个记者？”

“是个女招待。”

“嗯。如你所说，这个可能还要难查一些。不过她的姓名倒不常见，不论是范妮还是克拉斯特龙。”

马丁森开始搜索起来，维兰德则在电话的另一头等着。他听到他一边在键盘上打字一边哼着小曲。马丁森通常都很忧郁，不过他现在心情显然很好。真希望他一直都能保持这样，维兰德心想。

“待会儿我再给你回复，”马丁森说，“这还需要查上一段时间。”

实际上，马丁森只查找了不到 20 分钟。他打来电话，告诉维兰德那位 84 岁的范妮·克拉斯特龙如今正住在斯马兰的马卡吕德市 [1]。她在一处名叫里尔花园的养老院里有间自己的房子。

“你是怎么做到的？”维兰德问道，“你肯定你找对了人吗？”

“十分肯定。”

“你怎么能那么确信呢？”

“我都已经跟她聊过了。”马丁森说，这让维兰德大吃一惊，“我打电话给她，她告诉我说她当了将近 50 年的女招待。”

“太棒了。总有一天，你得好好跟我说说你是怎么办到这些我办不到的事的。”

维兰德记下了范妮·克拉斯特龙的住址和电话号码。据马丁森所说，她声音虽然听起来苍老沙哑，可脑筋却很清醒。

打完电话后，他走到屋外。天空湛蓝，骄阳似火。几只鸢鹞鹰正在田野边上迎风翱翔，寻觅着猎物。维兰德突然思索起来。除了现在所拥有的这些，自己到底还想要些什么呢。什么也没有，他心想。或许是希望能在冬天最冷的时候去南方旅游一趟。在西班牙找个小房间。不过他很快就打消了这个念头。在那里，周围的人全说着他永远都学不好的外语，他永远都不可能感到自在。种种情况来看，斯科讷省就是他的终点站。他会尽可能久地待在自己的屋子里。等到他再也不能自理时，他希望一切能结束得快些。最让他害怕的，就是到了一定时候，垂垂暮年，却什么事都不能做，只能坐着等死。

他做了个决定。他要开车去马卡吕德，去拜访一下那位女招待。他不知道这

[1] 马卡吕德市（Markaryd）：瑞典南部克鲁努贝里省的一个自治市。

次访问会不会有什么好结果，但是他却抑制不住自己因报上文章而生的好奇心。他拿出了以前学校发的地图册。到马卡吕德只有几个小时的车程。

第二天他就出发了。出发前，他给琳达打了个电话。她仔细地听着他所说的话。他一说完，她便宣布要跟他一起去。他有些生气，质问在这样的一个三伏天里，她怎么可以带着克拉拉舟车劳顿。

“汉斯今天在家，”她说，“他可以照看他女儿。不过你是不想让我去。我听出来了。”

“你怎么这么说呢？”

“我不过实话实说。”

事实确实如此。维兰德一直都想独自开车向北前往斯马兰森林。这是他的一个小小乐趣，无人陪伴的开车旅行。他喜欢那种独自一人在车里的自由自在，收音机想开就开，想停就停，随心所欲。

他承认琳达看穿了他。

“我们今后还能万事好商量吗？”他问。

“当然能了，”她说，“不过有时我觉得你还真是有点古怪。”

“你没法选择你自己的父母。如果我古怪的话，那都是因为你爷爷的遗传基因，他才真是个怪人。”

“祝你好运。记得告诉我事情进展。老实说，我得承认，你确实是个永不言弃的人。”

“那你呢？”

她轻轻一笑。

“和你一样。我都不知道那几个字是怎么写的。”

维兰德上午 11 点才出发。等到 1 点，他已经开到了艾尔姆胡尔特市[1]，并在那里的一家拥挤的宜家餐厅里用了午餐。排在柜台前面的长长队伍让他感到很焦躁。他很快吃完饭，继续往前开车，但后来却拐错了个弯，又过了一个小时才到达马卡吕德。加油站的服务员跟他详说了去往那个隐蔽的里尔花园的最佳路线。

[1] 艾尔姆胡尔特市（Almhult）：瑞典南部克鲁努贝里省的一个自治市。

刚一下车，他便惊奇地发现这里和尼可拉斯花园很像。想到这里，他便不禁好奇，不知西格妮那个所谓的叔叔有没有再去看望过她。只要一有空，他会再去查个清楚。

一个穿着蓝色工装裤的老人正弯腰勾背地摆弄着一台倒着放置的割草机。他拿着根棍子一个劲儿地往里戳着，想要挑出缠在刀口里的大块草团。维兰德向他打听范妮·克拉斯特龙。他站起身，伸直了腰。

“她的房间就在一楼的尽头。”他说话带着浓重的斯马兰口音，所以维兰德听得有些费力。

“她还好吗？”

老人看着维兰德，有些好奇又有些疑惑。

“范妮年纪大了，身体也不好。你是谁？”

维兰德出示了自己的警察证，但立马又后悔起来。他这样做会不会让范妮被人说三道四呢，说是有警察来找她？但现在后悔也晚了。蓝色工装裤老人已经仔细查看起了他的证件。

“你是从斯科讷省来的，我听得出来。是于斯塔德吗？”

“你说的没错。”

“你就一路大老远地跑到这里，跑到了马卡吕德？”

“实际上，我来并不是要处理案件，”维兰德尽量以友善的语调说道，“这算是私人拜会吧。”

“那范妮可要高兴坏了。几乎没什么人来看望她。”

维兰德朝割草机点头示意了一下。

“你最好还是戴上耳塞。”

“我也听不见什么。我年轻的时候当矿工，耳朵早就给毁了。”

维兰德进了大楼，沿着走廊一直走到了左侧。一位老人正站在窗旁，盯着外面一幢破败不堪的建筑的后方。维兰德不禁打了个寒颤。他在一扇挂有彩色蜡笔花朵图案的门前停了下来。

突然他想要抬脚转身离去。不过最后他还是按下了门铃。

CHAPTER 25 东方敌人

范妮·克拉斯特龙打开了门——非常迅速，仿佛她在那里等他等了很久似的，她满面笑容地望着他。他是她期盼已久的客人，她没多细想就将他领进了房间，关上了门。

维兰德觉得自己仿佛进入了一个失落已久的世界。

范妮·克拉斯特龙的身上散发着一股桤木燃烧的味道。这也是维兰德那段短暂的童子军时光里的一种味道。当时他跟队伍一起外出徒步旅行。他们在湖畔支起了帐篷——那湖好像是克拉基霍尔姆湖，后来维兰德在那里有过好几次不愉快的人生经历——然后用刚刚锯下的桤木点燃了篝火。不过那时候斯科讷省的湖边真的种有桤木吗？维兰德觉得以后可以再好好想这个问题。

范妮·克拉斯特龙有一头蓝色的卷发。她将头发盘得很优雅，也许她是想时刻准备着接待不速之客。微笑的时候，她露出一口漂亮齐整的牙齿，让维兰德十分眼红。他 12 岁起开始补牙，此后就一直在与牙齿保健和老是训斥他的牙医进行着不懈斗争。他的牙齿现在大都还在，可他的牙医却警告他说，若是他再不好好仔细刷牙的话，那他的牙齿很快就会全部落光。但是 84 岁高龄的范妮·克拉斯特龙却有着一口好牙，闪着亮光，像是少女的牙齿一般。她没问他是谁，也没问他想做什么，只是领他走进了四面墙上挂满镶框照片的小客厅。窗台和搁架的上面都摆放着精心照料的盆栽植物和攀缘植物。房间里简直是一尘不染，维兰德心想。他照着她手势所指在沙发上坐下，并客气地说喝杯咖啡就好。

等她进到小厨房之后，他便在屋子里四处走动，查看起墙上的所有照片。其中有张是1942年的结婚照：上面是范妮和一位穿着正式西装头发溜平的男人。在另一张照片里，维兰德又看到了这个男人。这一次他穿着工装裤站在船上，是由别人从码头上拍摄的。从其他的照片中，他推断出范妮只有一个孩子。等到听见瓷器叮当作响的声音渐行渐近时，他便又坐回到了沙发上。

范妮稳稳当当地把咖啡端了上来，她还保留着多年女招待工作所练就的技能，连一滴咖啡都没弄洒。她坐在他对面稍显破旧的扶手椅上。一只斑纹灰猫不知从哪里冒了出来，跳到她的膝上坐定。她举起杯子，维兰德也跟着照做，然后尝了口咖啡。味道很浓。结果一不小心他呛着了。他猛烈地咳嗽着，眼泪都咳了出来。平静下来之后，她递给了他一块餐巾。他擦了擦眼泪，看到上面绣着“比尔灵根酒店”几个字。

“也许我应该先说说为什么会到这里来。”他说。

“友善的人随时都欢迎。”范妮·克拉斯特龙说。

她说着一口标准无误的斯德哥尔摩口音。维兰德弄不明白她为什么要选择马卡吕德这么一个偏僻的地方养老。

维兰德将打印出来的报道放在了铺有刺绣台布的桌上。她没有费神去读那篇报道，只是瞟了眼上面的两张照片。但这一瞟似乎就已经让她想起了什么。维兰德一开始就没打算从最困难的部分下手。他先是以礼貌的语调饶有兴趣地谈起了这墙上挂着的照片。她也毫不犹豫，立马就聊起了那些照片，这么一来也算是简单概括了一下她的整个人生。

1941年，范妮——当时她的姓氏还是安德森——遇见了一位名叫阿恩·克拉斯特龙的小伙子。

“我们疯狂地坠入了情网，”她说，“我们是在动物园岛的渡船上认识的，是在从绿林乐园出来的返程路上。到了斯鲁森区，我正准备上岸，结果给人绊倒在地上。他把我扶了起来。要是我当时没跌倒，那现在又会怎样呢？不管怎样，我是彻底坠入了这命中注定的爱情。我们谈了两年，然后结婚，我怀了孕，阿恩又是兴奋又是犹豫，不知在那种情况之下自己是否还该继续从事交通护航工作。人们很容易忘记，那些年，虽然我们没有直接参战，可不知有多少水手都因船只遭遇水雷而命丧黄泉。不过阿恩相信自己不会出事，我也完全想象不出他会出什么事。我们的儿子冈纳，是在 1943 年 1 月 12 日的早上 6 点半出生的。那时阿恩正好上岸休息，于是他也看到了自己的儿子，不过那也是唯一的一次。9 天后，他的船在北海被水雷炸毁。什么都没找到——不论是船只残骸还是船员尸首。”

她停顿下来，望了望墙上的照片。

“不管怎样，”过了一会儿她接着说道，“我就这样永远失去了生命中的挚爱，一个人独自照顾着儿子。我也想过再找个男人一起生活，毕竟当时我还很年轻。可没人能比得上阿恩。无论他是死是活，他都是我的真爱、我的丈夫，没人能取代他。”

她突然开始默默地啜泣起来。维兰德也觉得喉头有些哽咽。他将刚才给他的餐巾又默默地递给了她。

“有时候我就希望能有人分担一下我的忧伤，”她说，眼睛里依然泛着泪花，“也许这就是孤独总是会让人感到压抑的原因。想想看吧，你得把一个素不相识的人请进家里，才能有人与你一同哭泣。”

“那你的儿子呢？”维兰德试探地问道。

“他住在阿比斯库，离这非常远。他一年会来看我一次，有时是一个人，有时会带上妻子和孩子。他总是劝我搬到他那里去，可那地方太靠北，对我来说实在是太冷了。我做久了服务员，腿脚肿胀，适应不了寒冷的气候。”

“他在阿比斯库干什么？”

“做些林业相关的事。我想他是管理树木数量的。”

“可你却在马卡吕德定居？”

“我小时候一直住在这里，后来一家人搬去了斯德哥尔摩。我当时一点儿也不想离开。搬回来就是想证明我还是原来那个固执的我。而且这里消费不高，当服务员可攒不了多少钱。”

“你是不是做了很久的女招待？”

“这么多年来一直都是。全都是茶杯、玻璃杯、盘子什么的，进进出出、马不停蹄。什么餐馆啊酒店啊，有次还去了诺贝尔颁奖宴会。最荣幸的是，我还曾为海明威上过菜。他居然还看了我一眼。当时我真想开口，请他写本二战时期众多船员悲惨命运的书，当然了，我什么都没说。我记得那是 1954 年。总之，那时阿恩已经去世了很多年，冈纳也长成了个小伙子。”

“但是你有时也会在私人宴会上工作，不是吗？”

“我喜欢有点变化的生活。而且我也不是那种看到老板做事不对却还能忍气吞声的类型。我常常会去抗议，不是作为个人，而是作为同事们的代表，当然了，我也会因此时不时地卷铺盖走人。那时候，我可是工会的积极分子。”

“聊聊你在这次私人聚会上的工作吧。”维兰德觉得现在时机已到。

他指了指报纸上的文章。她拿起挂在脖子丝带上的一副眼镜戴上，浏览了一下文章，然后又放在了一旁。

“先容我做个自我辩护，”她大笑道，“给那些令人不快的军官们当服务员，报酬倒是不错。像我这样一个穷服务员，如果做得好的话，那一个晚上就抵得上平时一个月的工钱。那些军官要回家的时候一个个都是醉醺醺的，有些人还常常把成百成百的钞票像是农民往田里泼粪那样地散发出去。这些加起来可不是个小数目。”

“这地方在哪里？”

“在东马尔姆区——文章里头没说吗？这屋的主人以前曾和裴尔·英达尔[1]的纳粹活动有些关联。虽然这人的政治观点让人觉得恶心，却是个非常好的厨子。他曾为一些逃到阿根廷的德国高级军官当大厨，赚了不少钱。那些人出手阔绰，他也是别人点什么就能做什么，时不时地还会说句希特勒万岁。到了 20 世纪 50 年代末，他就回来在东马尔姆区买了房。我刚才跟你说的每一句话都有可靠的消息来源。”

“什么样的来源？”

她犹豫了一会儿，又回答道：

“我以前是英达尔活动组织里的成员，不过后来脱离了组织。”她说。

维兰德开始发觉自己其实并不是很了解范妮·克拉斯特龙的背景。

[1] 裴尔·英达尔（Per Engdahl，1909—1994）：瑞典极右派政治领袖，倡导法西斯主义。

“我想你并不仅仅是工会圈子里的积极分子吧，你对政治应该也很有兴趣吧，不知我说的对不对？”

“我可是一名活跃的共产党员。从某种程度上说，我想我现在依然还是。全世界的人们共同联合起来这个观点依然还是我心中唯一坚定的理想。在我看来，这是唯一毋庸置疑的政治真理。”

“你申请去那些军官那里当服务员和这有什么关系吗？”

“是办宴会的人让我去的。我觉得能去听听保守的海军军官之间的对话也很有意思。没人会怀疑一个腿脚肿胀的女招待居然会记住他们所说的话。”

维兰德掂量着刚才那番话语的分量。

“然后你把听到的话又给重述了出去，你不觉得这是一种不当的行为吗？不觉得这有点冒险吗？”

她已擦干了眼泪，如今正以一种感兴趣的眼光揣摩着他。

“‘不当的行为’？我范妮·克拉斯特龙从来就没做过间谍，如果你是那个意思的话。我真不明白，为什么警察总喜欢把话说得那么复杂。我就只是在党支部里跟我的党员同志们讲过，仅此而已。就像其他人会跟别人聊聊公交司机或售货员的态度那样。在 20 世纪 50 年代，不光非社会党派人士会把我们共产党视为潜在的叛徒，就连社会民主党的人也都这么想。不过，当然了，我们根本就不是那样。”

“那我们就别谈这个问题了。不过我是个警察，那样顺着去想也很正常。”

“那都已经是 50 多年前的事了。不论那时说过什么或是做过什么，现在肯定都已经过时没用了吧。”

“那可未必，”维兰德说，“历史并不只是我们的身后之事，它还会跟着我们一起前行。”

她没有发表意见。他也不清楚她有没有听懂他话里的意思。维兰德又将话题引到了那篇报道上。他注意到范妮·克拉斯特龙有种抑制不住的想要和人聊天的欲望，这也就是说，一不小心，他们的谈话可能就会持续很长时间。

将来他会不会也变成这样呢？变成个上了年纪的孤老头子，碰到个人就会紧紧抓着不放，尽可能地说个没完？

女招待范妮的记忆力很好。虽然那张打印出来的模糊照片上聚着一大群身着制服、佩戴勋章的人，但她竟然记得其中的大多数人。她评述犀利，往往还出言不逊，不过在维兰德看来，她的话显然经过了深思熟虑。比如说，其中有位喜欢讲黄色笑话的苏纳森中校，就被她描述为“不好笑，很粗鄙”。这位中校也是一个极端仇恨帕尔梅的人，还好几次公开提议要清算这个“苏联间谍”。

“一想到苏纳森中校，我就觉得讨厌，”她说，“帕尔梅在斯德哥尔摩街上被人射杀了之后，过了两天，这些军官就预定了一场宴席。当时苏纳森还起身提议让大家一起干杯，为的是感谢奥洛夫·帕尔梅总算是有自知之明，知道自己该从人世上消失了，这样就再也不会去毒害所有正直公民所呼吸的空气了。我记得他说的每一个字，当时我差点儿就要往他身上泼东西了。那可真是一个糟糕的夜晚。”

维兰德指了指哈坎·冯·恩科。

“你对他的印象如何？”

“他算是好的那类人。酒喝得不多，话也很少，大都是在听别人说。他也是很有礼貌的一个人。可以说，他确实有注意到我这个人。”

“那他恨不恨帕尔梅呢？担不担心苏联呢？”

“这点他们都是一样的。他们都认为瑞典应该加入北约——逃避而不加入简直就是耻辱。他们许多人还觉得应该要赶快掌握核武器，觉得只要能在一些潜艇上安装上那种武器，瑞典的国界就可以守得住了。所有的谈话基本上都是围绕着上帝与恶魔之间的斗争。”

“是指从东边来的恶魔吗？”

“还有上帝圣父，大家也都知道那指的是美国。20 世纪 50 年代，政府和高级官员之间显然有个秘密协定，那就是美国飞机可以自由地进出瑞典国境。我们的航空调度员都设定了些供美国人知道并使用的特定代码。因此，美国佬所要做的就只是在他们的挪威军事基地起飞，然后飞往苏联。我记得当时我还很为这事担心，还曾和朋友一起讨论过这个。”

“但那些潜艇呢？”

“这个我们一直都有在谈。”

“也谈过在卡尔斯克鲁纳附近搁浅的那艘潜艇吗？是不是还有在哈什弗加登

海湾出现的那些？”

她的回答令他大为吃惊。

“那是两件完全不相干的事情。”

“怎么可能？”

“当时确实是有苏联潜艇在卡尔斯克鲁纳的附近搁浅。不过可没什么证据能表明当时潜藏在哈什弗加登海湾水面之下的到底是个什么东西。那次肯定是故意的。”

“你这话是什么意思？”

“他们向那个可怜的船长敬了好几杯酒——那人叫什么名字来着？”

“古辛。”

“是的，就是这个名字。他们都称他为可怜的古辛。当时他肯定是醉过了头才会把潜艇卡在瑞典的岩石里。所以他们终于逮住了他们一直想要的苏联潜艇。难道不是吗？而且这还毫无疑问地证实了当时总喜欢躲在瑞典领海里玩把戏的就是苏联人。但是提到哈什弗加登海湾，可就没什么人要向什么苏联船长敬酒——你明白我的意思了吗？”

“你的意思是，当时哈什弗加登海湾的海底根本就没有苏联人潜藏在那里？”

“不管怎样，他们根本就证明不出什么。”

范妮·克拉斯特龙继续狂热地说着维兰德知之甚少的东西。他从未试图掩饰自己极其有限的历史知识。年轻的时候他对那些东西就不怎么感兴趣。不过现在他却在认真地听着范妮·克拉斯特龙所说的话。

“所以苏联就是敌人。”维兰德说。

“我们国家的军人当时没人不这么想。那些军官们，不论何时相见，一聊起天来就好像我们当时已经在和苏联打仗了似的。从来没人去想一想，其实美国也有可能是个极大的威胁。”

“他们为什么要举办那些宴会？”

“为了吃好喝好，顺便谴责那些‘威胁了瑞典主权’的政治家。那都是他们常用的字眼。最常针对的就是社会民主党。虽然大家都知道奥洛夫·帕尔梅是个坚定的民主党，但圈子里的人通常都把他称作‘共产党’。”

范妮不顾维兰德的婉拒，又起身去倒了些咖啡。他已经有些胃痛了。等她回来之后，他便解释了自己到马卡吕德来访的真实原因。

“报纸上最近有什么和那对失踪夫妻有关的报道吗？”听完他的叙述后，她问道。

“那个女的，路易斯，最近被发现死在了斯德哥尔摩的郊外。”

“可怜的女人。出了什么事？”

“很有可能是被人杀害的。”

“为什么？”

“目前还没查明原因。”

“男的就是照片里的那个军官吗？”

“是的，哈坎·冯·恩科。如果你还能再想起一些和他有关的什么事情，我愿洗耳恭听。”

她冥思苦想，仔细端详着那张照片。

“这人不大好回想，”终于她开口道，“我想我已经把能想起来的都告诉你了。说不定这点本身就能说明些问题。他几乎不怎么惹是生非，只是静静地坐在那里。他不是那种喝个没完讲个不停的人。我记得他总是面带微笑。”

维兰德皱了皱眉。她会不会是完全记错了？

“你肯定他总是面带微笑吗？在我的印象当中，他可是个非常严肃的人。”

“那我也有可能是记错了。不过有一点我很肯定，他不是那种好战分子。相反，在我的记忆里，他是那种极少数的和平爱好者，有时还会开口声援一下什么的。我不会记错的，因为我对这点很感兴趣。”

“对什么感兴趣？”

“和平。20世纪50年代早期，有些人要求瑞典放弃核武器，我也是其中之一。”

“那么，哈坎·冯·恩科是支持和平的咯？”

“我记得是这样的。不过那都是很多年前的事了。”

维兰德看得出她真的已经是尽力了。他呷了口咖啡，但实际上又没喝进去多少，然后慢慢嚼起了一块曲奇饼。就在这时，他补牙的镶嵌物掉了，牙也跟着立刻疼了起来。他把镶嵌物用餐巾纸包起来，放进了衣服口袋里。现在正值盛夏，维兰德的牙医肯定已经外出度假了，恐怕他也只能去找急救中心了。一想到自己的身体如今已经开始支离破碎起来，他便有些恼怒。一旦最重要的部件停止工作，那一切就将结束。

“美国，”范妮·克拉斯特龙突然打断了他的思绪，“我又想起了另一件事。”

在她的脑海当中，有件让人特别难忘且印象深刻的事情，所以如今她才能够清晰地回忆起来。

“这是我最后一次在那宴会上干活时发生的一件事情。那时已经有人提出要求，说是想看穿短裙的年轻姑娘，而不是我们这些腿脚肿胀的老家伙。我倒也没什么可烦恼的，因为我也没打算继续伺候那些人的吃喝。他们通常会在每个月的第一个星期二举办聚会。那应该是 1987 年三月份的事。我之所以记得那么清楚是因为当时我刚好把左手的小指头给弄断了，已经有好长一段时间没有去工作了。就在那天晚上，我又重新开始工作。每次宴会快要结束的时候，他们总会去一个放着皮椅和暗黑书柜的黄褐色房间里喝些咖啡、白兰地或是别的什么东西。我记得这些是因为我一直都很喜欢看书。有时我来得太早，就会在宴会开始摆桌之前去那个房间看一下那里的书。很快我就吃惊地发现，那些书都是假的——只有封面，里面什么都没有。这些东西肯定是屋子的主人或是他雇佣的室内设计师从道具供应商那里买来的。记得当时我心里很受打击，觉得那些人根本就不值得敬重。”

她在扶椅里坐直身子，好像生怕一不小心就弄不清故事的脉络似的。

“突然有名军官开始谈论起了间谍，”她继续说道，“当时我正拿着一瓶非常昂贵的干邑到处走动为他们添酒。对他们而言，谈论间谍也不是什么不寻常的事。温纳斯特龙就是一个常常被提起的话题。有好几个人还在喝醉酒后扬言说自己特别想要亲手杀了他。我记得有位海军上将，名字好像叫冯·哈特曼，就曾提议说应该拿俄式三弦琴的琴弦将温纳斯特龙慢慢勒死。然后哈坎·冯·恩科就开始发话了，他问为什么似乎根本就没人担心美国可能也有间谍在瑞典活动。这话激起了众人的强烈反响，后来还恶化成了一场极其不快的争吵，好几个军官都质疑起了他的忠诚。当然了，他们全都喝醉了，不过冯·恩科可能并没喝醉。总之，他非常生气，站起身，怒气冲冲地走出了房间。我给他们当服务员这些年来，以前从没见过有这种事情发生。我不知道他后来回来了没有，因为后来去的都是年轻漂亮的女招待了。我之所以记得这事，是因为我和我朋友也都是这么想的。如果苏联人在瑞典有间谍的话——不过他们也确实是有——那美国人肯定也有。可那些军官都不愿意相信这点。或者至少是心里明白，但嘴里却不愿意说出来。”

她站起身，想要再给他倒些咖啡。维兰德笑了笑，将手盖在了杯子上。她再次坐下的时候，他忍不住看了两眼她那双肿胀的腿脚以及上面的扭曲血管。他脑海里浮现出了当年她在宴会大厅里为那些军官们上菜上酒的样子。

“总之，我就记得这些了，”她说，“也不知能不能派上点用场？”

“肯定有用，”维兰德说，“每一点信息都会帮助我们进一步了解事情的真相。”

她取下眼镜，仔细端详着他。

“他也死了吗？”

“不清楚。”

“会不会是他把她杀了？”

“这个也不清楚。不过当然了，万事皆有可能。”

“男人杀妻之事也是时有发生，”她叹口气道，“有时候他们声称自己本来也要跟着自杀，可他们大多数人都没那种勇气。”

“是的，”维兰德说，“确实是常有的事。一到紧要关头，男人就会变得胆小懦弱。”

她突然又哭了起来，泪水顺着面颊断断续续地淌了下来。维兰德又觉得喉头哽咽起来。孤独真的不是什么好事，他心想。她坐在一整屋子的无言照片之中，唯有回忆相伴左右。

“我以前还从没哭成过这样子，”她一边说一边擦干了面颊，“不过我丈夫也会时常回来看我。年纪越大，我就越觉得他回来得频繁。我想他肯定一直在地底下等我，一直想要拉我下去。很快我就要去陪他了。我也觉得已经活够了。尽管如此，可我还在活着。心已苍老疲惫，跳动依旧如此；我的黑夜来临，他人幸福将至。”

“押着韵了。”维兰德说。

“我知道。”她说，突然放声大笑起来，“一个老太婆孤独的时候也会想出诗意的东西。”

维兰德站起身，感谢了她的热情招待。尽管他看得出她腿脚不便，可她还是坚持要把他送到车子跟前。之前摆弄割草机的人已经不在那里了。

“夏天让人心生渴望，”握手道别时她开口道，“我丈夫已经过世60多年了，可我还是对他有种强烈的渴望，就像我们初次相遇时那样。你们当警察的也会有这种类似的感受吗？”

“哦，有的，”维兰德说，“当然也是有的。”

他开车离去的时候，她挥手道别。此后再也不会相见了，他心想。他离开村子，收拾了一下拜访范妮·克拉斯特龙时的忧郁心情，却总是忍不住想起她所说的丈夫杀妻之后又不敢自杀的话。在和赫尔曼·埃伯见过之后，他脑子立刻就冒出了一些想法，其中有一个就是路易斯说不定是被哈坎所杀。但现在既没有明显的动机，也没有证据线索。只不过是多种可能性中的一个。不过听完范妮·克拉斯特龙所说的那些话后，他觉得似乎得重新考虑一下那个站不住脚的假设了。他一边驾车穿过斯马兰森林，一边竭力地想象着可能会导致路易斯被丈夫杀害的各种情况。

等车开到了家，他依然没有想出什么头绪。

那天晚上，他久久不能入睡。他一直都在想着范妮·克拉斯特龙的事情，想着想着就渐渐睡着了。

CHAPTER 26 临终之行

电话响起的时候，维兰德还在睡觉。那是他父亲生前用过的电话，是他在清理老人家勒德吕普的房子准备将其售出的时候发现的。出于种种伤感的缘由，他把它抢救了回来。他本想让电话就这么一直响下去，可最后还是起床接了电话。是警局新来的前台接待员打来的，之前一直在前台工作的艾芭如今已经退休，还和丈夫一起搬到了他们孩子居住的马尔默市中心的公寓。维兰德想不起来这个新来的接待员的名字——也许是叫安娜，不过他也不确定。

“这里有位女士想要知道你的地址，”她说，“只有得到你的许可，我才可以告诉她。她是从国外来的。”

“当然可以，”维兰德说，“我认识的所有女人都是国外来的。”

接着他也打起了电话，打到第三个他才成功地找到了一个可以在一个小时后替他诊治的牙医。

直到中午，他才从牙医那里回到了家。他正思考着午餐该吃点什么，这时大门响起了一阵敲门声。他刚一打开门，就立刻认出了眼前人，尽管她已经有了些变化。她就是来自拉脱维亚里加的贝芭·利帕。如今站在他家门口的确实就是她本人，只是变老了一点，脸色也苍白了一些。

“我的天哪！”他说，“要我家地址的那位女士就是你吗？”

“我不想打扰你。”

“你怎么可能会打扰我呢？”

他拥抱了她一下，发现她变得非常消瘦。他们之间那段短暂而又炙热的恋爱都已经是 15 年前的事了。他们最近一次接触也都是 10 年前的事了。那时维兰德刚好喝醉了，于是在半夜里给她打了个电话。不用说，事后他很后悔，决定以后再也不跟她联系。可是现在，看着站在眼前的她，他觉得心中的情感又涌动了起来。他们的爱恋是他人生之中最富激情的一次经历。和她在一起的那段时光，也使他认清了自己和莫娜之间旷日持久的僵局。他和贝芭一起享受到了难以想象的极致快感。他甚至还渴望起了新的生活，想要与她结婚，可她拒绝了他。她不想再和警察一起过日子，不想去冒再次变成寡妇的风险，不想再去经历以前经历过的一切。

他们面对面地站在了客厅。他依然不敢相信，她居然会不顾时空阻隔重新出现在他的面前。

“我从没想到会有这事，”他说，“没想到我们居然还能再次相见。”

“你从来都不联系一下。”

“是的，我没有联系。我希望该过去的都过去了，该结束的也都结束了。”

他把她领到沙发边上，然后在她身旁坐下。他突然觉得事情好像有些不对劲。她脸色苍白，疲惫万分，行动也不灵便。

她也和以往那样看出了他的想法，然后她拉住了他的手。

“我想再见你一面，”她说，“你以为有些人已永远成为了过去，可有一天你醒了过来，发现生命中有些特别重要的人你根本就没法完全忘怀。”

“你到我这来有什么特殊的原因吗？”维兰德说。

“我想喝杯茶，”她说，“你确定我没打扰到你吧？”

“这里就我和一只狗，”维兰德说，“没别的了。”

“你女儿呢？”

“你还记得她的名字吗？”

贝芭似乎有些生气。维兰德想起了她的易怒个性。

“你真的以为我会忘了琳达吗？”

“我以为你已经把和我有关的事情全都抹去了。”

“我一直都很烦你这点——总是喜欢小题大做。怎么可能会有人‘抹去’一个自己曾经爱过的人呢？”

维兰德要起身去厨房泡茶。

“我跟你一起去。”她说着站起身来。

一看到她费劲的样子，维兰德就意识到她生病了。

她往炖锅里倒了些水，然后把锅放在了炉灶上，好像立刻熟悉了他家的厨房。他拿出母亲留给他的茶杯——唯一保留下来供他想念的物件。然后两人坐在了餐桌旁。

“你这屋子可真够漂亮的，”她说，“我记得你曾说过想要搬到乡下去住，可我没想到你真的做到了。”

“我也没想到我会做到。更不用说我居然还买了条狗。”

“叫什么名字？”

“是只公狗，叫尤西。”

他们突然止住了对话。他悄悄地望着她。明亮的阳光从厨房的窗户照射进来，映衬着她那憔悴的面容。

“我从没离开过里加，”她漫无目的地说道，“虽然我卖出买进换过两次更好的公寓，但从没想过要到乡下去住。小时候，我曾被送到爷爷奶奶那里住了好几年，拉脱维亚的乡村只能让我联想到极度贫困。也许现在那里已经不是那样了，可我还是没法摆脱那种印象。”

“我们在一起的时候，你是在大学里工作。那你现在做什么呢？”

她没有应答，喝了口茶，然后把茶杯挪到了一旁。

“其实我还是一个称职的工程师，”她说，“难道你忘了吗？我们相遇那会儿，我正在替工学院翻译科学文献。不过现在我没做了。我生病了，不能再做了。”

“你的病是什么情况？”

她平静地答道，仿佛并不是什么大不了的事似的：

“我要死了。得了癌症。不过现在我不想说这个。你介不介意我躺一小会儿？我一直都在吃止痛药，那药效实在太强，弄得人总想睡觉。”

她朝着沙发走去，不过维兰德却把她领进了自己的卧室。几天前他刚好换了件床单。他铺好床，然后让她躺下。她脑袋陷在枕头里，像是完全消失了一样。她面色苍白地微笑起来，仿佛回忆起了什么事情。

“我以前是不是也在这张床上睡过？”

“你当然睡过了。这还是以前的那张床。”

“我就睡个小觉，就一个小时。警局里的人说你正在休假。”

“你可以想睡多久就睡多久。”

他不清楚她有没有听到他说的话，也不清楚她是不是已经睡着了。她为什么会来这里看我，他满心疑惑。我可真是受够了，什么死亡啊不幸啊，什么嗜酒如命的妻子，什么被人杀害的母亲。刚一想到这些，他又立刻后悔了起来。他小心翼翼地坐在床尾，望着她。往日的情爱突然涌上了心头，他顿时难过得颤抖起来。我不想她死，他心想。我想要她活着。说不定她现在已经做好了和警察一起生活的准备。

维兰德走到屋外，在花园的椅子上坐下。过了一会儿，他把尤西放出了狗窝。贝芭开的是一辆挂着拉脱维亚车牌的雪铁龙旧车。他打开手机，看到琳达刚给他打过电话。他给她打了回去，听到他的声音她似乎很高兴。

“我刚想告诉你汉斯得了笔奖金。好几十万瑞典克朗。也就是说，我们可以改建房屋了。”

“那钱真是他赚来的吗？”维兰德好奇道，语气里暗含着一丝嘲讽。

“为什么不是他赚的？”

维兰德告诉她贝芭过来看他了。琳达听着他说那个正躺在他床上睡觉的女人的事情。

“我看过她的照片，”等他说完之后，她开口道，“你以前也有提到过她。不过老妈说她就只是个拉脱维亚的妓女。”

维兰德勃然大怒。

“你母亲有时候还真是恶毒。居然说出那样的话来，这实在是让人觉得可耻。贝芭可是有不少莫娜所欠缺的优点。那话她是什么时候说的？”

“你觉得我能记得住这些吗？”

“我想我得给她打个电话，叫她永远都别再跟我联系。”

“你那样做又有什么好处？她大概也是因为嫉妒才会那样的。人只要嫉妒起来就会说出那样的话。”

维兰德虽然很不情愿，但也承认她说得有道理，于是头脑也冷静了下来。然后他告诉她贝芭的病情很严重。

“那她是不是过来跟你道别的？”她说，“这还真是叫人伤感。”

“我的第一反应也是这个。看到她，我很吃惊，也很高兴。可过了几分钟，我又变得忧郁起来。现在我身边除了死亡和不幸似乎也就没别的什么了。”

“一直以来你都是这样的，”琳达说，“在警察学院里，他们告诫我的第一件事情就是这个，那就是你将来要面对的工作生涯。但是，别忘了，你还有克拉拉。”

“我说的不是那个。是一种日渐衰老的感觉，是那种死亡之爪向你脖子后方慢慢伸来的预感。我只要随便一看，就会发现自己的朋友正变得越来越少。父亲一死，我成了队伍里的下一个了，你懂我的意思吧。克拉拉是这个队伍里的末尾，而我就是排头的那一个。”

“贝芭过来看你，是因为对她而言，你很重要。这才是唯一的重点。”

“过来吧，”维兰德说，“我想让你见见对我而言唯一真正重要的女人。”

“除了莫娜之外。”

“那还用说。”

琳达想了一会儿，开口道：

“我现在正好有个朋友在这，”她说，“雷克尔——你还记得她吗？她是马尔默的警察，和克拉拉相处得可好了。”

“你会把克拉拉也带来吗？”

“我就自己一个人来，马上就到。”

快到下午3点的时候，琳达转弯开进了停车道。她车刹得很猛，生怕撞上了贝芭的车。维兰德总觉得她车开得有些过快，不过另一方面，只要她不再骑摩托车，他也算是松口气了。他常常跟她这么说，可换来的却只是她的嗤之以鼻。

贝芭早就醒了，她喝了点水，还喝了杯茶。她在浴室里待了很长时间。维兰德看到她往自己大腿上注射了一针，不过她却毫不知情。就在那一瞬间，他瞥到了她赤身裸体的样子。想到如今一切已经结束、既无法重温又无法重演，他心中便不禁沮丧起来。

对他而言，贝芭和琳达互道问候的一刻实在是意义非凡。维兰德仿佛又看到了多年前在拉脱维亚所遇见的那个贝芭。

琳达拥抱了她一下，像是再自然不过的举动，然后说她很高兴，终于见到了他父亲生命中的挚爱。看到他俩在一起，维兰德有些尴尬，但也很高兴。如果莫娜也在的话——虽然他刚生过她的气——再加上琳达也把克拉拉抱来的话，那他生命中最重要的四个女人——从某种程度上说也就只有这几位——就全都聚在他屋子里了。今天可真是个大日子，他心想，就在这盛夏之际，就在这行将就木垂垂老矣之时。

一听说贝芭还没吃什么东西，琳达就吩咐维兰德进厨房去做煎蛋，然后自己陪着贝芭走到屋外的花园。他听见窗外传出了贝芭的笑声。记忆里的往事又愈发鲜活了，他也不禁热泪盈眶起来。他很担心自己现在是不是变得太过多愁善感——这种状态，除了醉酒之外，他以前几乎还真的从未有过。

他们是在屋外吃的饭，一直都在跟着树荫挪来挪去。维兰德大都是在听琳达问些有关拉脱维亚这个她从未去过的国家的情况。一个家庭的感觉又重新回来了，虽然时光短暂，他心想。可是很快一切又将结束。然后就会有一个疑问随之而来。那是一个让人最难解答的疑问：宴席散后又将怎样？

琳达待了一个多小时，才说自己必须得回家了。她还带来了克拉拉的照片让贝芭看了看。

“她长大之后肯定跟她爷爷一个模样。”贝芭说。

“但愿不要如此！”维兰德说。

“别信他的话，”琳达说，“他巴不得那样呢。希望以后还能再见到你。”说完她起身回家去了。

贝芭没有回话。关于死亡，他们只字未提。

贝芭和维兰德依旧待在花园里，他们聊起了各自的生活。贝芭问了许多问题，他尽量一一回答。他们两人依旧还过着独身生活。大概10年前，贝芭曾试着和一名医生交往了一阵，不过六个月后，她又放弃了。她从没生养过孩子。维兰德也弄不清楚她到底后不后悔。

“生活真的很美好，”她掷地有声地说道，“自从我们国家开放之后，我也可以到处旅游了。我生活简朴，写过几篇新闻报道，还当过一家公司顾问，协助了他们在拉脱维亚的公司组建。我的钱大都从现在最大的一家瑞典银行赚来。我一年出国两次，比起我们当初相识的时候，我又更加了解了我们现在生存的这个世界。我生活得很好。虽然孤独，但却美好。”

“独自醒来总会让我感到痛苦。”维兰德刚一说完就又立马怀疑起自己刚才所说是否属实。

贝芭笑着回答道：

“我一直都独自生活，除了跟那个医生的那会儿。但那并不意味着我总是独自醒来。没必要因为自己没有固定的恋人，就过着禁欲的生活。”

一想到躺在贝芭身边的那些陌生男人，维兰德心中顿时生起了阵阵妒意。不过，他什么都没说。

贝芭突然聊起了她的病。像以往一样，她描述得非常客观。

“一开始，我老是觉得疲惫，”她说，“很快我就察觉到这样的疲惫可能只是某种更为不祥的预兆。精力枯竭，或是年老体弱，谁也不知道这是怎么回事。后来我听说波恩有位名医，擅长诊断其他医生诊断不了的疑难杂症，于是我就去找他看病。经过几天的体检和取样，他得出结论，说我的肝脏长了个罕见的恶性肿瘤。我带着看不见的死亡通知书回到了里加。我承认，我还动用了所有的关系，十分迅速地进行了手术。可惜为时已晚，癌症早就已经扩散了。几周前，我得知癌症已经转移到了脑部。如今就只剩下不到一年的时间了。我活不到圣诞节了，今年秋天我就会死。所以我就想在剩下的日子里去做些我最想做的事情。这个世上，有几个地方我想再去走走，有几个人我想再去见见。你就是其中的一个——也许还是这里面我最想见到的人。”

维兰德的眼泪夺眶而出，猛然抽泣起来。她握住他的手，结果反倒让他更加难受。他站起身，转身走到屋后。等到情绪稳定之后，他又走了回来。

“我不想让你悲伤，”她说，“我希望你能明白为什么我非要到这里来。”

“我从没忘记过我们一起度过的时光，”他说，“时常还会为此不能释怀。既然你来了，有个问题我想要问你。你有没有后悔过？”

“你是说你向我求婚结果我没答应的那件事？”

“这个问题我一直憋着好久了。”

“从来没有。在那时是个正确的决定，过了这么多年，现在依然也还是正确的决定。”

维兰德一言不发。他心里明白。在她身为警察的丈夫被人谋杀之后，又怎么可能去考虑嫁给一个外国警察呢？维兰德记得当时他千方百计地想要劝服她。可是如果角色调换，他又会是什么态度呢？他又会做出怎样的决定呢？

他们默默无语地坐了好久。终于贝芭站了起来，抚摸了一下维兰德的头发，然后进了屋。看得出，她的疼痛又开始发作了，他估计她又去给自己打针了。可后来怎么也不见她回来，于是他便进屋去看个究竟。原来她已经躺在他的床上睡着了。直到傍晚时分，她才睡醒过来，一开始她迷迷糊糊地不知道自己身在何处，后来她清醒过来，问的第一个问题就是她可不可以在这里过夜。第二天她要搭乘去波兰的渡船，然后再开车回里加。

“这开车回去的路实在是太远了，”维兰德坚定地说道，“我跟你一起去，开车送你回家。然后我再坐飞机回来。”

她摇摇头，说想自己一个人开车回家，就像她来时那样。维兰德坚持不答应，然后她就生起气来，直冲着他叫喊。不过她又立刻平静了下来，并向他道起歉来。他坐在床边，握着她的手。

“我知道你在想些什么，”她说，“你在想，她还能活多久？她什么时候会死？如果我有丝毫气数将尽的迹象，那我就不会待在这里。打一开始我就不会进屋来。当我知道快走到人生尽头、死亡已不可避免时，我并没有想着去延长这种苦痛。我把药和注射剂都拿到了手上。我打算喝着香槟躺在床上死去。我会举杯庆贺，庆贺自己不管怎样，总算是独自走完了这一生，从出生开始，历经人世，又回归暗尘。”

“你不害怕吗？”

话刚出口维兰德顿时想要咬掉自己的舌头。他怎么能问临死之人这个问题呢？可她并没生气。他既失望又尴尬，这才意识到，她早就已经习惯了他的鲁莽冲动。

“不，”贝芭说，“我不害怕。我已经时日无多，我可不能把时间浪费在只会让事情变得更糟的想法上。”

她下了床，在屋子里转了一圈。走到书柜面前时，她停了下来，看到了她以前送给他的一本有关拉脱维亚的书。

“你有没有翻过那本书？”她微笑着说道。

“翻过很多次。”维兰德答道。

这是真话。

后来，维兰德总会常常想起和贝芭一起在勒德吕普度过的时光，他们就像是待在了一个时间静止的房间里，一切全都停止了运动。她吃得很少，大部分时间都盖着毯子躺在床上，有时会给自己注射一针，她总是想要他离她近些。他们肩并肩躺着，偶尔说会儿话，但通常都是沉默不语，有时是她累了不想讲，有时是她刚好睡着了。维兰德也时不时地打着瞌睡，可过了几分钟就会因不习惯有人离他太近而猛然醒来。

她告诉了他这些年来的生活以及她家乡所发生的惊人变化。

“你和我在一起的时候，我们根本就不可能想到会有这样的变化，”她说，“你还记得苏联‘黑色贝雷’部队在里加毫无缘由的射杀事件吗？现在我得承认，那时候，我可真是不敢相信有一天苏联居然会放松对我们的控制。我还想着镇压只会越来越厉害。那时候，最糟糕的就是没人知道有谁可以信任。你的自由，是会给你的邻居带来好处，还是只会吓着他们？他们之中，又有谁会打报告给那个无所不在、任谁也逃脱不了的大耳朵克格勃？现在我知道我错了，对此我很庆幸。不过，与此同时，没人知道拉脱维亚的未来会怎样。资本主义无法解决社会主义或是计划经济遗留下来的问题，民主政治也无法解决所有的经济危机。我想现如今，我们已经是寅吃卯粮了。”

“可你们不是有波罗的海三小虎之称吗？”维兰德问，“就像亚洲那几个成功的国家一样。”

她面带痛苦地摇了摇头。

“我们现在都是在靠借钱度日。还向瑞典借了钱。当然我也算不上是什么知识渊博、富有远见的经济学家，不过我很肯定，瑞典银行冒着极大风险把一大笔钱借给了我们国家。这笔钱恐怕是有去无回了。”

“有这么糟糕？”

“简直是糟糕到不行了。不论是对我国还是对于瑞典银行。”

维兰德回想起了 20 世纪 90 年代初期的那几年，那时他俩互生爱恋。他记得当时人人自危，而且还发生了太多让他费解的事情。表面上，一场重大的政治进展彻底改变了欧洲格局，同时也改变了美国与苏联的力量均衡。直到他为了处理于斯塔德海岸搁浅橡胶艇的死人案件而去了里加，他才开始意识到瑞典的三个邻国居然一直都处在外国势力的掌控之下。冷战其实是一场真正的战争，有些国家还因此受到了占领和压迫。可和他一样出生在 20 世纪 40 年代的同辈人，怎么大都从未真正意识到这点呢？在 20 世纪 60 年代的这段时期里，比起波罗的海三国，遥远的越南离瑞典似乎反而还要更近些。

“我们也很费解。”贝芭说道，此时已是半夜，拂晓的第一缕晨光使天空的颜色渐渐起了变化。“过去我们常说，每一个拉脱维亚人的背后都藏着一个苏联人。可是每一个苏联人的背后都还藏着别人。”

“是谁？”

“即使是在波罗的海三国，苏联人的所思所想其实也都是为了针对美国人的所作所为。”

“也就是说，每一个苏联人的背后都藏着一个美国人，对不对？”

“你也可以那么说。但是谁又真的清楚呢，只有等俄国历史学家告诉我们当年所有事情的全部真相了。”

他们随意地聊着，之后这场意外相逢的闲谈不知不觉地停了下来。维兰德睡着了。他最后一次看手表的时候，上面显示时间为 5 点。一个多小时之后，他醒了过来，发现贝芭已经走了。他跑到屋外，可是她的车已经不见了。花园的桌上有张照片压在了石头下面。那是一张 1991 年 5 月在里加的自由纪念碑前所拍摄的照片。维兰德还记得当时的情景。那时碰巧正好有人路过，然后替他俩拍摄了那张照片。俩人都微笑着紧挨着对方，贝芭还将脑袋搁在他的肩上。照片的旁边还放着一张像是从日记本上撕下来的纸。上面什么都没写，只是画了一颗心。

维兰德立刻就想开车去于斯塔德、去往返波兰的渡船码头找她。他坐上车，发动引擎，却又意识到她根本不希望他这样做。他回到屋里，躺在床上。她的体香还在。

他精疲力竭，于是又接着睡了过去。几个小时之后醒来，他又想起了她所说过的话。每个苏联人背后都还藏着别人。她的这番话倒是提点他考虑了一下哈坎和路易斯夫妻俩的相关事情。每个苏联人背后都还藏着别人。

会是谁呢？他揣度道，他们背后的那个人？谁又是站在另一个人背后的那个人呢？他不知道该如何回答，不过他明白这点非常重要。

他走到屋外的花园，搬来扫烟囱的专用梯子，然后拿着望远镜爬上了屋顶。他看到了开往波兰的那艘渡船。他生命中最为快乐和幸福的大半时光已经随船远去、永不复返了。他既伤感又悲痛，几乎快要崩溃了。

垃圾车来的时候，他还依然待在屋顶上面。不过收垃圾的人并没注意维兰德。他就像只乌鸦一样，高高地杵在那里。

CHAPTER 27 深街谜影

维兰德望着垃圾车开走。波兰的渡船已经消失在了雾色渐浓的斯科讷海岸。他思绪万千、惴惴不安。贝芭离悬崖边只有几步之遥了。她说她就剩几个月的光景了。

他似乎突然看清了真实的自己。一个孤影自怜的男人，一个彻头彻尾的可怜人。他坐在屋顶上，此时心中真正所想的就只有一件要紧事，那就是贝芭要死了，而他却还在人世。

终于他爬了下来。他带着尤西出去散步，但这散步更像是一种逃离。最后他总结道，他就是他。一个忠于职守的男人，甚至还有些精明强干。他一辈子都在努力成为世界正义势力的一部分，但如果他没做到，好吧，那也不止他一个。一个人，除了竭尽全力，还能怎样呢?

天空堆满了乌云。一想到天随时都有可能下雨，他便立马领着尤西穿过了最近正在收割的田地。这些田地，有的已在休耕，有的还在等待联合收割机的收割。他每走 50 步就试着让自己换个新的想法，然而他很难做到。这是他和小时候的琳达一起常玩的一个游戏。现在他正在努力地回想着他的生活种种，想着贝芭面对天定命运之时的勇敢，想着那种他自认为欠缺的勇敢精神。他沿着田埂慢慢走着，任由尤西四处闲荡。

维兰德走了一身汗，他在一个周围堆满了生锈农业机械残骸的水池旁坐了下来。尤西嗅了嗅池子里的水，喝了几口，然后躺在了维兰德的身边。乌云开始渐渐消散，这雨看来是不会下了。维兰德听到远处传来警笛的呼啸声。那是火警的警笛，不是救护车，也不是他们局里的警车。他闭上双眼，努力地想象着贝芭的样子。警笛的声音越来越近，现在已跑到了他的后方，正朝着锡姆里斯港[1]的方向驶去。他转过身。脖子上依旧挂着刚才在屋顶上用的望远镜。警笛声现在又变得更加响亮。他站起身来。会不会是他邻居家的房子着火了？他希望着火的不是汉森斯一家。那对老夫妻里，埃林根本就动不了身，而鲁恩，没有拐杖几乎就走不了路。警笛声越来越近。他举起望远镜，惊恐地发现那消防车居然停在了自己家的门口。他跑了起来，尤西也在前面跑了起来。他时不时地停下，拿起望远镜看看房屋的状况。每一次，他都以为会看到火焰冲破他刚刚坐过的屋顶，或是滚滚浓烟从砸碎的玻璃窗中冒出。然而他什么都没看到。只有警笛的消防车，以及团团围住的消防员。

他跑到屋子前，心也跳得特别厉害，像是要从胸口蹦出来似的，而消防队长彼得·埃德勒正在抚摸着早早到屋的尤西。他朝着跑得跌跌撞撞的维兰德笑了一下。消防员们已经开始准备撤离了。彼得·埃德勒和维兰德年纪相仿，长着满脸雀斑，还带着点斯马兰口音。他们有时会在一些相关案件调查中碰面。维兰德对他十分敬重，也很欣赏他的冷幽默。

“我手下有个人知道你住在这里。”埃德勒一边说一边接着抚摸尤西。

“出什么事了？”

“这话该我问你吧。”

“有地方着火了吗？”

“似乎还没。不过也就差一点了。”

维兰德不明就里地盯着埃德勒。

[1] 锡姆里斯港（Simrishamn）：位于斯科讷省的一个自治市。

“我大概是在半个小时前出门散步的。”

埃德勒朝着房子点了点头。

“你自己进屋看看吧。”

一走进屋里，维兰德就闻到了一股浓烈呛鼻的橡胶烧焦的恶臭。埃德勒领他进了厨房。消防员们已经打开了窗户，让屋子通风换气。厨房的炉灶上正搁着一个煎锅，煎锅旁则放了个烧焦的塑料餐具垫。埃德勒闻了闻依旧冒着浓烟的煎锅。

“煎鸡蛋，还是煎香肠？”

“鸡蛋。”

“你炉子不关就跑出去散步了。不仅如此，你还把餐具垫放在了火炉边上。身为警探，你怎么能如此粗心大意？”

埃德勒摇了摇头。他们又走到屋外。消防员们都已整齐地坐在车上，等着他们的队长。

“我以前从没这样过。”维兰德说。

“那以后最好也别这样了。”

埃德勒环顾了一下四周，欣赏了下周边的风景。

“你终于还是搬到乡下来了。老实说，我真没想到你会这么做。这里的风景还真是漂亮。”

“你自己还没搬吗？”

“我们还住在镇子中心的那座老房子里。冈纳尔想搬到乡下，可我不同意。只要我还在工作，那就不行。”

“那你还要工作多久？”

埃德勒耸耸肩，样子有些难过。他拍了拍手中犹如手枪般锃亮的消防头盔。

“只要我还能干，或是他们还让我干，那我就会一直干下去。说不定再接着干个几年，我就得进废品站了。我也不清楚到时候该去干些什么。估计就是坐在家里玩纵横字谜吧。”

“你也可以去编写字谜啊。”维兰德此时想到了赫尔曼・埃伯。

埃德勒吃惊地望着他，不过他也没问那是什么意思。他似乎好像是期待维兰德的未来与他一样那么严酷。

“也许我们到时候可以组建个团队？开家小公司，四处游历，告诉人们如何保护自我，免遭盗窃和火灾？”

“让人免遭盗窃这事儿可能吗？”

“几乎不可能。不过倒是可以教几招简单的，可以让窃贼在把你家房屋或公寓定为目标之前先三思一下。”

埃德勒疑惑地看着他。

“你真的相信你现在所说的话吗？”

“我会尽力而为的。不过窃贼就跟孩子一样。他们总是学得很快。”

听到维兰德说的这种不着边际的比喻，埃德勒摇了摇头，然后爬上了他的消防车。

“一定要记得关掉炉子，”他开始道别起来，“不过你很聪明，知道在家里安个能和我们直接连通的高级火警报警器。不然你的房屋早就给烧毁了，说不定你还得在盛夏时节去处理这噩梦一般的浓烟废墟。”

维兰德没有应声。这火警报警器是琳达坚持要安上去的。是她出钱买下来，然后当作圣诞节礼物送给他，最后还让人把这报警器给安了上去。

他喂好了尤西，正准备开动割草机，这时琳达开车来了。这次她没有带上克拉拉。他立刻看出她心神不宁的样子。他猜她应该是在来的路上看见消防车了。

“消防车怎么会在你家路上？”她问。

“他们拐错了弯，”他撒谎道，“有个邻居家的谷仓短路了。”

“哪家谷仓？”

“汉森斯家。”

“他们是谁？”

“问这干什么？你根本就不知道他们家的房屋在哪。”

她突然把手提包猛地朝他扔了过去。他设法躲闪，可肩膀还是被手提包砸到了。他捡起手提包，满脸怒火地说道：

“你知道你在做什么吗？”

“你厚颜无耻地对我撒谎，我还真不知道我干吗还要站在这里！”

“我没撒谎。”

“消防梯还在这里呢！我途中还停下来跟你邻居说了几句。他说你家旁边停了两辆消防车。”

“我忘记把炉灶关掉了。”

“你是睡着了吗？”

维兰德指着屋外的田野。几分钟前，他刚从那片田地跑了回来，到现在他还能感觉到腿上肌肉的酸痛。

“我和尤西正在外面散步。”

琳达一言不发地从他手里抓过手提包，走进了屋里。维兰德真恨不得钻进车里赶快开走。琳达肯定会没完没了地先是说他撒谎的事，然后再数落他那令人难以置信的粗心大意。接着她就会开始心烦意乱，而他也会跟着生起气来。实际上，他已经有些生气的苗头了。他不知道她手提包里装了些什么，不过那包确实很重，他的肩膀也痛了起来。一想到这是她第一次对他使用暴力，他就更是怒上心头。

琳达又走到了屋外。

“你还记得几个星期前我们刚刚聊过的话吗？那天下了瓢泼大雨，我和克拉拉一起来这里。”

“你怎么能指望我记得住我们之间说过的每一句话呢？”

“我们当时说的是等她再长大一些，她就可以到这里来跟你一起住了。”

“我们都冷静点，最好都把话说开了，”维兰德说，“火警报警器是你要安装的。如今我们知道这东西起作用了。房屋也没被烧毁。这都是因为我忘了关掉炉子。难道你以前就没这样过吗？”

她回答得毫不犹豫：

“没有，自从克拉拉出生了以后就再没这样过。”

“我想，在你小的时候，我也从来没有这样过。”

争吵渐渐平息了下来。他俩都很善于攻击，可是现在，他们谁也不想发出那致命的一击。琳达在花园的一张椅子上坐下。维兰德依旧还在站着，担心她又会重燃怒火。她望着他，满脸只有忧愁。

“你是不是开始有些健忘了？”

“从某种程度上说，我一直都很健忘。也许说我心不在焉还要更恰当些。”

他坐了下来。他已经厌倦了隐瞒自己的实情。

“有时候，时间会突然地整块消失。就像是冰块融化了一样。”

“你这话是什么意思？”

维兰德告诉了她赫尔之行一事。不过他把搭便车那事给略去了。

“突然我就不知道自己为什么会待在那里。就像是在一间亮堂堂的屋里，突然有人不知会一声就把灯给关了。我也不知道自己的脑子漆黑短路了多久。仿佛连自己都不认识了似的。”

“以前出现过这样的症状吗？”

“没那么厉害。不过我已经去看过医生了，是马尔默的一个专家，她说我只是劳累过度。说我还以为自己像以前一样是个30岁的什么事都能做的小年轻。”

“我不喜欢这话。你最好换个医生看看。”

他点了点头，一言不发。她站起身走进屋里，然后又拿着两杯水走了出来。维兰德突然向她打听起警方有没有找到那个在马尔默杀害了自己父母的女人。

“听说她在韦克舍被逮捕了。有个让她搭便车的人起了疑心。那人把车停在了镇外的一家路边咖啡馆，让她进去喝了杯咖啡，然后就打电话报警了。她本来想用随身的刀子捅死自己，可最后却没能得逞。”

“你有没有想过杀我？”他问道。听到自己参与那女人逃亡过程的部分未被暴露，他很欣慰。

“当然有了，”她说，接着大笑起来，“不知想过多少次了呢。刚才还有过这个念头。当时我就在想，真希望这老家伙活不到老糊涂的时候。每个孩子都曾有过希望自己父母去死的念头。你会经常想要杀我吗？”

“从未有过。”

“你认为我会相信吗？”

“是的。”

“为了安慰你一下，我可以告诉你让我常常有这个念头的人其实是莫娜。但是，当然了，一想到将来有天你俩都不在身旁，我就感到特别恐惧。顺带说句，汉斯和我已经设法劝服了莫娜，让她去一家诊所接受治疗。”

尤西瞅见了田间的一只野兔，突然汪汪大叫起来。他们默不作声，望着它徒劳地在狗窝里挣扎。野兔跑走了，尤西也安静下来。

“我来这里是另有原因的。”她出其不意地说道。

“别告诉我克拉拉出事了。”

“没事，她很好。汉斯在家看着她。我让他学会了承担责任。我觉得他其实也乐在其中。克拉拉可以让人完全远离紧张的银行界。”

“但是肯定是有别的什么事情发生了吧？”

“昨晚我去了哥本哈根。和几个朋友一起。我们去听了一场音乐会——是麦当娜的，她是我年轻时的偶像。演唱会真是棒极了。事后我们一起去吃了顿宵夜，然后各自回去歇着。我住的是高档的安格利特酒店——汉斯工作的那家公司正好在那享受员工折扣。当时我心情很好，也没那么困，所以就在步行街上散了会儿步。街上散步的人很多。我坐在长凳上，然后就看到了他。”

“看到了谁？”

“哈坎。”

维兰德屏住呼吸，盯着她看。他看得出，她对此事非常确信、毫无半点犹疑。

“他的脸我只瞟见了一眼，不过让我确信是他的可不止这个。主要是他走路的姿势，那种昂首挺胸的细碎快步。”

“具体说说你所看到的情景。”

“当时我就坐在步行街的一个小广场上，我不记得那广场叫什么名字了。他从新港的方向过来，等我回过神，他都已经走过了。一开始我是从后方注意到了他的头发，然后是他走路的姿势，最后是他的大衣。”

“他的大衣？”

“是的。”

“但是相似的大衣难道不是有成千上万吗？”

“哈坎的大衣可不是那样。那是一件有点像是船员雨衣的深蓝色薄外套。我没法再描述得更好一些。但我见到的就是那样。”

“那你都做了些什么？”

“想想看！麦当娜的音乐会，两个老朋友，宵夜，夏日的夜晚，没有婴儿的尖叫，没有男朋友——突然我就瞧见了哈坎。我坐在那里愣了大概15秒，然后赶紧追了上去。可是太迟了。周围已经没了他的踪影。街上到处都是人啊小巷啊出租车以及餐馆。我沿着步行街一直走到了市政厅广场的市政厅门口，然后又折了回去。可我还是没能找到他。”

维兰德喝光了杯子里的水。尽管刚才的话听着实在令人难以置信，但是他也清楚，琳达的目光十分敏锐，极少会认错人。

“退一步说，”他说，“如果我没理解错的话，他是从你坐着的长凳走过去后，你才注意到他的。可你却说你瞟见了他的脸。那他肯定是转过头来了？”

“是的，他有回头看。”

“那他为什么要那样做呢？”

她皱了皱眉。

“我怎么知道？”

“这个问题其实很简单。他会不会是想要看有没有人跟踪他？他是不是一副很担忧的样子？他是下意识这么去做，还是因为听到了什么动静？”

“我认为他是想查看一下，以确保自己没有被人跟踪。”

“你认为？”

“我也不能确定。不过是的，我认为他是想查看一下，确保没有人在跟踪他。”

“他看起来怎样，害怕，还是担忧？”

“这我没法回答。”

维兰德思索了一下她的回答。他还是有些问题。

“他有没有看见你？”

“没有。”

“你怎么知道？”

“如果他看见了，他就会朝长凳的方向望。可他没有。”

“你告诉汉斯了吗？”

“告诉了。不过他很烦躁，说我肯定是臆想出来的。”

“你敢肯定他没有和他父亲私下会面吗？”

她点点头，一言不发。

太阳已消失在了云层背后，远处传来了阵阵雷鸣。他们走进屋子。维兰德想要留琳达吃饭，可她却说自己得回家去。她正要准备离开，这时天空突然下起了倾盆大雨。屋子门前的停车处也变成了一片泥潭。维兰德决定要在这周订购一些砾石，这样以后下雨就不必去蹚这片泥潭了。

“我很确信，”她说，“我在哥本哈根看到的那人就是活生生的哈坎。”

“这样我们也就清楚了一件事情，”维兰德说，“哈坎没有像妻子那样遭遇不幸。他还活着。这样一切情况就变了。”

琳达点了点头。他们都很清楚，如果这样的话，那他们就不可以排除哈坎杀妻的可能性了。不过他们也不能就此草率得出结论。也许他还有着别的什么理由需要继续躲藏。他是不是在逃避着某件事或是某个人呢？

他们默默地站在那里，陷入了沉思。这雨来得快，去得也快。很快雨就停了。

“他去哥本哈根做什么呢？”维兰德问，“在我看来，就只有一种合理的解释了。”

“去见汉斯。你是这样想的吧。也许他去是为了解决用钱问题呢？但是我很肯定，汉斯没有对我撒谎。”

“我相信你。但他们也未必是已经见过面了。说不定是要明天见面呢。”

“要是那样的话，他会告诉我的。”

“也许吧。”维兰德若有所思地说。

“那他为什么会不说呢？”

“因为忠诚。万一他父亲叮嘱他了呢？说他俩见面的事一个字都不许透露给外人，就算是你也不行。说不定他还告诉了汉斯一个他不敢质疑的理由呢。”

“我会留心的，我会看他有没有向我隐瞒什么。”

“如果我有什么经验可以说的话，”维兰德说，用脚踮了踮雨水浸泡的湿地面，“那就是永远都别以为你有多了解别人的心思和想法。”

“那我该怎么做呢？”

“目前什么都别说。什么都别问。我得好好想想这事意味着什么。你也得好好想想。不过我会告诉伊特伯格的。”

他陪她走到车子跟前。为了防止滑倒，她挽住了他的胳膊。

“你得弄弄这个停车位了，”她说，“有没有想过在上面铺些砾石？”

“我刚刚就有这个想法。”维兰德说。

她进到车里，突然又打开车窗聊起了贝芭的事。

“情况真有那么糟吗？她真的快要死了？”

“是的。”

“她什么时候离开的？”

“今天早上。”

“那你还会再见到她吗？”

“她是来这里道别的。她得了癌症，不久将要离开人世。我想，不用我说你也应该能够体会出那是一种什么样的感受。”

“那感觉肯定很糟糕。”

维兰德转过身去，然后在屋子的一处墙角走来走去。他不想放声大哭——这不是因为他不想在自己的女儿面前显露软弱，这是为了他自己。他只是不想再去考虑自己的死亡，不想再去考虑那件几乎是唯一令他感到害怕的事情。他一直那样待着，直到听见她发动引擎开车离去。她意识到他只是想要清静一下。

他进屋走到厨房，坐在了惯常吃饭的座位对面。

他思索着琳达说到的有关哈坎·冯·恩科的话。他们再次回到了起点。

CHAPTER 28 黑桃 J

维兰德顺着摇摇晃晃的梯子爬到了阁楼上面。一股呛鼻的潮湿发霉的气味顿时迎面袭来。他觉得总有一天，他必须得将整个屋顶全部拆除，然后重新搭建。不过现在还不是时候。也许得一年以后，乐观点的话，也许是两年以后。

他记得要找的纸箱的大致方位，可最先映入眼帘的却是另外一个东西。那是一个赫尔辛堡搬家公司所用的箱子，里面放着他收藏的所有黑胶唱片。住在玛丽亚街的时候，他正好有个可以用来播放这些唱片的留声机。可后来留声机坏了，他也没能找到修好它的人。搬家的时候，留声机也跟其他的垃圾一起给清理走了，不过他留下了那些唱片，并把它们存放在了屋子的阁楼里面。他坐了下来，一张张地翻看起旧唱片。每一张都包含着一段记忆，有的清晰而完整，有的则只有一些模糊的面庞、气味和情感。他十八九岁的时候几乎就是史泼尼克斯乐队[1]的狂热歌迷。他有他们的前四张专辑，而且他记得里面的所有歌名。

[1] 史泼尼克斯乐队（The Spotnicks）：瑞典摇滚乐队，于 1961 年组建，其乐队名字是对苏联发射的第一颗人造卫星“史普尼克（Sputnik）”的戏仿。

歌中的音乐和电吉他声响仿佛就在他体内回荡。箱子里还有一张马哈丽亚·杰克逊[1]的唱片，那是一位买过他父亲画作的丝绸骑士送给他的。那人大概一生都在兜售画作和留声机唱片。维兰德记得当时他是帮忙把一幅油画给搬上了车，然后就得到了这张唱片作为回报。里面的福音歌曲给他带来了极大的震撼。《去吧，摩西》[2]，他心想，脑海里浮现出自己的第一台留声机，似乎还听到盒子上喇叭的沙沙声响。

突然他发现自己拿起了一张伊迪丝·琵雅芙[3]的唱片。封面是她的一张黑白特写照片。这张唱片是莫娜送给他的——她很讨厌史泼尼克斯乐队，比较喜欢其他的瑞典乐队，像是史崔普勒斯[4]和斯文－英格瓦斯[5]，不过她最喜欢的还是这位法国女歌手。她和维兰德都听不懂伊迪丝·琵雅芙的所有唱词，不过他们却依然为她的嗓音着迷。

紧跟在琵雅芙之后的是一张爵士乐手约翰·克特兰[6]的主奏唱片。他是从哪得来的这张呢？他记不清了。他从封套里抽出唱片，发现这唱片基本就没怎么播放过。他想了又想，可依旧没什么印象。他完全想不起来克特兰的萨克斯管会吹出什么样的音乐。

箱底的最后两张黑胶唱片都是歌剧：《茶花女》和《弄臣》。与克特兰的那张唱片不同，这两张唱片经常拿出来播放，已经快要磨破了。

他坐在阁楼的地板上，犹豫着是否要把这个箱子搬到楼下，接着再买个新的留声机，这样他就又可以听这些唱片了。不过最后他还是把箱子挪到了一旁。他如今都用磁带或光盘听音乐，他再也不会去听那些乙烯基塑料制造的黑胶唱片了。那些唱片全都属于过去，只能待在黑暗的阁楼里。

他找到了他要的纸箱，把它搬到厨房，然后从里面拿出一大堆乐高积木铺在

[1] 马哈丽亚·杰克逊（Mahalia Jackson，1911—1972）：美国著名黑人福音歌手。

[2]《去吧，摩西》：著名黑人灵歌曲目。美国小说家威廉·福克纳亦写有一部同名小说。

[3] 伊迪丝·琵雅芙（Edith Piaf，1915—1963）：法国著名歌手，有“香颂女王”之称。

[4] 史崔普勒斯（Streaplers）：瑞典流行乐队，于 1959 年组建。

[5] 斯文－英格瓦斯（Sven-Ingvars）：瑞典流行乐队，于 1956 年组建。

[6] 约翰·克特兰（John Coltrane，1926—1967）：美国著名黑人萨克斯管演奏家。

了桌上。这些乐高积木是他在琳达小时候送给她的礼物——是他在一次抽奖活动中得到的奖品。

这个点子他是从里德伯那里学来的。就在里德伯去世前不久的一个春天的夜晚，他俩坐在他家的餐桌旁边。当时的于斯塔德及其周边地区发生了一系列的抢劫案件。劫犯是一个带着锯短的猎枪的蒙面人。为了整理事件找出犯案规律，里德伯拿出一副扑克牌，并用这副牌摸索起了劫犯的行动规律。当时他用黑桃 J 来表示未知的恶人。通过这个，维兰德也学会了一套可以用来观察罪犯行事作风乃至心理活动的方法。试用了一阵里德伯的方法之后，他就开始用乐高积木来替代扑克牌。不过他从未将这告诉里德伯。

他挑出了一些积木，用它们来代表哈坎和路易斯，以及不同的日期、地点和事件。代表哈坎的是一个戴着红头盔的消防员；代表路易斯的则是一个琳达取名为辛德瑞拉的小女孩。他把一组游行的乐高士兵放在一旁，用来代表他目前正在考虑的未解之谜。是谁在冒充西格妮的叔叔？为什么哈坎又突然现身了？他现在身在何处？他为什么要躲藏起来？

他突然想起该给尼可拉斯花园打个电话。他打了过去，得知再也没人来探望过西格妮。不论是她的父亲，还是那个未知的叔叔，他们都没再去看望过她。

他坐在餐桌旁，手里握着一个乐高积木。有人没说实话，他心想。在那些和我聊过哈坎和路易斯夫妇的所有人中，有一个人并没有对我说出实情。他或者她，要么是撒了谎，要么是隐瞒信息扭曲了事实真相。这人会是谁呢？这么做又是为了什么？

电话响了起来。他拿起电话，走到屋外的花园。是琳达。她直切主题：

“我刚和汉斯谈了。他觉得我是在给他施压。他非常恼怒，还气冲冲地跑了出去。等他回来之后，我就会向他道歉。”

“这事莫娜从没做过。”

“什么事？气冲冲地跑出去，还是道歉？”

“她经常气冲冲地跑出去。只要我们吵架，她就会甩出这最后一张王牌。把门猛地一关。而且回来之后也从不道歉。”

琳达笑了起来。她现在好像有些心神不宁，维兰德心想。估计他们也吵了不少架，只是她不想让我知道罢了。

“莫娜说的正好和你相反，”她说，“她说摔门而去的人是你，从不道歉的人也是你。”

“我想我俩早就应该达成了共识，你也知道莫娜有时喜欢说假话。”维兰德说。

“你俩半斤八两。不论哪一个，都不是绝对诚实的人。”

维兰德有点生气。

“难道你是吗？你就绝对诚实吗？”

“我不是。但我绝不会声称自己是。”

“有话直说！”

“我是不是打扰到你了？”

维兰德临时起意，决定撒个谎逗她一下。

“我正在做饭。”

可她立刻看穿了他。

“在花园里做饭？我都听见鸟叫的声音了。”

“我正在户外烧烤。”

“你讨厌户外烧烤。”

“你又不清楚我所有的喜好。你到底想要跟我说什么？”

“汉斯没和他父亲联系过。除了路易斯失踪之前取出的那笔存款，他家的银行账户也没出现过什么交易。汉斯一直在打理他们家里的所有额外收益。没钱从银行里取出来，不论是哪种方式。”

维兰德突然意识到一个更为重要的关键点。

“那哈坎躲藏的这段期间都是怎么生活的？他在哥本哈根出现，但显然又并不需要钱，因为他没有联系他的儿子，也没有取过钱。这似乎表明，有人正在帮他。或者，他会不会有个连汉斯也不知道的银行账户？”

“有可能。汉斯在银行界有不少熟人。他也调查打听过，但都没什么发现。不过藏钱的方式可多了去了。”

维兰德一言不发，暂时还想不出什么问题。不过他却开始认真地思索起来。也不知哈坎·冯·恩科不需要钱这点算不算得上是个重大线索。克拉拉突然开始哭了起来。

“我得过去了。”琳达说。

“我也听到了。所以你觉得我们可以彻底排除汉斯和他父亲有过任何私下会面的可能性了，对不对？”

“是的。”

她挂断电话。维兰德放下电话，朝着花园的吊床走去。他一只脚踩着地面前后来回地摇晃着。他在脑海里想象着哈坎·冯·恩科在哥本哈根步行街一路行走的样子。他走得很快，时不时地停下脚步回头张望，接着再继续往前走。然后他就消失不见了，可能是进了旁边的小巷，也可能是混入了步行街上川流不息的人群中。

维兰德突然惊醒过来。外面开始下起雨来。雨滴正落在他搁在地面的那只光脚之上。他站起身，走进屋里。关上身后的大门，然后停下了脚步。他似乎察觉到了某种关联，虽然有些模糊，却能提供线索，揭示哈坎·冯·恩科失踪后的藏身之地。肯定是有一个逃生舱，维兰德心想。他失踪的时候，就已经做好了接下来的打算。他沿着瓦哈尔大道散步，然后逃走，去了个没人能够找到的地方。维兰德现在非常确信路易斯对自己丈夫失踪的事根本毫不知情，她的担忧全都是真情实感。虽然目前他还没有什么真凭实据，但他非常确信心里的这种感觉。

维兰德走到厨房。他光着脚丫踩在冰冷的石地板上。他走得很慢，好像生怕心中的想法消失了似的。桌子上摆放着乐高积木。他坐了下来。肯定有个逃生舱，他又默想了一下。一切都是精心计划好了的，一个潜艇指挥官知道如何事无巨细地布置好周围的场景。维兰德努力地想象着那个逃生舱。他觉得自己似乎知道了哈坎·冯·恩科的藏身之地。他曾无意中经过那里。

我要找的就是这个，维兰德心想。一个逃生舱。问题是，伊特伯格会不会也曾这样想过，又或是他还有着另一套不同的推理方法？他拿起手机拨打电话。外面的雨下得很大，啪嗒啪嗒地敲打着马铁口制的窗沿。伊特伯格接了电话。信号不是很好。他正在外面的大街上。

“我在一家室外咖啡馆里，”伊特伯格说，“正准备付账呢。待会儿打给你怎样？”

20 分钟后，他一回到自己博格斯街上的办公室，就立刻打来了电话。

“我是那种休完假能轻松回归工作岗位的人。”伊特伯格说道，算是回答了维兰德问的那个休假后感觉如何的问题。

“我的看法和你的可不一样，”维兰德说，“回来工作就意味着要面对满桌其他放假的人转交过来的文件，而且弄不好他们还会高高兴兴地在文件上贴张便笺，写着自己即将休假的快乐心情。”

他先是从与赫尔曼·埃伯的会面说起。伊特伯格认真地听着，还问了好几个问题。然后维兰德跟他说了哈坎·冯·恩科再次出现了的情况。他转述琳达所说的那些话。现在他越来越确信她是真的看到了他。

“会不会是你女儿弄错了？”

“不会。不过我明白你为什么会这么问。这实在太叫人惊讶了。”

“可以完完全全地确认是他吗？”

“是的。我了解我女儿。如果她说是他，那就肯定是他。不是什么分身幽灵，也不是什么长得像的人——就是哈坎·冯·恩科本人。”

“你未来女婿都说了些什么？”

“他说他父亲去哥本哈根完全不是为了见他。我们也没有理由不去相信他。”

“但是要说他没有跟他父亲联系，你觉得这真的可信吗？”

“我也说不清楚这到底可不可信。不过我觉得汉斯应该不会蠢到想要误导琳达。”

“误导他的伴侣，还是误导你的女儿？”

“误导他孩子的母亲。如果你想要我往重要的角度说的话。”

他们谈了一会儿冯·恩科再次出现的意义。在伊特伯格看来，其中最为重要的意义就是，他必须得重新考虑一下哈坎·冯·恩科在他妻子死亡事件中扮演的角色。

“我不知道一直以来你是怎么想的，”伊特伯格说，“不过我总是假定他也已经死了。至少从在瓦穆多发现了他妻子的尸体之后开始这么认为。”

“我倒是有些怀疑，”维兰德说，“不过如果是我负责这件案子的话，我肯定也会和你想的一样。”

维兰德略过细节，简单地和他说了自己对冯·恩科逃生舱的设想。

“我是从路易斯手提包里那些秘密文件想到这些的，”伊特伯格说，“既然冯·恩科是在躲着什么，那自然而然地就会让人想到他肯定也有参与，他们是共同协作。”

“两人都是间谍？”

“嗯，夫妻同为间谍并被逮捕的事情，在瑞典又不是头一次发生。就算两人之中其实只有一位是直接参与。”

“我猜你指的是斯蒂格·伯格林和他的妻子吧。”

“难道还有别的什么人吗？”

维兰德觉得伊特伯格有时候总喜欢用一种傲慢的腔调说话，而这点，在正常情况下维兰德是绝对无法容忍的。如果于斯塔德警局里有谁敢这么讽刺地问他，他一定早就大发雷霆了。不过他没有去计较——伊特伯格可能并没有时刻留意自己说话的腔调。

“你知道那些微缩胶卷里都是些什么东西吗？国防机密，军事装备，还是对外政策？”

“我什么都不知道。不过我觉得情报局的同行似乎很忧虑。他们坚持要我们上交与此次案件有关的所有文件，不论有多少，都得全部上交。我还接到命令，要在今天晚些时候去见见他们的霍姆中校，这人显然是军事情报局里的大人物。”

“我也很有兴趣听听他问你些什么问题。”

“这也是弄清楚他们获得了哪些消息的绝佳方法。换句话说，你想知道的其实是他有哪些问题没问，是不是？”

“确实如此。”

“我保证，事后一定会告诉你。”

第二天早上，他吃过早餐，仔细地检查了一下所有的炉灶，然后便带尤西出去散步。尤西犹如离弦之箭一般冲进了正在消散的薄雾之中。他感到头脑清醒起来，那是一种许久未曾有过的感觉。一切似乎都变得不再那么困难，生活的激情也随之变得强烈起来。他突然跑起步来，想要驱赶最近几个月以来充斥着全身的无精打采。他不停地跑着，直到喘不过气了才停了下来。太阳和煦，照得万物也都暖和了起来。他脱掉汗湿的衬衣，看到自己突起的肚腩，做了个鬼脸，然后又像以前那样定下准备节食减肥的计划。

回家的途中，他的手机响了起来。打电话的是个说着外语的女人，不过她的声音很微弱，几乎被一阵阵噼啪作响的杂音完全掩盖了。三四秒后，信号就中断了。维兰德觉得电话可能是贝芭打来的。虽然电话里的噪音很大，但他觉得他听出了她的声音。可不管这人是谁，电话再也没有响起，于是他回到家里，坐在屋外花园，喝起了咖啡。

这是一个美好的夏日。他决定出去野餐，就他一个人。他一直觉得，生活的乐事之一，就是吃着自己带的饭菜，然后躺在太阳底下的沙丘里打盹。他开始收拾篮子里的东西。那篮子也是他童年时期的纪念品。他母亲过去常常用它来装些毛线球、编织针和一些打了半截的毛衣。现在，他往篮子里面放了三明治、热水瓶，两个苹果，还有几份他还没来得及看的《瑞典警察》杂志。上午 11 点钟，他又检查了一遍炉灶，然后锁上了大门。他开车来到桑德哈马伦海滩[1]，在矮树和沙丘之中找了一处地方。他吃完饭，看了会儿杂志，然后就裹上毯子很快进入了梦乡。

他醒来时感觉周围凉飕飕的。太阳躲到了云层后面，空气变得阴冷起来，毯子也不知何时被他踢到了一旁。他又把毯子裹了裹，然后叠好外套当作枕头。很快太阳又露出脸来，这时他想起了很多年前的一个梦，一个反复出现却又总是倏尔消逝的梦。他梦见自己和一个看不清面孔的黑人女子玩某种色情游戏。他从未和黑皮肤的女人有过关系，除了去西印度群岛上的那一次。有天晚上他喝得酩酊大醉，不知怎地把一个妓女带回了宾馆。他从未对这种性事有什么特殊贪恋。可是那个黑人女子却总是出现在他的梦里，过了几个月才终于不再出现。

一场暴风雨正在天边酝酿。他将所有物品都收进篮子，然后回到车上。到了科瑟贝里亚[2]的时候，他开到当地的渔港买了些熏鱼。刚一回到家，他的手机就响了起来。还是先前的那个女人，不过这次的接收信号比上次要好得多，所以他也立刻听出了那人不是贝芭。那个女人结结巴巴地说着英语。

[1] 桑德哈马伦海滩（Sandhammaren）：位于于斯塔德东部的一处海滩。

[2] 科瑟贝里亚（Kaseberga）：位于于斯塔德附近的一处著名景区。

“是库尔特·维兰德吗？”

“是我。”

“我叫丽亚。你知道我是谁吗？”

“不知道。”

那女人突然放声大哭起来。她冲着电话号啕大哭，顿时就把维兰德吓坏了。

“贝芭，”她哭喊道，“贝芭！”

“她怎么了？我认识她。”

“她死了。”

维兰德立刻呆住了，那袋从科瑟贝里亚买回来的熏鱼也从手里滑落了下来。

“她死了？可她前几天还好好地来我这里了啊？”

“我知道。她是我的朋友。可她现在已经死了。”

维兰德似乎听到了自己心碎的声音。他坐在门口的小凳上。终于他把丽亚想要传达给他的混乱信息悲痛地拼凑了起来。贝芭是在距里加几公里远的地方出的事。她在路上高速行驶，然后突然撞在了一堵石墙上，顿时车毁人亡。她是当场死亡。丽亚一遍又一遍地重复着这句话，仿佛这样便可以防止维兰德陷入到悲痛的无尽深渊之中。当然，这么做根本就没用。他的心中涌起了一种前所未有的绝望。

电话突然毫无征兆地断掉了，维兰德都还没来得及记下丽亚的电话号码。他依旧坐在门廊的小凳上，等着她再打来电话。直到后来他意识到她是没法再在电话里说下去了，这才起身走进了厨房。他把那袋熏鱼放在地板上，也不知道接下来该要干些什么。他点燃一根蜡烛，然后把它放在了桌上。她肯定是一直在马不停蹄地开车，他心想，一下渡船，就驾车驶过波兰，驶过立陶宛，本来都快要到里加了。她难道是在驾驶座里睡着了，还是故意去撞那堵墙，想要自尽？维兰德知道，车内只有司机一人的车祸死亡事故通常都是自杀。一位以前曾在于斯塔德警局工作的秘书，几年前就选择以这种方式离开了人世。那人有酗酒问题，而且还离了婚。可是他觉得贝芭不会去做那样的事情。她已决心要去四处周游，要去与朋友和爱人道别，她不大可能会去撞车寻短见。她肯定是太过疲惫，失去了控制，这也是他唯一能够想到的解释。

他拿起手机，打电话给琳达，他觉得自己无法独自应对这件事。有时候，他也需要有人在他身旁。他拨完号码，可刚一响起他又立刻挂断了。这事来得太突然了，他甚至都没来得及想好跟她说些什么。他把电话扔到沙发上面，出门把尤西放出狗窝，然后坐在地上抚摸着它。突然电话响了起来。他冲到屋里。是丽亚打来的电话。她已经冷静了许多。他问了她一些问题，也更加清楚了当时的事故状况。他还有些别的问题想问。

“为什么你会打电话给我？你是怎么知道我的电话的？”

“贝芭让我做的。”

“让你做什么？”

“让我在她死了之后给你打电话。不过我没料到事情居然会发生得这么快。贝芭认为她本来是可以活到圣诞节的。”

“可她却告诉我她希望能活到这个秋天。”

“她对不同的人说了不同的话。我想她是希望我们能够理解她的这种不确定的心情吧。”

丽亚介绍了自己。她从十多岁起就认识了贝芭，也是她的朋友以及同事。

“我听说过你，”她说，“有一天贝芭打了电话过来，说‘我的瑞典朋友现在就在里加。今天下午我会带他去拉脱维亚酒店。你只要过来就可以看到他了’。于是我就去了那里，然后看到了你。”

“我想贝芭应该也有提到过你的名字。不过我们是不是从来没见过面？”

“是没见过面。不过我已经见过你。贝芭总是特别地想你。她很爱你。”

她又放声大哭起来。维兰德默默地等着。远处传来了雷电的轰鸣声。他听见她咳嗽了几下，然后擤了擤鼻涕。

“现在该怎么办？”他听到她又拿起了电话。

“我不知道。”

“她都还有哪些至亲？”

“她的母亲，还有兄弟姐妹。”

“如果她母亲现在还在的话，那年纪一定很大了。我不记得贝芭提到过她。”

“她已经95岁了，不过脑筋还很清醒。她知道她女儿已经死了。她俩的关系从贝芭小时候起就不怎么好。”

“我想知道什么时候会举行葬礼。”维兰德说。

“我一定会打电话告诉你的。”

“她还说过些什么关于我的话？”维兰德最后问道。

“说得不多。”

“但她肯定说过些什么吧？”

“是的。但是不多。虽然我们是朋友，但贝芭从来都不会跟人太过亲近。”

“我知道。”他说。

打完电话之后，他躺在了床上。他盯着几个月前就已经出现在天花板上的那块潮湿斑痕。他躺了好一会儿，然后才又回到了餐桌旁边。

CHAPTER 29 最后悼念

贝芭·利帕的葬礼是7月14日上午11点在里加市中心的一座小教堂举行的。维兰德前一天就从哥本哈根乘飞机飞了过去。虽然航站楼已经重新修建，可一着陆他还是立刻认出了这个机场。20世纪90年代初的时候，这机场还到处停着苏联的军用飞机，可如今，那些飞机早就已经没了踪影。在乘坐出租车去里加的路上，他还透过车窗看到了许多的变化。广告牌全都变了样，建筑物的外墙也都粉刷一新，人行道也重新进行了修整。不过摇摇欲坠的农舍旁边依然还有到处在粪堆上拱鼻子的猪。城镇中心的老建筑也都依旧还在。最大的改变是街上的人群，比如他们的着装，以及排队等候红灯和在岔路口等着驶进市中心停车场的往来车流。

维兰德来的那天，里加正下着温暖的细雨。姓氏为布鲁姆斯的丽亚，早在之前就已经打电话告诉了他贝芭葬礼的细节。他只有一个疑问，就是不知道自己的出现会不会显得不合时宜。

“为什么会不合时宜？”

“也许他们家里有些我不大清楚的情况。”

“他们都知道你是谁，”丽亚·布鲁姆斯说，“贝芭提起过你。你根本就不是什么秘密。”

“问题是她都说了些什么。”

“你为什么会这么担心？你和贝芭两人难道不是相爱吗？我还以为你俩会结婚呢。我们以前都是这么认为的。”

“可她不想嫁给我。”

听到这些，她似乎感到有些吃惊：

“我们还以为是你要打退堂鼓。她什么都没说。直到过了好久我们才知道你俩结束了。不过她从来就不愿意谈这事。”

是琳达劝他去参加葬礼的。他给她打过电话之后，她便跳进车一路开了过来。她很伤心，双眼含泪地跨进房门。看到她那样子，他也敞开心情哀悼起了贝芭。他坐了很久，一直都在向他女儿追忆他与贝芭一起度过的时光。

“贝芭的丈夫卡利斯·利帕，是被别人杀害的，”他说，“那是一场政治谋杀。那时候，苏联和拉脱维亚之间的局势非常紧张。那也是我当时去里加的原因，为了协助调查那起谋杀案。不用说，当时我根本就不理解造成那个国家人民流血牺牲的那些政治分歧。如今回想起来，似乎也正是从那个时候起，我才开始明白了冷战中的这个世界到底是个什么样子。这都是 17 年前的事了。”

“我也记得你去那里的事情，”琳达说，“当时我还在上高中，不知道自己想要做什么。虽然我早就知道自己想要当名警察。”

“我好像记得当时你说了各种各样的打算，可就是没提过当警察。”

“因为那样只会让你怀疑。我真不敢相信，你居然对我当时心里的想法一无所知！”

“卡利斯·利帕刚来于斯塔德警局的时候，我对贝芭也是一无所知。”

那些往事的一点一滴，维兰德全都记得一清二楚。卡利斯·利帕烟瘾有些过大，常常会惹得不吸烟者的强烈抗议，除此之外，他基本是个冷静内向的人，维兰德和他相处得很好。在一个暴风雪肆虐的夜晚，他把他带回了自己玛丽亚街的公寓里。他拿出了威士忌，惊喜地发现，利帕居然也和他一样对歌剧着迷。他们在屋里听着玛丽亚·卡拉斯[1]的《图兰朵》，而暴雪则随着狂风在于斯塔德的荒凉街道上四处飞舞。

可是那张唱片如今放在哪里了呢？它没在前些天在阁楼里看到的那堆唱片里。琳达回答了这个问题，那唱片在她家里。

“当我还梦想成为一名女演员的时候，你把那张唱片送给我，”她说，“我当时想要进行一次展现玛丽亚·卡拉斯悲剧命运的个人独演。你能想象得出来吗？要说我和她的最大不同点是什么，那就是她是个希腊歌剧演唱家。”

“而且精神状况糟糕。”维兰德补充道。

“贝芭是做什么的？老师吗？”

“我遇见她时，她正在翻译英文的科学文献。我觉得她好像什么事都能做似的。”

“你必须去参加她的葬礼。这是为你好。”

她好说歹说，终于还是说服了他。她还让他去买一套新的黑色西装，并陪着他去了一家马尔默的裁缝店。听到价格之后，他大吃一惊，而她却解释说这是高档西装，足够他以后重要日子的穿着使用了。

“你要参加的婚礼次数会越来越少，”琳达说，“在你这个年纪，葬礼的次数却会不断增加。”

他嘟囔了几句模糊不清的话，付了钱。虽然没听清楚他说的什么，可琳达也没有逼他再说一遍。

他从出租车里钻了出来，拎着箱子来到了拉脱维亚酒店的接待处。他立刻注意到，丽亚·布鲁姆斯曾经见过他的那家咖啡店已经和贝芭一样从这个世界上消失了。他登记入住，拿到了1516号房间。他走出电梯，站在门前，感觉这个房间正是他初次来到里加时住的地方。他非常确信当时的房间号码上也有数字5和6。他打开房门，走了进去。与记忆不符的是，里面已完全变了样。不过窗外的风景却依旧如故，那是一座美丽的大教堂，只是他已记不得那教堂的名字了。他打开行李，挂好他的新西装。一想到又来到这座酒店，甚至还很有可能再次住进

[1] 玛丽亚·卡拉斯（Maria Callas，1923—1977）：美籍希腊女高音歌唱家。

了他和贝芭初次相见的那个房间，他就撕心裂肺地痛苦起来。

他来到浴室，洗了把脸。现在才中午12点半。他没有什么安排，不过觉得也许应该出去走走。他想要回忆一下两人初遇时的贝芭，以此来对她进行悼念。

突然他脑海里冒出了一个想法，一个他以前从来不敢面对的想法。他对贝芭的爱是不是已经超过了他曾经对莫娜的爱，尽管莫娜是琳达的母亲？他不知道，恐怕永远也不会弄清楚。

他走出酒店，在市内到处闲逛，虽然肚子并不是很饿，但还是找了家餐馆吃了顿午饭。到了晚上，他坐在酒店的酒吧里。一个二十多岁的女孩走了过来问他是否需要人陪伴。他没有开口，只是摇了摇头。就在酒店餐厅快要关门时，他又去用了晚饭，点了意大利面，却没怎么吃。他喝了些红酒，离桌时感觉整个人都好像站不稳了似的。

吃饭的时候，外面正在下雨，不过现在雨已经停了下来。他找到外套，然后走进了外面潮湿的夏夜之中。他摸索着去了自由纪念碑，去了那个他和贝芭曾经一起拍照的地方。几个踏着滑板的年轻人正在前方的石板面上做着技巧练习。他继续散着步，直到很晚才回到酒店。一倒在床上他就立刻睡着了，除了鞋子什么都没来得及脱。

第二天早上，他穿上了参加葬礼的西服，虽然感觉不饿，但他还是打算到楼下餐厅去吃早餐。

之前他在卡斯特鲁机场买了两小瓶伏特加。他将一瓶放在了衣服里面的口袋里。在乘电梯下楼用餐时，他打开盖子，喝了一大口。

丽亚·布鲁姆斯从玻璃门走进来的时候，维兰德正站在接待处的那头等着她。她径直向他走了过来。贝芭肯定给她看过我的照片，他心想。

丽亚又矮又胖，头发剪得很短。她一点儿也不像他想象中的样子。他还以为她会长得和贝芭有点像。他们握了握手，不知为什么，维兰德突然感到尴尬起来。

“小教堂离这不远，”她说，“走路就只要10分钟。我还想去抽支烟。你可以就在这里等着。”

“我还是跟你一起出去吧。”维兰德说。

他们站在酒店外面，沐浴着阳光，丽亚戴着太阳镜，手里拿着一根烟。

“她喝醉了酒。”她说。

维兰德愣了一会儿，然后才明白了她的意思。

“是贝芭吗？”

“她死时喝醉了酒。尸检结果已经证实了这一点。她撞车时，血液里含有大量酒精。”

“这点我可真的不敢相信。”

“我也是。她所有的朋友也都感到吃惊。可话说回来，我们又怎么能够明白一个将死之人的心思呢？”

“你是想说她是自杀的吗？她是故意要撞车的？故意要撞向那堵石墙？”

“现在想这些已经没什么意义了，我们永远都不会知道事情的真相。不过路上并没有急刹车的痕迹。开在后面的一位司机还说，她车开得可不是一般的快，而且还开得摇摇晃晃的。”

维兰德竭力地想象着贝芭生命中的最后一刻。不管是事故还是自杀，他都不清楚到底发生了什么。不过他的脑海里又突然冒出了另一个念头：路易斯·冯·恩科的死亡会不会也只是个意外事故，根本就不是什么谋杀或自杀呢？

他没能接着想下去。丽亚踩熄了她的香烟，提醒说是时候出发了。维兰德说了声抱歉，然后去了趟接待处的洗手间又喝了一大口伏特加。他端详了一下镜子里的自己。他所看到的，是一个正在步入老年的男人，正为自己未知的命运担忧发愁。

他们来到了小教堂。外面的阳光十分强烈，弄得里面反而显得越发黑暗。过了好一会儿，维兰德的眼睛才终于适应了下来。

等到眼前清楚之后，他突然有种感觉，感觉贝芭·利帕的葬礼似乎就是自己葬礼的一次预演。他很害怕，差点就要起身离开。他恐怕再也不会来里加了，这里再也没有什么可以让他留恋的了。

尽管如此，他还是依旧坐着，而且多亏了伏特加，他甚至连眼泪都没有掉，就算是看到身旁伤心无助的丽亚，他也没有掉一滴眼泪。那棺材像是一座孤岛似的，经受着海洋的洗礼——那便是他曾经爱过之人的长眠之地，维兰德心想。

不知怎么回事，他脑海里突然冒出了哈坎·冯·恩科的身影。他很生气，立刻驱走了这个想法。

他开始有些眩晕起来。这葬礼仿佛跟他没有丝毫关系。葬礼结束之后，丽亚·布鲁姆斯赶快奔向贝芭的母亲致以慰问，维兰德则趁机溜出了小教堂。他头也不回地径直走向了酒店。他让前台帮他更改了飞机航班。本来他是计划待到第二天的，可现在他只想尽快离去。下午飞往哥本哈根的航班正好还有座位。于是他整理好行李，还没来得及换下出席葬礼的西服，就坐着出租车离开了酒店，好像生怕丽亚·布鲁姆斯会跑来找他似的。他在航站楼的外面坐了将近三个小时，终于进了安检口。

他继续在飞机上喝酒。到了于斯塔德，他搭了辆出租车回家，路上差点就翻滚到了车子外面。和以前一样，尤西已被托给了邻居照顾。他决定等到明天再去把它接回来。

他瘫倒在床，睡得不省人事。第二天早上 9 点不到，他醒了过来，立刻后悔起自己不辞而别的逃跑行为。他想立刻给丽亚打个电话，编个合适的理由解释一下。可他究竟又该说些什么呢？

尽管睡得很好，可维兰德还是觉得难受。他在洗手间和厨房的抽屉里到处翻找着阿司匹林，可怎么也找不到。他觉得自己也没法开车去于斯塔德，于是就跑到邻居那里去问是否有阿司匹林。她正好还有一些，于是他就在她家厨房倒了杯水溶解了一片，然后一口喝了下去。她还给了一些让他带回家里。

回到家后，他把尤西关进了狗窝。一走进屋里，他便看到了应答机上闪烁着的信号灯。斯滕·诺兰德又打来了电话。维兰德拿起手机给他打了过去。电话接起的时候，他听到诺兰德周围阵阵海风的呼啸声。

“我待会儿再给你打过来吧，”他说，“我得先找个地方避避风。”

“我在家里。”

“给我 10 分钟就行。你还好吗？”

“是的，我很好。”

维兰德坐在餐桌旁等着。尤西在狗窝里踱来踱去，到处嗅着，看看有没有老鼠或是鸟儿来访过。它偶尔抬头望望厨房的窗户。维兰德伸出手，朝着尤西挥了挥，可它没有反应。它什么都看不见，不过它知道维兰德就在屋子里面。维兰德打开窗户，尤西立刻摇晃起尾巴，还前爪扒在栏杆上面立起身来。

电话响了起来。是斯滕·诺兰德打来的。他已经找到了避风之处，话筒里也已经没有风的声响了。

“我在一座小岛上面，差不多就是块光秃秃的岩石，离摩亚岛[1]不远，”他说，“你知道是在哪一块地方吗？”

“不知道。”

“就在斯德哥尔摩群岛的外围。风景很美。”

“我很高兴你打电话过来，”维兰德说，“出了件事。我本该早就跟你联系的。哈坎出现了。”

维兰德简要地说了一下事情的始末。

“太棒了！”诺兰德说，“我刚才登上这岩礁的时候还想到了他。”

“有什么特别的原因吗？”

“他很喜欢小岛。有一次他还跟我说起过他年轻时的一个雄心壮志：他想要走遍世界的每一个小岛。”

“他有没有试着去达成这个愿望呢？”

“我觉得没有。路易斯不是很热衷航海旅行。”

“那这有没有引发什么问题呢？”

“据我所知没有。他非常爱她，而她也很爱他。不过就算没有机会去着手变成现实，梦想也还是很有价值的。”

电话信号不好，通话时断时续，那块岩礁正处在信号覆盖的边缘。他们决定还是等他回到大陆之后再电话联系。

维兰德慢慢将电话放在了桌上，然后坐着一动不动。他突然觉得自己好像知道了哈坎·冯·恩科身在何处。斯滕·诺兰德刚刚给他指明了前方的道路。

他还不是很确定，而且还没有什么证据。但是，他心中已经有些眉目。

他想起在西格妮·冯·恩科书架上所看到的另一本书，就放在《大象巴巴》

[1] 摩亚岛（Moja）：位于斯德哥尔摩外海的一个小岛。

丛书的旁边，《睡美人》。我一直都在沉睡中迷失，维兰德心想。我早就该意识到他的藏身之处的。可到现在我才明白过来。

尤西开始叫起来。维兰德走到屋外，喂了它一些吃的东西。

第二天一大清早，他便坐进了车里。看到他带着尤西再次出现的时候，农夫的妻子很吃惊。

她问他这次要走多久。他也如实相告。

他不知道。他心里完全没谱。

CHAPTER 30 孤岛追踪

他租的是一艘敞篷塑料船，只有 18 英尺长，装着喜运来舷外发动机。他之所以选这艘船，是因为这船不至于大到让他自己觉得难以驾驭。签合同的时候，他出示了自己的警察证。那人吓了一跳。

“一切正常，”维兰德说，“不过我还需要一罐备用汽油。这船明天也许就能还，不过之后我还要再租个几天。反正你也有我的信用卡号码。你也知道我会付钱的。”

“你是警察，”那人说道，“出了什么事吗？”

“没事。我只是想给一个好朋友的 50 岁生日带去一个惊喜。”

维兰德事先并没想好这个谎话。不过他早就习惯了编理由，所以完全就是信手拈来。

那艘船停在两艘大型摩托游艇的夹缝里，其中有艘游艇是史特隆牌。船上没有电气点火设备，不过维兰德拉动发动机拉绳的刹那，船就立刻开动起来。那位芬兰口音很重的船主向他保证这船的引擎绝对没问题。

“我自己出海捕鱼的时候也会用它，”他说，“问题是，现在几乎都没什么鱼了。

不过我还是会出海捕鱼。”

现在是下午 4 点。一个小时前，维兰德就到达了瓦尔德马什维克[1]。他在村子里唯一的一家餐馆里吃了饭，然后就摸索着开到了一家租船店铺。这店铺位于瓦尔德马什维克海湾这个狭长入海口另一边几百码处。维兰德收拾了一背包的东西，还在里面放了两个手电筒以及一些食物。尽管下午天气非常暖和，他还是带上了保暖的衣物。

朝着东约特兰省驾车一路北上的途中，他碰上好几场倾盆大雨。其中有一次在龙讷比[2]，雨势甚猛，他不得不驶进一个休息站点等待雨停。他听着大雨落在车顶上的啪嗒声，望着挡风玻璃上飞流直下的雨水，他不禁疑惑起自己对当前的情势是否判断正确。他的直觉会令他失望而归吗，还是——像以往那样——最终会峰回路转、水落石出？

他待在休息站点，陷入沉思，过了将近半个小时，雨才停了下来。他又再次出发，最后终于来到了瓦尔德马什维克。如今天清气朗，也没什么风。偶尔一阵轻轻的微风，吹得海湾碧波荡漾。

这里有泥土的芳香。记得上一次来到这里的时候，他也曾闻过这样的气息。

维兰德拉动舷外发动机出发了。那个租船的船主站着望了一会儿，等他远去之后，便又回到自己的店里。维兰德决定要在天黑之前驶出这个狭长的海湾。然后他就可以停泊在某处，欣赏夏天落日的余辉。他想推算出月亮当前的盈亏状况，可怎么也算不出来。他本可以打电话问琳达，但他既不想暴露自己的目的地，也不想说明为什么要跑这么一趟，所以也就没打电话。等他一离开这个海湾，他就会打电话给马丁森。如果说还有谁可以让他打电话去询问的话，就只有他了。他给自己布置的这个任务，与晚上有没有月光并无密切关系，他不过是想更清楚地知道接下来的情况会是怎样。

当眼前岛屿群落的空隙之间开始出现开阔海面的时候，他便任由引擎转动，

---

[1] 瓦尔德马什维克（Valdemarsvik）：瑞典东南部东约特兰省的一个自治市，位于南雪平以南。

[2] 龙讷比（Ronneby）：瑞典南部布莱金厄省的一个自治市。

坐到塑料顶篷里仔细地查看起了航海图。一确定好自己当前的具体方位，他便立刻选定了一个离最终目的地不远的地方，这样他就可以在那里停泊，然后等着夜幕降临。但是那里已经停了好几艘船。于是他又继续向前行驶，最后终于找到了另一座小岛。那岛不过是一块长着几棵树木的岩礁。他先是关掉舷外发动机，然后划船到了海滩。他穿上外套，靠在一棵树上，从热水瓶里倒了些咖啡来喝。然后他就打电话给马丁森。接电话的又是一个小孩，很有可能还是上次的那个。马丁森从她手里接过了电话。

“你可真是走运，”他说，“我的小孙女已经成了你的私人秘书了。”

“月亮。”维兰德说。

“那又怎样？”

“你问得太快了。我话还没说完。”

“对不起。可我的视线没法从孙儿们的身上离开，他们需要人时刻盯着。”

“这我明白，我也是事出无奈，不然也不想去打扰你。你有日历吗？今晚的月亮是什么形状。”

“月亮？你想问的就是这个吗？你是外出去做什么天文探险了吗？”

“算是吧。你到底能不能告诉我啊？”

“稍等片刻。”

马丁森放下听筒。从维兰德的话语中，他听得出，他显然不想对此事多做解释。

“是新月，”他拿起电话说道，“是细小的月牙状。你应该还在瑞典吧，不是在世界某个别的地方吧。”

“我还在瑞典。谢谢你帮忙，”维兰德说，“总有一天我会全部跟你解释清楚的。”

“我已经习惯了等待。”

“等待什么？”

“等待各种解释。包括我孩子不照我说的去做的那些解释。不过这也都是他们年轻时候的事了。”

“琳达也是一样。”维兰德说，想要表现出感兴趣的样子。他再次就月亮一事感谢了马丁森，接着挂断了电话。他吃了两个三明治，然后枕着一块石头躺了下来。

一阵莫名的疼痛突然袭来。他躺在那里，望着天空，听着远处海鸥的鸣叫，突然感到左边胳膊一阵刺痛，进而扩散到了他的胸部和腹部。起初他以为这肯定是因为自己躺在了石头的利角上，可接着他便意识到这疼痛是从他自己的身体里面传来的，他觉得自己一直害怕的事终于还是降临了——他是心脏病发作了。

他躺着一动不动，身体僵硬，十分惊恐。他屏住呼吸，生怕再吸一口气就会用光心脏里那最后一点跳动的动力。

母亲突然离世的记忆又清晰地浮现在他眼前。她人生的最后时刻仿佛又开始在他身上重演。当时她还只有 50 岁。她从未在外工作，一直竭力维持着与自己那喜怒无常却又收入不定的丈夫之间的婚姻，此外还要照顾他们的两个孩子——库尔特和克里斯蒂娜。那时他们一直都住在利姆港，和另一家人共同住在一栋房屋里。那家人不对维兰德父亲的胃口。那家人的父亲是一位连苍蝇都没伤过的火车乘务员，但是有一次，他却极其委婉地向维兰德的父亲提议，如果他能画些其他主题的东西而不是一遍遍地重复同样的风景，那样是不是会更轻松惬意一些。维兰德无意中听到了他们的对话。那位名叫尼尔斯·珀森的乘务员还把自己的工作经历拿来做了例子。每当长时间地往来于马尔默和阿尔沃斯塔 [1] 两地之后，他都会很高兴自己能被调到哥德堡的那班特快列车上，有时他甚至还会被远调到奥斯陆 [2] 的列车上。维兰德的父亲听了自然是大为光火。从那时候起，维兰德的母亲就一直在竭力地为两家人打圆场，想方设法地好让各自的生活不会变得那么难受。

她的死来得非常突然，那是 1962 年的一个早秋下午。她正在小花园里晾着洗好的衣物。当时维兰德刚从学校回到家里，正坐在餐桌旁吃着三明治。他望向窗外，看见她正握着一手的晾衣夹准备晾晒床单。他回过头接着吃三明治，可再次往外望时，却看见她抓着胸口跪倒在了地上。起初他还以为她是把什么东西掉在了地上，可后来他便看到她慢慢地、像是极不情愿似的侧身倒在地面上。他跑到屋外，大声喊叫着她的名字，可是已经没有用了。做尸检的医生说她患有严重的心脏病，就算是病发的时候人在医院，也依然无力回天。

[1] 阿尔沃斯塔（Alvesta）：瑞典南部克鲁努贝里省的一个自治市。

[2] 奥斯陆（Oslo）：挪威的首都。

如今就在他与自己的疼痛抗争之际，她却浮现在了他的脑海之中，一连串过去模糊的影像也全都跟着浮现出来。他不想自己的生命也像她那样早早结束，至少不是此刻，不是这样孤身一人地躺在波罗的海的小岛上。

他忐忑不安地默念着祷文——不是向哪位神明，倒更像是对自己。他激励着自己坚持下去，不许自己被拖入永恒的静寂深渊。最后他发现疼痛好像并没有加重，他的心依然还在跳动。他强制自己冷静下来，恢复理智，不要陷入盲目绝望的恐慌之中。他小心谨慎地坐起身来，摸了摸放在背包旁边的手机。他正要拨打琳达的电话号码，可又临时改变了主意。就算打过去她又能做些什么呢？如果他真是心脏病发作，那他就应该打急救电话。

但是不知怎地急救电话他也没打。也许是发现疼痛正在逐渐消退的缘故。他摸了摸手腕，发现脉搏跳得很稳。他小心地挪动着左边的胳膊，换了一个令疼痛减轻的姿势。如果是其他的姿势，疼痛则会加重。这与心脏病的症状并不相符。他缓缓地坐起身来，把了把脉。脉搏每分 74 下。它的正常频率是在 66 到 78 之间。一切都很正常。他想，这是压力的缘故。我的身体正在刺激着某处，警告我再不好好休息就要受到痛苦的折磨。

他又躺了下来。疼痛的感觉，虽然还如潜藏的威胁一般依旧存在，但已变得越来越轻。

一个小时后，他确定了自己其实并没有心脏病发作。这只是一个警告。他想，我不可以再自欺欺人总觉得自己是个不可替代的警察了，我得好好休个假。也许现在就该回到家去给伊特伯格打电话，将目前已经得出的结论告诉他。不过他还是决定再缓一下。他大老远地跑来，无非就是渴望知道自己的推断是否正确。不论结果如何，到时候他肯定会将事情全都移交给伊特伯格，再也不去沾惹半分。

他如释重负。那是一种对生活的积极肯定，一种他已多年未曾有过的体验。他有种想要站起身来朝着大海叫喊的冲动。然而他还是依旧坐着不动，背靠树干，望着过往的船只，嗅着吹过大海的风的气息。天气依然很暖。他裹着外套躺下，然后睡着了。大约十分钟后，他又醒了过来。之前的疼痛如今几乎已消失殆尽。他站起身，沿着小岛散起步来。岛上朝南的一侧是一处几乎直上直下的悬崖。石崖艰险陡峭，下方正是海水。

突然他止住了脚步。前方20码的地方有一处狭窄的小港湾。一艘小船停泊在港湾的入口，海滩上面还停靠了另一艘划艇。一对恋人正在海滩边上躺着做爱。他紧紧靠着悬崖，可又忍不住想要偷看。两人都很年轻——看着只有20岁的样子。他像着了魔似的盯着那两具赤裸的身体，他费了老大的力气最后才终于转移了视线，又悄悄地折回了原地。几个小时后，夜幕终于渐渐降临到这个小岛上。他看见那艘摩托游艇正从眼前驶过，那艘划艇也上下浮动地紧跟在游艇的后面。他站起身挥了挥手。船上的那对恋人也向他挥手答礼。

从某种程度上说，他很嫉妒他们。可他倒也不至于为此沮丧。他早年的性爱经历也和其他大多数人的差不多——不知所措、令人失望、几近尴尬。他从来就没真正相信过朋友们所讲述的那些偷情出轨的情爱经历。直到遇见了莫娜，他才真正获得了性爱上的愉悦。在最初一起生活的那些年中，他俩的性爱生活美妙得完全超乎了想象。他曾和好几个女人有过几次还算令人满意的经历，可是没有哪一次能够比得上他和莫娜最初几年的婚姻生活。当然了，在他的生命之中还有一个大大的例外，那就是贝芭。

但是他却从来没和女人在大海的岩礁上做过爱。他做过的最为接近的疯狂举动，就是有一次他在微醺的时候引诱着莫娜进了火车的卫生间。可是他们的好事最终却被怒气冲冲的敲门声给打断了。莫娜觉得特别尴尬，还生气地让他保证，以后绝不可以再带她去做这种冒险的性爱。

他也确实没再那么干过。到了最后，两人的关系和婚姻生活经历了漫漫岁月，性爱需求也随之逐渐消退——尽管莫娜提出离婚的时候，这种欲求曾在维兰德的心中再度复苏。可她却再也不肯接受他的求爱举动了。她心中的大门彻彻底底地关上了。

他眼前仿佛已浮现出了自己的人生脉络。总共有四次关键时刻，他心想。第一次是反抗父亲的控制成为警察。第二次是执行任务时失手杀人，他原本以为自己再也干不下去了，可最后还是决定不辞职，继续当警察。第三次是离开玛丽亚街，搬到乡下，养了尤西。第四次恐怕就是终于接受了莫娜和自己再也不可能复合的现实，这恐怕也是四次里面最难让人面对的一次。不过他已经做出了他的选择，而不愿拖拖拉拉地直到某天发现一切为时已晚。对此，除了感激他自己，也并无他人可谢。看到周围许多人的苦痛之后，他很庆幸自己不是其中的一员。他想，不管怎样，我已对自己的人生尽职尽责，无论当前发生何事，我都不会任由自己的人生遭受摆布。

夜幕降临，蚊子都出来叮咬他。好在他记得带上了驱蚊剂，他还把夹克的帽兜盖在了头上。现在，在这些海峡航道之间，已经没有了多少摩托游艇往来的声响。一艘孤零零的快艇正朝着广阔的大海驶去。

午夜刚过，蚊子在他耳边闹得正响，他离开了这座小岛。他沿着夜色渐浓的群岛暗影，顺着事先借助航海图设定好的线路一路前行。他行驶得很慢，时不时地还停下来查看一下，生怕偏离了自己的航线。快要靠近目的地的时候，他早早地减慢了船速，最后还彻底关掉了引擎。夜晚的微风轻轻地吹拂着。他搬走发动机，架好摇橹，开始划起船来。偶尔停下来竭力地张望一下四周的黑暗，可他看不到一点灯光，他不禁担忧起来。这里应该是有灯光的，他心想。不可能是一片漆黑。

他划到海滩，小心翼翼地爬出船外。船在海滩砾石上停靠的时候，还发出了一阵刺耳的刮擦声。他将缆绳绕在岸边的几株桤木上系好。在将船拖上海滩之前，他还从背包里拿出了手电筒。现在，他把一只手电筒放进了衣服口袋，另一只则拿在手上。

他还在三明治和备用衣物里摸索着，想要拿出另一样东西。之前收拾行李的时候他还把警枪给带了过来。拿的时候他还有些犹豫，不过最后时刻他还是下定了决心，把它和一本厚杂志一起放进了背包里面。他也不是很清楚自己为什么要这样做。其实也没有什么迹象表明他会立刻面临生命危险。

可是路易斯死了，当时他心想。而且赫尔曼·埃伯也证实了她是被人谋杀的。在没有足够的证据之前，我只能假定凶手有可能是哈坎，尽管这一推断既缺乏证据也看不出动机。

他将子弹装上膛，查看了下保险栓是否已经打开。然后他掉转手电筒，查看他之前安放在灯头上的蓝色滤镜是否依然还在。灯光非常微弱，不小心提防的话，别人是很难看见的。

他在黑暗中仔细地聆听着。可是海浪的声响却让人很难听到别的声音。他将背包放回到船上，然后检查了一下缆绳，确保船已牢牢拴住泊好。他慢慢地走了起来，小心翼翼地离开岸边。水边的灌木丛长得十分茂密。刚走了几码的路，他便撞上了一个蜘蛛网。他看到一只硕大的蜘蛛正朝着他的帽兜径直爬来，他立刻胡乱挥舞起胳膊。他不怕碰见蛇，可就是受不了蜘蛛。他决定不再从灌木丛里穿行，而是沿着海岸走走，看能不能找到一处草木稀少的道路。走了大概50码，他来到了一处像是以前船只下水的滑道空地。他以前从未来过此岛，仅仅只在船上看见过一次，所以现在很难辨识出自己目前所在的方位。上一次他路过此处的时候，还是在岛的西侧。而这一次，他则是在岛的东侧登陆，也许这里就是所谓的岛的后方。

突然他的手机在某个衣袋里响了起来。他低声咒骂了一句，然后在衣服里到处摸来摸去，一不小心还把手电筒给掉在了地上。铃声至少响了六下之后，他才终于找到手机并把它给关掉。从显示屏上他看到那个一直响个不停的电话是琳达打来的。他把手机放进胸口衣袋，然后拉上了拉链。刚才的铃声像是警钟一般在他耳边回响。他仔细一听，可是周围漆黑一片，什么也看不到，什么也听不着。只有海浪的声响。

他继续小心翼翼地走着，直到看见黑暗中隐隐地冒出了一间房屋的轮廓。他在一棵橡树后面停住了脚步，却没看到屋子里有半点灯光。难道是我猜错了吗？他心想。那里没人。看来我的推断完全错了。

但是后来他却看到有扇窗户的窗帘和窗框的缝隙之间透露出了一丝微弱的灯光。等到他再走近一些，他便看到其他窗户也都透出一些微弱的光芒。

他绕着屋子悄悄地走着。窗户全都给封上了，像是战时为了迷惑敌人而实行的灯火熄灭管制。我就是那个所谓的敌人，维兰德心想。

他耳朵紧贴木墙听着屋子里面的声响。他听到了喃喃的低语声，偶尔还传来音乐的声响。像是从电视机或是收音机里传出来的，不过他也不清楚到底是哪个。

他又退回到了阴影处，冥思苦想，不知接下来该怎么办才好。他之前的计划只考虑到了当前的这一步。现在又该如何是好呢？是要等到明早天亮再去敲门看看是谁来应门吗？

他犹豫不决，同时也在恼火着自己的举棋不定。他到底在害怕什么？

他还没来得及去继续思考这个问题，突然感到一只手拍在了他的肩上。他吓了一跳，转过身来。尽管此次行程就是为了面前的这人，可当他看见黑暗中穿着运动外套和牛仔裤的哈坎·冯·恩科的时候，还是吓了一跳。他胡子拉碴，头发也很久没修剪。

他们互相盯着对方，一言不发。维兰德手里拿着手电筒，冯·恩科则光脚站在潮湿的地上。

“我猜你是听到电话铃声了。”维兰德说。

冯·恩科摇摇头。他看起来似乎不仅有些害怕，甚至还有些愁苦。

“我在房屋周围设置了警报。刚才10分钟里我一直在想，到底是谁追踪我到了这座岛上。”

“只有我。”维兰德说。

“是的，”哈坎·冯·恩科说，“只有你。”

他们进到屋里。直到屋里的灯光照亮了两人，维兰德这才注意到冯·恩科也是全副武装。他带了把手枪，插在了裤腰带上。

他到底在害怕什么呢？维兰德心想。他到底在躲着谁呢？

屋里已听不到海浪的声响。维兰德凝视着这个失踪了如此之久的男人。

他们坐了下来，沉默了好一阵子。终于他们开始迟疑地聊了起来。两人怀着极高的警惕，慢慢地套着对方的话语。

— PART 4 —

疯狂骗局

CHAPTER 31 与敌同居

这是漫长的一夜。好几次维兰德都觉得，这就像是6个月前那场谈话的延续，是他和冯·恩科在斯德哥尔摩郊外那个宴会大厅旁边密闭房间里的谈话的延续。他即将要获悉一些令他大为吃惊的事情，而这也正好解释了当时的冯·恩科为什么会如此地担心受怕。

维兰德此刻的心情无异于史丹利找着了利文斯通[1]。他的猜想是对的。仅此而已。他的直觉再一次为他指明了前进的道路。冯·恩科应该非常惊讶自己的藏身之地居然被人给发现了，可他却并未表露出来。维兰德觉得，这位老潜艇指挥官的冷血本性此刻显露无遗。不论发生何事，他都决不允许自己惊讶。

一跨进门，维兰德就发现，这个外表看起来如此原始的狩猎小屋，里面竟然是如此一幅截然不同的景象。里面没有内隔墙，完全只是一个带着开放式小厨房的大房间。一个带有洗手间的小小扩建部分是里面唯一有门的隔间。房间的一个角落里

[1] 史丹利与利文斯通（Stanley & Livingstone）：关于美国记者史丹利在非洲寻找英国传教士利文斯通的真实故事，曾于1939年拍成电影。

放着张床。维兰德看到，靠着侧面墙上的那张床其实更像是一张吊床，或是潜艇指挥官也不得不去睡的那种船舱小窄床。房屋的中间是一张大桌子，上面堆满了书籍、档案和文件。另一边侧墙的旁边则放着一个架子，上面搁着收音机，此外，还有一张放着电视机和留声机的小桌子。那桌子旁还放着一把旧式的暗红手扶椅。

“我想你这里应该没电吧。”维兰德说。

“底下有个小地下室，是炸开岩石而建成的，里面放着台发电机。就算是大海风平浪静、悄无声息，你也听不到里面发动机的半点声响。”

冯·恩科站在炉灶旁，泡起了咖啡。两人都没作声，不过维兰德正在努力准备着接下来将要进行的对话。虽说如今他已找到了那个让他找了如此之久的人，可他却不知道该问什么才好。他之前所有的想法似乎都成了没有定论的一团乱麻。

“如果我没记错的话，”冯·恩科说，打断了维兰德的思绪，“你是既不要糖，也不要牛奶的吧？”

“没错。”

“恐怕我也没有什么面包或饼干能拿来招待你。你饿不饿？”

“不饿。”

冯·恩科把大桌子清理出了一块地方。维兰德注意到桌上大都是些关于现代战争和当代政治的书籍。其中有本书似乎要比别的书读得更加频繁，上面的标题极为简单：《潜艇威胁》。

咖啡很浓。冯·恩科喝的则是茶。维兰德有些后悔没能跟他一样喝茶。

此时，还差10分就到1点了。

“我明白你有许多问题要问，这也理所当然，”冯·恩科说，“不过我可能没法，也有可能是不想回答你所有的问题，但是在那之前，我得先问你几个问题。首先最重要的一个是，你是独自一人到这来的吗？”

“是的。”

“还有谁知道我在这里？”

“没别人。”

维兰德看得出，冯·恩科有些不大确信是否该相信他的话。

“没别人，”他又重复道，“到这来完全是我自己的想法。没有别人知道这事。”

“就连琳达也不知道？”

“就连琳达也不知道。”

“你是怎么到这里来的？”

“驾着一艘舷外发动机小船过来的。如果你想确认的话，我还可以把租赁公司的名字告诉你。不过租船的人压根儿就不知道我要去哪里。我告诉他我是要去给一个过生日的老朋友送惊喜。我敢肯定，他绝对相信了我说的话。”

“船在哪里？”

维兰德指了指他的身后。

“在岛的另一侧。停在海滩上，系在几株桤木的旁边。”

冯·恩科默不作声地坐在那里，盯着自己的茶杯。维兰德等着他继续发话。

“你是怎么找到我的？”

问这问题的时候，冯·恩科显得很疲惫。维兰德明白，藏匿虽然无须一直奔波，却也是异常艰辛。

“我到博克岛去的时候，曾经路过此处，当时埃斯基尔·伦德伯格就曾提到过，说这座小屋非常适合那些想要从人世间消失的人来居住。当然了，你应该也知道我已经见过他了。他说的那话，老是一直在我心底。后来我又听说你特别喜欢小岛，所以我就想你说不定就躲在这里。”

“是谁跟你说起我喜欢小岛的事情的？”

维兰德当即觉得暂时还是不要提斯滕·诺兰德的好。他可以给出一个冯·恩科永远都没法核实的答案。

“是路易斯。”

冯·恩科点了点头，沉默不语。然后他挺直了身板，像是准备作战似的。

“我们可以用两种方式来进行接下来的对话，”维兰德说，“要不你直接说事情的来龙去脉，要不就是我问你答。”

“我有没有受到什么指控？”

“没有。不过你妻子死了，所以你也自然有了杀人嫌疑。”

“这我完全理解。”

到底是自杀还是他杀，维兰德心想，看来你对当前的局势也很了解。维兰德知道自己得小心行事，毕竟他对现在跟他聊天的这个男人知之甚少。

“要不你先说说看吧，”维兰德说，“要是有什么不清楚的地方，我会打断你的。

你可以从迪尔索摩说起，就是你开生日宴会的时候。”

冯·恩科情绪激动地摇了摇头。他的疲惫似乎也跟着烟消云散了。他走到炉灶旁，又倒了杯热水，接着又加了个茶包。他依旧站着，手里握着茶杯。

“我得从更早的时候说起。起因仅仅只有一点，”他说，“很简单，但绝对真实。我爱我的妻子路易斯，我对她的爱超越了世上的任何东西。说句不好的话，我甚至爱她超过了我的儿子。路易斯就是我生命中幸福的象征——不论是看见她走进房间，看见她微笑，还是听见她在隔壁的房间里走动。”

他沉默下来，望着维兰德，目光既锐利又复杂。他需要维兰德给出一个应答，至少是有所反应。

“是的，”维兰德说，“我相信你。”

冯·恩科开始讲述起了故事。

“这话得从很久以前说起。我也没必要说得太详细。那样的话实在是太费时间了，而且也没必要。不过我们得从20世纪60年代或是70年代的时候说起。当时我还在海军船舰上服役，常常去指挥一些最为现代的扫雷艇。路易斯则在学校当老师。空余的时候，她会去训练那些刚出道的跳水运动员，偶尔也会去欧洲东部主要是东德那里走走。当时东德那边常常会培养出一些体育冠军。如今我们也都知道，这完全是狂热极端的训练方法搭配各种违规药物的产物。20世纪70年代末期，我被调进了参谋团，并被提升为瑞典海军的高级行动指挥官。这样，我就有许多工作要做，而且大都是在家里。每个星期里有好几天我都会把机密文件带回到家里。我有一个用来放枪的专用柜。过去我偶尔会出去打猎，主要是猎鹿，但是有时我也会去参加一年一度的麋鹿狩猎活动。我把来复枪和弹药都锁在那个柜子里面，后来还把那些机密文件也都放在里面，特别是晚上睡觉的时候，还有路易斯和我外出看戏或是参加晚宴的时候。”

他停了下来，小心翼翼地将茶包从杯子里拎出来放在茶托上，然后又接着说了起来。

“通常你都是什么时候注意到事情有些不对劲的？比如看到了一些有所改变或变动的可疑迹象？你是个警察——我想你也肯定会经常碰到这种对微妙迹象有所察觉的情况。一天早上，我打开专用柜，发现里面有些蹊跷。我现在都能回想起来当时的那种心情。当时我正要去拿出我的公文包，突然我停下手来。这包我之前真是这么放的吗？包上的锁还有把手的方向看起来好像都有些不对劲似的。我就只疑惑了五秒左右。然后我也没太在意这事。过去我总是会查看一下文件的摆放位置是否有差，所以那天早上也不例外。不过这事我也没想太多。我觉得我观察力不错，记忆力也很好。或者说，至少年轻的时候是这样。可随着年纪渐长，身体的所有机能必然也会渐渐衰退，这点谁都无法逃脱。虽然你比我要年轻得多，不过相信你也已经有所察觉了。”

“我的视力差了，”维兰德说，“每隔一两年我都会换副新的看书用的眼镜。而且我觉得我的听力也大不如前了。”

“只有嗅觉不会跟着人老，我觉得这也是我唯一一个没有怎么退化的感官。花朵的香味还和以前一样清新可辨。”

他们坐着沉默不语。维兰德听到背后的墙壁传来一阵沙沙的声响。

“是老鼠，”冯·恩科说，“我刚到这里的时候，天还很冷。墙壁里时不时地会传出一些令人讨厌的沙沙声和格格声。不过说不定哪一天我就不用去听那些老鼠在地下到处跑动的声响了。”

“我不想打断你的故事，”维兰德说，“不过那天上午你消失了之后，是直接到这来的吗？”

“有人来接我。”

“是谁？”

冯·恩科摇了摇头，不想回答。维兰德没有追问。

“还是回到专用柜的事上吧，”冯·恩科继续道，“几个月后，我又觉得有人动了我的公文包。我敢肯定这不是我幻想出来的。公文包里的文件没被翻乱，也没重新摆放。不过由于这已经是第二次出现这种情况，我也就不由得担心起来。专用柜的钥匙一直都放在我书桌上的某个信函秤下压着。知道钥匙放置地方的人除了我就只有路易斯。于是我就做了件事情，想要以此解开心中困扰。”

“做了什么？”

“我直接去问了她。当时她正在厨房里用早餐。”

“她说了什么？”

“她说没有。还反过来问我，说她为什么要对我专用柜里的东西感兴趣？我想，一直以来她就不喜欢我把枪放在公寓里面，尽管她从没说过一个字。记得当时下楼坐上专车去总参谋部的时候，我的心里真的非常羞愧。当时我的工作可以让我有权配备司机。”

“那后来呢？”

维兰德注意到自己的问题打扰到了冯·恩科的思路，他显然是想自己掌握故事的讲述节奏。维兰德举起双手做了个道歉的姿势，表示自己再也不会打断他的故事。

“我坚信路易斯说的是真话。可那之后，我还是觉得公文包和包里的文件好像被别人动过了。我开始设计各种小陷阱：我故意将一些文件打乱摆放，我还在公文包的锁上放了根头发、在把手上涂了点油。最让人费解的，就是路易斯为什么会对我的文件感兴趣。我相信这绝不是出于单纯的好奇或是嫉妒。她知道，她根本就没有必要去怀疑那种事情。直到一年之后，我才开始有了一个荒谬的想法。”

冯·恩科停了一会儿又继续说道：

“我开始怀疑路易斯会不会和外国势力有所接触？这似乎有些太过胡思乱想了，原因很简单，我带回家的那些文件里，根本就没有什么值得外国情报局感兴趣的东西。可我却不由得苦恼起来。我已经开始不再信任我的妻子，仅凭一根被动过的头发，就开始没来由地怀疑起她有叛国罪。最后——那时是 20 世纪 70 年代末期——我决定一劳永逸地设置一个圈套，来检验一下我对路易斯的怀疑。”

他站起身，在一个堆满地图的角落里翻来翻去。回来的时候，他手里拿了一个卷轴。他将它铺在了桌上——原来那是一幅波罗的海中心地区的航海图。他将鹅卵石压在了地图的四个角上。

“1979 年的秋天，”他说，“准确地说，是八九月的时候。不久之后，我们就要开始进行秋季常规海上军演了，而且几乎所有海军舰艇都得参与。这次的演习并没什么特别之处。当时我已被派遣至总参谋部，职位是观察员。军演开始前一个月左右，所有的军演计划和时间表都已安排妥当，航海路线也都已制定完毕，舰艇也都部署到了指定的地方，而我也制定起自己的计划。我伪造了一份文件，将其标记为‘机密’级别。甚至还让最高指挥官在这上面签上了字——当然了，他对此事完全一无所知。我在这次演习里引入了一个最高机密元素，那就是展示我们的先进燃料补给方法——通过遥控加油机来为我们的某艘潜艇进行燃料补给。这全都是我胡编乱造出来的，不过也还是有些令人可信的地方。我标注了那次演习的具体方位和准确时间。我知道斯马兰驱逐舰及其船上的所有观察员都会在我标注的那个时间点出现在我标注的那个方位附近。我把文件带回家，睡觉时把它锁进了专用柜，然后第二天去参谋部时又把它藏在了桌子里面。这样的步骤我一直重复了有好几天。第二个星期，我把这份文件放进了专门为此目的而租用的银行保险库里。我想把它撕毁，可我知道说不定将来这就是证据。军演开始之前的那一个月，真的是我人生之中最为难熬的时刻。我得确保路易斯没有起疑，但我却不得不为她去设置这么一个陷阱，一旦我的猜忌得到了充分验证，那我俩同时都会受到伤害。”

他在航海图上指了一个地方。维兰德俯身向前，看到那地方就在哥得兰沙岛的东北方向。

“这就是所谓的那艘潜艇和那个子虚乌有的加油机相会之处。这地方是在军演举行区域的外围。那时候我们遭到苏联舰艇的监视也是常有的事。华约国家进行军演的时候我们也会这么做。不过我们通常都会保持一定距离，以免引发不必要的挑衅。我之所以把虚假会合点选在这个地方，是因为按照计划，最高指挥官会在那天早上离开贝尔加，那样驱逐舰就可以占据天时地利，在那个虚构的燃料补给行动计划的时间点上全力以赴地前往演习的地点。”

“我不想打断你的话，”维兰德说，“可是在这么多舰艇参与的情况下，你们真有可能去严格执行那样时间紧凑的日程表吗？”

“那就是整个军演意义的一部分。战争时期，雄厚的财政实力固然重要，但严格遵守时间安排也是非常必要的。”

小屋屋顶上突然砰地发出了一声巨响，维兰德给吓了一跳。冯·恩科似乎根本就毫无反应。

“是树枝，”他说，“有时会落下来掉在屋顶上发出巨响。我本来早就想把那棵枯死的橡树锯掉，可这里没有电锯。而且那棵树的树干很粗。我估计那棵橡树大概从 19 世纪的中期就开始生长了。”

他又回到了 1979 年 8 月末的故事讲述之中。

“那场秋季军演出现了一些未曾预料的状况。当时斯德哥尔摩在波罗的海的南面遭遇了一轮极为厉害的西南强风，而在这之前天气预报员却并没有及时进行预报。其中有艘潜艇是由我们最为优秀的年轻船长汉斯－奥洛弗·弗雷德霍尔所指挥的。不知怎的，那艘潜艇的方向舵突然出了问题，结果就被拖到了布罗湾，在那等着跟我们一起回到穆斯克。其他舰艇上的人日子也都不怎么好过，在暴风雨的肆虐下，潜艇只会不受控制地摇来晃去。此外，有一艘轻巡洋舰在离开哈弗林格岛的时候还突然出现了渗水现象。结果所有的船员都不得不转移到另一艘船上，不过那艘轻巡洋舰最后却并没有沉没。总之，许多演习部分都没能按照计划去实施执行。就在我们为军演的最后阶段进行准备时，风暴开始有所减弱。我得承认，在那个潜艇与加油机虚假的会合之日到来之前，我有好几天都几乎没怎么睡觉，不过好像也没人发现我的行为举止有什么异常之处。我们送走了最高指挥官，他对先前所见的演练倒也满意。这时斯马兰的船长却突然出其不意地宣布全速前进，他想检测一下自己的船舰是否状态绝佳。起初我还很担心我们会太早驶过那个会合地点，可是风高浪大，驱逐舰虽然开得很快，可也没快过我先前计算好的那个数值。整个上午，我一直都站在驾驶台上。没人觉得有什么奇怪的地方，毕竟我也是个指挥官。后来船长将船舰的指挥权转交给了他的副手乔根·马特森。10 点差一刻的时候，他将望远镜递过来让我看。当时正在下雨，到处都雾蒙蒙的，但是他所察看到的东西却是明白无误地清楚。有两艘渔船正在我们左舷的前方，上面赫然摆放着各种天线和安全设备，而这全都是苏联巡逻艇上的常见之物。他们的渔网船舱里自然是一条鱼也没有，不过有一点可以肯定，那船上此刻正有苏联的技术人员在监听我们的无线电通信。也许我该提醒一下，当时我们是在公海领域。他们出现在那里也是无可厚非的事。”

“所以他们当时其实是在等待潜艇和加油机？”

“马特森当然毫不知情。‘他们到底想要做什么？’他问道，‘跑到我们进行军演的海域附近？’我依然记得我当时的回答。也许他们真的只是普通的渔船。可他不相信。他通知了船长，让他来到指挥台。于是我们向上级汇报了前方的渔船，驱逐舰也停了下来。一架直升机被派了过来，在上空盘旋了一会儿，然后我们就继续航行，没有理会他们。之后我就离开了指挥台，下楼到了军演期间我的专用船舱。”

“于是你也就知道了你不想知道的事情？”

“这次的经历让我觉得很不舒服，这世上还没有哪种程度的晕船会让我感到如此恶心。回到船舱之后，我就呕吐起来。然后我躺了下来，想着一切本来不该是这样。可是也没有别的可能了：我所伪造的文件确实是到了华约组织的国家手里。当然了，路易斯可能还有一个同谋。我也希望如此。我不希望她是外国情报机构的直接联络人，我倒宁愿她是某个重要联络间谍的助手。但是我更不愿意去相信和面对这一事实。我曾经仔细调查过她的日常生活，也知道她并没有什么定期相会的人。我依然不知道她是怎么进行间谍活动的。我甚至都不知道她到底拷贝了我多少文件。她是通过拍照还是完全照抄？还是单纯地将其默记下来？她又是如何将这些消息传递出去的？当然了，更重要的一点是，她是从哪获得的其他机密文件。我专用柜里的那些零散内容显然是不够的。与她合作的那人又是谁？虽然后来我一整年的空余时间都在想方设法地查清事情始末，可我还是不知道。但我不得不相信眼前的事实。我躺在船舱里面，感受着强力发动机的剧烈振颤。我再也不可以逃避了。我必须得承认，我娶了一个我完全不了解的女人。这也表示我其实并不完全了解我自己。不然我怎么会完全错信了她呢？”

哈坎·冯·恩科站起身，将航海图卷好。他将它放回架子上，然后打开门走了出去。维兰德还没能完全消化刚才听到的那番话。这里面的信息量实在太大，而且还有许多待解的疑惑。

冯·恩科回到屋里，关上门，然后检查下裤子的拉链是否拉好。

“你跟我说的这些都是三十年前的事了，”维兰德说，“都是很久以前的事了。可现在又是怎么回事呢？”

冯·恩科回答得有些不大情愿，而且还面带愠怒。

“开始聊的时候我是怎么说的？难道你忘了吗？我说过，我爱我的妻子。这点我没法改变，不论她做了什么。”

“我相信你一定还是为这事去和她进行了对质。”

“我一定吗？”

“她违法叛国是一回事，可她还辜负了你。盗窃你的机密。若是不跟她说出你所知道的一切，你根本就没法和她一起继续生活下去。”

“我没法吗？”

维兰德简直不敢相信自己的耳朵。可是这个双手把玩着空茶杯的男人看起来却是一副不得不令人相信的样子。

“你是说你压根儿就没跟她提起过这事？”

“从来没有。”

“从来没有？这听起来可真是让人有些难以置信。”

“但事实就是如此。不过我没再把机密文件带回到家里。这也没什么突兀或是需要解释的。我的职位调动之后，晚上回家，公文包变空也是理所当然的。”

“她肯定还是有所察觉。要说她没有察觉，还真让人不大相信。”

“我从未跟她透露过一个字。她也一如往常。过了几年，我开始觉得那可能只是一场噩梦。但是当然了，也有可能是我弄错了。说不定她早就意识到我已看穿了她。可能，我俩保守着同一个秘密，却不清楚对方知道哪些或是不知道哪些。日子就这么过着，然后直到有一天，事情发生了改变。”

维兰德虽然不清楚他的话中所指，但也隐约有些察觉。

“你是说那潜艇的事？”

“是的。那时候到处都在盛行一个传言，说是最高指挥官怀疑瑞典国防军队出了间谍。这个警示最初是由一个苏联叛逃者在伦敦坦白时说出来的。瑞典军队里有个苏联人极为看重的间谍。是一个高人一筹、知道该如何获得真正重要信息的人。”

维兰德缓缓地摇了摇头。

“这点实在是让人有些难以理解，”他说，“说什么瑞典军队的间谍。可你的妻子是位教师，业余时间还要去训练那些刚出道的优秀跳水运动员。如果你的公文包是空的话，那她又怎么能有渠道去获得那些军事机密呢？”

“我好像记起来了，那个苏联叛逃者的名字叫拉古林。那个时候有不少的叛逃者，他也是其中之一。有时我们总会区分不清楚他们。他显然不知道那个苏联人近乎膜拜之人的名字或是相关细节。不过有一点他是知道的，也就是这一点让整个情况都发生了翻天覆地的变化。对我也是如此。”

“是什么？”

冯·恩科放下空茶杯，像是要给自己鼓气似的。在他鼓起勇气的这空当里，维兰德记起了他曾听赫尔曼·埃伯说起过另一个苏联叛逃者的事情。那人名叫基洛夫。

“是个女人，”他说，“拉古林听说那个瑞典间谍是个女人。”

维兰德一声不吭。

老鼠在狩猎小屋的墙壁里悄悄地啃咬着东西。

CHAPTER 32 | 无处可逃

在屋内的一个窗台上面，放着一个做了一半的瓶中船。冯·恩科第二次起身到屋外去时，维兰德才注意到了它。在不得不向他人承认自己的妻子是个间谍后，他似乎有些精神恍惚，也有些说不下去。他突然道歉离开屋子，维兰德还看到了他眼里的泪水。他出去的时候门也没关。外面已经开始亮了起来，因此也不会有谁去注意到屋里的灯光。冯·恩科回来的时候，维兰德还在全神贯注地想象着究竟是何等精巧的手艺可以制作出那条微小的船只。

“这是‘圣玛利亚号’，”冯·恩科说，“是哥伦布的船。做这东西可以帮助我不去胡思乱想。我是从一位船员那里学到的这门技艺——那是一位老海军工程师，不过却酗酒严重。这样他自然也就没法再继续待在船上，不过他常常会在卡尔斯克鲁纳附近晃荡，不论见着什么人什么事，都喜欢批评一番。出乎意料的是，他很擅长制作瓶中船，尽管大家都以为他那双发抖的手干不了什么。以前我根本没空去做这种东西，不过到了这岛上时间也就多了。”

“一座无名小岛。”维兰德说。

“我称它为蓝岛。不管怎样也得有个名字才好。蓝月亮和蓝岭这名字已经有别的岛取了。”

他们又坐在了桌旁。虽未言明，但他们也已相互表示睡觉的事可以稍后再说。他们接着刚才的对话继续说了下去。维兰德明白这次该轮到他了。哈坎·冯·恩科正等着他的发问。他问了个比较适合开始发问的问题。

“在庆祝你75岁生日的时候，”维兰德开口道，“你曾想和我聊聊。可我到现在还不明白你为什么要选择跟我说那些事，而不是和别人。而且我们根本就没有说到点子上。当时的话有好多我都很不明白。现在也还是不明白。”

“我只是觉得你应该知道这些事情。我们都希望，我的儿子和你的女儿，我们各自唯一的孩子，能够共度接下来的人生。”

“不是，”维兰德说，“我敢肯定还有些别的原因。我必须得说，在发现你没有将全部实情说出来后，我的心中十分忐忑不安。”

冯·恩科有些不大理解地望着他。

“你和路易斯还有个女儿，”维兰德说，“在尼可拉斯花园生活的西格妮。你看，我甚至都知道她住在哪里。可你却从没提到过她。甚至也没跟你的儿子说过。”

哈坎·冯·恩科直盯着维兰德看，身体僵在椅子里。这可是一个经常有所防备的男人，维兰德心想。可现在他却是一副显然毫无防备的样子。

“我已经去过了那里，”维兰德继续说道，“去看望过她。我还知道你会定期去看她。甚至在失踪的前一天你还去看过她。我们可以选择继续说些谎话，把这番对话继续弄得不清不楚，把那些不明不白的事情变得更加扑朔迷离。接下来该怎么做是我们的事。或者倒不如说是你的事。反正我是已经决定好了。”

维兰德注视着冯·恩科，想知道他为什么看起来犹犹豫豫的。

“当然了，你说的对，”冯·恩科终于开口道，“这都是因为我已经习惯了否认西格妮的存在。”

“为什么？”

“这都是为路易斯着想。她对西格妮总是有种奇怪的负罪感。虽然西格妮的残疾并不是因为生产不顺，也不是因为她怀孕时有胡吃乱喝或是瞎做过什么。我们从没谈过西格妮。在路易斯看来，她根本就不存在。可是对我而言，她是存在的。我一直都很痛苦，因为这事一个字都不可以告诉汉斯。”

维兰德一言不发。冯·恩科突然明白了过来。

“你已经告诉他了吗？你有这必要吗？”

“要是我不把他有个姐姐的事情告诉他，那我只会感到万分羞愧。”

“那他反应如何？”

“他心烦意乱，这也可以理解。他感觉受到了欺骗。”

冯·恩科缓缓地摇了摇头：

“我向路易斯保证过了，我不可以违背诺言。”

“这点就得你自己好好和他谈谈了。不谈也行。这又让我想到了另一个问题。你前几天到哥本哈根做什么去了？”

冯·恩科显然是真的有些吃惊了。维兰德感觉自己现在占了上风，关键是要善用局势，好让桌子对面坐着的那个男人说出实情。还有不少的问题需要他来解答。

“你怎么知道我去了哥本哈根？”

“这个问题目前我还不能回答。”

“为什么？”

“因为回答了也没什么意义。再说了，现在是我问你答。”

“那我是不是该理解为，如今我正在接受警察审讯？”

“不是。但是别忘了，你这一失踪，可是让你儿子和我女儿都经受了难以言喻的紧张压力。老实说，一想到你的所作所为，我就气不打一处来。想要让我冷静下来，唯一的办法恐怕就是你得据实回答我的问题。”

“我尽量。”

“你和汉斯碰过面吗？”

“没有。”

“你有打算去跟他碰面吗？”

“没有。”

“那你去做什么？”

“去取些钱出来。”

“可你刚才却说你没联系过汉斯。据我所知，你和路易斯的存款都是由他照看着。”

“我们在丹克斯银行有个由我们自己掌管的账户。退休后，我曾为海军舰艇武器系统的制造厂商们做些咨询工作。他们以美元结账。当然了，也是为了逃税。”

“你说的这个账户大概有多少存款？”

“我不明白这个跟现在要说的有什么关系。难不成你想告我逃税？”

“你现在的犯罪嫌疑可是要比那个严重得多。除非你能回答刚才的问题！”

“大概有 50 万瑞典克朗。”

“你为什么要选择在丹麦的银行开户？”

“丹麦显然要更稳定些。”

“再没别的原因去哥本哈根了？”

“没了。”

“那你是怎么到那去的？”

“从北雪平坐火车去的。到北雪平是坐的出租车。你之前见过的埃斯基尔先把我送到法鲁登。回来的时候也是他接的我。”

维兰德觉得没理由不去相信他的话，至少目前为止如此。

“路易斯也都知道你这些私房钱吗？”

“她和我一样，可以随意使用这个账户。我俩都不觉得有什么可内疚的，瑞典的税率实在是高得有些离谱。”

“那你为什么现在需要钱了？”

“因为我现金用完了。就算生活再怎么节俭，也总是避免不了花钱。”

维兰德暂且将哥本哈根的事情放在一边，开始转向了迪尔索摩。

“有件事我一直都很好奇，也只有你才能回答。我们当时在阳台上站着的时候，你在我的后方注意到了街上有个男人。我承认，我一直都在想着这事。那人是谁？”

“我不知道。”

“可你看到他的时候似乎很忧虑。”

“我是害怕。”

这句直白的话语几乎是咆哮而出。维兰德警惕起来。长时间的躲藏毕竟还是给桌对面的这位男人造成了不少伤害。他决定要谨慎行事。

“你觉得那人会是谁呢？”

“我已经说了我不知道。而且这也不重要。他在那里就是为了提醒我。至少我是这么认为的。”

“提醒你什么？别老是让我像挤牙膏似的问你每个问题。”

“大概是路易斯的联络人意识到我对她起了疑心。也可能是她亲自告发，说是我发现了她的秘密。这不是我第一次发觉自己受人监视。只是以前都不像在迪尔索摩的那次那样明目张胆。”

“你刚才是说一直都有人在跟踪你吗？”

“也不是一直。但是有时候我会突然发现自己正在被人跟踪。”

“这种情况出现了有多久？”

“我不知道。也许很早以前就已经出现了，只是我没注意到罢了。有好多年了。”

“阳台上的事就不说了，谈谈那个密闭房间吧，”维兰德说，“当时你想离其他客人远些，这样我俩就可以好好谈谈。可我还是不明白你为什么会选我来做你倾诉的对象。”

“我根本就没事先计划，这完全是临时起意。有时候我也会做出一些令自己都感到惊讶的举动。我估计你也有过这样的时候吧。当时我觉得整个庆祝都很无趣。那是我的 75 岁生日，可我却举办了场我压根儿就不想要的宴会。当时我真是快要郁闷得发狂了。”

“后来我觉得你当时好像是话里有话。不知我猜得对不对？”

“不对。我就只是想说说话。我估计，当时我可能是想看看自己最后会不会将心中的秘密向你和盘托出——就是我可能娶了个卖国贼。”

“难道就没有别的人可以让你倾诉了吗？比如说，斯滕·诺兰德，你最好的朋友？”

“一想到要向他暴露我的不幸遭遇，我就感到十分丢脸。”

“那史蒂文·阿特金斯呢？毕竟你都跟他说过你的女儿了。”

“那是因为我喝醉了。我们当时喝了不少的威士忌。事后我非常后悔自己的失言。我以为他可能忘了，没想到他居然还记着。”

“他以为我也知道她。”

“我的朋友们都对我的失踪说了些什么？”

“他们都很担心。也很震惊。要是有一天他们发现其实是你一直躲着，那他们心里肯定会很不是滋味。我估计你会失去这些朋友。这又让我想到了另一个问题，你为什么会突然消失。”

“我觉得我受到了威胁。站在篱笆墙外的那个男人不过是个开场白。突然我就发现，不论我去到哪里，都有人在跟踪。这和以前可不一样。我接到了奇怪的电话。他们好像总是知道我身在何方似的。有一天，我正在参观国家海洋博物馆，警卫突然过来跟我说有电话要找我。一个说着蹩脚瑞典语的男人向我发出了警告。他并没有说什么具体内容，只是让我留神当心点。我真的是再也无法忍受了。我这一生从没感到如此的担惊受怕。我差点儿就要去警局告发路易斯了。我还想过去寄匿名信。终于我实在是没法再继续这样下去了。我做好安排，租了这个狩猎小屋。埃斯基尔开车到了斯德哥尔摩，然后在我外出晨练的时候把我接走了。此后我就一直待在这里，除了那次去了趟哥本哈根。”

“还有让我费解的一点是，你居然从未将你已经确认了的猜疑拿去跟路易斯对质。你怎么能和一个间谍共同生活下去呢？”

“我和她有过对质。两次。第一次是在帕尔梅被人暗杀那年。当然了，这跟暗杀那事没关系，可那个时候时局动荡。我和我的同事坐在一起，喝着咖啡，谈论着各自的猜疑，也就是我们当中出了间谍的那事。那情景可真是糟糕，一边吃着饼干，一边聊着潜藏的间谍，而那个人却极有可能就是我的妻子。”

维兰德突然打了个喷嚏。冯·恩科停了一会儿。

“我是在1986年的夏天和她第一次对质的，”他说，“我们和几个朋友——弗里斯中校和他妻子——一起去里维埃拉度假。我们常常和他们一起玩桥牌。当时我们住在芒通[1]的一家酒店里。一天傍晚，我和路易斯在城里散步。突然，我停下脚步，直接问了出来。我事先没有准备，你也可以说我是突然脑子短路。我就那样站在她面前，然后质问她，你是不是间谍？她有些不高兴，一开始拒绝回答，还举起手来像是准备要打我似的。然后她恢复了自制力，冷静地回答说她当然不是间谍。还说我脑子怎么会冒出这么荒唐的想法。再说了，那些外国势力又怎么会对她感兴趣？我还记得当时她的微笑。她没有把我的话当真，这样的话，我也就不能和她较真了。我只是没法相信她居然会伪装得如此让人信服。我向她道歉，然后解释说我是太累了。直到那个夏天结束，我都很确信是自己错了。可是

[1] 芒通（Menton）：位于法国南部普罗旺斯，紧邻意大利，是一个美丽宁静的地中海海边小城。

到了秋天，我又开始猜疑起来。”

“出什么事了？”

“还是同样的原因。专用柜里的文件，我感觉有人动了我的公文包。”

“在芒通，你向她表露了你的怀疑之后，她就没有产生什么变化吗？”

他想了一会儿然后答道：

“我也这么问过我自己。有时候我觉得她行为有些异常，可有时候又觉得没有。我也不是很清楚。”

“你第二次向她摊牌的时候又是怎么回事？”

“那是 1996 年的冬天，正好隔了 10 年。当时是在家里。我们吃着早餐，外面正下着雪。突然她就问起了我晚上睡觉时的梦话，说我冲着她大喊大叫。她还说我指控她是间谍。”

“真有这么回事吗？”

“我不知道。有时候我的确会说梦话，可我从来都不记得自己说了些什么。”

“那你是怎么说的？”

“我反过来问她。我问她我所梦见的那些到底是不是真的？”

“她是怎么说的？”

“她把餐巾往我身上一扔，然后怒气冲冲地离开了厨房。过了 10 分钟，她又回来。我还特意计算了下时间。准确地说是 9 分 45 秒。她向我道歉，然后下了最后通牒，用她的话来讲就是，不想再听到我说些疑神疑鬼的疯话。那些话实在是太荒谬了。如果我再说出这样的指控，她就只好断定我不是得了失心疯就是患上了老年痴呆。”

“那之后呢？”

“之后什么也没发生。但是我的疑虑也并没有消除。周围依然还在散布着有关瑞典军队里的间谍的流言。两年后，事情有了变故，我也开始真的觉得自己其实并没有得什么失心疯。”

“出了什么事？”

“军事安全部门召见我去做了一次审讯。他们并没有直接提出什么指控，不过似乎在那段时间，我也是间谍嫌疑人之一。那情形很怪异。但我也不禁想到，如果路易斯真的有把军事机密售卖给苏联人的话，那她还真是找到了个完美的掩护。”

“是你？”

“没错。是我？”

“那之后又怎么样了？”

“没怎么样。流言依旧四处传播，有时传得比以前更厉害。虽然我们都已经退休了，可还是有许多人都被叫去进行了审讯。而且就像我之前说过的那样，我总有一种被人监视的感觉。”

冯·恩科站起身，关掉依然还在亮着的灯，然后拉开了几处窗帘。黎明时分，天还是灰蒙蒙的，树林的缝隙之间隐隐显现着灰暗的大海。维兰德走到一扇窗户面前。一场暴风雨正在酝酿之中。他有些担心那艘小船。冯·恩科陪着他一起去查看了下船上的缆绳是否已经系牢。烟波浩渺的海面上，几只绒鸭随波摆动。太阳升起，夜晚的雾气也逐渐消散开来。小船看着很安全，不过这两个男人还是合力又将它往满是卵石的海滩上方拉了一段距离。

“谁杀了路易斯？”弄好船后，维兰德问道。

冯·恩科转身面对着他。维兰德突然想到，他在芒通和路易斯对质的时候，估计差不多也是这个样子。

“谁杀了她？你是在问我吗？我只知道不是我。不过警方是怎么认为的呢？你觉得呢？”

“在斯德哥尔摩负责此案的那人似乎还很称职。不过他也不清楚。或许得加上句目前为止。我们也不想草率地定下结论。”

他们默默无语地回到狩猎小屋，又在餐桌旁坐下，然后继续谈了起来。

“我们得从头开始说起，”维兰德说，“为什么她会失踪？在像我这样的旁观者看来，你俩显然是做了某种约定。”

“事情不是那样的。她失踪的事情，我也是从报纸上看到的。当时我就感到十分震惊。”

“所以她其实根本就不知道你身在何处？”

“不知道。”

“那你打算在这里躲多久？”

“我得一个人静静，好好想想。再说了，我可是受到了死亡威胁，必须得想个办法出来才好。”

“我见过路易斯好几次。她是真的很担心你，生怕你出了什么事。”

“那你是被她给骗了，就像我也被她骗了一样。”

“这我就不敢肯定了。难道她不是也像你爱她一样地爱你吗？”

冯·恩科一言不发，只是摇了摇头。

“是你做的吗？”维兰德问，“那是不是你想出来的解决办法？”

“不是。”

“你肯定已经在这个狩猎小屋里冥思苦想了许久，度过了无数个无眠之夜。你说你爱路易斯的时候，我也是相信你的。然而，她死了之后，你却并没有离开这个藏身之地。既然她已经死了，那你的生命威胁自然而然也就已经解除了。可你却依然躲在这里。所以我有些弄不明白了。”

“她死了后，我瘦了 20 磅。我吃不下睡不着。我想弄清楚事情的真相，却毫无头绪。路易斯好像完全变成了个陌生人。我不知道她过去都有跟谁见面，也不知道她是怎么死的。这些问题我根本没法回答。”

“你有没有觉得她曾经有过害怕的样子？”

“从来没有。”

“我可以告诉你些报纸上面没有的事情，一些警方还没有公之于众的消息。”

维兰德把路易斯是被东德所研制的一种药物给毒杀的事情告诉了他。

“这样看来，你一直以来的推断似乎并没有错，”维兰德总结道，“你的妻子路易斯，不知怎地就成了苏联情报局的特工。正如你所怀疑的那样，她就是苏联人津津乐道的那个特工。”

冯·恩科站起身，气急败坏地跑出了屋子。维兰德原地等着。可过了一会儿，他开始担心起来，于是便走到屋外去看个究竟。终于，他在小岛的另一边找到了冯·恩科。他躺在一个沟壑里面，面朝大海。维兰德在他身旁的一块石头上坐了下来。

“你得回去了，”他说，“老是藏在这里，只会什么问题都解决不了。”

“或许同样的毒药也已经在等着我了。如果我也死了，那又有什么好处呢？”

“没什么好处。不过警方会动用各方力量来保护你的安全。”

“我已经习惯了这么去想。毕竟我想的都没错。我必须得弄明白她为什么要这么做，还有她是怎么做到的。不想清楚这些，我是绝不会回去的。”

“那你最好别想得太久。”维兰德站起身来。

他回到了狩猎小屋，然后自己泡起了咖啡。一夜未眠，他感到很疲惫。冯·恩科回来的时候，他已经喝完了第二杯咖啡。

“我们来谈谈西格妮吧，”维兰德说，“我去看过她，然后在她的那些书里发现了你藏起来的一个文件夹。”

“我爱我女儿。可我都是偷偷地去看望她。路易斯不知道我去过那里。”

“所以只有你去看望过她？”

“是的。”

“你错了。自从你失踪之后，还有别人去过那里，至少去过一次。那人声称是你的弟弟。”

哈坎·冯·恩科疑惑地摇了摇头：

“我没有弟弟。只有一个住在英国的亲戚，再没别的了。”

“我相信你，”维兰德说，“我们也不知道到底是谁去看望了你的女儿。这也表明了事情的复杂性远远超出了你我的预料。”

维兰德注意到哈坎·冯·恩科的样子起了点变化。有人去看望尼可拉斯花园的西格妮的事情居然会令他如此担忧，而且比之前所谈的那些事情还要令他忧心忡忡。

时间已将近6点。夜谈也都结束了。两人都没了继续说下去的力气。

“现在我得走了，”维兰德说，“眼下就我一个人知道你在这里。不过你可不能一直这样待下去，早点回到文明世界才好。此外，我还会继续劳烦你回答一些问题。好好想想去尼可拉斯花园的那人有可能是谁。肯定有人一直在跟踪你。那人又会是谁？为什么要跟着你？我们还得接着继续说下去。”

“告诉汉斯和琳达我很好。我不想让他们担心。就跟他们说我给你寄了封信。”

“我还是说你打电话的好。要是说来了封信，那琳达肯定首先就会要求去看那封信。”

他们来到小船边，一起将它拖到了海边。离开屋子前，维兰德记下了冯·恩科的电话号码。但他也事先声明过了，蓝岛的通信信号并不是很好。海风越刮越大。维兰德开始担心起回去的路途。他爬上小船，放下舷外发动机。

“我得知道路易斯出了什么事，”冯·恩科说，“我必须得知道是谁杀了她。我一定要弄明白她为什么要选择去当一个叛徒。”

拉绳刚一拉起，发动机便运转起来。维兰德挥手道别，向着大陆驶去。快要转过蓝岛的海角时，他回头望了望。哈坎·冯·恩科仍旧还在岸边站着。

这时，维兰德突然觉得事情好像有些不对劲。他不知道那是什么或是为什么，但是这种感觉非常强烈。

他还掉租来的小船，然后开车开了很久才终于回到斯科讷省。途中他在加姆勒比[1]附近的一处休息站点停留，睡了几个小时。

醒来后，他感觉浑身僵硬，那种不对劲的感觉依旧还在。虽然和哈坎·冯·恩科进行了彻夜长谈，可有样东西依然还在困扰着他的内心。

这就像是一种警告。有样东西不合情理，有样东西他给忽略了。

几个小时之后，他把车停到了自己屋外的停车位上，心中依然不清楚自己究竟忽略掉了什么。

但他仍然觉得：事情并非像表面上那样简单。

[1] 加姆勒比（Gamleby）：瑞典东南部卡尔马省韦斯特维克市的第二大人口居住地。

CHAPTER 33 怪人索尔夫

第二天，维兰德写了一份他与哈坎·冯·恩科的对话摘要。他又再次查看了下自己收集的所有材料。对他而言，路易斯依然是个谜团。如果她将信息贩卖给苏联的情况属实，那她可真是绝顶聪明，居然会将自己隐藏在一个如此微不足道的身份背后。她到底是谁呢？维兰德自言自语道。也许她就是那种死了之后才会真正让人们有所了解的人。

今天的斯科讷省风雨交加。维兰德透过窗户望着外面昏暗的世界，觉得今年夏天估计会成为自己有生以来最为糟糕的记忆。尽管如此，他还是强打起精神带着尤西出去散步散了好久。他想要让自己的血液流动起来，想要理清自己的思绪。他渴望在宁静的阳光下躺在自己的花园里，脑子里不用去想那些现在令他如此烦心的问题。

散完步后，他回到家里，脱下湿衣服。他穿着破旧的睡袍，坐在电话旁边，一页页地翻起了他的电话簿。那电话簿上写满了电话号码，有的已被划掉，有的做了改动，还有的是新添上去的。前一天在车里的时候，他突然想起了一个叫索尔夫·哈格伯格的老同学，觉得他倒是有可能会给他一些帮助。他现在要找的就是他的电话号码。几年前，他俩在马尔默的大街上偶然相遇，然后他将他的号码记了下来。

索尔夫·哈格伯格从小就是个怪人。维兰德有些内疚地想起自己和许多同学都曾欺负过他，因为他有些近视，而且学习还特别勤奋。可是，所有那些尝试摧毁索尔夫信心的举动最终都以失败告终。所有的冷嘲热讽，所有的拳脚相加，就像是水过鸭背，没有给他造成任何影响。

离校之后，他们再无接触，直到有一天，维兰德惊奇地发现索尔夫·哈格伯格居然参加了一个名为《双倍还是全赔》的电视节目。更令他惊奇的是，他所选择的题目竟然是瑞典海军史。他从小就很胖，这也是他受欺负的另一个原因。可如果说他当时只是有些胖的话，那现在就真的是很肥了。他就像是踩着看不见的轮子似的滚到了话筒面前，秃着顶，戴着无框眼镜，一口浓重的斯科讷口音，跟维兰德校园时代记忆里的口音一模一样。莫娜轻蔑地点评了一下他的外表，然后走到厨房泡起了咖啡，不过维兰德倒是继续待着，看着他正确无误地回答完了所有的题目。他以充分的自信以及准确细致的回答赢得了最后的胜利。在维兰德的印象里，他回答得毫不犹豫。他对漫长复杂的瑞典海军历史的确是无所不知。一直以来，哈格伯格的最大愿望就是成为一名海军军官。可是因为样子丑陋，他没有被征募入伍，只好又回到家里陪伴他的书本和船模。如今他也算是报了一箭之仇。

一时间，各大报纸对这个奇怪的男人产生了莫大的兴趣。他还是住在利姆港，靠给军事机构出版的各种期刊书籍写文章为生。报道里还提到了哈格伯格所拥有的一套广泛而又全面的档案文件。从 17 世纪到现在的瑞典海军军官资料，他都有着详细记载，而且还在一直更新。说不定从那些档案文件当中，他可以找到一些东西，好让自己更加了解哈坎·冯·恩科到底是个什么样的人。

终于他在以“哈”字开头的那处油乎乎的页边空白上找到了潦草写就的哈格伯格的电话号码。他拿起电话，拨出号码。接电话的是个女人。维兰德自报家门，然后说想找索尔夫。

“他死了。”

维兰德不禁愕然。几秒钟的沉默过后，那女人问他是否还在线上。

“是的，我还在。真没想到他已经死了。”

“他是两年前去世的。心脏病突发。他当时正在龙讷比给一群退休的海军工程师做演讲。他是在讲座后的晚宴上倒下去的。”

“我猜你是他的妻子吧？”

“我是阿诗塔·哈格伯格。我们结婚已经26年了。我告诉过他要好好减肥，可他也就只是把以前往咖啡里放的四勺糖换作了三勺糖。你又是谁？”

维兰德解释了一番，决定要尽快结束这通电话。

“你就是曾经欺负过他的孩子当中的一个，”她这一开口倒把他给吓了一跳，“现在我想起你的名字了。学校里的恶霸之一。他有一张你们的名单，一直都在关注着你们的生活状况。只要你们当中有谁生活不如意，他就会十分开心，一点也不为这种快乐而羞愧。为什么现在你要打电话过来？你想做什么？”

“我希望能查看一下他的档案文件。”

“这个我倒是能帮你，不过我可不知道该不该帮。当时你们为什么要那样欺负他呢？”

“我想当时我们谁也不清楚自己到底在做些什么。小孩子有时候是很残忍的。我也不例外。”

“那你后悔吗？”

“当然后悔了。”

“那你过来吧。索尔夫觉得我可能会活得比他久，所以就把档案文件的所有相关事项还有用法全都教给了我。等我走了之后，这东西会怎样，那我还真就不知道了。不过我一直都待在家里。索尔夫留下了一大笔数目可观的遗产，所以我也不用出去做什么工作。”

她大笑起来。

“你知道他是怎么赚钱的吗？”

“我想他好像是个很受欢迎的演讲家。”

“他从来没靠那个拿过钱。再猜猜！”

“那我就不知道了。”

“是靠打扑克牌。去那些非法赌博俱乐部。我猜这个跟你的工作大概也有些关系吧。”

“我还以为现在人们都已经转移到互联网上去赌博了。”

“他可不想去操那种心。他还去他的俱乐部，有时候一去就是好几周。他偶尔也会输掉不少钱，可通常都是带着满箱子的现金回来。他让我清点好数目，然后将钱存进银行。之后他就会上床睡觉，常常是一连睡上好几天。警方偶尔也会出现在那里，他有时也会在俱乐部遭遇搜查的时候被警察逮捕，但他从没受到指控。我想那是因为他和警方之间有了某种默契。”

“你说的是什么意思？”

“还能有什么意思？意思是他经常会向他们通风报信。也许是某些通缉犯带着偷来的钱财出现在了俱乐部里。根本不会有人想到那个乐呵呵的胖子索尔夫居然会是警察的眼线，不是吗？总之，你来还是不来？”

维兰德记下住址，发现索尔夫居然一直都住在利姆港以前的那条老街上。维兰德跟阿诗塔约好了当天下午 5 点去她那里。接下来他给琳达打了个电话。听到答录机的声音后，他便留下了一个口信，说他现在正在家里。然后他就查看起冰箱里的东西，将所有过期的食品全都扔掉，还写了份采购清单。冰箱几乎被他清理得空空如也。他正要出门，这时琳达打来了电话。

“我刚去了趟药店。克拉拉有些不舒服。”

“严重吗？”

“你不要每次都说得她好像在鬼门关徘徊似的。她有些发烧，还有嗓子疼。就这些。”

“有没有去看医生？”

“我给医疗保健中心打了个电话。我想病情应该已经被我控制住了。只要你不要太过激动或是惹我生气就好。你到底跑到哪里去了？”

“现在我还不想说。”

“啊哈，也就是说，你有女人了。这可太好了。”

“不是女人。不过我有一条重要消息。不久前我刚接到了一个电话。是哈坎打来的。”

“什么？哈坎打电话给你了？你到底在说什么？他在哪里？他还好吧？出了什么事？”

“别冲着我叫喊！我也不知道他在哪里。他不想告诉我。他只是说他很好。

听起来身体状况好像也还不错。”

维兰德听到她呼吸沉重起来。自己这样对她撒谎，他感到很不自在。他有些后悔离开小岛时所做的那个约定。我会把实情全都告诉给她的，他心想。我可不能欺骗自己的女儿。

“这似乎也太有些不可思议了。他没说他为什么要逃跑吗？”

“没有。但是他说了路易斯的死和他无关。他也像我们其他人一样感到震惊。自从他离开之后，他就再也没和她有过联系。”

“汉斯的父母是不是都疯了啊？”

“这我可不好乱说。不管怎样，我们该为他还活着的事情而感到高兴。他只想让我告诉你们一句话。那就是他很好。不过什么时候能回来，或是为什么要躲藏，他也不好说出来。”

“他是那么说的吗？他是在躲藏？”

维兰德发现自己泄露得太多。不过为时已晚，话也已经收不回来了。

“我也记不清他具体是怎么说的了。别忘了，接到电话的时候，我也着实惊讶了一番。”

“我得告诉汉斯。他正在哥本哈根。”

“下午我要出去一趟。晚上给我打电话好了。那样我们就可以多聊聊。我想知道汉斯有什么反应。”

“他当然是只有开心的份了。”

维兰德厌恶地放下听筒。等琳达发现了事情的真相，他就只能任由她发火了。

他出发去了利姆港。他不知自己到底在期待什么，但是抵达之后，他心中却是五味杂陈。每次回到自己成长的地方，他总会感到既不舒服又很失落。他把车停在了阿诗塔·哈格伯格的屋子附近，然后漫步走到了自己儿时生活过的公寓楼前。楼的外墙全部做了刷新，外面还新建了一道篱笆，不过尽管如此，他眼前还是浮现出了旧日的景象。以前他常去玩耍的沙坑如今已变得比那时还要大，以前他常去攀爬的那两株桦树如今已经消失。他在路边停下，看着在那玩耍的一群孩子。他们皮肤很黑，一看就知道是从中东或是北非来的。一个戴着头巾的女人坐在门口，一边做着针织活，一边看着孩子。他还听到一扇开着的窗户里飘荡出阿拉伯的乐曲。这就是我曾经生活过的地方，他心想，已经是另一个时空里的事了。

一个男人从楼里走出，朝着大门走来。他也是黑皮肤。他朝着维兰德笑了笑。

“你是不是在找人？”他用含糊不清的瑞典语问道。

“不是，”维兰德说，“许多年前我曾住在这里。”

他指了指第二层的一扇窗户。那窗户就是以前客厅的位置。

“这屋子很不错，”那人说，“我们喜欢这里，孩子们也很喜欢这里。我们也不用担惊受怕。”

“那就好。人们就不该担惊受怕。”

维兰德点点头，离开了那里。那种逐渐年老的心情顿时又让他感到压抑起来。他加快步伐，好让自己早点摆脱那种心情。

在阿诗塔·哈格伯格居住的屋外是一个受人精心照料的花园。应门的女人胖得简直和他记忆里电视节目中的索尔夫·哈格伯格一个模样。她浑身是汗，头发也乱糟糟的，还穿了条短得出奇的裙子。一开始，他还以为她喷了很浓的香水，可后来他却发现整个屋子里都弥漫着一股奇特的异香。他很好奇，她是在所有的家具周围喷上了香水吗？还是把麝香拿去浇灌了那些盆栽植物？

她问他要不要来点咖啡，他谢绝了。这满屋的浓烈气味到处直冲鼻腔，他已经感到恶心了。他们来到客厅，维兰德顿时觉得自己踏进了一艘大船的指挥台。举目所见，屋子里到处都是轮船救生圈、镶着华美锃亮黄铜配饰的罗盘、挂在天花板上的祈愿船，还有一个挂在墙上的老式吊床。阿诗塔·哈格伯格在一把船长座椅上挤着坐了下来。看样子那也是某艘远航轮船上的座椅。维兰德在一张起先看着还算寻常的沙发上坐下——可后来却从上面的一块黄铜标牌上得知，这原来是瑞典美式豪华邮轮“国王岛号”上的沙发。

“有什么可以让我帮忙的吗？”她一边问一边点燃了一根香烟，然后插上了烟嘴。

“我想查查哈坎·冯·恩科，”维兰德说，“是一位老潜艇指挥官，现在已经退休了。”

阿诗塔·哈格伯格突然呛了口气，猛烈地咳了起来。维兰德希望这位身体过胖的烟民千万不要在他眼前倒下死去。他猜她年纪和他一样，差不多60岁的样子。

她咳个不停，直到最后眼泪都咳了出来。然后她又继续安详地抽起烟来。

“就是那个失踪了的哈坎·冯·恩科吧，”她说，“还有他死去的妻子，叫路易斯，对不对？”

“我知道索尔夫有个独一无二的档案库。我想那里面说不定有些什么东西可以帮助我弄清楚哈坎·冯·恩科为什么会失踪。”

“他肯定已经死了。”

“也可以说我是想查出他死亡的原因。”维兰德违心地说道。

“他妻子是自杀。也就是说，这一家子都遇上了重大问题。是不是？”

她走到桌前，揭开盖在电脑上的布。她那肥胖的手指灵活飞快地敲打起来，看得维兰德目瞪口呆。几分钟后，她往后一靠，眯着眼看着屏幕。

“哈坎·冯·恩科的军旅生涯十分寻常。他的晋升速度也算是符合一般人的预想。如果瑞典也有参战的话，那他说不定还会再上升一两个等级，不过这也是说不定的事。”

维兰德站起身凑到了她身旁的电脑面前。香料的恶臭实在太过浓烈，弄得他只好用嘴呼吸。他看了看电脑屏幕上的显示，又瞧了眼那张大概是冯·恩科40岁左右拍摄的照片。

“就没有什么不同寻常的地方吗？”

“没有。年轻时候，就是在军校里当学员的那阵子，他曾获得过一些北欧体育赛事的奖牌。枪法很准，身体很棒，还是好几次越野赛跑的冠军。如果你觉得这是不同寻常的话。”

“那有没有他妻子的资料呢？”

胖手指又飞舞着敲打起来。这时她突然开始咳嗽起来，可她还是继续敲打了下去，直到屏幕上出现了路易斯的照片。维兰德觉得照片上的她大概是35岁，也有可能是40岁。她烫着头发，还戴着一串珍珠项链。维兰德仔细看了看上面的文字。乍一看，似乎也没什么不同寻常或是令人惊讶的地方。哈格伯格又开始敲打起来，然后屏幕上又出现了个新的页面。维兰德发现路易斯有个祖辈是基辅人。“1905年，安吉拉·斯特凡诺维奇嫁给了瑞典煤炭出口商雅尔马尔·桑德布雷德，随后移民至瑞典，成为瑞典公民。她与桑德布雷德育有四个孩子，路易斯是其最小的孩子。”

“如你所见，全都很平常。”哈格伯格说。

“但她祖籍是在苏联，这也算平常吗？”

“我觉得现在应该得说是乌克兰。许多瑞典人的祖籍都在国外。我们都是芬兰人、荷兰人、德国人、俄国人和法国人的后裔。索尔夫的曾祖父就是苏格兰人，我的祖母就有土耳其人的血缘。那么你呢？”

“我祖先是斯马兰的农民。”

“你有没有查过你的族谱？我的意思是，完整地查看一遍？”

“没有。”

“你要是去查看的话，就会发现许多意想不到的事情。记住我的话。查族谱这事总是让人激动兴奋，可也并不是那么让人开心。我有个好朋友，是瑞典教会的一个牧师。退休之后，他决定去探究一下自己的家谱。很快他就发现，其中有两个人，还是他的直系祖先，曾在相隔不到 50 年的时间里分别被处以了死刑。其中一个是在 17 世纪的初期被处死。那人犯有盗窃罪和谋杀罪，最后被斩首示众。他的孙子则在 17 世纪中期被征入德国军队，在欧洲各处征战。他当了逃兵，最后被处以绞刑。这之后，我的牧师朋友就再也没有钻研过他的家谱。”

她相当吃力地站了起来，示意维兰德跟她进了一间相邻的房间。里面靠着墙壁的全都是成排成排的档案柜。她打开其中的一个抽屉。

“你永远也不知道自己会找到些什么。”她一边说一边在文件里翻找起来。

她拿出一份文件，然后放在桌上。里面装的全是照片。维兰德也不清楚她是在找某件具体的东西还是只是随意地翻找。她翻到一张黑白照片，停了下来，然后对着灯光看了看。

“我隐约记得曾经见过这张照片。看看倒也不乏趣味。”

她将它递给了维兰德。那上面的图像着实让他吓了一跳。照片上有一个瘦高的男人，穿着整洁的西装，戴着领结，开心地微笑着：那人就是斯蒂格·温纳斯特龙。他一手拿着玻璃杯，正与他人交谈，而那个人就是哈坎·冯·恩科。

“这照片是什么时候拍的？”

“后面有写。索尔夫总是特别谨慎地记录下日期和地点。”

维兰德看到照片后面贴了张纸条，上面写着：1959 年 10 月，瑞典海军代表团访问华盛顿特区，招待会由驻派武官温纳斯特龙举办。维兰德想要弄明白这其中的含义。如果站在那里的是路易斯，那这关联就很好猜测，可她并不在场。照片的背景上只有一群男人，还有穿着白色制服的女招待。

“他们的妻子通常会不会跟着一起出席这种访问？”他问道。

“只有高级军官外出活动的时候才可以带上。温纳斯特龙经常带着他的妻子进行随访和参加招待会，不过那时候，冯·恩科还算不上是高级军官。他应该是单独出行。如果路易斯要跟着他，那他就得单独为她支付费用。而且，就算是那样，她也不能出席瑞典驻派武官举办的招待会。”

“我想知道这次行程她到底有没有参加。”

哈格伯格突然又咳了起来。维兰德走到窗边，将一扇窗户微微打开。这香料的气味让他十分心烦。

“那得花上点时间，”她咳完之后说道，“我需要搜索一下。很幸运，索尔夫把瑞典军队代表团的这次访问以及其他所有的访问行程细节都给记录了下来。”

维兰德又坐回到了“国王岛号”的沙发上。他听见哈格伯格在旁边的房间里一边哼唱，一边翻找着 20 世纪 50 年代末期各种访美之行的人员名单。她找了差不多有 40 分钟，维兰德已经变得不耐烦起来，这时她眼中带着胜利的喜悦走了进来，手里还挥舞着一张纸。

“冯·恩科太太也去了，”她说，“她还被特别标注为‘随访人员’，还有些缩略语，大概指的是军队并不为她支付费用。如果你觉得这很重要的话，那我可以去查查这些缩略语的准确含义。”

维兰德接过那张纸。这个代表团由卡伦海军中校领队，共有 8 人组成。其中的“随访人员”有路易斯·冯·恩科，以及海军少校卡尔－阿克塞尔·奥伦的妻子玛尔塔·奥伦。

“可以让我拿去复印一下吗？”维兰德问。

“我不知道你能拿去做些什么，不过地下室里倒是有台复印机。你想要复印多少份？”

“就一份。”

“通常每份我会收两瑞典克朗。”

她向地下室走去。冯·恩科夫妇在华盛顿特区里一起待了8天。这也就是说路易斯有可能和某人进行了接触。但这真有可能吗？他问自己。这么早？并且，在50年代后期，冷战局势变得越来越紧张。那时候，美国人可是会盯着每个街角的苏联间谍。这次出访难道出了什么重大的事情？

阿诗塔·哈格伯格拿着文件的复印件走了回来。维兰德将两瑞典克朗放在了桌上。

“我想我可能没有像你预想的那样帮上多大的忙。”哈格伯格说。

“寻找失踪之人的过程通常既烦琐又缓慢。一次只能前进一步。”

她陪着他走到了大门。呼吸到无香料的空气后，他舒了口气。

“随时欢迎你再来，”她说，“我一直都在这里，如果能够帮到你的话。”

维兰德点点头，然后上了车。他正要离开利姆港，可又决定再去看看另一个地方。他想要去看一下自己50年前做的一个记号是否还在。他把车停在了教堂墓园的外面，朝着围墙西边的角落走去，然后弯下腰来。那时是10岁还是11岁来着？他也记不清了，不过那时的年纪足以让他发现人生的一个重大秘密：那就是，他就是他自己，一个有着自我特性的人。这一发现激起了他心中的一股冲动。他想找个永远不会消失的地方，刻上自己的记号。那个顶部装有铁栏杆的教堂墓园的矮围墙便是他选择的神圣之地。一个秋天的傍晚，他悄悄溜出家门，将一把锤子和一根粗壮的钉子藏在了外套里面。当时的利姆港静悄悄的不见人影。他早就选好了地方，在靠近西墙角的墙上，石块全都出奇地光滑。他在墓园墙上刻着自己名字的首写字母“KW”，而这时清冷的秋雨也开始下了起来。

维兰德不费吹灰之力便找到了那两个首写字母。经过这么多年的风雨，字母已经有些消褪，不像以前那样清晰了。不过当时他刻得很深，所以那个标记也依然还在。总有一天，我会把克拉拉带到这里，他心想。我会告诉她，就是在那一天，我决心要改变世界，虽然当时他所做的只不过是在一堵石墙上面刻上了自己名字的首写字母。

他走进教堂墓园，然后在树荫下的一张长凳上坐下。他闭上双眼，仿佛听见自己儿时的声音正在脑海里回荡，声音听着有些沙哑，那正是他的变声期，也正是他对成人世界感到困惑的时候。也许这里就是我的安息之地，他心想，回归初始，长眠于故土。况且我也早已在墙上刻好了自己的碑文。

他离开墓园，回到车上。开动引擎之前，他想了下自己与阿诗塔·哈格伯格的这次会面。到底有何收获呢?

答案很简单。他根本就毫无进展。路易斯依然还是个大谜团，就和以前一样。军官的妻子是不会出现在任何照片上的。

不过他和哈坎·冯·恩科相见后的那种不安感却依旧还在。

我真是不明白，他心想，如果真有什么，那我现在也应该有所发觉才是。

CHAPTER 34 恐怖幻影

维兰德开车回到家里。与阿诗塔·哈格伯格的会面虽然一无所获，但也没太让他难受，可是贝芭死后那种悲痛却是愈发地沉重起来。时不时地，他会想起她的突然来访，以及她同样突然的离别。可他对此却无能为力，他还通过她的死亡设想了自己的末日。

他停好车子，放出尤西，任由它跑来跑去，然后倒了一大杯伏特加，站在餐桌旁边一饮而尽。接着又倒上了一杯，然后拿到卧室里面。他放下房里两扇窗户的百叶窗，脱下衣服，然后赤裸地躺在床上。他把玻璃杯搁在了自己软塌塌的肚子上。我还会再试一次，他心想。如果这次还是毫无线索，那我就会放弃所有的调查。我会通知哈坎，我要把他的藏身之处告诉琳达和汉斯。如果他还想继续躲藏，还想再给自己重新找个藏身之地，都随便他好了。我会告诉伊特伯格、诺兰德，还有阿特金斯。然后这一切就再也不关我的事了——这本来也不是我的事。夏天即将结束，我这假期也算毁了，真不知道我自己的时间究竟都跑到哪里去了。

他喝完杯子里的酒，感到体内有了一股暖流，还有种酒醉之后的惬意。再试一次，他又想了起来。可是该怎么做呢？他把杯子放在床头柜上，很快就睡着了。

一个小时后，他睡醒了，也知道了自己该去做些什么。就在他睡觉时，他在脑子中已经整理出了一个答案。他清楚地明白，现在就只有一个重要的关键点了。除了汉斯，还有谁能再给他提供信息呢？他是一个聪明的年轻人，虽然有些太过敏感。再说了，人们其实总是要比他们本身知道的要多，他们的潜意识其实一直都在观察。

他捡起脏衣服，开动洗衣机，然后走到屋外召唤尤西。一声狗叫从远处传了过来，好像是在某个邻居新近收割完毕的田地里头。终于尤西蹦蹦跳跳地跑了过来。它好像在哪里打滚了似的，闻着一股恶臭。维兰德把它关进狗窝，拿起花园的浇水管，开始给它洗起澡来。尤西站在那里，两腿夹着尾巴，可怜兮兮地望着维兰德。

“你闻着就跟屎一样臭，”维兰德跟它说道，“我可不想屋子里有条臭气熏天的狗。”

维兰德走进厨房，坐在桌旁。他把自己所能想到的重要问题全都写了下来，然后查找汉斯在哥本哈根的工作电话。当他得知汉斯当天剩下的时间都要忙于各种会议时，他没了耐心。他告诉那个接线员姑娘，让她通知汉斯，请他务必在一个小时内给于斯塔德的维兰德探长打个电话。维兰德打开洗衣机，发现自己忘了放洗涤剂，正在这时，电话响了。他接了电话，毫不掩饰自己的愤怒。

“你明天要做什么？”

“工作。为什么你听起来好像很生气的样子。”

“我没什么。你什么时候有空可以见我？”

“可能要到晚上。我一整天都有各种会议和会谈。”

“那你重新安排一下。我会在下午 2 点到达哥本哈根。我只需要一小时，不多也不少。”

“出了什么状况吗？”

“一直都有状况发生。如果出了什么特别重要的事，我早就告诉你了。我只是想问你几个问题。有些新问题，也有些老问题。”

“如果你能等到晚上再问，那我会感激不尽。现在的金融市场真是十分混乱。”

“我 2 点钟到。”维兰德说。

他放下话筒，然后重新开启了洗衣机。在那之前，他还放了不少的洗涤剂，尽管他知道为自己的健忘而拿洗衣机出气实在是有些太过孩子气。

他割好草坪，耙好石子路，然后躺在花园的吊床上读起了一本有关威尔第的书。那是他买给自己的圣诞节礼物。他把洗衣机里的衣物拿了出来，结果发现有块红手帕一不小心混在了白色的衣物当中，那颜色一掉，把所有衣物全都染成了粉色。他只好再次开动洗衣机。然后他坐到床边，扎了下指尖，测量自己的血糖数值。这是另一件他常常爱忘的事。不过结果还算不错，是8.1。

在洗衣机第三次清洗衣物的时候，他躺在沙发上听起了新买的《弄臣》。他想起了贝芭，他眼中满是泪水，想象着如果她复活了那该有多好。可是她已经走了，再也不会回来了。听完音乐后，他从冰箱里拿出一碗炖鱼，热了一下，然后就着一杯水吃了下去。虽然他的眼睛一直盯着橱柜上面的一瓶红酒，可他却没有过去打开。之前的那些伏特加已经够多的了。晚上他就一直在电视上看那部《热情似火》。那是他和莫娜最喜欢的电影之一。这部电影他以前已经看了无数次，却依然还能让他捧腹大笑。

出乎他意料的是，那晚他睡得很好。

第二天他吃早餐的时候，琳达打来了电话。这天的天气温暖宜人，他把窗户全都敞开了，正赤身裸体地坐在厨房的椅子上。

“伊特伯格对哈坎跟你联系的事怎么说？”

“我还没告诉他。”

她很震惊。

“为什么没告诉他？如果说哈坎还没死的消息还有谁该知道的话，那毫无疑问就是他了。”

“哈坎叫我什么都不要说。”

“你昨天可没跟我说过这个。”

“那我肯定是忘记说了。”

她立刻意识到他言辞闪烁。

“你还有什么没告诉过我的事？”

“没了。”

“那好，我觉得我们这通电话打完后，你最好立刻给伊特伯格打个电话。”

维兰德听到她言语中有些生气。

“如果我直截了当地问你一个问题，那你能不能直截了当地给我一个回答？”

“可以。”

“这次事件的幕后是什么？如果我还算是了解你的话，我想你心中应该早就有了一些想法。”

“这次我可没什么想法。我和你们一样感到莫名其妙。”

“但是要说路易斯是间谍的话，那可实在是太荒唐了。”

“是否真实可信，那也不是我说了算。警察可是在她的手提包里找到了那些东西。”

“肯定是有人密谋放进去的。只有这种解释了。她绝对不会是间谍。”琳达再次坚定地说道。

她停了下来，似乎是在等他赞同她的看法。他听见电话后边传来了克拉拉的吵嚷声。

“她在做什么？”

“她正在床上。可她不想待在那里。顺便问句，我一直都很好奇，我在她这个年纪的时候到底是什么样子？经常哭吗？之前我有没有问过你这个？”

“所有婴儿都爱哭。”

“我只是有些好奇。我觉得人好像可以在自己的孩子身上看到自己的影子。总之，你今天会给伊特伯格打电话的吧，是不是？”

“明天吧。其实你以前是个循规蹈矩的好孩子。”

“不过后来却变得很糟糕，到了我十几岁的时候。”

“嗯，是的，”维兰德说，“异常糟糕。”

他们结束了电话，维兰德却依旧坐着。那是他最为糟糕的一段回忆，一件他极不愿意让它从脑海中浮现出来的往事。琳达曾在 15 岁的时候想要结束自己的生命。也许事情并没严重到那个地步，那更像是一种求救的呼喊，一种想要引人注意的渴望。可要不是维兰德因为忘了钱包而返回家中，后果可就真的不堪设想了。他发现她出了事，说话含糊不清，旁边还放着个空药瓶。他这一辈子都不想再去体会那一刻的惊慌失措。这也是他人生的一大败笔——他居然一直没有发现她的糟糕感受，没有发现十几岁的她其实是多么的脆弱无助。

他停止了那段伤痛往事的回忆。他想，如果当时她死了，那他肯定也不会独活。

他又想起了他们刚才的那段对话。她对路易斯不是间谍的坚定看法，倒也让他重新思考起来。这并不是证据的问题，而是信念的考量。万一她说对了呢，维兰德心想，那又该做何解释？路易斯和哈坎有没有可能是某种协同合作的关系呢？又或者，说不定哈坎·冯·恩科其实就是个冷酷无情的骗子，他把自己的挚爱路易斯说成那样，就是为了不让别人怀疑他在撒谎，他会不会就是她死亡的幕后黑手，而且还想把调查人员引到错误的方向？

维兰德在记事本上潦草地写下了一句话：琳达坚信路易斯是无辜的。可他心里并不相信这点。路易斯是罪有应得。情况应该就是如此。

快到 2 点的时候，维兰德到了哥本哈根的圆塔，在那些高级办公室的玻璃门前按响了上面的门铃。一位胸部丰满的女士领着他穿过了那些轻轻开合的自动门。她进去叫了下汉斯，汉斯立刻出现在了接待处。他看起来面色苍白、十分疲惫。他们走过一间会议室，里面有位说英语的中年人和两位说着冰岛语的金发年轻人正在争吵。他们的翻译是个穿着一身黑衣的女人。

“这还真是不堪入耳，”他们走过的时候维兰德说道，“难道金融人士谈话的时候不更应谨言慎行吗？”

“有时候我们还会说我们是在屠宰场行业里工作，”汉斯说，“话是说得有些过分。不过一旦和钱打交道，那双手就免不了沾血——当然了，这只是象征性的说法。”

“他们为什么会吵得那么激烈？”

汉斯摇了摇头：

“做生意。具体是什么我可不能说，就算是对你也不行。”

维兰德没再多问。汉斯带他走进了一间小型会议室，里面全由玻璃建造，连地板也是，而且还是悬在办公区的外墙之上。维兰德觉得像是走进了水族馆。一个和前台一样年轻的女人端着咖啡和丹麦糕点走了进来。汉斯斟起了咖啡，而维兰德则拿出了记事本和铅笔，放在了自己的杯子旁边。维兰德注意到他的手有些颤抖。

“我还以为早就没人用记事本了呢，”两个杯子斟完之后，汉斯说道，“现在的警察不是都只用录音机或是摄像机了吗？”

“电视剧上的那些可不完全是我们工作情况的真实反映。当然了，有时候我也的确会用录音机。不过今天可不是要审讯，只是谈谈话。”

“你想从哪里开始说起？我真的就只有这一个小时的空当。再想重新安排可就真的特别困难了。”

“这可是关于你的母亲，”维兰德毅然说道，“没有什么工作能比查明她的受害真相更重要的了。我想你是同意这一观点的吧？”

“我不是那个意思。”

“好了，我们来说说相关的事情吧。不管你是不是那个意思。”

汉斯紧盯着维兰德。

“首先我可得说清楚，我母亲不可能是间谍。虽然她有时表现得有点遮遮掩掩的。”

维兰德抬了抬眉头。

“之前我们谈到她的时候你可从来没有说过这话，说她可能有点遮遮掩掩。”

“上次我们聊过之后，我又回去想了想。我越想越觉得她令人费解。但这主要也是因为西格妮。她居然向自己的孩子隐瞒他有一个姐姐的事实，还有什么比这更加令人不可容忍的事情吗？你能想象得出吗？我常常会为自己是个独生子而心生遗憾。特别是在我还很小、还没开始上学的时候。可是她回答的时候却从来没有犹豫。如今在我看来，虽然我那也只是孩子气的渴望，可她的回答还是显得有些冷漠无情。”

“那你的父亲呢？”

“那个时候，他总是不在家里。至少我记得他大多数时候都不在。每次他一进门，我就知道他很快又要离开了。他总会给我带些礼物。但我没能享受多少和他一起共度的时光。每当他的制服被拿出来进行晾晒和刷净的时候，我就知道接下来的事了。第二天早上他又得离开了。”

“你能不能再跟我说说你的母亲，说下被你认为是遮遮掩掩的那些举动？”

“这个很难描绘出来。她有时似乎心不在焉，像是陷入了沉思，我要是碰巧打扰到了她，她还会冲我发火，就好像是我抓住了她的痛处似的，好像我拿了根针在她身上扎。我不知道听我这样说你是不是感觉合理，可在我印象当中就是如此。我一走进房间，有时她会关上自己的记事本，或是快速地拿个东西盖在她正在忙活的那页纸上。”

“你母亲有没有做过一些只有你父亲不在家时才会做的事情？有没有突然改变过日常的生活轨迹？”

“没有。我觉得好像没有。”

“你回答得太快了。再好好想想。”

汉斯站起身来，凝视着窗外。透过地板，维兰德看到外面有个街头音乐家正胡乱拨弄着吉他，他面前的人行道上还摆了顶帽子。可音乐的声响却丝毫不能穿过玻璃。汉斯又回到了座位上。

“接下来我要说的这些我自己也不大肯定，”他说，“这有可能是我想象出来的，可能是我的记忆出了问题。刚刚我回想了一下，哈坎不在家的时候，她常常会打些电话，还总是关着门。当他在家的时候，她可从不会这么做。”

“是不打电话，还是不关门？”

“两个都不。”

“接着说。”

“她还经常会随处放一些她正在忙活的文件。我感觉哈坎一回到家，那些文件就不在那里了——取而代之的则是桌上的鲜花。”

“什么样的文件？”

“我不知道。不过有时候上面还会有些图画。”

“关于跳水运动员的？”

“都是些各种各样的跳水动作，像是每个跳水动作不同阶段的姿势。像是‘德式跳跃转体’这种或是其他的什么专业动作。”

“你还记得有什么其他的图画吗？”

“她有时候会画我。我不知道那些图画现在都放到哪里了，不过她画得真的很好。”

维兰德将一块丹麦糕点切成两块，吃了其中的一块，然后喝了半杯咖啡。他看了看手表。楼下那位音乐家还在演奏着“无声”的音乐。

“我还没有问完，”维兰德说，“再来谈谈你母亲的各种观点吧，像是政治、社会、经济这些方面的。她对瑞典的看法怎样？”

“在我们家里，大家是不谈论政治的。”

“从未谈过？”

“他们两人其中一个可能会说出‘瑞典的军事力量现在根本不足以让我们保家卫国’这类的话。然后另一个人的回应可能就是，这全都是共产主义的错。然后也就只是这样。他们两人说来说去都是这几句。当然了，他俩都很保守，之前我们也说过了。投票也都会毫无疑问地投给温和党。税收那么高。瑞典又一直让大量移民涌进，街头也变得混乱起来。我觉得，他俩的那种观点，也完全可以说是意料之中的。”

“此外就再没别的了吗？”

“再没别的了，我能想起的就这些。”

维兰德点点头，吃完了另一半丹麦糕点。

“再来说说你父母之间的关系吧，”他吃完之后说道，“他们关系怎样？”

“关系很好。”

“有没有吵过架？”

“没有。我觉得他们俩是真心地爱着对方。这也是我之后所回想起的另一件事情——我小时候从来就没有担心过他俩会离婚。那种想法从来没在我脑袋里出现过。”

“但肯定没有哪对夫妻能一起生活却从不起口角的吧？”

“可他们确实如此。除非是趁我睡着的时候吵架，这样我就听不到了。不过我觉得那很难让人相信。”

维兰德没有别的问题了。不过他还没有打算结束。

“关于你母亲，还有没有什么别的可以说的事情？目前我们知道的也就是，她人很好，有些遮遮掩掩，也可能是神神秘秘。不过老实说，你对她的所知似乎真是少得出奇。”

“这点我也发现了。”汉斯说，他的坦白在维兰德听来似乎颇有些酸楚，“我们之间几乎从未有过真正的亲密。她总是和我保持一定距离。当然了，要是我受伤了，她也会安慰我。不过现在回过头看，她当时应该也觉得那挺麻烦的。”

“她生活中有过别的男人吗？”

维兰德事先并没有准备这个问题。不过既然他已经问出口了，那也就没什么好回避的了。

“从来没有过。我觉得我的父母之间不存在任何不忠。不论是哪一位。”

“那他们结婚之前呢？你对那时候的事又知道多少？”

“在我印象中，他们好像结识得很早，不论是谁，之前都没有真正和别人谈过恋爱。不过当然了，我也不能完全肯定。”

维兰德把记事本放回衣服口袋。他一个字都没写。根本就没什么可写的东西。他现在依旧知之甚少，就跟他来之前一样所知无多。

他站起身来。可汉斯却还坐着。

“我父亲，”他说，“我想他是打电话给你了吧。所以他还活着，可他却不想出现，是不是这么一回事？”

维兰德又坐了下来。外面那个吉他手已经去了别处。

“没错，是他打来的电话。他说他很好，也没有解释自己的行为。他只是想让你知道他还活着。”

“他真的只字未提自己身在何处吗？”

“只字未提。”

“你有什么想法？他是在很远的地方吗？他是用的固定电话还是手机？”

“这我不能说。”

“是因为你不想说，还是因为你不能说？”

“是因为我不能说。”

维兰德又站起身来。两人离开了玻璃房。当他们再次路过先前的那个会议室时，门已经关上了，不过里面还在大声地争吵。他们在接待处相互道了别。

“我有帮上忙吗？”汉斯问。

“你很诚实，”维兰德说，“我也只能这么说了。”

“这回答可真够圆滑。所以我并没给你多少帮助。”

维兰德做个了无奈的手势。玻璃门打开了，他挥了挥手，然后离开了。他乘着电梯静悄悄地来到了大厅。之前他把车子停在了国王新广场的一条小街上。天气十分炎热，他脱了外套，解开衬衣扣子。

突然他觉得有人正在监视他。他转过身。街上到处都是人，可全都是些陌生的脸。走了100码后，他在一家商店的橱窗面前停了下来，凝视起那些昂贵的女士鞋子。他偷瞟了一眼身后刚才一路走来的街道。一个男人正站在那里，看着自己手上的腕表。然后他将放在右胳膊上的外套换到了左手边。维兰德觉得之前环视四周的时候好像就有这么个人。他又回过头继续望着那些女士鞋子。那人从他身后走了过去。维兰德想起了里德伯曾经说过的话：跟踪人的时候，没有必要总是跟在那个人的身后，你也可以走在那个人的前面。维兰德又走动起来，走了100步，他又停了下来，然后转身。街上再也没有什么引起他注意的人。那个拿着外套的男人已经消失不见了。维兰德走到自己的车旁，最后又四处张望了一下。只见人们走来走去，一张张全都是陌生的脸。他摇了摇头，肯定是自己的脑子产生幻觉了。

他驾车从长桥驶过，在那家“父亲的帽子”的路边咖啡馆停了会儿，然后一路朝家开去。

从车里出来后，他脑子突然一片空白。他站在那里，手里握着钥匙，完全被自己弄糊涂了。车子的引擎罩还是温的。他开始恐慌起来。我这是去了哪里？尤西一边吼叫，一边在狗窝里上蹿下跳。维兰德盯着狗看，竭力地想要记起点什么。他看了看车钥匙，然后又看了看车，希望能得出些线索。过了将近10分钟的恐怖时刻，记忆终于得以疏通，他这才想起自己刚才干了些什么。他浑身是汗。情况真是越来越糟了，他心想。我得去检查一下自己到底是怎么了。

他拿出邮箱里的东西，然后在花园的桌旁坐下，整个人还在为刚才突如其来的记忆丧失而颤抖。

等他喂饱了尤西，这才发现从邮箱里拿出来的那一堆报纸中还夹了一封信。上面没有回信地址，他也不认得信上的笔迹。

他打开信封，看到里面的内容全都是手写的，写信人是哈坎·冯·恩科。

CHAPTER 35 神秘石

这封信是从北雪平寄来的：

在柏林，有一位名叫乔治·塔尔伯斯的男人。他是个美国人，曾在斯德哥尔摩的大使馆工作过。他的瑞典语很流利，被视作是国际关系专家，尤其是斯堪的纳维亚[1]和苏联这一方面，也包括现在的俄罗斯。早在20世纪60年代的末期，我便与他结识。当时他才刚来斯德哥尔摩，陪同当时的驻派武官出席了好几次招待会，并进行过好几次访问，其中有一次去的还是贝尔加。乔治和我相处得很好——他和他的妻子也都喜欢玩桥牌，于是我们开始熟络起来。后来我意识到他隶属于中情局，不过他从未向我刺探过任何需要保守的机密消息。过了一两年，大概是在1974年，他的妻子被诊断出癌症，随后不久就死了。这对乔治来说是个重大的打击。他和他妻子的关系，甚至可以说比我和路易斯还要亲密。

[1] 斯堪的纳维亚（Scandinavia）：瑞典、挪威、丹麦、冰岛的泛称。

他开始更为频繁地拜访起我们，几乎每个星期天都来，工作日的时候也常来。1979 年，他被调到了波恩的公使馆，然后就在那里待到了退休，只不过后来搬到了柏林。当然了，你可能会认为，他“闲暇的时候”依然还在为两国效力。不过对此我就一无所知了。

我最近一次跟他通话是在去年的 12 月。虽然他已经 72 岁了，却依然头脑灵活。我很肯定，在他看来，冷战依然还在。苏联帝国倒塌后，又爆发了一场像 1917 年那样破坏性极强的革命。但是按照乔治的话来讲，那只不过是一次暂时的退步。他觉得当前的局势更是印证这个观点：俄罗斯正变得越来越强大，对周边世界也提出了越来越严苛的要求。我冒昧地给他写了封信，请他和你联系。如果还有什么人能够在你调查路易斯案件的事上起到什么帮助的话，那就只有他了。希望我的这一举动没有对你造成什么不便，我这也是想要回报你悉心破解案件的诚挚之举。

敬祝安好！

哈坎·冯·恩科

维兰德把信放在了餐桌上。冯·恩科帮维兰德介绍了一位可能有所帮助的熟人，当然了，这确实是件好事。可是尽管如此，他却不是很喜欢这封信。他再次觉得自己好像没能及时察觉到某些事情。他又把这封信给读了一遍，而且还读得很慢，像是在地雷区里小心翼翼地择路而行。我们需要去解读信的内容，里德伯曾经说过。你要知道你在做什么，特别是这封信有可能是犯罪调查的重要物证。可是他又该怎么去解读呢？信中的内容已经十分直白了。维兰德来到电脑前，在谷歌里输入了乔治·塔尔伯斯这个名字。他搜索出一大堆结果，却没有一个能沾得上边。大概是不撞南墙心不死，他又往里面输入了中情局，让人大吃一惊的是，页面直接跳转到了一个烹饪学院。当然了，那是因为两者的首字母缩写正好完全相同。

他离开电脑，测量了自己的血糖值，这一次的情况不容乐观：10.2。数值太高。他又忘了吃降血糖的药，也忘了打胰岛素。他查看了下冰箱，发现胰岛素已经没有了，接下来几天他一定得抽空去补充些回来。

每天，因为自己的糖尿病、高血压还有胆固醇，他至少会吞掉不下七种类型的药片。他不喜欢这样，这就感觉像是打了败仗。他的许多同事连一粒药都不用吃——至少他们口头上是这么说的。过去，里德伯曾经嘲笑过所有的化学药剂。就算是头痛得厉害，他也不会为此吃药。每天，不知道有多少种自己一窍不通的化学药品会跑进体内，维兰德心想，我信任我的医生还有制药公司，甚至都不会去怀疑他们开出的各种药品。

他并没有把吃这些药片的事情告诉琳达。她也不知道他一直在给自己注射胰岛素。为了安全起见，他把那药藏在了她根本不会去碰的芒果咖喱酱的后面。

他又读了好几遍那封信，可依然没有发现什么言外之意。哈坎·冯·恩科寄给他的并不是什么隐含信息。想要找出并不存在的东西，这根本就是白费力气。

当天晚上，他梦见了自己的父亲。

7 点刚过，他正好睡醒，这时电话响了起来。他觉得这个时间只有琳达会打电话，尤其是她还知道此时他正在休假。他拿起话筒。

“请问是纳特·维兰德吗？”

电话里传来了一个男人的声音，瑞典语说得很好，尽管维兰德还是听到了一丝外国口音。

“我猜你就是塔尔伯斯先生吧，”他说，“我一直都在等你的电话。”

“叫我乔治好了。我就叫你纳特吧。”

“不是纳特，是库尔特。”

“库尔特。库尔特·维兰德。我总爱记错名字。你什么时候会过来？”

听到这个问题，维兰德吓了一跳。哈坎·冯·恩科究竟给塔尔伯斯都写了些什么？

“我可没有计划要去柏林啊。要不是昨晚收到了那封信，我甚至都不知道有你这个人。”

“可哈坎在写给我的信里说你肯定要到我这来的，说要跟我谈谈。”

“为什么你不能来斯科讷呢？”

“我没有驾照。而且我也讨厌乘火车或是飞机。”

一位没有驾照的美国人，维兰德心想，这人肯定十分不同凡响。

"也许我能帮你，"塔尔伯斯说，"我过去就认识路易斯，当然也认识哈坎。她还是我妻子玛里琳的好朋友。她俩过去常常一起出去喝茶。之后，玛里琳也会告诉我她们的聊天内容。"

"那她们都聊了些什么呢？"

"路易斯几乎总在谈论政治。玛里琳虽然不感兴趣，但也客气地听着。"

维兰德皱了皱眉。这和汉斯说的不是正好相反吗？他不是说他母亲从来都不谈论政治吗，除了和丈夫谈话时偶尔评论几句。

他突然对去柏林拜访乔治·塔尔伯斯有了兴趣。自从东德崩塌之后，他就再没去过那里。20世纪80年代中期，他曾和琳达一起去过两次柏林。那时，她正对戏剧着迷，非要去看看柏林剧团的演出。他还记得，半夜时分，边防警察突然闯进了他们的卧铺车厢，要求查看他的护照，这让他很恼怒。他们两次都住在亚历山大广场的一家酒店。那时候维兰德一直都感到忐忑不安。

"也许我可以去看你，"他说，"我可以开车去。"

"你可以住在我家，"塔尔伯斯说，"我在舍嫩贝格[1]有间公寓。你什么时候能来？"

"你什么时候方便？"

"我一个鳏夫。只要你方便，随时欢迎你来。"

"那后天怎样？"

"那我把电话号码告诉你。快到柏林的时候，你给我打个电话，我带你到城里转转。你是喜欢吃鱼还是吃肉？"

"都行。"

"那酒呢？"

"红酒就行。"

"知道这些就好了。你手边有没有铅笔？"

维兰德在冯·恩科那封信的空白处写下了他的电话号码。

"期待与你相见，"塔尔伯斯说，"要是我没记错的话，你女儿和小汉斯·冯·恩科结婚了？"

[1] 舍嫩贝格（Schoneberg）：德国柏林的一个分区。

“还算不上。他俩生了个女儿，名叫克拉拉，不过还没结婚。”

“请带上一张你外孙女的照片吧。”

维兰德挂了电话。他屋子里到处都贴满了克拉拉的照片。他从厨房的墙上取下两张照片，然后放在了桌上的护照旁边。他一边吃着早餐，一边查看着地图册，想看看从萨斯尼茨的轮渡终点站到柏林这一路到底有多远。他打电话给特雷勒堡的轮渡公司，获知了具体的时刻表。他记下时刻安排，发现自己居然也期待起眼下这趟旅行。我会记住这个夏天的每次开车旅行，他心想。这也让我想起了琳达小时候，那时我们常去丹麦度假，有时还会去哥得兰岛，有一次甚至还跑到了挪威北部的亨墨菲斯。

7 月 23 日，他沿着海岸公路开车到了特雷勒堡，搭上了去往欧洲大陆的轮渡。他告诉琳达他计划在柏林待上几天。她没有起疑，也没问什么问题，只是说她很嫉妒他。他从电视上看到，现在柏林和欧洲中部的高温天气都快要打破历史纪录了。

他决定不再毫不停歇地一路猛开。他会选个时间点离开高速公路，然后在某家小旅馆里睡上一晚。他也没什么好着急的。

他在渡船上吃了顿饭，和他同桌吃饭的是一位健谈的卡车司机。他告诉维兰德他正载着好几吨的狗粮前往德累斯顿。

“为什么德国的狗要吃瑞典的狗粮？”维兰德好奇道。

“问得好。不过他们说的自由市场不就是这么回事儿吗？”

维兰德走到甲板上。他能明白为什么有这么多的人想要选择在船上工作。就像哈坎·冯·恩科，虽然他人生中有很长一段时间都是在海底度过的。为什么会有人想要成为潜艇的船长呢？他不禁自问道。不过转念一想，肯定会有不少人好奇为什么会有人想要当警察呢。我的父亲不就是这样吗？

刚开过萨斯尼茨，他便将车停进了一个休息站里。他换了件衬衣，然后穿上了短裤和凉鞋。这一瞬间，想到自己可以想去哪里就去哪里，想在哪过夜就在哪过夜，想吃什么就吃什么，他突然感到怡然自得起来。自由也就是这么回事，他心想，对自己表面上的可怜样也一笑置之了。一个四处奔波的老警察，一时竟也忘记了忧愁。

他开车到了奥拉宁堡，这里已离柏林不远，不过他决定先停下来过夜。为了找到合适的住宿，他费了会儿工夫，最后终于选定了哥洛豪夫酒店。

他的房间在第三层的一个角落。房间很大，里面有很多暗沉沉的笨重家具。不过维兰德却很知足。他是在顶层，这样晚上睡觉的时候就不会有人在头顶的天花板上走来走去了。他换上裤子，然后在市区里闲逛了一两个小时，喝了杯咖啡，还在一家古董店里随意看了看，然后又回到了哥洛豪夫酒店。这时才刚 5 点。虽然肚子也有些饿了，可他决定还是稍后再用晚餐。他躺在床上玩了会儿纵横字谜。解开几个线索后，他便睡着了。等他醒来，已是 7 点半了。他下楼走进餐厅，找了个靠墙角的位置。时间依然有些早，吃饭的人并不是很多。一位女招待把菜单递给了他，这让他突然想起了范妮·克拉斯特龙。他选了维也纳炸牛排，还点了杯红酒。餐厅的人渐渐多了起来，他们好像大都相互认识。虽然他知道自己不该再吃甜食，可他还是点了巧克力布丁作为饭后甜点。他又喝了一杯红酒，然后发现自己居然有些眩晕起来。不过反正马丁森也不会跑过来责备他。

9 点钟的时候，他结账回到房间，脱掉衣服，上床睡觉。他却怎么也没法睡着。他突然感到心烦意乱起来。一个人晚餐时的那种舒心惬意早已消失得无影无踪。终于他放弃了睡觉的挣扎，穿好衣服，又回到了楼下的餐厅。那里正好有间隔开的酒吧。他走了进去，点了杯红酒。一群上了年纪的男人正站在那里喝着啤酒。桌子全都是空的，只有离他最近的那张桌旁还有一人坐着。那是一位 40 多岁的女人，正一边喝着白葡萄酒，一边往手机上输着信息。她朝维兰德笑了笑。他也报以一笑。他们举起酒杯，相互致意各饮一口。她又接着发起了短信。维兰德又点了杯红酒，还给那女人也点了一杯。她微笑着致以谢意，然后将手机收好，接着就挪到了他的桌上。他用蹩脚的英语介绍说自己是瑞典人，正要去柏林。他不清楚库尔特这个名字用英语该怎么发音，于是就告诉她自己名叫詹姆士。

“那是瑞典人的名字吗？”她问。

“我母亲可是爱尔兰人。”他告诉她。

他对自己的谎言感到好笑，然后问了她的名字。伊莎贝尔，她告诉他。她说过不了几年，奥拉宁堡就要被柏林给吞并掉了。维兰德仔细端详着她那张浓妆艳抹的脸蛋，看起来一副憔悴不堪、精疲力竭的样子。他不知道这女人是不是在四处寻觅猎物，将酒吧当作她的猎场。不过她穿着并不艳丽，他心想，再说了，我也不是在找妓女。

那坐在他身旁的这位伊莎贝尔到底是个什么样的人呢？她说她在花店工作，单身，孩子们也都已经长大离开家。她住在一间可以俯瞰到公园的公寓里，而且还一再强调那房子非常漂亮。她还设法向他描述了前往她家公园的路线。可维兰德对公园或是前往路线压根儿就不感兴趣，他已经被她给迷住了，甚至还想象着她在他房间里赤身裸体的样子，而这也是他为什么想要勾引她的理由。他看得出她已经喝醉了，他也觉得自己不可以再多喝了。已经快到半夜了，酒吧的店主也吆喝着要关门了。维兰德结了账，然后邀请她去他房间里再喝一杯——这也是他第一次提到自己住在这家酒店里。她似乎并不吃惊。或许她早就知道了。难道前台和这酒吧之间还相互通气不成？不过他也并不在意这些。他付了账，还慷慨地给了笔小费，然后将她领过了无人值班的前台，带她上楼进了房间。他刚一关上门就尴尬地发现一件不幸的事：房间里根本就没有什么酒可以给她喝。这里没有迷你吧台，这家宾馆没有那样的奢侈用品，也没有客房服务。不过她似乎知道他对她作何期待，突然就一把抱住了他。他也禁不住燃起了欲火，然后两人就倒在了床上。他已经记不清上次和女人睡觉是什么时候的事了，他把伊萨贝尔的身体一个劲地想象成是贝芭或是莫娜的身体，又或是那些以前他早就遗忘了的女人。一切发生得很快，当维兰德感到欲望在体内再次涌动的时候，她都已经睡着了。想要叫醒她也不大可能。他也没打算跟一个睡得死气沉沉的女人做爱。他别无选择，只有自个儿睡觉，他也确实如此，只不过还将一只手放在了她湿漉漉的大腿之间。

早晨醒来时他的手还放在那里。他头很痛，舌头好像粘在了上腭上似的，然后他当场下定决心，要尽快逃离这个房间，逃离还在他身旁熟睡的伊莎贝尔。他蹑手蹑脚地穿好了衣服。他发现自己这样根本就不适合开车，可要让他待着原地不动，那也绝对不可能。他拿起行李箱，走到楼下的前台。一个年轻人在老式钥匙柜下方的铺位上睡得正香。维兰德大喊一声，他醒了过来，出示账单，然后将零钱递了过来。维兰德将钥匙放在柜台上面，还在旁边放了 10 欧元的钞票。

“我房间里还有个女人正在睡觉。我想这些应该也够付她的了吧？”

“完全够了。”年轻人说道，打了个哈欠。

维兰德立刻冲到车上，出发前往柏林。但他一开到第一个休息站，便立刻停车，靠着椅背睡了起来。他非常懊悔昨晚所做的事。他还试图劝服自己这事也没什么大不了。毕竟她又没有向他要钱。她也不可能发现他那不堪入目的行为。

9点时，他醒了过来，继续驱车前往柏林。他在高速公路旁的一家汽车旅馆停了下来，然后打电话给乔治·塔尔伯斯。乔治手边正好有本公路地图册，很快也就弄明白了维兰德的方位。

“我大概一个小时后过来，”他说，“你可以坐在外面，好好地享受一下美好的天气。”

“你怎么过来？我记得你说过你没有驾照。”

“到时候你就知道了。”

维兰德买了一杯装在纸杯里的咖啡，坐到汽车旅馆餐厅外面的阴凉处。不知伊莎贝尔醒来了没有，也不知她会不会纳闷维兰德跑到哪里去了。除了他们那笨拙而又毫无激情的做爱，他什么也想不起来。他们真有做过吗？他脑海里只有一些模糊的记忆碎片，而这碎片只让他备感尴尬。

他喝完了杯子里的咖啡，又买了个包装好的三明治。吃起来的感觉就像是在嚼海绵，他心想。勉强吃了一半之后，他便把剩下的部分都扔给了不远处正在地上啄食的鸽子。

时间慢慢过去了，却依然没有出现那个要找瑞典警探的人。又过了15分钟，一辆黑色的奔驰开进了汽车旅馆。上面是外交牌照。一位身着白色西装、戴着太阳镜的男人走出了车子。乔治·塔尔伯斯到了。他四处张望了一番，然后锁定了维兰德。他走过来，摘掉了太阳镜。

“是库尔特·维兰德吗？”

“是我。”

乔治·塔尔伯斯有六英尺多高，身材健硕。他的握手极为有力，若不是维兰德的脖子还撑得住，那他估计早就被握得窒息了。

“对不起，我来迟了。交通状况比预想的还要糟。”

“我按照你的建议，充分地享受了这里美好的天气，甚至都没有注意到现在几点了。”

乔治·塔尔伯斯举起手，向奔驰车里看不见影子的司机打了个信号。然后车就开走了。

“我们可以出发了吗？”

他们坐进了维兰德的标致汽车。塔尔伯斯完全就是个活生生的定位器。他自信地引导着维兰德在越来越拥挤的道路上穿梭行驶。过了一个多小时，他们来到了舍嫩贝格的一栋迷人的公寓楼前。维兰德突然想起，这栋楼房肯定是从二战之中幸存下来的几座建筑之一。希特勒在自己的地下室里自杀后，红军就长驱直入，占领了这座城市的条条街道。塔尔伯斯住在最高层，那是一个六室公寓。他安排给维兰德的那间卧室很大，从那里还可以俯瞰楼下的一座小公园。

“恐怕你还得自己待上一两个小时，”塔尔伯斯说，“我还有些事情要去处理。”

“没关系。”

“等我回来之后，我们要多少时间就可以有多少时间。楼下正好有家意大利餐厅，里面的菜肴都很可口。我们可以悠闲地吃饭聊天。你计划要待多久？”

“不待多久。事实上，我打算明天就回家。”

塔尔伯斯使劲地摇了摇头：

“那可不行。只待那么短的时间，你可不能这样辜负柏林。这等于是在侮辱这座城市，这里可曾是世界许多历史悲剧的中心舞台。”

“这事我们稍后再说吧，”维兰德说，“不过我相信你也明白，老人也是有工作要做的。”

塔尔伯斯接受了这一意见。他领着维兰德看了看浴室、厨房和宽阔的阳台，然后就离开了。维兰德从一扇窗户里看到塔尔伯斯又钻进了那辆黑色的奔驰。他从冰箱里拿出一瓶啤酒，然后站在阳台直接仰头痛饮起来。在他看来，这也是和昨晚那个女人告别的一种方式。她已经不复存在了，除了可能还会在他梦里反复出现。事情总是这样叫人无奈。真正倾心爱恋的女人他总是无法梦到，可那些和他有着不怎么愉快经历的女人反倒频繁地出现在梦里。

他思索着，自己好像老是喜欢记住那些应该忘记的事情，却总是爱忘记那些应该记住的事情。仿佛他的生活方式犯了个根本性的错误。他不知道其他人是不是也都这样。琳达会梦到些什么？马丁森会梦到些什么？他那个碍手碍脚的上司，伦纳特·马特森，又会梦到些什么？

他又喝了一瓶啤酒，开始有些眩晕起来。之后他放了缸洗澡水，好好地泡了一个澡，整个人也感觉舒服多了。

一两个小时后，乔治·塔尔伯斯回来了。他们坐在屋外已经一片阴凉的阳台上，开始聊起天来。

正在这时，维兰德发现阳台的桌上放着一块小石头。一块他一眼就认出来的石头。

CHAPTER 36 | 分身幽灵

和乔治·塔尔伯斯待在一块的这段时间里，维兰德心里一直都在琢磨着一个问题。他发觉维兰德已经注意到那块石头了吗？还是他没有发觉？维兰德依然还没确定第二天何时离开返回家中。不过他很确信，塔尔伯斯是个目光敏锐的人。他那双眼睛的后面，不知道有多少心思正在飞速地盘算，维兰德心想。他有一个思维缜密的大脑，而且毫无衰老的迹象。虽然他有时似乎有些兴味索然，甚至还有点无动于衷，可他一直都很清醒。

他现在唯一肯定的一件事情就是，哈坎·冯·恩科桌上消失不见的那块石头，如今却出现在了乔治·塔尔伯斯公寓阳台的桌上。如果不是那块石头，那就肯定是个仿真复制品。

复制品的想法也很适用于他面前的这个人。早在汽车旅馆的时候，维兰德就有一种强烈的感觉，觉得塔尔伯斯似乎很像某个人，觉得他好像有个分身幽灵似的。也不一定是维兰德认识的人，但是是他以前见过的一个人，不过他想不起来到底是谁。

直到傍晚时分，就在他们快要出门用餐的时候，他才恍然大悟。乔治·塔尔伯斯跟电影演员亨弗莱·鲍嘉长得简直是一模一样。只不过乔治要高点，他也没有一直把烟叼在嘴里。相似的不只有外貌，他的声音听起来也像是《浴血金沙》和《非洲皇后号》里的腔调。他不知道塔尔伯斯是否有注意到这些相似之处，不过他应该也意识到了。

就在他们坐下来之前，塔尔伯斯还夸耀地说他有个意想不到的惊喜。他打开公寓房间里关着的一扇房门，一个巨型鱼缸立刻映入了眼帘。厚厚的玻璃墙后，一大群红色蓝色的鱼儿正在静悄悄地游弋着。这房间里到处摆满了玻璃缸和塑料管道，不过最令维兰德吃惊的还是那巨型鱼缸的底部。那里巧妙地铺设了一些纵横交错的隧道，几辆微型电动火车正在里面跑来跑去。那些隧道完全都是透明的，显然是用玻璃制成，而且隧道里没有丝毫水滴渗入。那些鱼儿似乎也没注意到这些位于人造海底的火车线路。

“这些隧道几乎就是照着多佛港和加来港之间的隧道来做的，”塔尔伯斯说，“我在建造这个模型的时候，还采用了原设计图上的一些构造细节。”

维兰德想起了远在狩猎小屋的哈坎·冯·恩科以及他的瓶中船。除了友谊，这两人之间似乎还有某种极为相似之处，他心想。不过我也说不清楚那到底意味着什么。

“我喜欢自己动手干活，”塔尔伯斯接着说道，“光用脑子可没什么好处。你不觉得吗？”

“还好。我父亲就很手巧，可我一点儿也没遗传到。”

“你父亲是做什么的？”

“他制造油画。”

“你的意思是他是个艺术家？为什么你要用‘制造’这个词？”

“我父亲一生之中只会画一个主题，”维兰德说，“所以也没什么好多说的。”

塔尔伯斯注意到维兰德一副不大乐意详说的样子，于是也就没再多问什么。他们望着鱼儿游来游去，火车在隧道里驰骋。维兰德注意到它们每次并不是在同一个节点通过，而是有一点起初很难察觉到的时间延迟。他还注意到，在这个环形线路的当中，有一段是所有列车的共用轨道。他有些犹豫，不过最后还是就他所观察到的这些做了一番询问。塔尔伯斯点了点头。

“你说的没错，”他说，“我在系统里设置了一点时间延迟。”

他走到一个架子面前，从上面拿下了一个沙漏。维兰德进来时还没来得及注意到那个东西。

“这里面的沙全都来自西非，”塔尔伯斯说，“准确地说，是从一个叫作布巴克的小群岛的海岛沙滩上取来的。那地方就在几内亚比绍的海岸附近。大多数人都没听说过那个国家。以前有个英国的海军上将说过这沙最适合用来制作当时英国海军计时用的沙漏。如果开动火车的同时也将沙漏倒置，你就会发现，一辆火车刚好会在 59 分钟之后追上另一辆火车。我时不时地会这样去做，一是为了检查沙漏里沙子的流速有没有变慢，二是为了看看电压器需不需要进行调整。”

从小维兰德就梦想着能够拥有一套火车模型，可他父亲一直都买不起。如今在他眼前的这套火车组合，似乎依然是一个难以企及的奢侈品。

他们在阳台上坐下。这是一个炎热的夏天。塔尔伯斯拿出一壶冰水和两个杯子。维兰德觉得没有必要再拐弯抹角。他的第一个问题已经呼之欲出了。

“听到路易斯失踪之后，你是怎么想的？”

“我想我并不是很吃惊。”他说。

“为什么？”

“我也没必要再告诉你那些你已经知道的事情。还不是因为哈坎越来越不堪忍受的疑心——我看现在这点已经算是确凿无疑了——怀疑自己娶了位卖国贼。你们是不是这么个说法？我的瑞典语并不是那么好。”

“没错，是那样说，”维兰德说，“如果某人是个间谍，那他通常也是个卖国贼。除非做的是些更为特殊的事情，比如商业间谍。”

“哈坎之所以逃跑，是因为他再也没法忍受下去了，”塔尔伯斯说，“他需要时间来好好思考一番。路易斯失踪之前，他差不多已经拿定了主意。他打算将自己手上的证据都上交给军事情报局。然后一切照章办事。他并没有打算撇清自己或是保全自己的名声。他也明白汉斯多少也会受到影响，可那也是没办法的事。归根结底这是个正义感的问题。她失踪之后，他整个人都惊呆了。他也变得越来越害怕。和他通过几次电话后，我也开始担忧起来。他差不多像患上了妄想症。关于路易斯的失踪，他能想到的唯一解释就是，她肯定已经猜透了他的心思。他很害怕她会找出他的藏身之处。就算不是她，那也有可能是她在俄国情报机构的某个上司。哈坎坚信路易斯是个重要人物，以前是，现在依然也是，所以为了保证秘密不被泄露，他们会毫不犹豫地杀了他。虽然她现在年纪大了，没法再从事间谍活动，可目前的当务之急是要掩藏她的身份。自然了，不论俄国人知道或是不知道些什么，他们可都不想泄露出去。”

“当你听说她自杀之后，你又是怎么想的？”

“我根本就不相信那话。我觉得她明显是被人谋害的。”

“为什么？”

“要回答这个问题，我得先问一个问题。你觉得她为什么会自杀呢？”

“也许她深感内疚。也许她意识到自己的丈夫因此而饱受折磨。有许多可能的理由。我在查案的时候，碰到过许多因为一些鸡毛蒜皮的小事而选择轻生自尽的人。”

塔尔伯斯想了想维兰德所说的话。

“也许你说的没错。不过我还没告诉你我对路易斯的全部印象。虽然她把自己的大部分给隐藏了起来，但我却很了解她。她不是那种会自杀的人。”

“为什么你会这么想？”

“有些人就是不会自杀。事实就是那么简单。”

维兰德摇了摇头。

“根据我的经验，事情可不是这样，”他说，“我觉得，在不幸的情况下，任何人都有可能选择轻生。”

“我可不想跟你争辩。你想怎么解读我的观点都行。我相信你的警察经验确实非常宝贵。可你也不该轻视我多年从事美国情报工作的经验。”

“如今我们知道她确实是被人杀害的，而且我们还知道她的手提包里有确凿的犯罪证据。”

塔尔伯斯举起杯子正要喝水，可他皱了皱眉，一口没喝又放了下来。维兰德觉得他在他身上察觉到了另一种警觉。

“我不知道你说的这回事。我真没料到他们居然已经查找没收了秘密资料。”

“其实也不应该让你知道。本来我是不该告诉你的。不过我这样也是为了哈坎好。我相信这样会有助于事情的进展。”

“我不会告诉别人的。一旦在情报局工作，你就会知道该怎样办事。一旦辞去职务，脑子里就不可留有半点以前的东西。记忆全都得清理干净，就像是员工走时必须清理柜子和桌子一样。”

“如果我再告诉你路易斯很有可能是被人用昔日风光的东德专利手法给毒死的，你会怎么说？为了掩盖杀人的实情，他们将这伪装成了自杀的样子。”

塔尔伯斯缓缓地点点头。他又举起装着冰水的杯子送到嘴边，这一次他终于喝了些水。

“中情局也曾这么做过，”他说，“不用说，我们常常也是迫不得已，有时必须得清算掉某些人。我们也会把那伪装成是自杀的样子。”

见到塔尔伯斯并不是很乐意谈论与冯·恩科夫妇并无直接关联的话题，维兰德并不吃惊，不过他已经下定了决心，一定要尽力让他多说。

“不管怎样，我们已经可以确定路易斯是被人杀害的。”维兰德说。

“有没有可能是瑞典的情报部门把她给清算掉了？”

“瑞典这边可没有那样的行事作风。再说了，也不能想当然地认为她的身份已被暴露。换句话说，我们没有干这事的人，也没有什么合理动机。”

塔尔伯斯将他的柳条椅子挪到了阴凉处。他沉默了一阵子，不停地咬着下嘴唇。

“这很容易让人联想到激情犯罪[1]。”最终他开口道。

他在椅子里坐直身子。

“瑞典的行事作风自然和铁幕那边不同，当然前提是铁幕还存在的话，”他说，“在那边，只要被逮住了，几乎就是死路一条。除非你特别重要，可以拿去做交易。像是进行间谍互换。一旦走出自己的国土，间谍们就会变得疏忽大意起来，时刻处在身份暴露的危险当中。压力自然也会变得大起来。这也是为什么有时候间谍们会反目成仇、拔剑相向。某人一旦成功，就会引起他人的嫉妒，合作与忠诚也会被竞争的冲动所取代。路易斯的案子显然就是这么回事。出于某个特殊的缘由。”

维兰德也把自己的椅子挪到了阴凉处。他俯身向前去拿自己的那杯水。里面

[1] 激情犯罪（crime of passion）：是指人在某种外因刺激下，因心理失衡而在瞬间实施的违法犯罪行为。在西方犯罪学中被认为是一种“挫折攻击型”犯罪。

的冰已经全都融化掉了。

“哈坎也跟你说过了，关于瑞典间谍的流言当时已经盛传了好久，”塔尔伯斯说，“中情局也已知晓多年。我还在斯德哥尔摩大使馆工作的时候，我们就已经动用了许多的人力物力去解决这个问题。有人将瑞典的军事机密卖给苏联。这种事情对我们对北约都是个威胁。自从技术革新以来，瑞典的兵器工业一直处于遥遥领先的地位。关于这个棘手的状况，我们过去也常常和我们的瑞典同行会面。此外也和英国、法国、挪威还有其他国家的同行会面。我们面对的是一个极为老辣的特工。我们发现瑞典肯定还有一个‘密探’。这个人将信息传递给特工，然后特工又将信息转送到了俄国。我们特别惊讶我们——或者说，我们的瑞典同行——居然一直都没能找出有关此人的任何线索。瑞典还列了个 20 人的简短名单，上面都是各个部门的在役军官。但瑞典的调查员们最后依然一无所获。我们也没能帮上他们的忙。我们好像一直都在搜寻一个幻影似的。某位才子还为我们一直在找的那人想了个好听的名字——‘戴安娜’，就跟幻影侠[1]女朋友的名字一样。我之前觉得这个名字很傻，因为根本就没有任何迹象表明做这事的是个女人。可后来却发现取这名字的傻子还真是瞎猫碰上了死耗子，居然给蒙得八九不离十。反正之前的情况就是这样，直到 1987 年的三月末。具体而言，是 18 号。那天发生了一件事情，整个情况也因此发生了改变，几位瑞典情报官员还因此被打入了冷宫，而我们也不得不全部重新思考。哈坎有没有跟你说过这事？”

“没有。”

“故事发生在阿姆斯特丹郊外的史基浦机场，那是一个大型国际机场。那天清晨，机场警察办公室的门外出现了一个男人。他穿着肥大的西装、白色的衬衣，还打着领带。他一只手拿着行李箱，另一只手拿着一顶帽子，手臂上还搭着件大衣。他给人的感觉就像是来自另一个世界，仿佛是从配着阴郁背景音乐的黑白电影里爬出来的。跟他搭话的那位警察实在是太过年轻，根本就无法胜任这项工作，可是当时正好碰上了流感，警力因此不足，于是他也就顶上了这个位置。那人说着蹩脚的英语，宣称自己到荷兰来寻求政治庇护。他出示了一份苏联护照，上面的名字是奥莱格·林德。你可能觉得这并不是个常见的俄国姓氏，可这点没问题。

[1] 幻影侠（the Phantom）：美国的一个漫画英雄，创作于 20 世纪 30 年代。

他有四十多岁，头发稀疏，鼻子的一侧有道疤痕。这位年轻的警察以前从没见过从东边来的叛逃者，于是他去叫了位年纪较长的同事过来接管此事。我记得那人叫吉尔特，不过他还没来得及开口询问，林德就自己讲了起来。这场审问我听了许多遍，最重要的部分差不多都已经烂熟于心。他是克格勃的上校，就是那个分管西方间谍工作的部门。他之所以过来寻求政治避难是因为他不想再支持即将分崩离析的苏联帝国。他最初就是那样说的。然后他抛出事先预备好的诱饵。他知道许多活跃在西方的苏联间谍，尤其知道不少常驻在荷兰的厉害的间谍。之后他就被移送到了安全部门。他们把他带到了海牙的一间公寓，特别讽刺的是，那地方离国际法庭不远，然后他在那里接受了审讯。没多久，瑞典情报局就发现奥莱格·林德说的全都是真的。他们隐藏了他的身份，立即向世界各地的同行发去了通知，说他们碰上了个极品'古董'，现在正摆在面前的桌上。不知他们能否来看上一眼，来检查一下。莫斯科那边的情报人员很快汇报，克格勃如今已是一片哗然，每个人都像是蚁窝被捅之后的蚂蚁，到处乱窜。奥莱格·林德是那种苏联绝对不会允许其消失不见的重要人物。可他还是消失不见了。他消失得无影无踪，而他们也为此害怕得要死。莫斯科总部断定他肯定是跑到了间谍体系已然崩溃的荷兰。林德也开始了自己那所谓的'清仓大甩卖'。他要价也不高，只想要个新的名字和新的身份。据我所知，他搬到了毛里求斯，在一个小城镇里定居，换了个好听的名字，叫潘珀茂斯，在那里靠木匠活为生。显然，在加入克格勃之前，林德曾经有些工匠的背景，不过我也不大确信听说的那些到底是不是真的。"

"他现在在干什么？"

"他已经永远长眠了。他在2006年去世。得了癌症。他在毛里求斯遇见了一个年轻姑娘，然后结了婚，生了好几个孩子。不过我也并不清楚他们的生活过得怎样。他的故事让我想起了另一个叛逃者，一位人称'鲍里斯'的特工。"

"我听说过他，"维兰德说，"那段时期，肯定不断地有苏联军官叛逃。"

塔尔伯斯站起身，走进屋里。楼下的街道上，几辆消防车呼啸而过。塔尔伯斯走了回来，拿着一满壶快要溢出的冰水。

"就是这个人告诉我们，那个我们一直在瑞典寻找的间谍其实是个女人，"他坐下来接着说道，"他不知道她的名字。她由克格勃内一个独立运作的小组监管——对于极为重要的特工，这种做法十分寻常。不过他很肯定那人是个女人。

她不在军队里任职，也不在军工厂里工作，这也就意味着，她至少有一个或是多个密探来为她提供机密信息。没人清楚她为什么要做间谍，不知道她是出于意识形态，还是纯粹为了商业投机。情报局向来就偏爱那些把任务当作生意去做的间谍。如果掺杂了太多的理想信念，那任务执行起来往往就容易脱离轨道。我们一直都认为，那些对自己的事业有着伟大信念的特工根本就不可靠。我们都是群看破世事的家伙，而且我们得各司其职做好自己的工作。我们重复着自己的口头禅，我们也许没有让世界变得更好，但至少没让世界变得更糟。我们宣称我们让恐怖活动得到了某种平衡，而且事实也差不多如此，以此来证明我们的存在价值。”

塔尔伯斯用勺子搅了搅壶里的冰块。

“未来的战争，”他若有所思地说，“将会为了水这样的大宗产品而爆发起来。我们的将领、士兵将会为了一摊摊的水而奋战至死。”

他往杯子里倒着水，还小心翼翼地不让水溅出来。维兰德一直等着。

“我们一直都没能找到她，”塔尔伯斯继续说道，“我们竭尽所能地帮助瑞典同行，可她一直未能被人识破，一直没有暴露身份，一直没有遭到逮捕。我们开始怀疑起来，都说这人可能并不存在。可是俄国却不断地获悉一些他们本不该知道的东西。如果博福斯军工厂在军事系统中做出了一些技术改进，那俄国人立马就会获悉所有的细节。我们设下了无数的陷阱，可从来就没抓到过人。”

“那路易斯呢？”

“当然了，没人怀疑她。又有谁会怀疑到她的身上呢？”

塔尔伯斯打了个招呼，说他得去照顾鱼缸里的鱼儿。维兰德依然待在阳台。他开始将塔尔伯斯所说的那些话简要地写了下来，不过后来又觉得没有必要做笔记，这些他都会记在心里。他走到分给自己住的那个房间，头枕着双臂躺在床上。醒来之后，他发现自己居然睡了两个小时。他一跃而起，像是睡了很久似的。塔尔伯斯正在阳台抽着香烟。维兰德回到椅子上坐着。

“我觉得刚才你有在做梦，”塔尔伯斯说，“你睡觉的时候还在不停地叫喊着。”

“我的梦有时候会特别暴力，”维兰德说，“时有时无。”

“我很幸运，”塔尔伯斯说，“我从来都不记得自己所做的梦。对于这一点我真是十分感激。”

他们来到塔尔伯斯之前提到的那家意大利餐厅。他们喝着红酒，吃着佳肴，天南海北无所不谈——除了路易斯·冯·恩科。用过晚餐，塔尔伯斯坚持要让他品尝各种格拉巴酒，之后他还强烈要求由他来请客。离开“吟游诗人”餐厅之后，维兰德明显地感觉眩晕起来。塔尔伯斯点了根香烟，吐烟雾时小心地将头别到另一边。

“可是，”维兰德说，“从奥莱格·林德说瑞典女间谍的事情，到如今都已经过去这么多年了。在我看来，要说她还在执行任务，这似乎有些不大可能。”

“她未必还在行动，”塔尔伯斯说，“可别忘了我们在阳台上说过的话。”

“但是如果间谍活动还在继续的话，那就可以洗去路易斯的嫌疑了。”维兰德说。

“那可不一定。说不定是别人接过了接力棒。这个世上可没有什么简单的解释。真相往往与你期待的相反。”

他们继续沿着街道慢慢散步。塔尔伯斯又点燃了一支香烟。

“那个中间人，”维兰德说，“也就是你们所说的密探。你们有没有关于他的信息？”

“他的身份也从未暴露。”

“也就是说，那个‘他’也有可能是个女人。”

塔尔伯斯摇了摇头。

“很少有女人可以在军队或是在军工厂里身居要职。我敢拿我微薄的退休金来打赌，那肯定是个男人。”

晚上非常暖和，天气也因此有些闷热。维兰德感觉头有些痛了起来。

“我跟你说的这些，有没有什么是让你感到特别惊讶的？”塔尔伯斯有意无意地说道，主要是为了避免冷场。

“没有。”

“你的结论里头，有没有什么是与我所说的不相符的？”

“没有。我想不出有什么不相符的地方。”

“那些调查路易斯死亡案件的警察都说了些什么？”

“他们毫无头绪。没有凶手，也没有动机。唯一的线索就是她藏在手提袋的秘密口袋里的缩微胶卷。”

“可这难道不就足以证明了她就是大家一直在寻找的间谍吗？也许她在本该移交材料的时候出了什么岔子。”

“这倒是个合理的解释。我猜警察也是以此为依据正在进行调查。可到底出了什么岔子呢？她要见的那个人又是谁呢？还有，为什么刚好就在那时发生了谋杀呢？”

塔尔伯斯停下脚步，踩熄了烟头。

“不管怎样，这也算是前进了一大步，”他说，“显然她是有罪的。如今调查也可以全部集中到路易斯身上了。他们迟早会找出那个中间人的。”

他们继续散步，然后到了楼下的大门口。塔尔伯斯输入了进门密码。

“我还需要再呼吸下新鲜空气，”维兰德说，“我可是个彻头彻尾的夜猫子，还得在外面再待上一阵子。”

塔尔伯斯点点头，告诉了他进门密码，然后走了进去。维兰德看着门静悄悄地关上，然后沿着冷清的街道散起步来。那种不对劲的感觉又再次向他袭来。在与哈坎·冯·恩科夜聊完离开小岛的时候，他也曾有过同样的感觉。他思索着塔尔伯斯所说的话，思索着他说的那句真相往往与你期待的相反。有时，你得将事实倒过来看才会知道它能否经得起推敲。

维兰德停下脚步，回转身来。街道上依然冷冷清清。他听到一阵音乐声从某扇开着的窗户里传了出来。那是一首德国流行歌曲。他听到了“生活”“只是”“下一个”这几个德语单词。他继续散步，然后来到了一个小广场。一张长凳上依稀可辨地坐着几个年轻人。也许我可以站在这里，趁着夜色大喊几声，他心想。我真不知道这是怎么回事。我就想喊这句话。唯一能肯定的，就是这趟旅行根本就没什么重大收获。我离真相是越来越近了，还是越来越远了呢？

他绕着广场散了会儿步，人也渐渐疲惫起来。回到公寓时，塔尔伯斯似乎已经睡着了。阳台的门也都锁了起来。维兰德脱下衣服，立刻进入了梦乡。

他又梦见了马群在奔跑。不过第二天醒来时，他已把梦里的事情忘得一干二净。

CHAPTER 37 | 海底鼹鼠

睁开双眼时，维兰德起初还没想起自己身在何处。他看了眼手表：早上6点。他躺在床上，听到墙壁的一侧传来了噪音，他觉得那应该是巨型鱼缸的氧气调节机的声响，不过他却听不出那些火车有没有在跑动。它们安静地生活在天衣无缝的隧道里面。就像鼹鼠似的。不过也像那些悄悄进入决策重地的投机之人，他们盗取信息，然后将其传递给本来一无所知的另一方。

他下了床，急切地想要离开。他也没有冲澡的心思，只是穿好衣服，走进灯光明亮的大厅里。阳台的大门已经打开，细纱窗帘正随着微风轻轻摆动。塔尔伯斯坐在那里，手里拿了根烟。他面前的桌上还放了杯咖啡。他缓慢地转过身来，显然是听到了维兰德走过来的声响。他微微一笑。维兰德突然觉得这个微笑并不可信。

“希望你睡得不错。”

“床很舒服，”维兰德说，“房间的遮光效果很好，也很安静。感谢你的热情款待，不过我想现在我得走了。”

“你就不打算再多待一天，好好欣赏下柏林吗？还有许多好东西我没带你去看呢。”

“我也想多待会儿，可我觉得最好还是现在出发回家。”

“我猜是你的狗需要人照顾吧？”

他怎么知道我养了条狗？维兰德心想。我从没提起过啊。他隐约觉得塔尔伯斯似乎也意识到自己说了不该说的话。

“是的，”维兰德说，“你说的没错。我可不能再去占邻居的便宜了，老是麻烦他们帮我照看尤西。今年的整个夏天我总是到处跑来跑去。当然了，我也想尽可能地多去看望一下我的外孙女。”

“好在路易斯也享受过了儿孙之乐，”塔尔伯斯说，“有孩子是不错，可有孙子就更有意义了。他们是我们的终极目标。孩子常让我们感觉到自己存在的意义，而孙子就是对那一点的再次证明。你有她的照片吗？”

维兰德将带来的两张照片拿给他看。

“真是个可爱的小姑娘，”塔尔伯斯说，站起身来，“不过你也得吃些早餐再离开吧。”

“就一杯咖啡好了，”维兰德说，“我早上从不吃东西。”

塔尔伯斯摇了摇头表示不赞成。不过他也只拿了杯咖啡回到阳台，正好是维兰德惯常喝的清咖啡。

“昨晚你说了件让我琢磨不透的事情。”维兰德说。

“毫无疑问，我说了各种各样让你琢磨不透的事。”

“你说有时候我们得把当时所看到的事情颠倒过来才能够找到解释的理由。你这话是指的普遍原则，还是指的某件特定的事情？”

塔尔伯斯想了一会儿。

“我不记得我说过你刚才说的那话，”他说，“但是如果我说过的话，那肯定指的是普遍原则。”

维兰德点点头。他根本不相信塔尔伯斯刚才说的话。他应该指的是某件特定的事情。只是维兰德还不清楚那到底指的是什么。

塔尔伯斯似乎有些紧张，不像昨日表现得那般轻松冷静。

“我想给咱俩一起拍张照片，”他说，“我去取相机。我没什么访客纪念簿，不过有人来访的时候，我总会拍些照片。”

他拿着个相机折了回来，然后将它放在一把椅子的扶手上。他设置好时间，然后坐到维兰德的身旁。照片拍好后，他又给维兰德单独拍了一张。随后他们相互道别。维兰德一手拿起外套，一手拿出了车钥匙。

“没人指引的话，你能找到出城的路吗？”塔尔伯斯问。

“我的方向感虽然不是很好，但肯定迟早也会找到正确的道路。再说了，德国的街道规划得如此井井有条，不论哪个国家看了都会汗颜。”

他们握了握手。维兰德乘着电梯到了楼下，然后朝倚着阳台栏杆的塔尔伯斯挥了挥手。离开那栋楼房的时候，维兰德注意到，在列有所有房客的名牌上，并没有出现塔尔伯斯的名字，取而代之的则是“USG 企业”这几个字。维兰德记下这个名称，然后开车走了。

他花了好几个小时才最终开出柏林。等到终于开上了高速公路，他又追悔莫及，发现自己错过了一个出口，结果弄得自己正朝着波兰的国界开去。他费了九牛二虎之力，终于掉转头，重新回到了正确的方向上。路过奥拉宁堡的时候，他想起在那发生的一切，不禁打了个哆嗦。

他平安无事地回到了家里。傍晚的时候，琳达过来看他。克拉拉得了感冒，汉斯正在照看她。第二天汉斯还预定好了要前往纽约。

这是一个温暖的傍晚，他们坐在屋外的花园，琳达喝着茶。

“他最近的生意怎样？”维兰德坐在吊床上面，悠闲地摇晃着。

“我不知道，”琳达说，“不过有时候我也很好奇情况如何。他过去回到家里总是会跟我说些当天谈妥的绝妙交易。可现在他什么都不说。”

一群大雁飞了过去。他们望着那群鸟儿朝南飞去。

“它们已经开始迁徙了吗？”琳达好奇道，“是不是太早了些？”

“也许它们只是在演习。”维兰德说。

琳达禁不住大笑起来。

“这可真像是爷爷会说的话。你有没有觉得你变得越来越像他了？”

维兰德打消了她的那种想法：

“我们都知道他有幽默感。可他总是太过恶毒，我可不会让自己变成那样。”

“我觉得他不是恶毒，”琳达坚定地说道，“他是恐惧。”

“恐惧什么？”

“也许是恐惧变老，也许是死亡。我觉得他总是想把恐惧隐藏起来，而他的那种恶意只不过是他的掩护罢了。”

维兰德没有应答。他怀疑她所说的他俩相似会不会就是这个意思。是不是说他显然也已经开始变得害怕起死亡？

“明天你得和我一起去看莫娜。”琳达冷不防地说。

“为什么？”

“因为她是我的母亲，而你和我是她的至亲。”

“难道她的那个什么心理变态的商人兼丈夫没在照顾她？”

“你不知道他们已经结束了吗？”

“不知道。我不会跟你一起去。”

“为什么？”

“我不想再和莫娜有任何关联。如今贝芭也死了，我无法原谅莫娜对她所说过的那些话。”

“嫉妒的人只会说些嫉妒的蠢话。莫娜跟我说过，你以前嫉妒的时候也说过类似的话。”

“她在撒谎。”

“并非总是这样。”

“我不去。我不想去。”

“可我想要你去。而且我觉得莫娜也想要你去。你可不能就这么把她从你生命中剔除了。”

维兰德一言不发。再这样抗争下去也没什么意义。如果他不按琳达的意思去做，那他和她的日子恐怕好久都不会好过。他可不希望变成那样。

“我甚至都不知道那个诊所在哪。”他终于开口道。

“明天你就会知道了。这可是个惊喜。”

夜间，一团低气压飘到了斯科讷省的上空。早上8点刚过，他们就坐上车子一路朝东开去，这时天开始刮风下雨。维兰德感觉头晕眼花。他昨晚没有睡好，琳达来接他的时候，他感觉既疲惫又心烦。她让他立刻进屋去把身上的破旧裤子换掉。

“你不必穿着最好的西装去见她，可你出现的时候也不能这样衣着邋遢啊。”

他们转弯上了通往格利明城堡的路。琳达望着他。

“你还记得吗？”

“我当然记得了。”

“我们时间还很充裕。可以停下来去看看。”

琳达把车开进了城堡高墙外围的停车场。他们下了车，走上了通往城堡内院的吊桥。

“你和我到这里来是我最早的记忆之一，”琳达说，“我还被你说的那些鬼故事给吓得半死。那时我有多大来着？”

“我们第一次来这里的时候，我记得你大概只有 4 岁。不过那时我可没有给你讲那些鬼故事。我记得，讲故事应该是在你 7 岁的时候。好像正是你要开始上学的那个夏天。”

“记得当时我特别为你感到骄傲，”琳达说，“觉得我爸爸可真是一个大人物。我很喜欢回想那时候，那时我觉得非常安全、非常安心，感觉活着真快乐。”

“我也深有同感，”维兰德真诚地说道，“你小时候的那段日子，是我人生中最为美好的时光。”

“那段时光都去了哪里？”琳达好奇道，“你是不是也会这么想？一眨眼你都 60 岁了。”

“是的，”他说，“几年前，我发现自己居然开始关注起了《于斯塔德日报》的讣告栏。如果碰到别的日报，我也会翻到那部分看看。我越来越想知道我那些利姆港的老同学现在都变成什么样子了。与我相比，他们生活得怎样？我开始有意无意地打探起这些事来。”

他们坐在通往城堡的石阶上。

“我们这帮 1955 年入学的人各自过着截然不同的生活。如今我已知道大部分同学生活得怎样。许多人的日子都过得不是很好。有几个已经去世了，有一个是在移民加拿大后开枪自杀的。成功的也有几个，像是索尔夫·哈格伯格，他就赢得了《双倍还是全赔》的冠军。大部分人都生活平静。这样就已经很好了。我自己也是这样生活的。一到了 60 岁，人生就已去了大半。虽然这点很难让人面对，可你还是得去接受这个事实。人生也没剩下什么需要去做的重大决定了。”

“你有没有感觉你的人生走到了尽头？”

“有时会有。”

“那种时候你都会想些什么？”

他回答之前犹豫了一会儿，然后诚恳地答道：

“我会哀悼死去的贝芭，遗憾我们没能一起生活。”

“还有其他的女人呢，”琳达说，“你也不必独自生活。”

维兰德站起身来。

“不，”他说，“没有什么其他女人。贝芭是无法替代的。”

他们回到车上，开完了通往诊所的最后一两公里路程。这是一座有着四个门的大宅子，里面还保留着一个旧式的中心庭院。他们朝莫娜走过去的时候，她正坐在长凳上抽烟。

“她已经开始抽烟了吗？”维兰德问，“她以前从来不抽的。”

“她说抽烟可以让她得到抚慰。还说一旦治疗完毕，她就会立刻停下来。”

“治疗什么时候结束？”

“她还要再待上一个月。”

“这些费用都是汉斯支付的吗？”

她没有回答这个问题，因为答案完全是显而易见的。看他们走过来，莫娜也站了起来。维兰德反感地望着她那苍白暗哑的面庞，以及厚重的眼袋。他觉得她很难看，以前他可从来没有这么想过。

“你能来看我可真是太好了。”她握着他的手说道。

“我想来看看你过得怎样。”他含糊地答道。

他们全都坐在了长凳上，莫娜坐在中间。维兰德立刻有种想要离开的冲动。对他而言，莫娜与酒瘾和焦虑进行搏斗的治疗根本就不足以成为他待在这里的理由。为什么琳达想要他来看处在这样状态下的莫娜？难道是想让他承认这是他的过错吗？可是他又何错之有？琳达和莫娜交谈着，而他却感到自己变得越来越恼怒。莫娜问他们是否想要去看看她的房间。维兰德谢绝了，不过琳达和她一起进了屋。

维兰德待在外面等着，他沿着庭院四处闲逛。这时他外套口袋里的手机突然响了起来。是伊特伯格打来的电话。

“你上班了吗？”他问，“还是还在休假？”

“我还在休假，”维兰德说，“至少，我是这么自我安慰的。”

“我正在办公室里。面前正放着一份军队特工部门的报告。你想不想知道上面写了些什么？”

“搞不好说到一半就会被人打断。”

“我觉得几分钟就够了。报告非常简短。也就是说上面的内容大多数都不适合我或者其他的普通警察去阅读。上面写着‘本报告部分内容属于机密文件’，这也就是说这报告差不多都是机密。他们只是扔给了我们几粒沙。要是发现了什么珍珠，他们只会自个儿留着。”

伊特伯格突然猛地打起了喷嚏。

“抱歉，”他说，“我有些过敏。他们在警局里用了某种我适应不了的清洗剂。我看以后我得自己去擦洗办公室了。”

“这主意听起来不错。”维兰德不耐烦地说道。

“我给你读读这报告上的一段话：‘在路易斯·冯·恩科手提包内所发现的物品，包括缩微胶卷、照相底片以及某些加密文本，皆包含了机密军事材料。里面大都为特殊敏感内容，因而被视作机密材料，以防落入不法之徒的手里。’就这些，没了。换句话说，这可就是板上钉钉的事了啊。”

“你的意思是，那些材料都是真的？”

“没错。而且报告上面还说，过去也曾有类似的材料流入到俄国人手中。他们在瑞典内部一一排除，最后确定俄国人获取了他们本来不可能掌握的技术知识。你能明白他们的意思吗？这报告大都是些晦涩难懂的军方行话。”

“我们的那些特工同行就是喜欢这种写作风格——为什么军方文体就该有所不同呢？不过我想我也能明白。”

“结论也就显而易见了：路易斯的确是有伸手去掏那个军事机密的蜜罐。她的确有出卖情报资料。真不知道她怎么搞到那些情报的。”

“还有许多难以解释的问题，”维兰德说，“瓦穆多那里到底发生了什么？她为什么会遭人杀害？她想要见谁？为什么那个人或是那些人没有拿走她手提包里的文件？”

“或许他们不知道那里面有东西？”

“也许她根本就没带那种东西。”维兰德说。

“我们正在调查这种可能性。就是遭人设计。”

“依我来看，这也不是不可能。”

“可为什么要这么做呢？”

“为了确保她有间谍的嫌疑。”

“可她就是间谍啊，不是吗？”

“我们好像走进了一个迷宫，”维兰德说，“却找不到出路。不过你得先让我好好想想你说的那些。现在你们局里有多重视这起谋杀案？”

“十分重视。据传有一档关于近期犯罪调查的电视节目想要把它做成特别节目。一旦有拿着话筒的媒体出现，上头总是会变得紧张起来。”

“你让他们过来找我，”维兰德说，“我不怕那些。”

“谁害怕了？我是担心万一他们问了些愚蠢的问题，我会忍不住发火。”

维兰德又在长凳上坐下，思考起伊特伯格的话来。他想找出其中的不合理之处，却没能成功。他发现自己有些难以集中精力。

和琳达一起返回后，莫娜的眼睛似乎有些呆滞无神。维兰德意识到她是刚刚哭过了。他不想知道她们刚才谈了些什么，不过他也很同情莫娜。他也想问一下她那个问题：你生活得怎样？她站在他的面前，灰心丧气、瑟瑟发抖，饱受煎熬却又无力反抗。

“治疗的时间到了，”她说，“谢谢你们过来。我现在所经受的这些确实不是容易的事。”

“你都需要做些什么治疗？”维兰德鼓起勇气，装作很有兴趣的样子。

“我现在立刻得去见一个医生。名叫托斯滕·罗森。他自己也有酗酒问题。我得赶快去，不然就晚了。”

他们在庭院里道别。琳达和维兰德一言不发地开车回家。他想她肯定比他还要苦恼。自从骚动的青春期过后，她与她母亲的关系就变得愈加亲密起来。

“我很高兴你能跟我一起去。”琳达送他到家的时候说道。

“你也没有给我选择的余地，”他说，“不过，当然了，能够看到她现在过得怎样，看到她现在所承受的这些，对我而言也很重要。问题是，她能治疗成功吗？”

“不知道。只能希望如此了。”

“是的，”维兰德说，“也只能这样期待了：希望如此。”

他把手伸进开着的车窗抚摸了一下她的头发。她掉转车头，开车离去。维兰德看着车子远去，直到它最后消失不见。

他感到心情有些沉重。从狗窝里放出尤西，挠了会儿它的耳朵根子，他才锁门进屋，但立刻发现有人来过屋里。在他设下的那些陷阱中，有个已经有了成效。他曾在靠近前门的一个窗台上面放了一盏烛台。那烛台本来正对着窗户的把手，可如今它却立在窗格的旁边，在把手的左侧。他停下脚步，屏住呼吸。会不会是他自己弄错了？不，他非常肯定。凑近仔细检查后，他发现那窗户是被人从外面用一个狭长锋利的器具给打开的，就像是那种偷车贼用来撬锁的工具。

他拿起烛台，仔细检查了一番：这是一个木制烛台，只有放蜡烛的地方是个铜制圆环。他又小心翼翼地将它放了回去，然后慢慢地走进屋子。他没有发现其他闯入的痕迹。看来他们很小心，他心想。小心谨慎，且技术娴熟。烛台只是一次意外的失误。

他坐在餐桌旁边，凝视着那盏烛台。只有一种解释能够说明为什么会有陌生人偷偷闯进他的屋子。

有人坚信他知道些他不知道他知道的事情。某件可以根据他笔记或是所持物证所推测出来的事情。

他坐在椅子里一动不动。看来我正在接近真相，他心想，不然也不会有人来接近我。

CHAPTER 38 误入歧途

第二天早上，他被自己的睡梦给惊醒，可醒来又什么都记不得。窗台上的烛台提醒他，如今有人一直在密切地关注他的进展。他赤身裸体地走到花园，先小便，然后将尤西放出狗窝。田野上弥漫着初秋的薄雾。他打了个冷颤，立刻跑回屋里。穿好衣服，泡好咖啡，然后坐在餐桌旁，决定要好好重新整理一下路易斯・冯・恩科的案件始末。他知道自己最后很有可能也只能得出个暂时性的解释，不过他还是得再仔细地将所有事情重新梳理一遍，这主要也是为了弄清楚为什么自己老是觉得好像漏了什么东西似的。自从发现又有人在他屋里四处偷偷搜寻后，这种感觉就变得愈加强烈起来。简而言之，他可不打算就这么放任不管。

可他觉得精神很难集中。几个小时过后，他放弃思考，收拾好文件，去了警局。他这次还是选择从地下车库进入，一路上也没碰见谁。他走进办公室，躬身伏在文件上看了半个小时，然后查看了下走廊是否有人。他走到咖啡机前，刚倒满一杯咖啡，伦纳特・马特森就出现了。维兰德有一阵子没见着自己的上司了，而他也肯定瞧见了自己。马特森已经晒成了古铜色，而且人也瘦了不少，看得维兰德又是嫉妒又是生气。

“已经来了？”马特森问道，“离不开这里了，是不是？等不及了想要回来工作？这倒也是，要是不热爱自己的工作，那也成不了好警察。不过我记得好像你应该周一才会回来上班吧。”

“我只是回家的时候顺路过来一趟，”维兰德说，“我得去办公室里拿些文件。”

“你有没有空？我有些好消息想要跟人分享一下。”

“我可是全世界最有空的人。”维兰德说，毫不掩饰讽刺的口吻，因为他也知道马特森根本就不会注意到这点。

他们来到了警长办公室。维兰德坐在来宾椅上。马特森打开放在干净整洁的桌面上的一个文件夹。

“好消息，正如我刚才所说。我们斯科讷省的结案率如今可是全国最高。我们解决的犯罪案件比大多数其他同行的都多。我们还打破了去年的纪录。这也意味着接下来我们得鼓足干劲，争取取得更好的成绩。”

维兰德听着他的上司说话。这份报告没有什么好让人怀疑的。可是维兰德知道，数据阐释不过是从帽子里抓出兔子。就算数据里完全是个魔术幻影，你也可以把它呈现出来当作事实。维兰德和他的同事们心里都很清楚，瑞典的结案率其实处于世界最低水平。而且这还并未达到低谷。事情只会变得越来越糟。官场动荡只会让悬案的暗流不断汹涌而来。能干得力的警察遭到开除，或是被调到其他职位，让他们也没法再继续发光发热。比起认真办案和起诉窃贼，填表打钩和完成指标反倒变得更加重要。因此，维兰德和他大多数的同事们也都认为如今完全就是本末倒置。等到警察部门颁布“轻罪”可以不管不问的条文那天，那警察与公众之间仅存的那点信任恐怕也要变得荡然无存了。老百姓们恐怕都来不及耸耸肩，就只能无奈地任由他人闯进他们的车子、车库或是夏日小别墅。维兰德心里希望这些犯罪能够得到管制，至少是能得到调查。

可他现在并不想和伦纳特讨论这个。接下来的整个秋天多的是讨论这个话题的机会。

马特森将报告推到一旁，然后面带困惑地望着他的来客。维兰德发现自己的额头居然冒出了汗珠。

“你还好吧？你脸色有些苍白，怎么不多去晒晒太阳？”

“什么太阳？”

“夏天没那么糟糕吧。我去克利特岛旅游了一番，享受到不少的好天气。你有没有去参观过克诺索斯王宫？那里面的海豚壁画实在是美妙无比。”

维兰德站起身。

“我很好，”他说，“不过既然今天阳光不错，那我就决定接受你的建议，好好地享受一下。”

“希望你别再把枪给落下了。”

维兰德瞪了伦纳特·马特森一眼，差点就要挥拳朝他鼻梁打去。

维兰德回到办公室，坐在椅上，双脚搁在桌子上面，然后闭上双眼。就在他的上司洋洋得意地念叨着那些根本就与事实不符的数据时，他一直都在想着贝芭，想着在康复诊疗所里瑟瑟发抖的莫娜。

他放下双脚。我得再去尝试一次，他心想。这一次我要弄明白自己为什么老是怀疑自己得出的结论。真希望我能对政治局势有更为深刻的见解，也许那样我就不会像现在这般苦恼了。

突然他想起了一件成年后就再也没有想起的往事。那事大约发生在1962或1963年的秋天。当时维兰德在周六有一份兼职，就是替马尔默市中心的一家花店送花。突然他接到指令，说是要尽快将一束鲜花送往人民广场。当时的首相，塔格·埃兰德，正在那里进行演讲，而等他演讲结束，将会有个小姑娘向他进献鲜花。可问题是，当地社会民主党办公室的人居然忘了订花。当时情况紧急。维兰德拼命地踩着踏板。花店也事先通知了人民广场的官员他正在来的路上，所以他一到那里立即就被允许通行。那个指派上台献花的小姑娘及时接到鲜花，维兰德也拿到了将近五瑞典克朗的小费。他还得了瓶汽水，然后嘴里含着吸管，站在那里听完了台上那个带着奇怪鼻音的高个子男人的演讲。他用了很多华丽的词藻，或者至少都是些维兰德不大熟悉的词语。他谈到了国际关系的缓和，谈到了小国政权，还有瑞典的中立地位以及不受任何公约或条约束缚的自由独立性。维兰德觉得那些自己都能明白，或者至少是听懂了那个伟大人物的话。

那天晚上回到家里，维兰德到他父亲当作画室的那个房间。他现在依然还记得当时父亲正在忙着画他所有画作之中都会出现的那个远景森林。那时他才十多岁，正是与父亲关系要好的时候——那大概也是他们共处过的最为美好的时光。大概再过个三四年，维兰德就回家宣布了他要当警察的消息。结果父亲暴跳如雷，差点儿要把他赶出家门。之后，他有好长时间都不愿意再跟父亲讲话。

那天，维兰德坐在父亲身旁的矮凳上，把去人民广场的事情告诉他。他父亲经常会嘀嘀咕咕地说他对政治不感兴趣，可后来维兰德发现事实并非如此。他父亲总会虔诚地将选票投给社会民主党，对共产党则愤然地表示怀疑，而对那些偏袒生活舒适的富人的非社会主义党派则总是批评指责。

那天他与他父亲的对话如今又浮现在脑海中，一字一句都是那么的清晰。以前，他父亲谈起埃兰德总是会大加赞赏，坚持认为他是一个正人君子，值得信赖，不像许多其他的政治家。

“他说苏联是我们的敌人。”维兰德说。

“那可并不完全正确。如果我们的政治家们能好好想想美国如今所扮演的角色，那也不见得会有什么坏处。”

听到这话，维兰德感到很吃惊。难道美国不是代表正义吗？毕竟，是他们打败了希特勒，是他们摧毁了纳粹的“千年帝国”啊。美国还生产出那么多的电影、音乐和服装。在维兰德看来，猫王就是音乐之王，没有哪首歌能比得上《蓝色绒面鞋》。虽然他早已不再搜集有关好莱坞明星的一切东西，但他依然觉得没有谁能比得过艾伦·拉德。如今他父亲却在暗示应该要警惕美国的相关事物。难道还有什么是维兰德不知道的吗？

维兰德还重复了一遍首相的话：瑞典的中立地位以及其不受任何公约或条约束缚的自由独立性。“他是那么说的吗？”他父亲评论道，“事实上，美国的喷气式飞机可以在瑞典的上空自由飞行。我们假装中立，可同时又与北约尤其是美国交好。”

维兰德继续追问父亲那话是什么意思，可他没有回答，只是咕哝了几句含糊不清的话，然后就叫他不要打扰他。

“你的问题实在是太多了。”

“可你总是说，有什么想知道的就尽管问你。”

“那也得有个限度。”

“什么样的限度？”

“就像现在这样。弄得我都画错了。”

“那怎么可能？自打我出生起，你就每天一直在画同样的画。”

“滚开！别吵我！”

然后，维兰德站在门口说道：

“我还得了五瑞典克朗的小费，因为我把鲜花及时送给了埃尔兰德。”

“是‘埃兰德’。好好记住别人的名字。”

此时，这段记忆仿佛为维兰德打开了一扇大门，他看到自己完全走在了一条错误的道路上。他被人欺骗了，而且还欣然接受了别人的欺骗。他一直在由自己的那些假设控制着往前走，却没有遵循真正的事实。他一动不动地坐在桌旁，双手紧握，任由思绪牵引，最后重新得出了个出乎意料的解释。这个解释实在令人难以置信，起先他都不知道自己这样去想对不对。可他先前早已有所警惕的直觉还是让他集中精力想了下去。他的确是忽略了一些东西。他混淆是非，颠倒因果。

他走进浴室，脱下被汗水湿透的衬衣，好好洗了个澡，然后他来到地下室，到自己的储物柜里拿了件干净的衬衣换上。他突然想起这衣服还是几年前琳达送给他的生日礼物。

他回到办公室，翻找着那些文件，最后终于找到了阿诗塔・哈格伯格给的那张照片，就是那张斯蒂格・温纳斯特龙上校与年轻的哈坎・冯・恩科正在交谈的照片。他仔细端详着这两个人的脸庞。斯蒂格・温纳斯特龙酷酷地微笑着，手里还拿着杯马提尼酒，望着哈坎・冯・恩科。而哈坎则表情严肃，听着温纳斯特龙的讲话。

他又在自己的脑海里排列起了那些乐高积木。他们全都在此：路易斯和哈坎・冯・恩科夫妇，汉斯，躺在床上的西格妮，斯滕・诺兰德，赫尔曼・埃伯，美国的史蒂文・阿特金斯，柏林的乔治・塔尔伯斯。他又加上了范妮・克拉斯特龙，然后还有另一块积木——不过他还不知道那个代表谁。然后他又一块块拿掉，最后就只剩下了两个。路易斯和哈坎。倒下的那个是路易斯，在瓦穆多遭人谋害，生命也就此终结。可是哈坎，她的丈夫，却依然还在站立。

维兰德将自己的想法记了下来。然后他把那张拍摄于华盛顿的照片放进外衣口袋，走出警局。这一次，他是从正门出去的。他跟前台接待处的姑娘打了个招呼，和几位刚刚走进来的警察交谈了几句，然后就顺着坡道走到了市区。每个看见他的人肯定都会好奇他为什么走得如此反常，时快时慢，有时还会伸出一只手，像是在跟某人说话似的，必须得用各种手势来强调一下所讲的内容。

他在医院对面的热狗摊前停下脚步，杵在那里站了好久，却不知道该点些什么吃的，但后来他又什么都没点就径直走开了。

整个期间，他脑子里一直都转着同一个想法。他现在会不会是想错了？他会不会又把事情的始末给彻底颠倒了？

他在市区里到处闲逛，最后来到了船坞，他走到防波堤的尽头，坐在了常坐的长凳上。他从口袋里拿出照片，又仔细查看了一番，然后放了回去。

直到此时他才明白。贝芭说的没错，他最亲爱的贝芭，此时此刻竟是如此地令他思念。

每个人的背后都藏着另一个人。他错就错在把幕前之人当作了幕后之人。

一切终于水落石出了。他看穿了那个让他在歧途越走越深的骗局。如今他已经洞若观火。

一艘渔船正要出港。站在船舵旁的男人挥手向维兰德致意，他也挥手回礼。暴风雨的积云正在天边渐渐堆积。这一刻，他特别思念他的父亲。这种感觉并不常见。他父亲去世后，有一段时间，维兰德总有一种可怕的空虚感，不过同时他也为父亲的去世感到宽慰。此刻，他既不空虚，也不宽慰，他只是想念他的父亲。而且，他特别渴望能够重温他们父子曾经一起有过的快乐时光。

也许我从来就没有如实地看待他，根本就不知道他真正的样子，也不清楚父亲对我还有别人都意味着什么。就像直到现在，我才明白，我对哈坎·冯·恩科的失踪和路易斯的死亡是多么的一无所知。终于，我觉得自己越来越接近答案了，而不是像以前那样越走越远。

他知道，虽然这个夏天他已经出了不少次远门，可他还得再远行一次。他别无选择。他知道自己如今该做些什么。

他又从口袋里拿出那张照片，放在面前，然后将其撕成两半。曾经有那么一个世界将斯蒂格·温纳斯特龙和哈坎·冯·恩科聚在一起，但是如今他已将这两人分开。

“是不是那时候就已经这样了？”他大声地自言自语道，“还是过了很久才变成那样？”

他不知道。不过他也无意探寻。

没人听到他坐在那里，坐在防波堤的尽头一个人大声地自言自语。

CHAPTER 39 险路同行

后来回想起来，他也只记得那天那些模糊不清、支离破碎的记忆。终于他离开了防波堤，回到了市区，在哈门街新开的一家咖啡馆门口停下，透过门缝朝里望了望，然后又离开了。他又在街上绕了一圈，然后在大广场附近经常光顾的那家中国餐馆门口停了下来。他在空桌旁坐下——下午的这个时刻客人不是很多——然后心不在焉地从菜单里点了个吃的。

要是有人事后问他吃了些什么，他肯定没法回答上来。他的心思全在别处。他正在制定一项计划，以此来验证自己的猜测。如今他手里的牌已经全都变了个样，之前他所相信的一切，如今已被证明全部都是错的。

他坐了好久，还拿着筷子不停地拨弄着食物，突然他狼吞虎咽地吃起来，速度迅猛，然后他结完账，出了餐馆。他回到了警局。在去办公室的途中，他被克里斯蒂娜·马格努森半路截住。她邀请他周末的时候去她家里用餐。日子可以由他挑，周六或是周日。他也想不出有什么可以拒绝她的理由，于是便告诉她很高兴能在周日与她共进晚餐。他在办公室门口挂上了自制的“请勿打扰”的标牌，关掉手机，然后闭上双眼。过了一会儿，他挺直腰身，在便笺簿上草草地写下几行文字，清楚自己已经拿定了主意。不论是好是坏，他需要确认事情是否真的如他现在所想的那样。为了确保自己没有弄错，为了自己不再受人愚弄。突然，他勃然大怒，猛地将笔扔到了墙上，并高声咒骂起来。不过也就那一会儿，很快他就平复下来。然后他给斯滕·诺兰德打了个电话。信号很差。维兰德再三强调要说的事极为重要，诺兰德保证一定会给他回电话。维兰德挂断电话，好奇群岛上有些地方的信号为什么总是那么不好。又或者，诺兰德其实是身在别处？

他等待着，脑子里不断地冒出各种想法，就像是装满了汽油的油箱，他甚至担心这里面的油可能会多得溢出来。

40 分钟后，斯滕·诺兰德打来了电话。维兰德将手表放在面前的桌上，看到指针现在显示的是 6 点 10 分。现在的通话信号很好。

“很抱歉让你久等了。我现在停靠在于特岛。”

“那也就是在穆斯克附近，”维兰德说，“我没说错吧？”

“没错。你也不必怕我反驳，直接说我是在著名的传统海域，也就是潜艇海域。”

“我们得见个面，”维兰德说，“我想跟你谈谈。”

“出了什么事吗？”

“一直都在出事。不过我想跟你谈谈我刚刚冒出的一个想法。”

“那也就是没出事咯？”

“没有。不过我不想在电话上跟你谈论这事。你接下来几天有什么安排？”

“如果你想要过来的话，那这事肯定很重要。”

“还有别的事情需要我去斯德哥尔摩处理一下。”维兰德尽可能冷静地说道。

“你想什么时候过来？”

“明天。我知道这有些仓促。”

诺兰德思考了片刻。维兰德听到了他呼吸的声音。

“我正在回家路上，”他说，“我们可以在市区碰面。”

“如果你能告诉我怎么去碰头的地方，那我就可以自己过去。”

“这样最好不过了。在‘水手宾馆’的大厅里碰面怎样？几点钟呢？”

“下午 4 点，”维兰德说，“谢谢你答应见我。”

诺兰德笑了起来。

“你有给我选择的余地吗？”

“我听起来有那么严苛吗？”

“就像是个老教师。你确定没出什么事吗？”

“目前而言没有，”维兰德含糊其词地说道，“那就明天见了。”

维兰德坐在电脑面前，费了番功夫，终于买好了车票，还在水手宾馆定了间房。因为火车第二天一早就出发，所以他便开车回到家里，然后带着尤西去了邻居家。那家的男人正在农家场院里摆弄修理着家里的拖拉机。看到维兰德带着狗走过来时，他扬了扬眉头。

“你确定你不想把它卖掉吗？”

“我确定我并不想卖掉。不过我又得离开了。去斯德哥尔摩。”

“我记得你好像有一次在我家厨房说过你不知有多讨厌大城市。”

“我是讨厌。可这也是为了工作，我不得不去。”

“难道这里的坏蛋还不够你处理吗？”

“确实够了。不过恐怕这次我不得不去一趟斯德哥尔摩。”

维兰德摸了摸尤西，然后把拴狗绳递了过去。尤西已经习惯了这样，也没有什么反应。

临走前，维兰德问了邻居一个问题。秋天就要到了，这个时节，问这话也只是出于礼貌。

“今年收成看起来怎样？”

“不算太糟。”

那也就是说，很不错，维兰德心想，然后走回了家里。如果得知收成欠佳，他通常都会特别郁闷。

一进屋，维兰德就给琳达打了个电话。他没有告诉他此次出门的真正原因，他只是说自己被叫去参加斯德哥尔摩的一个重要会议。她没有质疑，只是问他要出去多久。

“一两天。也许三天。”

“那你住在哪里？”

“水手宾馆。至少第一天是住在那里。之后我可能会和斯滕·诺兰德待在一起。”

晚上7点半，他收拾好行李衣物，锁好门窗，然后坐上车朝马尔默开去。他犹豫了很久，最后还是带上他的——或者说，他父亲的——老式猎枪以及少许猎枪子弹，并且还带上自己的警枪。他这次是乘火车，所以不需要经过安检。其实他并不愿意带上武器，可另一方面，他也不敢手无寸铁地独自远行。

他在马尔默郊外一家便宜的旅店登记入住，在约格斯鲁赛马场附近的一家餐馆用了晚餐，然后出去散步散了很久，直到自己渐渐有了倦意。第二天早上，他5点起床穿好衣服。付完账后，他把自己的车子安排妥当，让它停在旅店的停车场上，以便他回来开走，然后叫了辆出租车去了火车站。他感到今天将是炎热的一天。难道夏天现在才终于到了斯科讷？

通常维兰德早晨的时候脑袋最为清醒。打他记事起就是这样。当他站在外面等待出租车的时候，他感到自己心中已经没有半点疑惑。他所做的事情是对的。好不容易盼到了揭晓一切真相的时刻。

在乘火车去往斯德哥尔摩的途中，他要么翻翻各种报纸，漫不经心地解些纵横字谜，要么就只是靠着座背，任由思绪四处游荡。他反复回忆着迪尔索摩的那个夜晚，想起放在家里的那些生日宴会的照片。那时的哈坎·冯·恩科看起来非常担忧，而路易斯却只有一张没有微笑的照片。只有那张照片她的表情是严肃的。

他在餐车里吃了两个三明治，喝了杯咖啡，结账时被高昂的价格给吓了一跳。然后他双手托着脑袋坐着，心不在焉地凝视着窗外飞驰而过的乡村风景。

刚过奈舍市[1]，他近来最害怕的事情又发生了。他突然就不知道自己要去哪里。为了自己回忆起来，他还看了看车票。这突如其来的遗忘吓得他浑身汗涔涔的，连衬衣都给湿透了。但他还是再次清醒了过来。

中午时分，他登记入住水手宾馆。4点刚过，斯滕·诺兰德就到了。他已经晒成了古铜色，头发也剪短了，似乎还变瘦了一些。一见到维兰德，他便一脸喜悦。

“你好像很疲惫，”诺兰德说，“难道你没有好好地休假吗？”

“显然没有。”维兰德回答。

“天气不错，出去走走吧，还是你就想待在这里？”

---

[1] 奈舍市（Nassjo）：瑞典南部延雪平省的一个自治市。

“出去走走吧。莫斯贝克山顶广场怎样？天气暖和，坐在外面晒晒太阳正好。”

他们沿着坡路走到广场，维兰德只字未提他来斯德哥尔摩的原因，而斯滕·诺兰德也什么都不问。维兰德爬坡爬得气喘吁吁，可诺兰德却显得精神奕奕。他们坐在了外面的平台上，那里所有的桌子几乎都坐满了客人。秋天将至，凉意渐浓。斯德哥尔摩的人们都在尽可能充分地享受着户外的时光。

维兰德点了茶，他咖啡喝得太多，已经落下了胃痛的毛病。诺兰德则要了啤酒和三明治。

维兰德打起了精神。

“之前我说没出什么事，但其实我并没跟你说实话。我只是不想在电话上跟你谈罢了。”

说话时他一直都在仔细地观察着诺兰德。他脸上的惊讶似乎完全是真情流露。

“关于哈坎吗？”

“是的。我知道他在哪里。”

诺兰德目不转睛地望着他。他不知道，维兰德心想，顿时松了口气。他根本就毫不知情。如今我就是需要一个可信的人。

诺兰德一言不发，等着后话。四周到处都是人们聊天的嘈杂声。

“告诉我出了什么事啊！”

“我会说的。不过你得先让我问几个问题。我想确认一下我对所有事情来龙去脉的推断是否正确。先来谈谈政治吧。哈坎服役期间是站在哪一方的？他的政治观点如何？比如，对奥洛夫·帕尔梅的看法如何？众所周知，许多军人都很讨厌他，还毫不在意地散播荒谬传言，说他脑子有毛病，需要在医院治疗，要么就说他是苏联间谍。哈坎是不是多少也有点这样？”

“根本不是这样。我也跟你说过。哈坎从来就不仇视奥洛夫·帕尔梅，也不憎恶社会民主政府。相信你也记得，实际上他还曾经见过帕尔梅。那样批评帕尔梅其实并不公平，我记得他是这么认为的，而且他还觉得苏联想要发动战争或是意欲袭击瑞典的这类言论完全就是夸大其词。”

“你有没有怀疑过他其实没讲实话？”

“为什么要怀疑？哈坎是很爱国的，但是他也相当注重分析。我还记得，他身边的那群极端仇俄分子全都很讨厌他。”

“那他对美国的看法如何？”

“许多方面都有所指责。我记得他曾经说过美国是唯一一个真正用原子弹袭击过他国的国家。当然了，你也可以说那是因为二战末期情况特殊，可事实就是如此：美国将一颗原子弹扔在了平民百姓的身上。没有哪个国家会这么做。至少目前为止没有。”

维兰德此时停止了发问。诺兰德所说的那些并没有什么令人惊讶或是出乎意料的地方。维兰德得到了他所想要的答案。他倒了些茶水，觉得如今时机已经成熟。

“我们之前曾经谈过瑞典军队里的间谍一事。就是那个身份从未暴露的间谍。”

“总有那样的谣言四处流传。他们要是没有别的什么事情可说的话，倒不如去思考下鼹鼠打洞。”

“如果那些流言我没理解错的话，那他们口中的那个间谍，其实是个方方面面都比温纳斯特龙还要危险厉害的人物。”

“这我就不清楚了，不过我觉得一直没被逮住的间谍自然会变得更加危险。”

维兰德点点头。

“当时还有另一个谣言，”他继续道，“或者说，一直都有这么一个谣言，说是这个未被暴露的间谍其实是个女人。”

“我想没人会相信这个。至少，在我们圈子里不会有人相信。军队里根本就没几个女人能接触到机密文件，那种说法根本就不可信。”

“你有没有跟哈坎谈过这些？”

“谈女间谍？没有，从来没谈过。”

“路易斯是间谍，”维兰德缓缓说道，“她是苏联的间谍。”

一开始诺兰德似乎没听明白维兰德的话。然后他意识到自己刚刚听到了件不得了的事情。

“这不可能。”

“这不仅可能，还极有可能。”

“好吧，可我不相信。你有什么证据吗？”

“警方找到了机密文件的缩微胶卷，还有一些照片底片，就藏在路易斯的手提袋里。我不清楚里面的具体内容，不过有一点可以肯定，那些东西足以证明路易斯从事过高级间谍活动。为了俄国，出卖瑞典，而之前则是为了苏联。换句话说，她已经活动了很长时间。”

斯滕·诺兰德怀疑地望着他：

“你是真的希望我去相信这件事吗？”

“是的，我希望你相信。”

“可我现在却有一肚子的疑问，根本就不愿意相信你说的是真的。”

“可你知不知道我说的确实没错？”

诺兰德手里握着啤酒杯，整个人都呆住了：

“难道哈坎也参与进来了？他们是夫妻协同进行间谍活动吗？”

“那就有些让人难以置信了。”

诺兰德猛地将杯子搁在桌上：

“你到底知不知道？为什么不直接跟我说呢？”

“没有任何迹象表明哈坎和路易斯是共同合作。”

“那他为什么要躲起来？”

“因为他怀疑她。他跟踪了她许多年。最后还为此担忧起自己的性命。他觉得路易斯已经意识到了他在怀疑她，而那也意味着他极有可能会遭到杀害。”

“可死的那个人是路易斯啊。”

“别忘了发现她的尸体之前，哈坎可是已经失踪了好长一段时间。”

维兰德看到斯滕·诺兰德像是完全换了个人似的。他通常都是精力充沛、直率爽朗的，可如今却是一副萎靡不振的样子。心中的困惑令他发生了改变。

旁边的桌子突然发生了一场小小的骚乱：一个醉酒的男人跌了一跤，碰倒了几个瓶子和杯子。一名安保人员立刻跑了过来，周围很快就又恢复了平静。维兰德喝着茶。斯滕·诺兰德起身走到了围栏跟前。他凝视着眼前绵延的城市风光。等他回来后，维兰德说：“我需要你去帮我把哈坎劝回来。”

“我能做些什么？”

“你是他最好的朋友。我想让你跟我跑一趟。明天我会告诉你要去的地方。可以用你的车吗？你可不可以暂时一天不要出海？”

“没问题。”

“明天下午 3 点来接我。准备好雨衣。现在我得走了。”

他没给诺兰德提问的机会，头也不回地走回了宾馆。他仍旧不能完全确定斯滕·诺兰德到底是不是个可信的人，但如今他已经做出选择，再也不能回头了。

当天晚上，他躺在床单潮湿的被窝里，几个小时都辗转难眠。他梦见贝芭在他上空盘旋，可她的脸庞却完全是一片透明。

第二天一大早，他离开宾馆，乘出租车去了动物园岛。他在那里的一棵树下躺着睡了一会儿。他把装着猎枪的背包当作枕头。醒来之后，他穿过市区，漫步回到了宾馆。他在那里等着，直到诺兰德开车到了宾馆大门。维兰德将背包放在了后座。

“我们要去哪里？”

“南边。”

“远吗？”

“大概有 120 公里，也许还要再远点。但是不必赶时间。”

他们开车出了斯德哥尔摩，上了高速公路。

“接下来要怎么做？”诺兰德问。

“你只需要听段对话就行。”

诺兰德没再多问。他知道我们要去哪里吗？维兰德很好奇。他这惊讶的样子会不会是装出来的呢？维兰德并不确定。他之所以把枪带着，当然也是因为心中有所顾虑。我带着它们是因为我没法确定是否需要进行自我防卫，真希望没这必要。

大约晚上 10 点，他们到了海港。之前维兰德坚持要在南雪平停下来好好休息一下。他们在那里用了顿迟来的晚餐。两人默默无语地坐着，凝视着流经市区的那条小河，欣赏着河岸两边枝繁叶茂的植物。维兰德预定的那条小船早已停在船坞里，静待出发。

11 点左右，他们抵达了目的地。维兰德关掉引擎，让小船漂荡着靠近海岸。他听了听。周围没有声响。斯滕·诺兰德的脸也几乎隐匿在黑暗之中。

然后他们下船上了岸。

CHAPTER 40 假面真凶

他们在夏末的夜色里小心地行进着。维兰德低声提醒诺兰德，说让他再靠紧点走，不过却并未做什么解释。就在他们到达此岛的那一瞬间，维兰德已经非常确信，斯滕·诺兰德根本就不知道哈坎·冯·恩科的藏身之地。如果知道的话，不论是谁，都不可能隐藏得如此巧妙，对他们寻找的人的隐匿场所装作一副毫不知情的样子。

一看见狩猎小屋窗户里的灯光，维兰德便停下了脚步。除了海浪的潮汐，他还听到了一丝音乐的声响。过了几秒，他才发现有扇窗户已经打开了。他转身向斯滕·诺兰德轻声耳语道，“你是不是很难相信路易斯·冯·恩科是个间谍？”

“你就不觉得奇怪吗？”

“一点儿也不觉得。”

“我听了你说的那些，可我就是没法相信那是真的。”

“你说的一点儿没错，”维兰德慢慢说道，“我跟你说的那些，其实是他们希望我们这么去想。”

诺兰德摇了摇头。

“你已经把我弄糊涂了。”

“路易斯的手提包里是有些指认她是间谍的物证。可那些东西都是在她死后放进去的。杀死她的人还想把这伪装成一副自杀的样子。我在这岛上初次见到哈坎的时候，他就已经非常详细地告诉了我多年以前他疑心路易斯是间谍的始末经过。那话听起来十分可信。可后来我才开始明白自己先前忽略了什么。也可以说我后来找到了面镜子，对所有事情做了个反方向的观察。”

“那你看到了什么？”

“一幅完全颠倒的景象。那话是怎么说来着？好像只有颠倒事物，才能看到本来面目？至少，我是这么做的。”

“你是说路易斯根本就不是间谍吗？如果不是的话，那你究竟想说些什么？”

维兰德没有回答这个问题。

“我想让你偷偷地走到那个屋子的墙外，”他说，“站在那里，然后偷听。”

“听什么？”

“听我即将要跟哈坎·冯·恩科进行的一场对话。”

“可为什么要这样偷偷摸摸地躲在黑暗里啊？”

“因为他要是知道你在这的话，他可能就不会说真话了。”

诺兰德摇了摇头。不过他并没有多做评价，只是朝着小屋慢慢挪去。维兰德站在原地。多亏了那个警报系统，相信冯·恩科也已经知道有人正在这个岛上四处走动。只是希望他没发现，站在狩猎小屋外面的其实不止一人。

诺兰德到了小屋墙外。如果维兰德不是事先知道他在那里，恐怕怎么也不会注意到他。不过他还在继续等着，一步也没移动。他既冷静又不安，完全是种奇怪复杂的心情。故事快要接近尾声了，他心想。我是对的吗，还是犯了个大错误呢？

他后悔没能跟诺兰德解释一下这次的任务可能会有些耗费时间。

一只夜鸟扑棱而过，然后消失了。维兰德在夜色里聆听着，希望能听到一些哈坎·冯·恩科走过来的声响。诺兰德站在小屋墙边，一动不动。那扇开着的窗户里依然飘荡出阵阵音乐。

一只手突然搭在维兰德的肩上，他吓了一跳，转身一看，映入眼帘的正是哈坎·冯·恩科的面容。

“你又来了？”哈坎·冯·恩科低声说道，“我们没这么安排过吧。我差点儿就把你误认为是乱闯进来的人。你想做什么？”

“我想跟你谈谈。”

“发生什么事了吗？”

“发生了各种各样的事情。相信你也知道，我去柏林和你的老朋友乔治·塔尔伯斯聊了聊。必须得说，他的举手投足跟我想象中的中情局高级官员简直就是一模一样。”

维兰德之前已经做了充分的准备。他知道自己不可以太夸张。他的说话声必须得大，大得可以让诺兰德听到他在说些什么，可又不能太大，以免冯·恩科怀疑有人躲在附近偷听。

“乔治说你看起来是个好人。”

“我从没见过像他家那样的鱼缸。”

“确实稀罕。特别是那些穿梭在小隧道里的火车。”

一阵大风猛然吹过，然后又恢复了平静。

“你是怎么到这来的？”冯·恩科问。

“还是乘的上次那条船。”

“你是独自来的吗？”

“为什么不是呢？”

“用问题来回答问题只会让我心里起疑。”

冯·恩科突然打开藏在身旁的手电筒，直接照射着维兰德的脸。三级警报，维兰德心想。只要他不往房子那边照发现斯滕·诺兰德就好。不然一切可就全毁了。

手电筒关掉了。

“我们没必要在外面浪费时间。”

维兰德跟在冯·恩科的身后走着。进屋之后，他关掉了收音机。房间里面依然和维兰德上次来时一样，没有任何改变。

冯·恩科一副警惕的样子。维兰德不清楚他这到底是出于本能，预感到危险来临，还是只是见到维兰德突然出现在岛上之后自然的警觉。

“你来肯定是有动机的，”冯·恩科缓缓说道，“不然怎么会这样三更半夜的突然来访？”

“我只是想跟你谈谈。”

“谈你去柏林的事吗？”

“不是，不是关于那个。”

“那说说你来的原因。”

维兰德希望站在窗外的诺兰德能够听得见他俩的对话。万一冯·恩科突然把窗关了，那可怎么办？我可没时间耗下去了，维兰德定下心来。必须切入正题、开门见山。

“说说你的原因。”冯·恩科重复道。

“是关于路易斯，”维兰德说，“关于她的真相。”

“我们上次坐在这里说的不就是这个吗？”

“是的。可你并没有跟我说实话。”

冯·恩科又用先前那种模棱两可的表情望着他。

“有些事情不合情理，”维兰德说，“就好像是，本来应该查看的是脚下的地面，却一直背道而驰地在空气里摸索。我去柏林的时候就有这种感觉。突然我意识到乔治·塔尔伯斯并不只是在回答我的问题。他也有在试探，特别小心，十分巧妙，试探我到底知道多少。意识到这点之后，我便立刻发现了另一件事。起初，我并不想相信这是真的，因为这事是如此地令人毛骨悚然、羞愧难当，完全是一种卑鄙无耻、令人厌恶的背信弃义。我之前相信的那些，伊特伯格所想的那些，你所说的那些，还有乔治·塔尔伯斯所坚称的那些，全都不是真的。我被利用了、被操纵了。我直接乖乖地走进了为我设置的所有陷阱之中。不过这也让我真正认清了另一个人。”

“是谁？”

“这个人，我们可以称之为真正的路易斯。她根本就不是间谍。不论何时，她都不会虚情假意。她是这世上最真实诚恳的人。第一次见到她时，我便被她明媚的笑容给打动了。迪尔索摩再次相见时，我依然还是这么觉得。可后来我却认为她是在用微笑来掩饰心中的大秘密。直到现在我才意识到，她的笑容完全是真实诚恳的。”

“你到这来就是为了谈论我去世的妻子的笑容吗？”

维兰德无奈地摇了摇头。整个情形变得如此令人生厌，他都不知接下来该怎么掌控才好。他原本应该极其愤怒，可现在他已没了那个力气。

“我到这来是因为我发现了一直在寻找的事实真相。路易斯跟间谍和叛国这事根本就八杆子打不着。我本来早就该意识到这点。可我却任由自己被人欺骗。”

“谁欺骗你了？”

“我自己。我和其他所有人一样，都误认为敌人一定是在东方的那个。不过欺骗我最多的那个人却是你。真正的间谍。”

那张脸依旧面无表情，维兰德心想，不知他到底还能假装多久？

“你的意思是说我是间谍吗？”

“是的。”

“难道你认为我是苏联或是俄国的间谍？你可真是疯了！”

“我没说是苏联或是现在的俄国。我说你是间谍，不过却是美国的间谍。你已经干了好多年了，哈坎。至于到底有多久，以及出于什么原因，那就只有你知道了。我并不知道你的动机。但事实上并不是你怀疑路易斯，而是她对你美国特工的身份起了疑心。为此她也不幸惨遭杀害。”

“我没有杀害路易斯。”

露出马脚了，维兰德心想。哈坎的声音开始变得尖利起来。他已经开始自我防卫了。

“我想你也没做。那事肯定是其他人做的。也许你得到了乔治·塔尔伯斯的帮助。不过她的死却是为了避免你的身份泄露。”

“你根本就证明不了你的无稽之谈。”

“你说的完全没错，”维兰德说，“我证明不了。不过其他人可以。凭我现在知道的这些，就足以让警方和军队换个角度重新开始调查。他们长期以来怀疑的那位活跃在瑞典军队里的间谍其实并不是个女人。而是个男人，一个为了能使自己伪装完美而毫不犹豫地躲在自己妻子背后的男人。大家都在寻找俄国间谍，寻找一个女人。殊不知他们应当寻找的其实是个男人，是个美国间谍。从来没人想过那种可能性，大家都是先入为主地认为应当寻找东方敌人。我一直以来也是这么觉得的：威胁都是来自东方。没人肯相信，居然有人会为了另一边，为了美国，而起了背叛自己祖国的心思。就算有人提出类似的警告，那也只是旷野上孤独的呐喊。当然了，你也可以说，美国早就知晓了我国防御体系的所有事情。但事实并非如此。北约，尤其是美国，需要有人帮助它得到有关瑞典武装部队的详尽资料，以及我们对各种俄国军事计划的了解程度。”

维兰德停顿了一下。冯·恩科望着他，依然还是那副面无表情的样子。

“你让自己在海军中变得不受欢迎的同时，其实也为自己披上了一层完美的伪装，”维兰德继续说道，“困于瑞典海域的苏联潜艇被上级下令释放，对此你提出抗议。你还不断提出质疑，结果被人当作是个极端狂热的仇俄分子。与此同时，只要时机合适，你也会批评美国。当然了，你也知道，潜藏在我国海域里的其实是北约潜艇。你一直都在玩游戏，而且你还赢了。你骗过了所有人。可你妻子却是个例外。她开始怀疑一切并非像表面的那样。我不知道你为什么要藏在这里。也许是你的雇主命令你这么做的？你在迪尔索摩庆祝75岁生日时，那个出现在篱笆旁边抽着烟的男人是不是就是你的雇主之一？那是不是就是你们传递消息的默认方式？很早以前，这个狩猎小屋就被指定为你的避难之所。你从埃斯基尔·伦德伯格的父亲那里得知此处。你向他保证会补偿他毁坏的码头和受损的渔网，因此他也十分乐意帮你。为了帮你，他还隐瞒了美国最终没能成功地将窃听器安装在苏联海底的电缆上。我猜接下来的安排很可能就是，如有必要撤离，他们就会派艘船来把你接走。他们很有可能只字未提路易斯必须得死的事。可杀死她的确实是你的那些朋友。而且你也知道自己的所作所为将会让你付出怎样的代价。可你却袖手旁观，并没有出面阻止。难道我说的不对吗？现在我只好奇一件事情，到底是有什么更重要的东西居然可以驱使你去牺牲自己的妻子。”

哈坎·冯·恩科呆望着自己的手，仿佛一点儿也不在意维兰德所说的这些。也许他这样是在正视路易斯因他而死、可他却只能束手无策的事实，维兰德心想。

“其实根本就没打算让她死的。”冯·恩科说，目光始终没有挪开自己的手。

“听到她死了之后，你是怎么想的？”

冯·恩科的回答平静无奇，近乎冷漠：

“我差点儿就想一了百了了。可一想到孙女，我就打消了那个念头。不过现在我也不知道该怎么办了。”

两人又都沉默了起来。维兰德觉得差不多也该让斯滕·诺兰德进来了。不过在这之前，他还有另一个问题要问。

“怎么发生的？”他问。

“什么怎么发生的？”

“到底是什么让你去做间谍的？”

“说来话长。”

“时间多的是。你也不必说得详尽无遗，只要能让我明白是怎么回事就好。”

冯·恩科靠在椅背上，闭上双眼。维兰德突然意识到在他面前的其实是位年迈的老人。

“都是很久以前的事了，”冯·恩科依旧闭着眼睛说道，“早在 20 世纪 60 年代初期，就有美国人找到了我。很快我就认识到，如果要想让美国和北约来保护我们，那就必须得让他们获得信息。我们根本就不可能独自存活。没有美国，一开始我们就会输掉。”

“是谁找到你的？”

“你要记得当年是怎样的情形。一大群年轻人成天都在抗议美国的越南战争。可我们大多数人都明白，一旦欧洲爆发战争，如果想要存活，我们就必须得到美国的支持。看到那些天真浪漫的左翼分子，我心里很不安。我觉得我必须得做些什么。我加入进去其实自己是心中有数的。我想你可能觉得这完全是理想主义。如今也是这样。没有美国，世界只会受到各种意图削弱欧洲势力的摆布。你觉得中国会有怎样的野心？一旦解决了自身内部矛盾，俄国又会怎样？”

“可是不管怎样，总少不了钱是吧？”

冯·恩科没有回答。他转过脸，再次若有所思起来。维兰德又问了几个问题，可他没有回答。冯·恩科不言不语，压根儿就不愿意继续对话。

突然他站起身来，走到小厨房那里。他从冰箱里拿出一瓶啤酒，然后打开橱柜的抽屉。维兰德小心翼翼地望着他。

当冯·恩科转过身来，他的手中已赫然多了把手枪。维兰德立刻站起来。枪口正对准他。冯·恩科缓缓地将酒瓶放在了案板上。

他举起手枪。维兰德看到那手枪慢慢对准了他的脑袋。他朝着冯·恩科又是吼叫又是咆哮。然后他看到手枪转了方向。

“我再也活不下去了，”冯·恩科说，“我已经无路可走了。”

他用枪管抵住下巴，扣动扳机。枪声响彻整个屋子。他倒在地上，满脸血泊。斯滕·诺兰德冲进了屋子。

“你受伤了吗？”他大喊道，“他朝你开枪了？”

“没有。他开枪自杀了。”

他们注视着那个倒在地板上的男人。他身体扭曲，脸上满是鲜血，看不清眼睛在哪，更看不清是睁着还是闭着。

最先意识到冯·恩科还活着的那个人是维兰德。他抓起挂在椅子扶手上的毛衣，将其塞在了冯·恩科的下巴底下。他大喊着叫诺兰德去拿些毛巾。那颗子弹从冯·恩科的脸颊射了出去。他没能让子弹射入自己的大脑。

“他射偏了。”维兰德说。诺兰德把刚从床上扯下的床单递给了他。

哈坎·冯·恩科睁开双眼，目光呆滞。

“要压紧些。”维兰德说，向诺兰德演示着该怎样去做。

他拿出手机，拨打紧急呼叫号码。可屋里没有信号。他跑到外面，爬到屋后岩石陡坡的顶上。可那里也没信号。他回到了屋里。

“他会失血而亡的。”诺兰德说。

“你得压紧些，”维兰德说，“电话打不通。我得出去找人帮忙。这里的电话信号有时候实在是糟糕的可以。”

斯滕·诺兰德跪在血流不止的哈坎身边。他抬头望着维兰德，双眼惊恐：

“都是真的吗？”

“你都听到我们的对话了？”

“听得清清楚楚。都是真的吗？”

“是真的。我所说的，还有他所说的，全都是真的。他当了40多年的美国间谍。他售卖我国的军事机密，而且肯定还干得很好，不然美国人也不会毫不犹豫地杀害他的妻子。”

“这实在是令人难以置信。”

“那我们就更有必要设法让他活着了。他是唯一能够告诉我们事情真相的人。我要去找人帮忙。可能得花点时间。不过要是你能止住血的话，那他可能就有救了。”

“已经毫无疑问了吗？”

“确凿无疑。”

“也就是说，多年以来他一直都在欺骗我。”

“他欺骗了所有人。”

维兰德朝着小船跑去，一路上还绊倒了好几次。到了岸边，他发现风渐渐地刮得大了。他解开缆绳，推船入水，然后跳了上去。他一扯拉绳，引擎就开动起来。如今外面一片漆黑，他也不知自己能否辨清方向，回到码头。

他刚刚掉转船头正要加速离去，这时突然一声枪响。绝对不会有错，那的确是声枪响。从狩猎小屋传来。他转身走到船中央，仔细聆听了一下。会不会是他听错了？他再次掉转船头，朝着岸边驶去。他跳船上岸，结果跳得不够远，把鞋子都弄湿了。这期间，他一直都在留心听着看有没有传来其他声响。风越刮越猛。他从背包里拿出猎枪，装上子弹。难道岛上还有其他人？他朝着狩猎小屋走去，手里握着猎枪，尽可能地蹑手蹑脚，一看到窗帘缝里微弱的灯光，他便停下了脚步。除了树梢上呼啸的风声和沙沙的海浪声，四周一片寂静。

他正要抬脚朝着门口走去，突然又是一声枪响。他趴倒在地，脸贴着湿土，双手护着脑袋，枪也扔在了一旁。他觉得自己随时都有可能被射中身亡。

可是之后根本没有什么动静。终于他壮着胆子坐起身来，捡起猎枪，查看了下两根枪管里面是否混进了泥土。他慢慢站起身来，然后缩低身子，朝着前门慢慢走去。里面依然没有动静。他大喊了一声，可诺兰德没有应答。两声枪响，他胡思乱想起来，拼命地想要弄清楚那到底意味着什么。

他还依然记得诺兰德问问题时的那个表情：已经毫无疑问了吗？

维兰德打开门，走了进去。

哈坎·冯·恩科死了。斯滕·诺兰德朝他前额开了一枪。然后他把枪转向自己，如今也躺在地上，死在自己昔日亲密战友的身边。维兰德思绪混乱，他早就应该预见此事的。斯滕·诺兰德一直躲在暗处，听着哈坎·冯·恩科是怎样背叛了所有人——恐怕大都是些信赖他的、不仅把他当作同伴甚至还视为知己的好友。

维兰德绕过淌在地上的鲜血，瘫坐在椅子上面。不久前，他还坐在那里，听着冯·恩科的坦白。他心里突然变得疲惫。年纪越大，他似乎也变得越来越难以面对事实真相。虽然他一直都在努力学着面对现实。

自从迪尔索摩的生日寿宴以来，他们已经走了多远？他思索着。如果说，他和我的对话也是计划中的一部分，是想让我相信他的妻子是个间谍，想让他自己摆脱嫌疑，那说明他当时其实就已经下了重大决心。也许想到要利用我这个主意的人就是哈坎·冯·恩科。要充分利用现有的一切，正好和他儿子一起生活的那个女人的父亲就是一个愚蠢的乡下警察。

他坐在两个死人面前，感到既悲痛又愤怒。然而最让他难过的是克拉拉永远都没法认识自己的爷爷奶奶了。她只能将就着去了解自己母亲那边注定戒酒失败的外婆和日渐年老体衰的外公。

他坐了半个小时，也许还要更久一些，之后便强迫自己恢复了警察角色。他想了个简单的办法：什么都不动，就这样放着。他从斯滕·诺兰德的口袋里掏出车钥匙，然后离开狩猎小屋，朝着小船走去。

推船入海前，他闭上双眼，在海滩上站了一会儿。往事如潮水一般向他奔涌而来。世界如此之大，可他却知之甚少。如今，他成了这个大舞台上的次要角色。他现在又知道些什么以前不知道的事情呢？根本就没有，他心想，我依旧还是政治军事圈外那个迷惑不解的小人物。我依旧还是那个愁容满面、忧心忡忡的局外人。

他把船推了下去，夜色虽暗，但他也顺利驾船回到了码头。他将船泊在了原先停靠的地方。港口上杳无人迹。凌晨 2 点，他坐上斯滕·诺兰德的车子，开走了。他把车子停在了火车站的外面，并将方向盘、变速杆和门把全都仔细擦拭干净，接下来就只等开往南方的首班列车了。他在公园里的一张长凳上坐了好几个小时。他觉得一切都是那么的怪异：坐在这个陌生城市的长凳上，背包里还装着父亲的老式猎枪。

拂晓时分，天空下起了毛毛雨，他找到了一家刚刚开业的咖啡馆。喝着咖啡，翻看了几份旧报纸，然后回到车站，搭上了火车。他再也不会去蓝岛了。

他往车窗外面望去，看到车站停车场上斯滕·诺兰德的车子。迟早会有人注意到它的。接着就是一系列的连锁反应。唯一困惑的一点就是，他究竟是如何去的码头，然后又如何出海上了蓝岛。租船的那人估计也不会将维兰德和荒僻的狩猎小屋的惨案联系起来。再说了，所有详情都将纳入机密文件。

中午刚过，维兰德就抵达了马尔默。他换上自己的车子，朝着于斯塔德开去。快到出口的时候，他发现前方设了个警察检查站。他出示自己的证件，然后做了下呼气式酒精测试。

“情况怎样？”他问道，想要让他的同行振作起来，“大家都没怎么喝酒吧？”

“整体而言还好。不过我们才刚刚开始测试。肯定还是会抓住一两个的。于斯塔德的情况怎样？”

“目前倒还太平。不过8月总是比7月多出许多案件。”

维兰德祝愿他工作顺利，然后摇起车窗，开车走了。几个小时前，我还坐在脚边的两个死人跟前，他心想。不过没人看到那一幕，人的记忆也不能变成彩色的影像显现出来。

他到商店里买了些食品，接回尤西，终于把车停在了屋外的车道上。

他把采购的食品放进冰箱，然后在餐桌旁坐下。一切都是那么的平静祥和。

他琢磨着该和琳达说些什么。

但是这天他没打电话给她，到了晚上也没打。

他不知道该和她说些什么。

END 尾声

2009年5月的一个晚上，维兰德从梦中惊醒。这种情况变得越来越频繁。他一睁开双眼，那夜的记忆便全都鲜活起来。直到最近，他才很少记得起梦里的情形。尤西生了病，正躺在他床边的地板上睡觉。床头柜上的时钟显示时间为凌晨4点一刻。也许把他惊醒的不是梦。也许是猫头鹰的叫声飘进敞开的窗户，飞入梦乡将他叫醒，这也不是头一次了。

但此时却并没有猫头鹰的叫声。刚才他梦到了琳达，梦见那天他从蓝岛回来之后两人本该进行的一场对话。在梦里，他给她打了电话，将事情始末全都告诉了她。她一言不发地听着。只有这些。然后梦境突然就摧枯拉朽似的破灭了。

醒来后他觉得很不舒服。事实上，他根本就没有给她打电话。他不想去费那个精力。理由很简单。他不想让人知道自己参与了这场悲剧。在他看来，给她打电话只会让局面变得难堪。如果他告诉她事情的详细经过，那他就会涉嫌参与此事。所以只有等这桩惨案公之于众，这样她和汉斯就会知道出了什么事。只要运气稍好，他就不会被牵扯进去。

维兰德觉得这件案子是他人生中最为糟糕的一次经历。唯一可以与之匹敌的就是多年前他因公意外初次杀人的那件事。当时他还认真地思索了自己能否继续做警察。他还考虑过去做马丁森现在所做的事情。他已经心灰意冷，打算不做警察，彻底改行去干别的。

维兰德悄悄俯身越过床边去看他的狗。尤西正在睡觉。它也在做梦，前爪正在空中乱抓乱舞。维兰德又靠回床头。窗外吹来的空气分外清新。他踢掉羽绒被，思绪飘到了餐桌上的那堆文件上。去年 9 月，他动手写起了报告。他想将所有发生的一切全都给记录下来，并准备以蓝岛狩猎小屋的惨剧作为结尾。

发现那两具尸体的人正是埃斯基尔·伦德伯格。伊特伯格立即致电给北雪平的刑事调查局，请求协助调查。由于此事涉及秘密警察和军事情报部门，调查立刻实行了全方位的消息封锁，一切都是秘密地进行。经过许可，伊特伯格会告诉维兰德一些本该严格保密的消息。整个调查期间，维兰德一直都很担心自己在场的踪迹会被人发现。最让他在意的，就是他不清楚诺兰德是否有将他出行一事告诉他的妻子，不过他显然没有告诉。维兰德硬着头皮读完了报纸上有关诺兰德太太听闻自己丈夫死讯后绝望的哭诉。她坚决不相信是他杀害了他的知交故友并接着开枪自杀。

伊特伯格时不时地会向维兰德抱怨几句，说就连他，这个案件调查的负责人，也不知道这幕后究竟发生了些什么。不过毫无疑问，的确是斯滕·诺兰德用两发子弹直射哈坎·冯恩科的脑门杀死了他，然后又接着开枪自杀。神奇的是，没人能说明白斯滕·诺兰德究竟是怎样去的蓝岛。好几次，伊特伯格都说到怀疑此事还有第三方参与，不过这人是谁，或是扮演了怎样的角色，他也无从得知。这场惨剧的真正动机，也无人知晓。

报纸和其他媒体各种揣测满天乱飞。他们对狩猎小屋的那出血腥惨剧大做文章。为了躲避那些好奇心盛的记者和冒昧无理的问题，琳达、汉斯和克拉拉差点儿就要为此搬家。那些最疯狂的阴谋论者，甚至还断言哈坎·冯·恩科和斯滕·诺兰德带进坟墓里的那个秘密，必定与奥洛夫·帕尔梅的死亡有莫大关联。

在与伊特伯格聊天的时候，维兰德时不时会小心谨慎、特别客气地问起有关路易斯·冯·恩科俄国间谍嫌疑的调查进展。可伊特伯格也知之甚少，没有什么可以告诉他的消息。

“我感觉凡是跟她有关的调查好像全都已经停止了似的，”他说，“那些秘密警察正在查找些什么，或是隐瞒了些什么，我也不得而知。我们恐怕只能等着某位好事的记者去把这些全都给挖掘出来了。”

维兰德从没听到过哈坎·冯·恩科是美国间谍的说法。没有怀疑，没有谣言，没有揣测，没有谁会想到这可能会是此案的起因。有一次，维兰德曾直截了当地向伊特伯格问起会不会有这种可能性。可伊特伯格却是满腹疑惑：

“那他为什么会做美国间谍呢？”

“我只不过是想提出另一种可能性的解释，”维兰德说，“既然可以怀疑路易斯是俄国间谍，那为什么不可以换个角度想想呢？”

“我想,如果秘密警察或是军事情报局有过这种怀疑的话,我肯定应该会有印象。”

“我只不过是随便想想罢了。”维兰德说。

“难道你知道些我不知道的事情？”伊特伯格突然带着几分愠怒出其不意地问道。

“没有，”维兰德说，“我可没什么你不知道的事情。”

结束这段对话后，维兰德开始了他的写作。他将自己所有的想法和笔记全都收集妥当，然后发明了个记事贴系统写作的方法，并把它们全都贴在客厅的墙上。不过每当琳达过来的时候，不论汉斯和克拉拉有没有跟她一起来，他都会把它们全部揭下来。写故事的时候，他不想有人打扰，也不想让人察觉他在干些什么。

他先从悬而未决的细节问题开始着手。首先是乔治·塔尔伯斯公寓大厅入口的那个名牌。那个“USG 企业”查找起来倒也不是什么难事。那是一家咨询公司，也看不出有什么见不得人的地方。可他弄不清楚到底是谁在他出门的时候闯进了屋子里，以及谁去拜访了尼可拉斯花园。他们显然都是协助哈坎·冯·恩科的那一伙人，可维兰德想不明白他们为什么要那样做。最为可能的解释就是，他们是在寻找那本被维兰德称为“西格妮之书”的文件。写作的时候，他会把它放在餐桌上面，不过其他的时候他继续把它藏在尤西的狗窝里面。

不久他领悟到自己写作的真实意图。他是在写哈坎·冯·恩科，不过他也是在书写自己和自己的人生。每当他回想起自己所听到的那些二战故事，回想起瑞典军队里的两种分化态度——一是保持中立不加入任何联盟，二是加入北约势在必行，他就会发现，自己对自己所生活的这个世界，其实根本就不怎么了解。想要补回先前那些他不屑学习的知识，如今也已经不可能了。如今他对那个世界的了解只能从现在某些人的往昔回忆中追寻。他怏怏不乐地寻思着他们这代人的特点会不会就是这样：不愿意关心他们所生活的真实世界，不在乎时刻流变的政治局势。又或者他们其实是分裂的一代人？一部分人关心，另一部分人则毫不关心？

如今维兰德看出，在各种事件上，他的父亲其实常常比他更有见识。这说的不仅仅马尔默人民广场上塔格·埃兰德演讲的那件事。他还回忆起20世纪70年代早期的一段故事。当时他的父亲老是斥责他没有为几天前进行的选举投票。维兰德依然记得他父亲当时暴跳如雷的样子，骂他“是个政治方面的懒汉白痴”，父亲拿出画笔朝他扔去，然后还叫他滚出家门。当然了，他也的确照做了。当时他只是觉得自己的父亲有些怪异。为什么他维兰德必须得去关心那些瑞典政治家之间相互吵来吵去的东西呢？他唯一感兴趣的就是低税收和高收入，除此之外再没别的了。

他常常坐在餐桌旁边，想着自己的亲朋好友是不是也有同样的想法。对政治不感兴趣，只担心自己的经济状况。他们曾经也偶尔说起过政治，说那不过就是一群政治家之间相互攻击、相互抱怨的愚蠢鬼把戏，可他们却不知道该怎么进行下一步，怎么去换个选择。

他也曾认真思考过瑞典、欧洲乃至全球的政治局势，可也就只有短暂的一次。那是将近20年前的事了，与勒纳普市的一起双重谋杀案有关，当时一对农民老夫妇惨遭杀害。矛头全都指向非法移民和政治避难者，而维兰德也不得不去正视自己对瑞典大量移民的看法。他发现自己平时宽容温和的外表下居然潜藏着肮脏的种族主义。这一发现令他又是惊讶又是恐惧。他努力摒弃自己的这种种族主义想法。可是等到案件调查结束，两名凶手终于在希维克的商业广场被逮捕，等到这场重头戏一落幕，他就又回到了以前政治麻木的状态。

秋天的时候，他去了好几次于斯塔德的市图书馆，然后借阅了瑞典战后历史的相关书籍。他阅读了所有关于瑞典是否应该持有核武器或是加入北约的探讨文章。虽然这类争论大都是他长大成人期间发生的，可他却一点儿也不记得当时的政治家们都说了些什么，他仿佛一直生活在真空的玻璃罩里。

有一次，他还告诉琳达自己怎样审视自己的过去。结果却发现琳达其实比他更为关心政治。他很惊讶，他以前从来没注意到这点。而她却只说一个人的政治觉悟没必要非得表现在脸上。

“你什么时候问过我政治方面的问题？”她问，“既然我知道你对政治不感兴趣，那我干吗要跟你讨论这方面的事情？”

“那汉斯是怎样的？”

“他对这个世界了解得很多。不过我们的观点也并不总是一致。”

维兰德经常会想到汉斯。2008年的暮秋，也就是10月中旬的时候，琳达给他打来电话，声音听起来很慌张。她说丹麦警方突然搜查了汉斯哥本哈根的办公室。有些股票经纪人，其中包括两位冰岛人，为了保住自己的佣金和奖金，居然擅自抬高某些股票证券的价格。结果金融危机爆发，泡沫也跟着破灭了。有一阵子，所有的员工包括汉斯，都涉嫌参与了此次商业欺诈。直到最近，也就是今年3月，汉斯才终于洗脱了灰色交易的嫌疑。这段时期，他还一直在悼念自己的亡父，心理负担极为沉重。他经常来探望维兰德，请求他解释一切事情的发生经过。维兰德竭尽所能，却小心翼翼地绕开了幕后的所有真实情况。

维兰德特别关心起另一件事，就是该如何确保那份包含了自己所知所想的报告概要可以在将来公之于众。他是不是该匿名寄送给权威部门？会有人认真对待吗？有谁会想破坏瑞典和美国现在的友好关系呢？对所有相关人士而言，保持沉默也许才是处理哈坎·冯·恩科间谍活动的最佳方法。

他从去年9月底开始写作，如今已经写了8个多月。他不想让事情的真相全都埋葬在沉默之中。那样只会让他心生愤慨。

写作的同时，他也还在进行着自己的警察工作。整个秋天，他一直忙着调查两起令人抑郁的严重人身伤害案。到了2009年4月，他又开始调查起于斯塔德市区的系列纵火案。

这期间，最令维兰德担心的就是他不断出现的遗忘症状。最糟糕的就是圣诞节休假那次。那天下了一晚的大雪。他穿戴妥当，出门去铲车道和停车位上的积雪。铲完雪后，他却不知自己身在何处，甚至连尤西都不认得。过了好一会儿，他才想起面前立着的到底是谁的房屋。可他并没有去做自己本应该去做的事情，他没有去看医生，因为他实在太害怕了。

他努力说服自己这全都是因为自己工作太过劳累，是因为自己精力衰竭。有时候他也真的去相信了。可他还是会没完没了地担心自己的遗忘病症会日益加剧。他很害怕最后会发展成痴呆症，他担心这可能是老年痴呆的早期症状。

维兰德躺在床上。这是一个周日的早晨，他不必去上班。琳达约好午饭后带着克拉拉来看他。如果汉斯精神不错，他可能也会过来。

他 6 点起床，带着尤西出门散步，做好早餐，之后整个上午都在读报纸。就在这个上午，他第一次觉得自己所写的其实就是某种“人生故事”，是一种信仰声明。他的人生就是这样了。就算再活个 10 年、15 年，他也不会有多大改变。不过他也曾满心失落地考虑过，从警察的职务上退下来后，自己究竟该去干些什么才好。

答案只有一个，那就是克拉拉。她的出现总能给他带来欢乐。等其他一切事情办妥，她就可以待在这里陪他。

5 月的那天早上，他写完了自己的故事。他再也没什么可说的了。一份打印稿摆在了他面前的桌上。他煞费苦心、字斟句酌地写下这个男人的故事——他设下圈套，让人以为他的妻子就是间谍。维兰德不仅是故事的作者，他也是这个故事里的一部分。

有些遗留问题，他一直都没能解决。他思考最多的恐怕就是路易斯的鞋子。为什么那双鞋子会整齐地摆放在路易斯的尸体旁边呢？最后，维兰德认为她可能是在别处遭人杀害，而当时她脚上并没有穿鞋。把鞋放在她身边的那个人，其实也并未考虑清楚自己当时的行为举动。维兰德不知道路易斯失踪的那段时期到底身在何处。她很有可能是遭到囚困，直到后来，有人觉得，为了哈坎·冯·恩科，她不得不死。

另一个让维兰德疑惑不解的谜团就是那些石头。那个他在哈坎·冯·恩科桌上看见的石头，那个阿特金斯送给他的石头，以及那个他在乔治·塔尔伯斯阳台桌上瞅见的石头。他猜测那些大概是一种从瑞典群岛上带回来的纪念品，估计是在小岛岩礁之中某处不可涉足的禁地。不过他却无法解释冯·恩科的那块石头最后为什么会从桌上消失。有好几种可能，可不论哪一个，他都不想相信。

偶尔他也会跟阿特金斯通下电话，听他哭诉自己失去的朋友。或者说是，朋友们，他总是不忘纠正这点。他没有忘记路易斯。阿特金斯说他会来参加葬礼，可真到8月中旬举行葬礼时，他却始终没有出现。此后他再也没联系过维兰德。有时候，维兰德会很好奇阿特金斯和哈坎·冯·恩科多次会面时的谈话内容。不过他永远都不会知道了。

可以的话，他还想向哈坎和路易斯询问下另一个问题。为什么有个书桌抽屉会被弄得一团糟？如果非要逃走不可的话，他是不是打算逃去柬埔寨？他也不知道路易斯为什么会从银行里提取二十万瑞典克朗。清扫斯德哥尔摩公寓的时候，他并没有找到那笔钱。钱就这么不见了，消失得无影无踪。

还有，斯滕·诺兰德为什么决定要杀死哈坎·冯·恩科，然后又接着自杀？

斯人逝去，秘密也永远地被埋葬了。

11月底的时候，为了处理一桩案子，维兰德去了趟斯德哥尔摩。他还租了辆车子顺道去了趟尼可拉斯花园。汉斯也跟他一起去了，那时他还没有去看望过自己素未谋面的姐姐。看见汉斯坐在西格妮的床边，维兰德心中顿时一阵感动。他还想起了哈坎·冯·恩科总是经常去探望自己的女儿。他信赖自己的女儿，维兰德心想，甚至还将自己最为机密的文件托她看管。

他花了很长的时间考虑是否该给自己的作品起个名字，可最后还是在标题页上留下了空白。手稿总共有212页。最后一次翻阅的时候，他还时不时地停下来检查是否有错误。不管怎样，他觉得自己已经尽力去还原事实真相。

他决定把这份资料寄给伊特伯格。他不会在上面署名。他会先把文件邮寄给自己的妹妹克里斯蒂娜，然后再让她转寄给斯德哥尔摩警局。伊特伯格自然知道这东西肯定是维兰德寄来的，可他永远都无法证明这点。

伊特伯格是个聪明人，维兰德心想，他会充分利用我所写的报告。他一定也会明白我为什么要匿名邮寄给他。

不过维兰德明白，即使是伊特伯格，恐怕也无法说服上级去进行深入调查。在许多瑞典人的眼里，美国依然是救世主。没有美国，欧洲差不多就是毫无防备的地方。可能根本就没人想去正视维兰德言之凿凿的事实真相。

维兰德想到了那些被派到阿富汗的瑞典士兵。如果美国没有提出这种要求，可能根本就不会有这件事发生。这事虽然没公开，但幕后肯定还是有的，就像20世纪 80 年代早期瑞典海域的潜艇藏匿事件，那肯定也经过了瑞典海军和政治家们的许可。或是 2001 年 11 月 18 日的那件事，那天，美国中情局在瑞典领土逮捕了两名涉嫌参与恐怖活动的埃及人，并极尽侮辱地将他们遣送回国，令其遭受囚禁与折磨。维兰德还想象得出，就算哈坎·冯·恩科身份败露，人们也会欢呼他为英雄，而不是可耻的叛徒。

世事难料，他心想。这种事情，该如何理解？我的余生，又将怎样？

5 月的这天早上，天气清爽宜人。中午时分，他带着似乎已经恢复健康的尤西出门散步散了好久。琳达是独自带着克拉拉来的，那时维兰德刚刚清理好屋子，还查看了一遍屋里面是否摆放了他不想让她看到的文件。克拉拉在车里睡着了。维兰德小心翼翼地将她抱进了屋里，然后放在沙发上。他抱着她在怀里，感觉就像是在抱着另一个琳达。

他们坐在餐桌旁边，喝着咖啡。

“你打扫屋子了？”琳达问。

“我一整天就没干别的事。”

她大笑起来，摇了摇头，然后变得严肃起来。维兰德知道，汉斯不得不应对的那些问题，其实对她也产生了不小的影响。

“我想重新开始工作，”她说，“我快要顶不住了，老是这样在家带孩子。”

“可你就只剩四个月的产假了啊。”

“四个月太久了。我已经没什么耐心了。”

“对克拉拉？”

“是对我自己。”

“这点你随我。没耐心。”

“我记得你说过，要想当好警察，耐心可是最为重要的美德。”

“可那并不意味着耐心是与生俱来的——你得去学才行。”

她喝了一口咖啡，思考起他说的这句话。

“我觉得自己老了，”维兰德说，“每天早上醒来的时候，我都会想时间怎么会过得这么快。我不知道自己这样匆匆忙忙到底是为了什么，是在追寻什么，还是在逃避什么。就只知道整天瞎忙。老实说，我真的特别害怕变老。”

“想想爷爷吧！他就像平常一样过活，从不为自己变老而担忧发愁。”

“那不是真的。他也很害怕死亡。”

“或许吧，那也只是有时候，并不是一直。”

“他就是个怪人。我还真想不出有谁能和他较量一番。”

“我就能。”

“你和他关系确实很好，我年轻时都没能这样。有时候，我会想到他和克里斯蒂娜的关系好像也总是比和我要好。也许他觉得和女人要更好相处些？恐怕我真是生错了性别。他根本就不想要个儿子。”

“那也太荒唐了，你也知道不是那么回事。”

“不管荒不荒唐，反正我是这么想的。我真的很害怕变老。”

她隔着桌子，抚摸着他的手臂。

“我也注意到了你的担忧。不过其实你也清楚，这根本就毫无意义。你这个年纪，还是可以做很多事情的。”

“我知道，”维兰德说，“可有时候我就想抱怨一下。”

琳达逗留了好几个小时。他们聊着聊着，克拉拉醒了过来，她露出灿烂的笑容，朝维兰德跑了过去。

维兰德突然心里一阵恐惧。他又丧失了记忆。他不知道向他跑来的这个小女孩是谁。他知道自己以前见过她，却想不起她的名字，也不清楚她在他的屋子里干什么。

一切仿佛陷入了沉寂。他的世界仿佛褪去了颜色，只剩下黑与白。

失忆犹如乌云一般越聚越密。多年之后，库尔特·维兰德渐渐被那团乌云吞噬，进入了一个被称为老年痴呆的空无世界。

此后也并无后话。库尔特·维兰德的故事，已经彻底地结束了。他人生剩下的这些年——10 年，也许更久——都只属于他自己。属于他和琳达，属于他和克拉拉。与他人无关。

后 记

在小说的世界里，其实并无太多的自由。比如说，在描述景物的时候，我常常会进行一些修改，这样就不会有人说：“就是这里！这就是那个事件发生的地方！”

这么做其实也只是为了强调现实与小说的区别。我所讲述的，可能确有此事。但也可能未必如此。

这类写作手法在本书里也得到了不少的运用，有的确有其事，有的想来也不假。

和大部分其他作者一样，我写作只是想让人们能够更好地去理解这个世界。在这一方面，虚构类文学作品要比务实的现实主义更具优势。

所以，瑞典的中部地区是否有个名叫尼可拉斯花园的疗养院，其实并不重要。斯德哥尔摩的东马尔姆区是否有一个海军军官们聚会的宴会厅，其实也不重要。同样如此的还有斯德哥尔摩郊外的一家咖啡馆，不过在那里可能还真的会出现一位名叫汉斯－奥洛弗·弗雷德霍尔的潜艇海军军官。还有麦当娜，其实也并没有在2008年的哥本哈根开过演唱会。

但是，在这本书中，最重要的一点是，一切完全基于现实。

许多人曾帮助我做了不少必要的研究工作。在此我深表谢意。

不过，本书的全部内容，从头到尾则皆由我全权负责，且责无旁贷。

写于哥德堡

亨宁·曼凯尔

FONGHONG
凤凰联动出品